韩七录，你站住

第1季

Han qi lu
Ni zhan zhu

锦夏末 —— 著

江苏凤凰文艺出版社
JIANGSU PHOENIX LITERATURE AND ART PUBLISHING, LTD

图书在版编目（CIP）数据

韩七录，你站住．第1季 / 锦夏末著．-- 南京 ：江苏凤凰文艺出版社，2017.5
ISBN 978-7-5594-0323-0

Ⅰ．①韩… Ⅱ．①锦… Ⅲ．①长篇小说－中国－当代
Ⅳ．①I247.5
中国版本图书馆CIP数据核字（2017）第088014号

书　　名	韩七录，你站住．第1季
作　　者	锦夏末
选题策划	涂继文　秦　瑶
责任编辑	丁小卉　姚　丽
文字统筹	范晨曦
出版发行	江苏凤凰文艺出版社
集团地址	南京市湖南路1号A楼，邮编：210009
集团网址	http://www.ppm.cn
出版社地址	南京市中央路165号，邮编：210009
出版社网址	http://www.jswenyi.com
印　　刷	大厂回族自治县彩虹印刷有限公司
开　　本	710×1000 毫米 1/16
字　　数	500千字
印　　张	38
版　　次	2017年7月第1版，2017年7月第1次印刷
标准书号	ISBN 978-7-5594-0323-0
定　　价	66.00元（全二册）

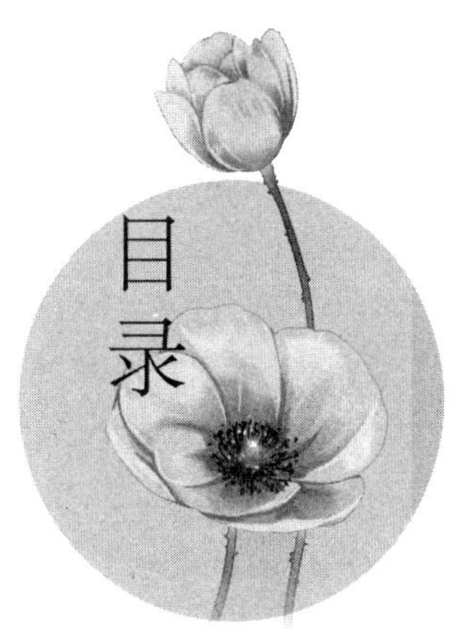

目录

Han qi lu Ni zhan zhu

上册

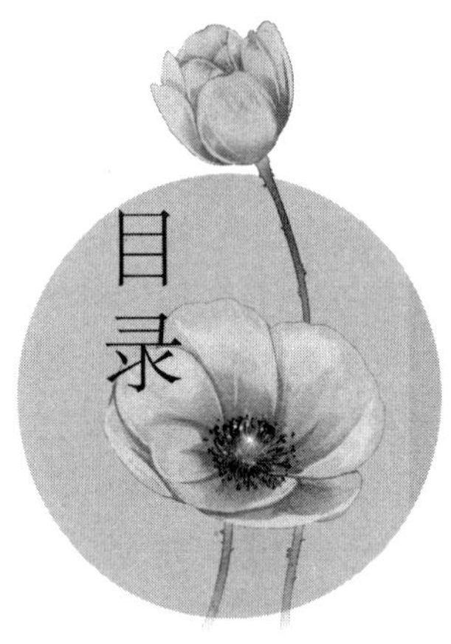

目录

Han qi lu Ni zhan zhu

下册

第一章 这该死的韩七录

安初夏好看的琉璃眸子缓缓闭上，脑海里还浮现着母亲那温和慈祥的微笑。

她不敢相信，那么温柔善良美丽的母亲，就那么永远地离开了她。

“喂！你现在很得意吧？”一个不带着任何温度的声音自耳边响起，他呼出的温热气息令人神经酥麻，紧接着一只手重重地放在了她的肩上。

安初夏在心里小声地叹息，这个韩家大少爷，似乎也太过小孩子气了。

几个小时前的场景又在她的脑中闪过……

“七录，小初夏以后就是你的妹妹了，你要好好照顾她。”韩七录的老妈姜圆圆一手搂着安初夏的肩，一手拽过正准备往房间走的韩七录。

闻言，韩七录身体一僵，慢慢转过身开始上下打量着他们家老头的救命恩人。这女人长得眉清目秀，算不上最好看，但是让人看了总有一种从未有过的安心感。特别是她那双清澈的眼睛，似乎像是一汪水一样干净，毫无杂质。

但是他才不会被她看似清纯的外表迷惑。要知道，她的母亲可是费尽心机，拿自己的命救了他老爸的命。据说她母亲木身就是癌症晚期，是将死之人。如此机关算尽，应该只是想让她的宝贝女儿能进入韩家的大门吧？

真是个恶毒的女人！

而他最讨厌的，就是城府很深的人。

安初夏也同样打量着眼前的韩七录，一看就是一副不良少年的样子。一只手嚣张地插在裤袋里，另一只手拿着一件黑色外套搭在肩上。早就听说韩家大少平时嚣张跋扈，还真是，见到他的第一眼就有一种莫名的厌恶感。

但转念一想，她现在寄住在韩家，不能对他们家唯一的儿子这么敌对，只能扯出一个微笑，友善地说了句：“你好，我叫安初夏，以后还请多多关照！”

“恶心！”谁知对方竟然如此给脸不要脸地说了两个这么欠揍的字。

没等安初夏做出什么反应，姜圆圆已经被气得大喘气，一叉腰，像个母夜叉似的指着韩七录：“哪有你这样对妹妹没礼貌的？还不快给我道歉！”

这个时候，安初夏还能够说些什么呢……

她本身是想直接过去掐断他脖子算了。可是阿姨都已经这么说了，她再不识相就是她的不对了。

“没事的，阿姨。少爷可能是今天心情不好。”安初夏的脸上挂着一抹不自然的笑，见韩七录看她的目光似乎更加不友善了。

不过她无所谓。

“真是抱歉啊，小初夏，不过你不用叫他少爷，叫他的名字或者哥哥就可以了。”姜圆圆微笑着，一转头又立刻换了一副严厉的表情，“你给我上楼回房间面壁思过！今天晚上，你就不要吃饭了！”

看到韩七录最后那一抹愤恨的眼神，安初夏有一种不祥的预感。

只是，她真的没有想到，在十点多钟的时候，这个小子跑她房间来干什么。

“我的名字，不叫喂。”她转过身，一身白色的蕾丝花边小睡裙，把她衬托得更加像公主一样优雅。

“看吧，我妈不在，你的气焰就这么嚣张！嗯？”韩七录一把抓住她的双肩，眼睛像是要喷出火来，“说！你到我家来到底有什么目的？”

目的？安初夏冷笑：“我妈是因为你爸死的，我的目的就是让你们家所有人对我心存感激，对我报恩！懂了吧？”

其实她的心里可不是这么想的。

“果然……”韩七录目光一冷，抓着她肩膀的力道更加大，让她不自觉地皱起眉，“贱人，你给我滚出我们家！”

富家子弟都像他这么没礼貌没教养吗？

安初夏再也忍不住，抬手给了韩七录一个耳光。她这算是为民除害吧？说到底，她这辈子还没这么打过人耳光呢。

“韩七录，我看在韩叔叔和姜阿姨的面子上，才对你一忍再忍。可是，你凭什么骂我是贱人？你以为自己就特别高尚吗？”

被安初夏这么一顶，韩七录一时间居然不知道该怎么回答，反而被她吓得后退了一步，松开了手。

“你听好了，”安初夏继续说，“我对你们家的财产什么的，统统没有兴趣。我只想考上大学，圆我妈妈的梦想，所以你完全没有必要戴着有色眼镜看我。”

“呵……”韩七录回过神，冷笑道，“你以为我会相信你的话吗？”

安初夏也跟着冷笑起来：“我的话，总之是放在这里了。至于你相不相信，那就是你的事了。很晚了，再见，不送。”

看到安初夏一副不屑的样子，韩七录心中升起一股无名大火，再次往前一把抓住她的肩大吼道：“你不是要我们报恩吗？不如……我以身相许吧！”

不等安初夏有所反应，他一个俯身，带着些报复的意味吻上了安初夏的唇瓣。

她瞪大眼睛，不敢相信这一切。她珍藏了十八年的初吻，就这么……献给了一个莫名其妙的人？

等安初夏反应过来的时候，韩七录已经开始沿着她光滑的脖颈，留下一个个浅浅的吻痕。他原本只是想要报复她，让她知道，对他不屑是要付出代价的。可是不知怎么的，居然控制不住自己，越吻越投入……

安初夏用尽全身的力气将韩七录推开，目光冰冷：“韩少爷，请自重！”

“自重？”他的眼底满是嘲讽，“本少爷长这么大，还是第一次听别人对我这么说。”

“所以你很自豪吗？”她的目光越发冰冷，顿了顿，吐出一个字，“滚！”

“滚？你要的不就是这样吗？靠近我，然后让我爱上你……”他一步步逼近。

安初夏不自觉嘴角一颤，这个家伙……是有多自恋？以为自恋不犯法就无法无天了吗？

“怎么？被看穿了吗？”韩七录伸出手，想再次抓住安初夏的肩。可她这次眸光闪过一道亮光，拉过韩七录，使出一个过肩摔将他摔倒在地。

“啊——”韩七录以某种怪异的姿势倒在地上，“安初夏！你死定了！”

安初夏不以为然地一挑眉，学着韩七录那副趾高气扬的样子大声说道：“本小姐还真不怕！所以……滚！”

韩七录连走带爬地跑出她的房间，留下一句俗气得不能再俗气的台词：“你给我记着！”

是是是，她一定会好好记着。

无奈地叹口气，她走到门口，将门反锁，以后的日子，怕是不会很好过了……而且，下次一定要记住睡觉前把门反锁！

第二天一大早，安初夏一脸淡定地坐在餐桌上，优哉游哉地吃着早餐。

“初夏昨天晚上睡得还习惯吗？”韩老爷韩六海抬头问安初夏。门的隔音效果很好，所以昨天晚上发生的事，他们可一点儿也不知道。

她微微点头，眼底划过一丝不自然。心里正为自己失去了十八年的初吻而痛心疾首的时候，韩七录穿着斯蒂兰皇家学院的白色制服出现了。

不得不说，他安静的时候，倒还蛮像个王子。

低下头，她不再看他，认真地吃自己的早餐。她的身上也穿着斯蒂兰皇家学院的白色制服，上面的设计还好，是她能接受的范围。可是下面……裙子短得可怜，估计一弯腰就会走光吧？所以她对着镜子穿衣服的时候，愣是花了十几分钟去适应。

据说，斯蒂兰皇家学院之所以叫这个名字，是因为学院是由一个小国的皇室出资赞助成立的，后来他们把股份转让给了国内的商业集团，只是保留名称，而韩家就是这所私立大学的大股东。不过这些对安初夏来说不重要，重要的是，学院的硬件和师资水平都是首屈一指的，对于她来说，能上这样的学校，也算是祖上积德了。

她又想起姜圆圆前几天对她说的话——小初夏，斯蒂兰学院的学制和普通大学不太一样，第一年算是预科，一年预科结束后你可以选择继续就读本院，也可以再参加高考考别的大学，等于要读五年，这就要看你自己的选择了。

正这时，旁边又响起一个声音。

“妈，她怎么也穿我们学校的制服？”韩七录满脸的不悦。还以为星期一了，终于可以不用见到这该死的臭丫头了，现在看来……没这么好运气。

安初夏在姜圆圆说话前开口道：“哥哥，以后我就是你的学妹了。请多多指教。”说完，还摆出一个无比友善的微笑。装乖，她最在行了！

“那个……小初夏，我跟你韩叔叔昨天晚上决定了一件事。”姜圆圆试探着开口道，“七录，你也给我好好听着！”

韩七录只好乖乖地在餐桌前坐下，不敢再插嘴。因为有韩六海在场，全世界他最怕他老爸了。

“是这样的，初夏。”韩六海接过女佣递过来的手帕擦了下嘴角，缓慢而又带着绝对威严地郑重开口：“我和你阿姨决定，让你以七录未婚妻的身份到斯蒂兰皇家学院上课。”

“什么？”

“什么？”

这两个声音分别出自安初夏和韩七录之口，统一是无比震惊的语气，但是韩七录的声音里还夹杂着一丝怒气。

他就知道，这个女人城府绝对很深！

“小初夏你不要急嘛。我和你韩叔叔也是为了你好。你看啊，如果七录突然多了个妹妹，那外界舆论会怎么评论你？所以啊，我们就把你的身份改成了安易山的义女，作为七录这小子的未婚妻去上学。”说这话的时候，姜圆圆特别委屈，那表情让安初夏不忍心一口拒绝。

她装可怜的本事，安初夏在妈妈去世那天就领会到了。当时她原本是不想到韩家寄住的，可是这女人居然在她面前大哭，说什么“小初夏你一定是嫌弃阿姨家太破烂”。

韩家的一个花坛大概都比她的房间要大，她怎么会觉得很破烂？她只是单纯地不喜欢那种寄人篱下的感觉，最后还是磨不过她……

“阿姨，没有别的办法了吗？”她放下筷子，无比认真地问姜圆圆。心里思考着，如果真没有别的办法可怎么办。

她确实不想失去在斯蒂兰皇家学院上课的机会啊。

“你别装了，安初夏，别以为我不知道你心里在想什么！”受不了安初夏看似纯真的表情，韩七录重重地一拍桌子站了起来，“我是不可能做你的未婚夫的！”

“阿姨，叔叔，虽然我也很想为你们省去一些麻烦，可是你看七录少爷，可能要找别的身份去上学了……”

“不用说了，这件事就这么决定了，由不得他愿意不愿意。”韩六海瞪了一眼韩七录，起身拿过女佣手里的西装外套。

“对，没得商量！从今天开始，你要和小初夏坐同一辆车去学校。如果让我发现你对她不好……那么就冻结你所有的信用卡！”姜圆圆跟着站起来，替韩六海整理领带。

“我……”又是这一招！韩七录沉默良久只得答应，狠狠地瞪了一眼安初夏，率先转身往外走。

安初夏在心里叹了口气，发现自己来到韩家还没一天就一直唉声叹气的。果然得到些什么东西的时候，就注定要失去些什么吗？

为了去斯蒂兰，她似乎连尊严都不要了。这样做，只为了完成母亲的心愿，真的值得吗？

“你还要坐在那里多久？本少爷可不想被冻结信用卡！”韩七录的声音在大厅外响起。安初夏咬咬牙，为了母亲，无论做什么她都觉得值得！

“叔叔阿姨，那么我就先去上学了。”她朝他们一鞠躬，转身在他们慈爱的目光中往外跑去。

坐进加长的宾利里，她真的觉得有钱人的生活似乎也太奢华了。

“在学校里，不要说认识我。”韩七录的声音又像幽灵一般响起。

装作不认识他，这当然也是她所希望的安初夏，一抿唇，微笑着说：“好的。”

韩七录看她那副听话的样子更加不爽，接着补充了一句：“见到我，要恭敬地叫一声‘七录少爷’，听到没有？”

“咳咳咳！”韩管家坐在副驾驶座的位置上猛咳嗽，“少爷，我是夫人派来保护安小姐的。”

言下之意，也就是说，他是来监视韩七录的。

“我还会把她掐死不成？”韩七录翻翻白眼，不耐烦地又说了一遍，“一定要叫我少爷！”

“好的，七录少爷。”安初夏依旧是处事不惊的样子。叫少爷就叫少爷呗，她又不会少块肉。

“哼！”韩七录转过头，看向窗外。

斯蒂兰皇家学院很快就到了，安初夏尽管是个能把情绪很好地藏在心里的人，但是看到如此壮观辉煌的学校，还是忍不住瞪大了眼睛。

“没见识！”韩七录冷冷地看了她一眼，率先下了车。

刚一下车，就有一大群穿着斯蒂兰皇家学院制服的女生把韩七录围了起来。

“七录少爷今天也很帅呢。”

“七录少爷，你什么时候再跟我们一起去 KTV 玩啊？”

“七录少爷，你吃早餐没有啊？”

……

各种花痴的问题听在安初夏的耳朵里，只觉得特别白痴。原来在皇家学院，花痴是如此之普遍。大概她们都不知道韩七录的劣根性吧？

被女生们围在中间的韩七录脑中突然升起一个想法，轻轻一扯嘴角露出一个邪魅的笑容。

“我给大家介绍一个人！”他推开挡在前面的女生，走到宾利的另一边，在众人灼灼的眼光中打开了车门，不顾安初夏的表情一把将她拉出车外。

“她是谁啊？”女生们恶毒的目光紧锁着安初夏。

“你想干什么？”她轻声问韩七录。不是说好最好装作不认识的吗？那他现在又是在干什么？

韩七录不回答，只是拉起她的一只手高举起来：“她就是我的陪读女佣安初夏。大家有什么事情都可以麻烦她，绝对不用客气！”

安初夏的身子猛地一震，随即抬头看向韩七录。谁知道他正好用戏谑的目光看着她，明显是想要故意整她。

幼稚！

只愣了那么一秒，安初夏就调整好情绪，微微一点头，朝大家笑笑：“希望能和大家成为好朋友，有什么事都可以让我帮忙哦。但是，一定是要在我的能力范围内。”

女生们互看一眼，眼睛纷纷闪着星星围住了安初夏问东问西。要知道，想要成为七录少爷的女人，这个女佣肯定是一条捷径！

韩七录见状，一咬牙，万分不爽地走进斯蒂兰皇家学院。

“让一下！”韩管家推开众女生，把安初夏拉出人群沉声说，“安小姐，你明明是我们韩家未来的少夫人，怎么就成女佣了？这若是让夫人和老爷知道了，我都不知道会怎么死的！”

安初夏一耸肩，拍了下韩管家的肩膀说道：“您不说，夫人和老爷怎么会知道？反正少爷觉得这样好玩，那就遂了他的愿。而且……我在韩家也不能做什么，这样他如果觉得开心的话，我也算是做了点儿贡献吧。您说是吧？”

看着安初夏一脸的轻松，韩管家摇摇头：“好吧，既然您都这样说了……您先跟我去见校长。我会一直待在校长办公室的。如果他们让你做什么事，您可以来校长室叫我去做。”

安初夏点点头，但是心里发誓绝对不会让韩管家帮忙。她从小就会干很多活，做点女佣的事应该也不会很难。而且，那些女生好像对她还蛮友善的，应该也不会为难她。

走进斯蒂兰皇家学院，她才深刻明白什么叫“皇家学院”了。所有的大楼设计风格都是欧美式的，看似都是同一个风格但仔细一看却又各有千秋，比如这栋楼是尖顶的，那么旁边一栋楼就是圆顶的。而让安初夏更惊讶的是，最中间的那栋白色教学楼上部，居然有一个巨大的古钟。

恰好在这时，钟声响起，一群白色的鸽子掠过大楼朝蔚蓝的天空飞去。

她这是……来到天堂了吗？

“那个……安小姐。”韩管家看见安初夏那副陶醉的表情实在不忍心打扰，可是再不去校长室就太晚了。

“是！”她回过神，尴尬地朝韩管家笑笑，“不好意思，这里太漂亮了。”

能在这里上课，她到现在还觉得在梦里。

“呵呵，您跟我往这边走。”韩管家在前面带路，不一会儿就来到了教学楼旁边的一栋专门的政教楼。

“是安小姐吧？”刚走到门口，一个看起来还挺慈祥的中年男人就迎了上来，“果然人如其名，安初夏，安初夏，让人看了就觉得像初夏的风景一样安静、美好。”

“您过奖了。”被校长夸得，她都有点儿尴尬了。

“校长，还是开始正题吧。”韩管家在一旁提醒。

校长一拍脑袋说道：“对对！正题，你看我这老糊涂的。我给你安排的班级是大一 A 班，这个班的学习氛围特别好。那我现在就带你去……韩管家啊，你就在校长室等我吧，有一些手续还没有办全。”

韩管家点头：“我也正有此意。那么安小姐就拜托您了。”

“哪里哪里……”两个人相互客气一番，校长总算是带着安初夏来到那个传说中“学习氛围特别好”的大一 A 班。

刚一走到门口，就听见里面传来吵吵嚷嚷的声音。她好奇地走到校长前面一看，正好一架纸飞机飞到她面前，撞到她的鼻尖坠落地上。

再往里面看，一个班三十几个学生，几乎没有一个是在听上面的老师讲课的。化妆的化妆，涂指甲油的涂指甲油，睡觉的睡觉，聊天的聊天，玩手机的玩手机，更有甚者，居然把桌子拼到一起打起了斗地主！

啊，这就是传说中学习氛围特别好的班级？要不要这样玩她啊？

将疑惑的目光投向校长，他捂着鼻子掩饰尴尬，走到门口叩响了门。校长的出现还是有那么一点儿威慑力的，至少打牌的那几个，把扑克牌以不可思议的速度收拾好藏到了抽屉底下。

“校长您有什么事吗？”拿着教科书的班主任老头离开讲台走到门口。

“这是我昨天跟你提到的安初夏同学。”校长看了眼安初夏继续说道，“还希望老师多多照顾啊。”

“那是当然。”班主任笑着打量了一下安初夏，“欢迎你来到我们大一 A 班学习。”

安初夏一点头：“谢谢老师，我会好好努力的。”

“那么你帮她安排一下，我校长室那边还有点儿事要处理。”校长对着安初夏一点头，转身折回校长室。

校长一离开，教室里立即就沸沸扬扬起来。

关于沸沸扬扬的原因，就是安初夏的突然出现。

“同学们先静一下，这是我们班的新同学。”班主任带着安初夏来到讲台上。面对那么多双眼睛的直视，她认命地垂下了眼帘。

“大家好，我叫安初夏。”

“什么嘛……声音小得跟个蚊子似的。”不知道是哪个男生说了这么一句，立即引得全班大笑。

这样，算是被嘲笑了吗？有一种耻辱感由心而生。

未等班主任出声调教，安初夏快速拿起一支粉笔写下了“安初夏”三个大字，转过身，眼睛扫视全班，大声说：“安初夏，请多多指教！”

众人一下子安静了下来。

“好的，那么初夏同学，你就坐在第四组第一桌。课本老师都已经提前放到抽屉里了，这节是语文课。”班主任说着，朝空位的旁边看了过去，“菲莉亚，好好跟新同学相处哦。”

安初夏走过去，看到那是一个身材偏胖的女生，正畏畏缩缩地看着她，胆子很小的样子。

“你好，菲莉亚同学，以后请多多指教。”

那女生一愣，随即摆出一个微笑：“嗯！”

“好，那么我们继续上课。我们都知道杜甫这诗人是一个……”

一节课，就这么在吵闹中度过了。

“我们今天这节课就先上到这里，希望大家认真完成作业，下课！”班主任老师刚走出教室，门口突然出现了一个不速之客。

“哇——那不是七录少爷吗？他怎么来我们班了？”女生们纷纷开始骚动起来，更有甚者居然尖叫一声，昏了过去，直接被人抬出了教室。

这些女生，是不是也太激动了点儿？安初夏无法理解她们的思维，摇摇头继续预习下一堂课。

“安初夏，你还不给我出来吗？”

她翻书的手猛地一僵，内心无比愤恨。

这小子，又想要干吗啊？

“七录少爷是在叫我吗？”一女生激动地瞪大眼睛。

“叫你个头啦！人家是在叫转校生安初夏。”立即就有人反驳刚才那位女生。

放下书，一万个不耐烦地抬头往前看，由于是坐在第一排，所以韩七录离她的距离只有一米多。她可以清清楚楚地看见韩七录眼神中那抹……捉弄。

“什么事？”努力让自己看起来平和一点儿，毕竟她看得出来，如果对这位少爷有什么过激的举动，他的那帮粉丝绝对会把她碎尸万段的。

韩七录一仰头桀骜不驯地说道：“本少爷找你还需要什么理由吗？”

看看，这话说得，如果他只是一个平民，不是什么富家子弟，大概早就被人揍得连他爹娘都认不出来了！

深吸一口气，她在万众瞩目中走到韩七录的面前：“七录少爷，有什么需要我帮忙的吗？”

而韩七录似乎特别享受她叫他少爷，扬起一抹邪邪的笑，率先往外走：“给本少爷买一箱冰镇可乐送到大二A班。记住……速度快点儿！”

“喂……喂喂！”她几乎要抓狂了，快步追出教室门口时，韩七录那货已经消失在走廊尽头。

“我说……安初夏。你跟七录少爷是什么关系？能让他亲自来看你。”一个带着浓重醋意的声音自身后响起。

安初夏咬咬牙，微笑着侧过身回答道：“其实，我是七录少爷的陪读女佣。刚才少爷可并不是来看我的，是让我去买冰镇可乐。”

“原来是这样！初夏，以后你有什么困难尽管告诉我！我们都会帮你的！”刚才说话的女生一瞬间变成一副和蔼可亲的样子。

“现在就有一个困难……”她尴尬地笑笑，“谁能告诉我，这哪里有卖可乐的地方？还有……大二 A 班在哪里？”

十几分钟后，安初夏抱着一箱冰镇可乐出现在教学楼的三楼楼梯转角处。

韩七录……看着吧！你会下地狱的。她深吸一口气，大步走到走廊上，却正好跟一个人相撞。如果不是对方反应快及时把可乐接住，那箱可乐可能已经宣告牺牲了。

“对不起！”她一抬头，正好对上一双漂亮的眼睛。如果不是那发型，她很有可能把萧明洛认成女生。

因为这家伙长得……真的太好看了！和韩七录的帅气不同，他的帅气中带着阳光。韩七录那个家伙……太阴暗！

“是我说对不起才对……你好，我叫萧明洛。”

如果他的眼睛不一直盯着安初夏的脸，那么她或许对萧明洛的第一印象会更好一点儿。

“你好，我叫……”

“安初夏。”对方居然知道她的名字，“叫安初夏是吧？真是好听的名字！”

她生来不喜欢听称赞的话，觉得那太假。而且这家伙虽然长得好看，但一眼就可以看出绝对是个花心男。

“你怎么认识我？”她显得很诧异。“这个啊，是七录让我出来接你的……”他眨眨眼，“没想到是个标致的美女啊。七录那家伙还说……”

“还说什么？”那小子的狗嘴里一定吐不出什么好话！

“说你是……恐龙……”

话音刚落，安初夏就夺过萧明洛手里的那箱可乐气冲冲地走向 A 班门口。

“安初夏学妹，你不能走！别走！那里不能走！”

身后传来萧明洛的大叫。她根本没有理会，一脚踢开大二 A 班教室的门……

——哗。砰！

三秒过后，她还保持原来踢门的姿势。不知道谁居然用脸盆装满水，然后放到半开状的门上。她一踢门，水正好全都洒在身上。浑身湿透不要紧，重要的是，还有一个脸盆正好盖在她的脑袋上。这样看起来，就像个买不起头盔的工兵一样滑稽。

“哈哈哈哈哈……”教室里不停地爆发出一阵阵大笑，伴随着捶桌子踢凳子的声音。

“我就说让你不要走前门……”看到这场景，萧明洛在身后惋惜地叹气。

安初夏垂下眼眸，全是水的脸上感觉到了一丝温热。她哭了，可是没有人注意到。

“笑个屁笑！”韩七录大吼。全班立即安静下来。他沉默了一会儿才继续说道：“让你拿瓶可乐怎么像乌龟一样慢？不对，应该是蜗牛一样慢。最慢的乌龟它也早该爬到这里了！”

他说完，从座位上站起来走到安初夏面前。

她不说话，只是双眼空洞地看着他。不就是寄住在他们家吗？就得这么变着法地欺负她吗？

“我让你买一瓶，你怎么买了一箱？”到现在韩七录才发现安初夏手里居然抱着一箱可乐，而且还都是冰过的，她的双手因为寒气而变得惨白惨白。

“是你让我买一箱的！”她深吸一口气，眼泪却没有忍住，不由自主地落了下来。

韩七录的喉结上下动了一下，声音轻下来：“是吗？那大概……是我用错了量词。”他这句话是出于真心的，他语文本来就不好。

看安初夏依旧是一副怨妇样，韩七录撇撇嘴：“你干吗瞪着我？你以为你眼睛大啊？我用错量词你不会好好用脑子啊？我一个人喝得完那么一大箱可乐吗？”

“……”她依旧没有说话。

韩七录歪了下脖子十分不爽地继续说：“安初夏，你别一副我欠了你的样子，明明是你……”

“啪——”

安初夏居然吃了豹子胆，给了韩七录韩大少爷一耳光。

全班石化，包括一直站在安初夏身后的萧明洛也是明显地愣住了。

“韩七录，你浑蛋！”她留下这么一句，哭着跑了出去。

“喂，安初夏学妹……”萧明洛看了一眼韩七录，转身追了出去。

他站在原地一动不动，久久不能消化那一耳光。

直到下课铃声响起，韩七录还一直站在那里，脑子里一片空白，根本不知道发生了什么。

在这个绯闻八卦传播速度连光速都比不上的21世纪，我们的韩七录大少爷的正牌女友兼斯蒂兰皇家学院校花莫昕薇，在一分钟后就得知了这件事，连妆都还没来得及补就跑到了大二 A 班。

"七录，你这是怎么了？不要吓我啊？"她看到韩七录那傻愣愣的表情差点儿没当场哭出来。

被莫昕薇这么一叫，他总算是从半游离状态回归到现实。

"七录……你倒是说句话啊！"

莫昕薇拉着韩七录的手臂不停地摇。韩七录一皱眉，扬手甩开了莫昕薇。

"给我滚！全都给我滚出去！"

"七录，你别这样……"莫昕薇不敢再摇韩七录的手臂，只能小声地跟他说话。

韩七录闭上眼睛，感觉到自己全身都在颤抖。

"是谁把脸盆放在门上的？"冷冽到极点的声音，任谁听了都会忍不住打哆嗦，"不要让我再问第二遍。"

几个男生相互对视一眼，走到韩七录面前齐声说："是我们做的。"

"为什么要这么做。"他这完全不是疑问的语气，而是陈述的。平时他就是用这气势把别人吓得连魂都丢了的。

"历史老头今天上课过了五六分钟都没来，我们为了给他一个教训，就……"其中一个男生说着说着，越说越轻。

另一个男生干脆接下去说："谁知道那老头原来请假了，一整节课都没来！"

"更没想到的是，水泼到了少爷您的朋友……"四五个人七嘴八舌地说开了。

"谁是七录的朋友？那女人打了七录耳光还说什么'少爷您的朋友'。你们一个个是没脑子，还是脑子进水啦？"莫昕薇满脸不悦。她不希望更不允许她的七录，有任何一个除了她之外的女性朋友！

"够了！都给我闭嘴！"韩七录现在一听到"耳光"之类的词汇，脑子就跟火烧了一样，拎起其中一个男生就往墙上扔，"全都给我滚出去！莫昕薇你也给我滚！"

他需要好好地冷静一下，对……冷静一下。否则他一定会控制不了自己，直接去撕碎那个女人然后喂狗吃！

不，他不能这么残暴……不行，不对那女人残暴一点儿她就蹬鼻子上脸！

韩七录后退了几步一屁股坐在凳子上，仰头却看见满教室的人都离开了，只有莫昕薇还站在那里似乎在思考着什么。

"不是让你也滚蛋吗？"他再度皱起好看的眉头。女人真是一种最麻烦的生物，无论用什么科学都不能解释为什么这么麻烦！

"可是……"

“滚！”他重重地拍了下桌子。莫昕薇被吓了一大跳，这才仓皇地跑出教室。但是刚跑出去没几步她就停下了步伐。

让七录这么生气的女人，她倒要去见识见识！

“丸子！”她话一出口，立即就有一个剪了樱桃丸子发型的女生跑到她身边。

“哎哟喂，我的大小姐。七录少爷正在气头上，咱跑远点儿说话。”说完她二话不说拉着莫昕薇远离了大二A班教室。

“你别这么夸张好吗？”莫昕薇不屑地斜了她一眼，“七录他再怎么样，也不会对我真发火的。”

丸子耸耸肩轻声说：“那可不一定……他的外号你忘啦？叫‘暴君’，暴君啊！”

“暴你个头！我问你，那个扇了七录耳光的女生叫什么，在几班？”莫昕薇双手抱胸，目光阴冷。“我要让她明白，惹恼七录的后果很严重！”

“以我的第六感来看，这件事，你还是别插手的好。”但话刚说完，丸子立即遭受到了一记爆栗。

“好啦好啦，我带你去还不行吗……”

跑离大二A班的安初夏在一个僻静的地方停了下来，因为跑了太多路，她的脚微微发酸。

她干脆直接坐到了地上，一边脱鞋子一边哭着说：“这个该死的学校，没事建那么大干什么？该死该死，这里的一切都该死！”

“这里的一切也包括我吗？”一个有点熟悉又有点陌生的声音自身后传来。

她想了几秒钟，才记起这是那个叫萧明洛的花心男的声音。

“你干吗跟着我。”她重新穿上鞋子站起来，眼神中满是对他的警惕。

萧明洛扯了扯嘴角，这还是第一个对他的魅力无感的女生呢。

“我怕你想不开做出什么傻事啊。”他纯真无邪地眨眨眼，低头从口袋里找着什么，半晌才摸出一张纸巾来递给安初夏。

她犹豫着要不要接过来，但最终还是接过了纸巾：“虽然很好奇，但是萧同学，你是让我用这个擦鼻涕吗？我没有感冒啊。”

擦……擦鼻涕……这样的回答，似乎完全颠覆了他的世界观。难道不该是感激涕零地说声谢谢，或者直接投入他的怀里诉苦，而不是说什么……擦鼻涕！

平复了下情绪，萧明洛尽可能心平气和地说：“这是给你擦身上的水的。你全身都湿透了。”

她立即用一种像看怪物的眼神看着萧明洛。

啧啧啧，真是可惜啊……年纪轻轻的脑子就傻掉了。明明知道她全身都湿透了，还给她一张小小的纸巾让她擦干。

“怎……怎么了？”萧明洛被她奇怪的眼神看得浑身上下都不自在。

安初夏忙摇头干笑着：“没有，没什么！谢谢你了，太阳这么大，走回教室差不多就完全干了。”

不能当面指出人家是神经病啊，安初夏，你这样做会很失礼的！她在心里对自己说。

如果人家萧大少爷知道她心里想什么的话，一定会恨不得找块砖头当场拍死自己！

事实证明，在已经入夏的阳光下，水分的挥发度相对还是挺好的。在她走回教室的这么二十几分钟，衣服和头发都已经干得差不多了。除了发梢摸上去还有点儿湿之外，可以说完全没有淋湿过的痕迹。

大一A班教室。

“大小姐问你，你同桌哪里去了，怎么不回答？你这个丑八怪……”丸子只是问了菲莉亚一句安初夏去哪里了，结果菲莉亚只是呆呆地看着她，没有回答。

因为她根本不知道安初夏去哪里了啊。偏偏她还是个不怎么会组织语言的人……于是就这么杠上了。

“死丫头居然还不说话，简直是不把我放在眼里！”莫昕薇一生气，抄起菲莉亚桌上的一本书就砸她的脑袋。

班里的同学虽然都看不过去，但没有一个人敢上前帮忙。毕竟莫昕薇可是七录少爷的人，他们得罪不起。

“不要打了……”菲莉亚哭着用手挡住头。可是她的头发下一秒就被丸子拽住，用力地往后拉。

“不要打了？现在会说话了？丑八怪，你刚才拽什么拽！”

“全都给我住手！”

所有人的视线都投向突然出现的“英雄”，当然了，英雄就是我们的——安初夏。

她快步往前走，两只手用力地拉开了站在菲莉亚身边的丸子和坐在菲莉亚桌上的莫昕薇。

“就算是丑八怪，也轮不到你指手画脚说三道四吧？”她从小就看不惯别人欺负弱小，也正是因为这种性格，妈妈才会让她去学跆拳道，否则她每次拔刀相助最后受伤的总是她自己。

“安初夏？”莫昕薇勾起嘴角，上下仔细地打量她。

长得也不怎么国色天香嘛！

“我不知道你为什么认识我，我也不想知道你为什么认识我。现在，请你离开我们班，我们大一 A 班不欢迎你！”

话音一落，全班都鼓起了掌。

而站在门外的萧明洛笑得更是开心，这女人，比想象中要有趣得多呢。

“安初夏，睁开你的狗眼看看！她可是莫昕薇……”丸子冷冷一笑，“谁都知道，惹了她就是对七录少爷的不敬！”

又是韩七录，她这辈子都不想听到这三个字！

“怎么？听到七录就怕了吗？”莫昕薇缓缓走到安初夏面前，染着红色指甲油的食指挑起安初夏的下巴，沉声说道，“就算你用那种方法，也休想得到七录的心！因为……他是我的！”

这女人，似乎搞不清楚状况吧？什么叫“用那种方法”？什么叫“休想得到七录的心”？她根本不稀罕，连看都不想看一眼！

“那么，莫昕薇小姐，你大概是会错意了。”她表情僵硬地回答。

“会错意？”莫昕薇冷笑道，“我的直觉可是一向非常准的，别以为我不知道你在想什么！”

“你真的……”

“啪——”一个耳光重重地落到安初夏的脸上。

莫昕薇高扬起下巴，打了人还义正词严地说：“这个耳光，是我替七录讨回来的！”话毕，她又扬起手，想要再甩第二个耳光。可是到半空的时候，就被一只强有力的手给掐住了。

“莫昕薇，你活腻了吗？”这声音，分明就是韩七录的声音。

他狠狠地甩开莫昕薇的手，抬手将安初夏拉到自己身后。

大一 A 班教室外，萧明洛扬起一抹若有若无的微笑，转身走向走廊的尽头。

他只不过是觉得这场戏如果这么演下去的话太过无聊，所以就顺便打了个电话给韩七录，还很随便地说了一句：“七录，扇你耳光的那个女人很快就要被你女人打死了。你要来看好戏吗？”只是他没想到那个家伙没一分钟就跑过来了。

看样子接下来的日子会非常好玩……

想到这里，萧明洛的嘴角扬起的弧度越加变大。

“七录，这个女人可是给了你一记耳光啊！我只是帮你报仇。”莫昕薇满脸憋屈地看着韩七录。

韩七录不耐烦地狠狠瞪了莫昕薇一眼：“不需要！”

安初夏糊里糊涂地一直被韩七录拉在身后，不知道他又在搞什么。

“为什么……”莫昕薇瞪大了眼睛，晶莹的泪珠划过精致的脸颊，“我只是气不过……”

“以后我的事，你少管！”他再次拉起安初夏，将她拉到面前大声宣布，“从今天开始，安初夏就是我的女人！”

这臭小子……在说什么乱七八糟的！

“韩七录，你别太……”她突然猛地瞪大眼睛，韩七录居然又吻她！还是该死的在这么多人面前吻她。

安初夏试着想要推开韩七录，可无奈这个家伙的力气太大。

仿佛过了有一个世纪那么久，韩七录才心满意足地放开她。刚一放开，安初夏就扬起手，但立刻就被韩七录的大手给牢牢握住。

“第一次没注意被你扇了一个耳光又被你摔了一跤，第二次不经意被你扇了个耳光，第三次……你以为还会有第三次吗？安初夏！”他狼眼一眯，居然弯下身把安初夏扛在了肩上。

面对突然颠倒过来的天和地，安初夏不安地挣扎着。

这个家伙，这样子她会走光的啦！

这一点儿韩七录当然也是有考虑到的，他冷眼扯过一个男生的制服外套直接盖在了安初夏的屁股上。无奈那个男生连半个字都不敢说。

见安初夏还在傻傻地挣扎，韩七录非常无耻地拍了下她的屁股：“小妞，如果你再乱动，爷就把你那里……全部曝光！”

这句话的威慑力果然大，安初夏立即安静地趴在他肩上不敢乱动。

看到她终于安分了，韩七录旁若无人地勾起嘴角将她扛出教室，一路到了教学楼的最高层——第四音乐室。

这是一间已经没人用的音乐室，所以就被韩七录他们当成了秘密基地。当然了，这个基地一点儿也不秘密，几乎所有人都知道，这里是非韩七录允许不得进入的禁地。

“你带我来这里干什么？”刚被韩七录放下，安初夏就很自觉地往后跳了几步远离他。

听到安初夏问出的问题，韩七录冒出一丝类似微笑的弧度，可是怎么看都觉得不是微笑，反而令人产生一种毛骨悚然的感觉。

“你不说话我就回去了！”她吐出这句话转身就要走。他粗鲁地伸出手一把抓住安初夏纤细修长的胳膊，轻轻用了点力就将她拉了回来。

一转头，她对上韩七录那双漆黑的眸子。那里面深不见底，让人看不清他在想什么。

“问我干什么？这不是废话吗？”韩七录邪恶地一挑眉靠近安初夏的脸，“刚才在教室人太多了，我吻得非常不舒服，所以现在，我当然要……”

“你浑蛋！”话一出口她就后悔了。自己以前几乎没有发过这么大的脾气，也很少骂人，现在是怎么了？好像她天生就是个粗鲁女一样。

“浑蛋吗？”韩七录更加凑近她的脸，低声说，“那么我就不用装正人君子了，我这就告诉你什么是浑蛋……”

话音一落，韩七录就吻上了她的唇。

一直站在第四音乐室窗边的萧明洛和另一个男生眼中都冒出惊奇的光芒。如果没有猜错，他们伟大的老大——七录少爷，以前从来没有主动吻过女生吧？

也就是说……七录少爷把初吻给了这个新来的转校生安初夏！

啧啧啧，这将是爆炸性的新闻啊！

许久，七录少爷终于亲满足了，放开安初夏的时候，她脸已经憋得通红。这个笨蛋接吻的时候居然不呼吸，真是厉害啊……

“喂，你都不知道换气的吗？”他无奈地摇头，“看样子我要多教教你如何接吻了。”

听到韩七录这么说，安初夏的脸色立即变得比刚才更红，简直像个熟透了的桃子。

“韩七录！”她这次还没伸出手就被抓住了手腕。

“怎么？以为你还能打我？”韩七录紧紧地抿着薄唇瞪着安初夏。两秒后……他的脸色突然变得铁青，松开了她的手痛苦地蹲下身。

“不能打你的脸我还不能踩你的脚吗？”她得意扬扬地双手抱臂，下巴高扬。

“Shit！”韩七录低咒一声，下颚紧绷着，半晌才吐出一句话，“你别得寸进尺……”

得寸进尺？怎么现在还成她得寸进尺了？是！她是寄住在他家里没错，可这并不代表就可以随便任人欺负！

“韩七录，是你说的，让我在斯蒂兰皇家学院里要装作不认识你，可是又是谁突然把我拉下车说我是你的陪读女佣？又是谁在我好好预习的时候突然闯进班里让我去买可乐，还害得我被淋一身水的？你说，哪一件事是我得寸进尺？”

安初夏急喘着气，胸口随着喘气一起一伏，脸上的绯红退去了不少，可是现在耳朵却开始莫名其妙地发红。

“闭嘴！从来没有人敢这样对我说话！”韩七录站起身冷声道，“安初夏，你最好给我乖一点儿，否则我总有办法让你在斯蒂兰读不下去！”

这是在威胁她吗？

很好，从小到大她最讨厌被人威胁了！

“你不是皇帝，决定不了我在斯蒂兰的生活！”她直直地瞪着韩七录，看着他的眼神越来越骇人，似乎有上前几步把他掐死的冲动。

“我说——”突然出现的声音，让原本对峙着的两个人，都不约而同地往声音发出的方向看去。

安初夏脑袋一怔，怎么这里会有两个人？刚才明明没有人啊……

也就是说，刚才韩七录强吻她的场面又被人看到了？晕啊！这让她的颜面何存？

“你们怎么会在这里？”韩七录倒是没有多大反应，还转过身跟他们对话。

这两个人，其中一个安初夏还记得，是一个看似很讨厌，又好像对她很好的人。而另一个……剪着锅盖头发型，一枚标准的美少年。只是，为什么那男生的目光中居然带着点妩媚？

他应该是男生没错……吧？可是她的心里怎么会有一种奇怪的感觉？

“我们为什么会在这里不是重点。重点是……你们两个到底是怎么回事？很早就认识了？”萧明洛满脸的好奇。

“你们是怎么回事其实也不是重点。”美少年的声音也特别的……娘！

没错，她看到他的那种奇怪的感觉，其实就是觉得他很娘。

“真正的重点是，对女孩子要温柔好吧？七录，你看看你亲人家也不知道先哄一下她，真是！你好，打败恶魔大少韩七录的美女战士，我叫凌寒羽。”

“你好……”打败恶魔大少韩七录的美女战士？这说的是她安初夏吗？

“凌寒羽，你给我闭嘴！”韩七录的眼底划过一丝不自然。

“哟哟哟，韩大少爷这是在害羞吗？”凌寒羽得意地大笑。

韩七录眯起眼睛，冷冷地睨着凌寒羽。凌寒羽这才识相地闭上嘴。

贪生怕死的家伙！萧明洛在心里骂了凌寒羽一句，偏头对韩七录说道：“七录，你不会是对人家安初夏一见钟情了吧？”

安初夏猛地一愣。韩七录更是像傻子一样瞪大眼睛，但他很快就意识过来萧明洛在故意胡说八道想看他好戏。

索性走过去将一只手搭在安初夏的肩上，像个痞子一样带着不屑的语气说道：“你在开什么国际玩笑？她安初夏，不过是我们韩家的一个女佣而已。什么时候本少爷腻了，会马上一脚踹开她！”

这句话虽然说得不响，但却像是一把刀子，一下一下地用力直插安初夏的心脏。

“韩七录！”她冷着脸甩开韩七录搭在她肩上的手，“你不要太过分了！”

闻言，韩七录不怒反笑：“你不是我们家的女佣，那还是我们家的什么？好……你是我们家老头的救命恩人行了吧？”

“你……”她一时间不知道现在应该怎么样反驳，只是指着他的手不停地颤抖。

“七录！”萧明洛小声呵斥。他意识到这个问题似乎过激了，顿时对安初夏感到很抱歉。

韩七录看她那副不知道如何反击的样子心里就特别畅快，不禁大笑出声：“安初夏，别以为你装出一副天使面孔，本少爷就看不到你肮脏的内心。你跟你那死掉的老妈一样恶心！”

“我不允许你说我妈妈！”她猛地抬起头走过去用力地捶打韩七录。

只见韩七录皱起眉，一抬手将她的左手手腕扣住举到空中，紧绷着下颚表示他现在很生气。这个该死的女人居然一而再再而三地打他？

“说了又怎么样？你不过是个贱人！你以为我不知道吗？你连爸爸都没有，谁知道你妈是跟哪个野男人厮混才生下你的？嗯？”

对安初夏来说，世界上最刻薄的话不过如此。当韩七录在教室里把她护在身后的时候，她还有那么一丝错觉，以为他还是善良的。现在她才明白，那果然是错觉。恶魔怎么可能会是善良的？

滚烫的泪珠顺着她完美的脸庞流下，一滴一滴正好滴到韩七录的手上。

看到她哭了，韩七录的手突然松开了一点儿。他也不是故意的，但是谁让她惹他生气的？跟他作对是没有好下场的！

也就在韩七录的手松开一点儿的一刹那，安初夏的手挣脱开来，快速地扬起手，再次重重地给了韩七录一个耳光。

站在一旁的凌寒羽完全愣住了。

老实说，早上到现在他一直都在第四音乐教室看漫画。所以在萧明洛告诉他一个叫安初夏的女生扇了韩七录巴掌的时候，他还持着半信半疑的态度。

现在他才完完全全地相信，确实有安初夏这种不怕死的奇葩存在。

“你骂我可以，但是请不要侮辱我妈妈！”她眉目紧锁，原本清澈的眼睛里带着掩饰不了的怒意。

是他做错了吗？韩七录在心里问自己。

只是那么一瞬间，他又恢复到原先的他。他没有错，错的都是安初夏。只要她说那么一句软话或者求饶的话，他就可以放她一马。可是她却依然三番四次地挑战他的权威。

“你……”他刚要动手，一旁的萧明洛冲过来拉开了安初夏。

“七录，你别这样，她好歹也是个女生嘛。”

“女生？”韩七录冷哼一声继续说道，“还有哪个女生像她一样？”

“可是不管怎么说也不能……”

“等等，明洛！”凌寒羽摸着自己的下巴，缓慢地走到韩七录前面看了看韩七录又看了看安初夏，许久才开口说道，“从正常的逻辑思维来考虑，安初夏现在已经没命了。”

他到底在说什么啊？安初夏一头雾水，她只想尽快离开这里，再也不想看到韩七录那张令人厌恶的脸了！

“萧同学，请你把手放开行吗？我要回去上课了。”她的手从刚才被萧明洛拉住就没被松开过。

“抱歉。”萧明洛松开手，尴尬地抓了下自己的头发。

没等安初夏回答，韩七录就上前几步拦住了她的路：“打完人就要走吗？你亲爱的妈妈就没教过你礼貌是什么吗？”

她扯出一抹鄙夷的笑，昂起头无比严肃地说：“七录少爷，等你自己先学会礼貌之后，再跟我讨论我妈有没有教过我礼貌是什么吧！”

该死的！这个女人难道就不知道害怕是什么吗？

他皱眉，终于忍不住伸出两个手指紧紧地将安初夏的下巴扣住，一字一句地对她说：“为你刚才的行为和话，向我道歉！”

这是他给她认输的机会，也是最后一个机会。

谁知道她依旧倔强地迎上他的目光，毫无畏惧地说道：“我没有错，为什么要道歉？”

“很好！安初夏，你会为此付出代价的。一定！”韩七录甩开安初夏的下颚，阴沉的声音就像是在下一个诅咒一般，让人不寒而栗。

安初夏咬紧贝齿，绕过韩七录走出了第四音乐教室。她没有想到，来到梦想中的斯蒂兰皇家学院第一天居然会这么糟糕。一个上午都还没有过完，她就已经感到有些力不从心了。

接下来的日子，要怎么办呢？她迷茫地看了下天空，天空依旧蔚蓝得没有一丝一毫的杂质。妈妈，你会保佑我吗？

第四音乐教室内，气氛一片阴冷。明明都已经入夏了，不知道为何萧明洛和凌寒羽居然从骨子里感到一阵阵凉意。

“寒羽，你刚才为什么说安初夏已经没命了？这句话的意思我没听懂。”萧明洛率先打破了这煎熬死人的沉默。要知道他可是个静不下来的人。

听到萧明洛这么问，凌寒羽一敲脑袋皱着眉说：“刚才被打断了，如果你不说我都忘了……那个什么，你想啊，按照七录的做事风格，打了他这么多次耳光的女人，早就应该被他撕碎喂狗吃了，怎么可能还活着……啊！那个安初夏不会是鬼魂吧？”

“鬼魂你个头啦！”萧明洛给了他一个“你没救了”的眼神。

"难道你不觉得本少的分析很理性很正确吗？你想想看，上次一个女生，只是不小心弄脏了他的鞋。人家还是不小心弄脏的，结果他就直接把人家女生拎到三楼扔了下去。那女生现在好像还躺在医院里吧？"

萧明洛若有所思地看着韩七录点头："别说，你这分析好像还挺对的！"

"以你的智商到现在能理解我的分析已经算是很神奇了。"凌寒羽不忘记损萧明洛，但立即就被萧明洛踢了一脚。

"去你的！"萧明洛满脸不愉快，什么叫"以他的智商"？他智商明明……不是很低！

"你们两个给我闭嘴！"韩七录从口袋里掏出一个香烟盒直接就朝他们扔了过去。但是很可惜，两个人都轻松地躲过了。

萧明洛弯腰捡起地上的烟盒，嬉皮笑脸地走到韩七录面前递给他："七录啊七录，你就承认了吧？是不是对那妞有意思？"

韩七录缓缓抬眼上下扫视了一眼萧明洛，眼里满是不屑。

"安初夏的老妈救了我家老头，我不能对她下手。否则我早就掐死她了！"说到这里，他闭上眼睛平复了一下心情才继续说道，"不过，我绝对不会让她在斯蒂兰的日子过得舒服！"

凌寒羽歪着脑袋又在脑子里进行了一通分析。以七录的性格，就算是他老爸的救命恩人，惹恼了他，也还是会用尽一切手段把那人除掉，安初夏也还是不可能活到现在。所以以上分析证明，七录对那个安初夏，真的是不一样的。

或许他自己还没有发觉吧？想到这里，凌寒羽戏谑地勾起嘴角，说道："这可就是你的不对了，哪有人对自己老爸的救命恩人的女儿像对待仇人一样。"

"你知道什么？那女人耍心机成了我的未婚妻！"一生气韩七录连这件事都给说了出来。

周围的空气仿佛一下子被凝固了一般，凌寒羽和萧明洛两个人就像是被雷劈中一般睁大眼睛震惊地看着韩七录。

他轻叹了口气："现在你们知道我为什么那么讨厌安初夏了吧？也明白我为什么讨厌但是又不能把她直接处理掉吧？这件事统统都给我保密！要是泄露出去了，我让你们两个吃不了横着走！"

"那个，七录啊，是吃不了兜着走才对。"凌寒羽好心地提醒，但立刻就接收到了韩七录杀人的目光。

"寒羽，我俩还是哪儿凉快哪儿待着去吧。走走走……"萧明洛拉着凌寒羽逃命似的跑出了第四音乐教室。

韩七录缓缓走到窗口，通过巨大的玻璃窗正好可以清楚地看到前面的环形操场。几个班排着方块队在烈日下报数。

那正好是安初夏的班级。

“谢谢你，菲莉亚。”安初夏小声地对排在她左手边的菲莉亚说道。如果不是菲莉亚跟体育老师请假说她肚子痛，恐怕她现在就要被罚跑了。

“不用谢，你不是也帮过我吗？”菲莉亚友善地对安初夏笑笑。

“刚才我做的动作你们都记住了，期末测试就考这个。现在排成两列纵队，跑两圈之后自由活动吧。”体育老师一吹哨子，全班立即分成两列整齐地开始跑步。

一远离体育老师的听力范围，全班的人都叽叽喳喳地说开了。

“初夏，真有你的！刚来第一天就从那死女人手里抢走了七录少爷。”女生们说的无非是这些敬佩的话，但在她听来却很不是滋味。

“其实不是这样的。”跑步跑得稍微有点儿气急，她咽了口唾沫才继续说道，“我是他们家的……”

“安初夏！”

听到有人在叫她，安初夏下意识地朝声音发出的方向看去，结果一个篮球直接砸到了她的脸上。

“那不是莫昕薇吗？”顺着阳光看过去，莫昕薇一帮人站在篮球架下的阴影处得意扬扬地往这边看。

“这不是明摆着欺负人吗？太过分了！”

“就是！太过分了！”大一A班的同学都为安初夏打抱不平，一个个摩拳擦掌地准备冲上去跟她们理论。

安初夏垂下眼帘，想想之前也是她的错，不应该那么冲动，应该好好跟她说话让她别欺负菲莉亚的。现在反而给大家添了麻烦，她下定决心以后遇到莫昕薇要能忍则忍。

“大家算了吧。如果现在跟她吵起来，事情也只会越闹越大。”她拦住几个已经开始往那边走的同学，“我不希望大家为了我，跟她闹不和啊。”

“可是初夏，你就咽得下这口气吗？”其中一个女生盯着安初夏说道，“我知道你是为我们好。可是你是我们班的一分子，我们班是一个团结的班级，怎么可以看着你被欺负？”

“谢谢大家，可是……真的别去找事了。我们忍忍就过去了。”她的语气里带着点乞求。女生瞥了莫昕薇那边一眼，赌气地不说话。

突然响起一阵尖锐的哨子声，紧接着就传来体育老师气急败坏的声音：“你们干什么呢？还想多跑几圈吗？”

“我们继续跑吧。”安初夏笑笑，拉着那几个女生归队。队伍又重新快速而有序地绕着操场边缘跑。

“初夏你的脸没有事吧？”菲莉亚一边跑一边往后注意她的脸。

“我又不是豆腐，怎么可能被砸一下就有事呢？加油跑步！”她脸上的笑容如同鲜花一般美好、纯洁，不带一丝杂质。

她还以为斯蒂兰皇家学院的学生都像恶魔韩七录一样自私，看来她错了。

以前读高中时，安初夏由于性格上喜欢路见不平，又会一点跆拳道，所以基本上都是处于一个保护别人的角色。今天大家让她有一种被保护的感觉，她真的很开心。

既然心里有值得高兴的事情,那么为什么还要去跟那些小肚鸡肠的人生气呢？

阳光下，大一 A 班的同学就像是戴了隐形翅膀的天使般阳光、美好。

“该死的！那女人怎么被篮球砸了还那么高兴？她疯了吧！”莫昕薇捏紧手中的矿泉水瓶，眉心紧皱着，连眼角也显示着她此时的不悦。

丸子一耸肩，安慰莫昕薇：“所以让你别跟那种神经病一样了。你看看你都被气成什么样子了，消消气。”

听了这话莫昕薇没有一点儿高兴起来的样子，反而更加不爽了，扬手将矿泉水做了个抛物线运动扔出好远，发出一系列的声响。

“我怎么能不生气？”她猛地转身推了下丸子的肩，双眼像是要喷出火来，“你知道吗？七录少爷从来没有像之前那样护过我！她安初夏算哪根葱？”

丸子从幼稚园开始就跟莫昕薇是同学，所以两个人从小到大都是死党。只是她属于比较稳重的类型，莫昕薇属于那种冲动型的。

她无奈地摇头说道：“那你想怎么做？叫人把她做掉？”

莫昕薇冷笑，眼底闪过一道诡异的光：“把她做掉？你以为我傻啊！”

“那除此之外，大小姐您还有什么办法呢？想让她消失，只能做掉啊。不然还能怎么样？”丸子翻了个白眼，走到莫昕薇身边，“我现在就去查一下她的家庭背景，如果实力不怎么样，那就做掉……”

“做你个头！”莫昕薇抬手就狠狠地给了她脑袋一个爆栗子，“做事也不知道动动脑子！现在七录不是护着她吗？这并不能说明七录对她有别的什么，只能说明他是图个新鲜。一旦这女人的新鲜感没有了，那就算不除掉她，存在也没有什么关系了。”

丸子做恍然大悟状，连连点头。可是转头一想，好像也不是这么一回事。

她小声说道：“昕薇啊，不好意思打断一下。我怎么听说安初夏跟七录少爷的身份不同寻常呢？有人传言是七录少爷的未婚妻，也有人传言是七录少爷的陪读女佣。这不管是哪个关系，对我们都没什么好处啊！”

莫昕薇顿时愣住，阴沉着一张脸问丸子："未婚妻？你从哪里听来的小道消息？"

"不不不！绝对不是未婚妻！咳咳咳……"一个烫着波浪卷头发的女生连嘴里的矿泉水都没来得及咽下去，一着急居然一不小心呛到了。紧接着一阵剧烈的咳嗽，嗓子火烤一样的难受。

丸子指了下波浪卷女生说道："就是她说安初夏是七录少爷的陪读女佣。"

双手抱胸，莫昕薇高扬起下巴等着女生停止咳嗽，心里一边盘算着，如果是未婚妻那对她来说情况非常不妙。但如果是陪读女佣，那么……岂不是有很多办法可以整她？毕竟不过是一个小小的女佣罢了。

没有人会为一个女佣指责她的吧？

想到这里莫昕薇笑逐颜开。女生恰好这时候喉咙没有了被呛到的难受感，清了下嗓子表情夸张地说道："丸子姐、昕薇姐，这件事可不是我说的，是七录少爷亲口说的！"

她弯起嘴角，连眼角都带着一抹笑意："你说具体点儿。"

女生点头继续说道："当时的情况呢，是这样的……早上的时候，七录少爷的车上下来一个女生，当时我们还奇怪着呢。七录少爷就说了，这是他的陪读女佣。如果你们不信的话，可以去问别人，当时在校门口的很多人都清清楚楚地听到了！"

"这么说……确实只是一个小小的陪读女佣。"她若有所思地点头，"七录就说了这个？没说未婚妻什么的？"

波浪卷女生眨了眨眼睛，目光朝远处望去，似是在回忆早上的事。突然她一拍脑袋说道："想起来了！七录少爷还说了，我们大家无论有什么事需要帮忙都可以找她！"

莫昕薇一掌把波浪卷女生拍到一边："你最重要的一条到现在才说！"

她这么一说，丸子差不多也明白她的意思了。也就是说，她想要让安初夏自己离开七录少爷的身边。

想到这里，丸子伸出一个大拇指赞扬道："我懂你的意思了。大小姐不愧是大小姐啊……高！实在是高！"

"高你个头！我还高乐高！"

转眼一看，安初夏的班级很快第二圈又要跑到她们这边来了。

"谁手里还有没喝完的矿泉水？"看她的表情，肯定已经想好要怎么整安初夏了。

话音刚落，就有人递过来一瓶还没喝过的矿泉水。她接过来用力拧开了瓶盖，又拧了回去，但只是拧回去了一点点儿。只要一碰到什么东西，里面的矿泉水马上就会流出来。

“丸子，你去把他们班的体育老师引开，就说政教楼的一个老师有急事找。”

“好，我马上去！”丸子快速跑到A班体育老师面前，装作气喘吁吁地说道，“请问你是大一A班的体育老师吗？”

“对，我是。有什么事吗？”体育老师迷茫地看着丸子。

丸子缓了缓才回答道：“政教楼的一个老师说有急事找您呢，您快去吧。”

体育老师看了眼正在跑步的A班，吹了下哨子大声说：“你们刚才注意力不集中，再罚跑三圈！”

“老师您快去，那老师告诉我快点儿来找你，好像事情挺急的样子。”丸子嘿嘿地笑着，一脸无害的模样。

体育老师点了下头，刚要离开又转过身对丸子说道：“同学，你帮我看一下我们班。让他们跑完就可以自由活动了。”

丸子连声答应。

不远处的莫昕薇得意地看着丸子朝她做了个“OK”的手势。安初夏，你可别怪我，这可是你自找的！

大一A班再次跑到离莫昕薇两米多的距离。莫昕薇将头往下低，眼底闪过一抹冰冷的笑意。

等距离和时间都差不多后，她一扬手将矿泉水丢向了安初夏。瓶子碰到安初夏刚好瓶盖掉落，一整瓶矿泉水有大半水都洒到了她的身上。

“莫昕薇，你干吗！”

有胆大的女生替安初夏出头，一大群男生立即也在一旁起哄：“校花这么做可就不漂亮了哦！”

对A班的指责莫昕薇很是无所谓，冷冷一笑：“不好意思，瓶子不长眼，怎么就偏偏飞到你身上去了呢？陪读小女佣？”

安初夏的面部表情僵住，短短一个上午的时间被泼水两次，恐怕在斯蒂兰皇家学院里，没有人比她更倒霉了吧？

“怎么不说话了，陪读小女佣？”莫昕薇按住安初夏的肩，一圈一圈地绕着她走，“我听说，什么事情都可以麻烦你，这是真的吗，陪读小女佣？”

安初夏心里不由感到一种耻辱，无奈又不能发作，只能面容僵硬地看着莫昕薇说道：“你有什么事先等我跑完步再说吧。”

言下之意，也就是默认了自己确实是韩七录的陪读女佣。

如果再这样下去的话，她都不知道自己能不能坚持在斯蒂兰皇家学院继续上课了。

“跑什么跑啊？你们体育老师现在又不在这里。赶紧地，我饿了，现在就去操场旁边的那家小超市给我买一个鸡腿过来。”莫昕薇命令一般地对安初夏说。

安初夏紧皱着眉，极力压抑着自己的情绪。

看到她这副表情，莫昕薇笑着继续说道：“如果你不愿意当然也没关系，我呢……是从来不会强求别人做什么的。不过你看啊，人这么多，我可不保证别人不说‘安初夏女佣在学校只知道玩不做事’。这句话传到七录的耳朵里，你说会怎么样呢？”

韩七录，又是韩七录！如果可以，她这辈子都不想听到这三个字！

“莫昕薇，你是不是也太过分了？”

“对啊！这件事传出去，对你也没什么好处吧？校花？”

同学们一个个都帮安初夏解围。她的眼角有些湿润，深吸了口气，推开莫昕薇的手，不卑不亢地说道：“我去买！请你不要在韩七录面前提起我半个字。”

她再也不想跟韩七录扯上任何关系了！

“等等！”安初夏刚转身莫昕薇又拦住她，斜着脑袋掏出一张金卡，“小女佣，我看你工作也挺辛苦的，就用我的卡刷吧。那超市能刷卡。”

谁都看得出，莫昕薇这是故意在没事找事，趁机耍她。可是又没有人敢真的动手教训莫昕薇，毕竟她在学校横行霸道惯了，大家都有一种怕她的思想。

安初夏看着那张还反射着太阳光的金卡并没有接过来，抿着唇说道：“我有钱，就当我请你了。”

“哟哟哟，你还有钱呢？小女佣，别打肿脸充胖子，死要面子活受罪，斯蒂兰皇家学院的一只鸡腿可是很贵的。”丸子拿过莫昕薇手里的金卡，强行塞到安初夏的手里，还说了句，“辛苦你了，小女佣，你也可以自己买点东西填肚子。”

莫昕薇的同学对视一眼，纷纷上前：“小女佣，我要一瓶可乐。”

“我要一包瑞士糖！”

“我要一袋薯片！”

安初夏看着那么多人有些不知所措。这时候莫昕薇反而拉住那些女生，狠狠地瞪了她们一眼：“我要买东西，你们插什么队？全都给我滚一边去！”

那些原本要安初夏买东西的女生都不敢再说话，重新退回到一边。

莫昕薇居然会帮她？她心里隐约感到有点儿不对，但没有想那么多，对着莫昕薇一点头，转身往操场旁的小超市跑去。

“你们还站在这里干什么？你们的体育老师可是让我看着你们跑步，难道还想再罚跑三圈吗？”丸子叉腰一吼，A 班的同学只得再次回到跑道上跑步。

菲莉亚的心里感到强烈的不安，可是丸子这么说了她也没有办法，朝安初夏的背影望了几眼，再次加入到跑步的队列中。

“昕薇姐，你刚才为什么要帮她？”被莫昕薇吼过的女生有些不甘，又有些困惑。她要的不就是让安初夏难受吗？怎么还好像她们做错了一样？

丸子也跟她们同样的困惑，于是没说话等莫昕薇开口。

“说你们笨还不承认呢！如果她一个人抱着一个班的零食那能说她是给自己吃的吗？”莫昕薇看着安初夏的背影冷笑，“我要的可不只是让她心里难受，我还要让她身体难受！”

这么一说大家就都明白了，莫昕薇是想诬陷安初夏。

“原来是这样……我现在就去叫体育老师，到时就说叫的是大二A班的体育老师，我记错了。”

莫昕薇赞许地点头：“总算也有点儿脑子，快去吧，要赶在安初夏之前！记得不要露出马脚。”

丸子点头愉悦地往政教楼跑，不知道不跑步偷跑去买零食吃会罚跑多少圈呢？她真是越来越期待了。想到这里，丸子加快了速度。

拿着一袋鸡腿，安初夏有那么一瞬间的恍惚。在以前的学校，尽管条件不如这里，可是也从来没有被别人当女佣呼来唤去。

如果妈妈还在的话就好了，她就不用寄住在韩家，也不会出现在斯蒂兰皇家学院，更不会遇到韩七录，遇到莫昕薇……

眼泪不自觉地顺着眼眶沿着脸颊流下。

“哎，同学你没事吧？”小超市的收银员看着安初夏突如其来的眼泪有些被吓到，连忙问她怎么了。

安初夏连连摇头说自己没事，转身跑出了小超市，下超市台阶的时候因为跑得太快差点儿被绊倒，还好她收住脚步才没有出事。

抬头看着蓝天，似乎看到了妈妈在天上温和地笑。

“妈，不管怎么样，不管受多少苦，受多少委屈，我都一定会完成您的心愿的！请您放心！”她抓紧了鸡腿，目光坚定。

另一边，丸子抱歉地挠着头：“不好意思啊老师，你看我这破记性，还害的您白跑一趟。”

体育老师无所谓地摇头：“没事，我不在的时候他们还安分吧？”他指的是大一A班。

丸子饶有心机地点头：“安分，很安分！不过，有一个女生刚才一直吵着跟我说想要去超市买吃的，说肚子很饿。我让她跑完再去买，她似乎有点儿不高兴。老师，我是不是做错事情了？”

体育老师点头，眉心皱起：“你做得对，哪有跑步还没完成就想要自由活动去买吃的。拦住她是对的，你没错。是哪个女生？我待会儿教训她！”

丸子装模作样地眯起眼睛，打量还在罚跑的大一A班，好久才说话：“老师！我怎么没看到她？不会是趁着刚才我去叫您的空当又溜去买吃的了吧？”

体育老师的脸色变得更加难看：“如果真的是这样，我要她罚跑十圈！”

丸子心里暗笑，无心地一瞥正好看见安初夏在往这边跑来。

“老师，好像就是那个女生！对，没错！老师您看，她手里还拿着一袋鸡腿。真是完全不把您放在眼里啊……”她说的欢乐，看着体育老师那黑沉的脸，心里别提有多爽。朝莫昕薇那边看了一眼，那边也是一副看好戏的姿态。

一声尖锐的哨子声划破天际：“你！给我过来！”

安初夏一惊，走到体育老师面前：“老师，我……”

“你不用说了，今天给我罚跑十圈再去吃饭！”这节体育课正好是上午最后一节课，跑完十圈估计食堂都快关门了吧？可见这老师有多生气。

这一切当然还要归功于丸子的煽风点火。

“为什么？”她还完全搞不清楚状况，抬头问体育老师的瞬间，瞥见了丸子那张幸灾乐祸的脸，心里“咯噔”一声，知道被陷害了。

“你还问我为什么？”体育老师歪着脖子瞪大眼睛看着安初夏。看她一副乖学生的模样，原来内心那么丑陋！

同班同学正好罚跑完三圈，整齐地跑到体育老师面前。有几个体力差的女生一屁股坐在地上直喘气，也顾不得什么面子不面子了。

菲莉亚更是跑得满头大汗，整张脸也完全变得通红，看上去有那么几分滑稽可笑。

“老师，怎么了？”菲莉亚感到自己的小腿发紧，坚持着走到体育老师面前问他。

“你们班这个同学居然趁着我不在的时候偷跑去买鸡腿吃，这是对老师严重的不尊敬！你，再废话我让你罚跑二十圈！”体育老师指着安初夏的脑袋，一脸的恨铁不成钢。

她就知道莫昕薇肯定没那么好心会帮她！安初夏低下头，认命地准备跑步。反正现在说再多也没用，人证物证都在，她就算是跳进太平洋也洗不清了，还不如乖乖地去跑完十圈。

“等一下。”菲莉亚拉住安初夏，不知道哪里来的勇气，扬起头大声对老师说，“老师，这件事可能有点儿误会。”

“对，老师，她不是去买鸡腿吃……”班上的同学也开始蠢蠢欲动。

“不是去买鸡腿吃，那她拿着鸡腿干什么啊？难道还有人想要故意陷害她？”丸子毫不客气地打断那些人的话。

“谁再废话全班都跑十圈！”原本嘈杂的操场，因为体育老师这句相当有威慑力的话立即变得安静下来。有几个女生已经开始哭哭啼啼，啜泣着说不想要再跑了。

她们本身就是家里娇生惯养、含着金汤勺出生的名门小姐，哪里受得了绕着四百米长的操场跑十圈？

“老师，我马上去跑，请别罚大家！”她一鞠躬，拨开人群在跑道上奔跑起来。

十圈的话，也不过是四千米……她一定可以的！

丸子心满意足地偷偷朝莫昕薇那边做了个“OK”的手势，那边开始欢呼雀跃起来。而A班的同学则个个垂头丧气，心里对安初夏充满了愧疚。明明知道她是被冤枉、被诬陷的，却不能帮她澄清。

他们是懦弱的，因为他们在斯蒂兰说的一句话，就有可能毁掉他们的整个家族。

“老师，您去休息吧。我来看着她，之前没把她看好我觉得很对不起您！”丸子说的那叫一个忠心耿耿，让人看了只想自戳双目。

“那辛苦你了，我办公室还有点儿事。”体育老师对着丸子微微露出一个微笑转身离去。

第二章 他担心安初夏

莫昕薇一帮人在这时候扭着屁股满脸愉悦地边看安初夏跑步边往这边走过来，一路上还指指点点，甚至学着安初夏跑步的样子，气焰嚣张得不能再嚣张。

所有的小说、剧本、电视剧、电影从来一开始都是小人得志，难道上帝都瞎眼了吗？初夏明明什么都没有做，却要被罚跑十圈……

望着安初夏有些凌乱却异常坚定的步伐，菲莉亚握紧拳头终于下定决心朝她那边跑去。

“她去干什么？”莫昕薇那边的人满脸不解。反而是莫昕薇看出了菲莉亚的意图，高扬下巴目光冷冽。

没想到那个贱人才刚来到斯蒂兰，就有人能跟她共患难，似乎小看她了呢……莫昕薇立刻又觉得不爽起来。

“你过来干什么？”两圈下来，安初夏已经满头大汗，气息不稳。

菲莉亚不说话，只是在一旁陪着她跑步，汗一滴滴地流下来也全然不顾。

看到菲莉亚那样做，全班的男生和几个体力较好的女生都跑了过去，一个个都跟在安初夏后面跑步。

到后来，所有的女生也全都跟在安初夏的身后跑步，场面之壮观不能用言语来形容。

“昕薇姐，怎么办啊？你看他们……”莫昕薇的人开始不爽起来，“不然我们去把他们都拉开？”

莫昕薇头痛地揉着太阳穴，完全没想到事态会这么发展，摆摆手制止了她们。她看着那队浩浩荡荡跑步的人，眼神像是能发出冷箭来。

“让他们跑吧，十圈，四千米……我看他们能陪她多久！”莫昕薇双手抱胸，紧咬着牙关。她知道自己如果现在去让安初夏那班人别跑步，一定会引起不满，所以事到如今也只能看着他们跑。

再说了……他们跑他们的，她莫昕薇可不会少半块肉。

“他们跑第四圈了吧？”丸子依旧面容灿烂，“我先去给你拿把伞啊，大小姐。”

丸子家的企业大半是靠莫昕薇家的支持，所以她们两个看上去是朋友关系，实际上有一种无形的主仆关系。又加上丸子为人一向忠诚，认定谁是她朋友那就一辈子认定了。所以两个人的“朋友”关系才能维持那么多年。

听到丸子要去拿伞，那群跟着莫昕薇的女生也感觉到太阳的火辣，纷纷走到丸子面前，摆出楚楚可怜的样子。

在她们开口前，丸子就扬手说道：“好啦好啦，我帮你们也拿几把。”

“谢谢丸子姐！”女生们立即笑逐颜开。

无奈地叹口气，她怎么感觉自己成了跟安初夏一样的佣人？丸子认命地耸耸肩朝教学楼跑去。

太阳不知疲倦地挂在天空，下课铃声在此时悦耳地响起。中午的天气炎热得连昆虫都不敢出来见人，丸子跑到班里的时候，整栋教学楼几乎是空的。

这个时候大概其他的同学都去吃饭了。

早知道不整安初夏了，丸子一边翻着同学的抽屉找雨伞，一边想道：如果不整她，至少能好好吃顿午饭，也就不用做这该死的跑腿工作！

差不多找了十来把雨伞，她抱着一千个不愿意地走在走廊上。

心里越想越烦躁，不禁痛骂出声：“她们是断了手还是断了脚，看个好戏干吗要我拿伞！把老娘我当成什么了？我容易吗！”

“丸子！”丸子走在楼梯上时，冷不防身后有人叫她。一心虚，手不小心抖了下，一堆雨伞全都掉在台阶上。

她没管地上的雨伞，转头往后看。萧明洛、凌寒羽正夸张地看着她。更要命的是，韩七录也在场，而且那张脸黑沉得跟个包公似的，一看就知道现在不能惹。

心里闪过千万种思绪，丸子立马赔上一副笑：“三位少爷怎么还没去吃饭？”

“丸子，什么时候看见我们跟看见鬼一样？我们几个，长得很可怕吗？”萧明洛走到丸子面前，戏谑地看着她。

“没有！没有！没有！”丸子连连摆手，“你们这不是拿我取笑吗？谁不知道你们三位少爷英俊潇洒、玉树临风、风流倜傥嘛……”

听到丸子这么说，萧明洛别提多开心了，一拍她的肩说了句：“有前途啊丫头！这都被你看出来了。”

凌寒羽无奈地摇头：“明洛，你倒是问正事啊？没看七录的脸色不好吗？”

萧明洛这才松开手收住脸上的笑，一脸正经地问丸子：“有没有见到安初夏？七录正到处找她呢，怎么都找不到。”

丸子惊悚地瞪大眼睛，心里想着：完了完了完了……早知道她死也不来拿伞啊！拿什么伞啊！

看到丸子那副表情，萧明洛再次忍不住笑了，出声说道：“你怎么又摆出一副跟见了鬼似的表情啊？问你呢，看到安初夏人没有？”

被问得后背发紧，丸子知道，如果现在告诉他们安初夏被她和莫昕薇整得在罚跑的话，她一定会死的……不怎么好看！于是下定决心要瞒着他们，再次摆出一个巨大的笑容，眨了下眼睛，装作在回忆有没有遇到安初夏。

“啊！对了！”丸子一拍脑袋，“她不会是去食堂了吧？你们有去食堂找过她吗？”

凌寒羽皱紧眉出声说道：“对，我们还没去食堂找过。”

几人对视一眼相当有默契地一齐跨过雨伞走下楼梯。丸子这才大大地松了口气，拍着自己的胸口。

韩七录走了几步又转过头来，丸子立刻装作一副轻松的样子。

“你抱着这么多伞去哪里啊？”他一副探究的样子。总觉得今天的丸子似乎怪怪的，但究竟是哪里怪他又说不上来。

“去操场！”她想都没想就脱口而出，一说出口立刻想咬断自己的舌头，只能连连摇头掩饰地说道，“不是去操场，是去……图书馆！对，图书馆。”

听她这么说，韩七录“嗯”了一声，转身追上凌寒羽他们。

看到韩七录一行人彻底走了，丸子一下子瘫坐在台阶上。看着一地散落着的雨伞，她重重地叹了一口气欲哭无泪地说着：“我这是招谁惹谁了！怎么就偏偏碰上他们？”

制服的上衣口袋突然震动起来，她掏出口袋里的手机按下接听键：“喂？”

“死丸子！你拿把伞需要那么久啊？一个世纪都过去了你连把伞都没给我拿来！你这是在宣扬蜗牛精神吗？”

听到莫昕薇那边如火山爆发般发怒的声音，丸子终于打起精神来。莫昕薇都不怕她怕什么？天塌下来不是还有她顶着吗？

“不是，刚才出了点儿小意外，快到了，你们等着啊。”不再多说丸子就挂掉了电话，她不打算把遇到韩七录一行人的事告诉莫昕薇。

否则不又得挨骂？她快速地捡起地上的伞跑下楼梯，朝操场跑去。

几分钟后，操场上形成了一个滑稽的场面。一边是一大群满头大汗在沿着操场跑步的人，一边是打着各种颜色伞看跑步的人，不知道的人还以为出什么大事了。

“不能再看着他们一起陪她跑了。”莫昕薇抬脚朝他们跑去，丸子一帮人也跟着跑过去。

由于A班的人体力消耗太大，莫昕薇她们很快就追上了他们。

她跑到安初夏面前张开双手拦住他们，大声说道：“老师只让安初夏一个人罚跑，你们凑什么热闹？如果你们再陪着她跑步，那……”

丸子这时候适时地站起来接下去说道：“体育老师已经全权交给我负责监督安初夏和你们。你们要陪着她跑也没事，只不过你们陪着她跑的那几圈就统统都不算！”

几句话赫然吓住了A班全部的人，一个个都愣住看着安初夏不知所措。

安初夏嘴唇泛白，无力地转过身看着大家说道：“谢谢大家陪我跑步，我会永远记住今天大家的好心。现在大家快去吃饭吧，我没事的。”

看到他们还站在原地不肯走，安初夏不禁提高了声音：“谁如果还不走，那他就不是我的朋友！”

这句话的分量非常重，有人走上前拍了下安初夏的肩：“初夏，加油！”

一个人离开，大家也陆陆续续跟着离开，直到只剩下菲莉亚一个。她脸上、身上全都是汗，本身就胖，现在还突然进行了这么大的运动量，此刻人几乎要虚脱了。

“菲莉亚，快走吧，我能行的。”她勉强扯出一个比哭还难看的笑容给菲莉亚看。

菲莉亚哭着离开了，自始至终没有回过头来看安初夏一眼。因为她怕回过头就忍不住再陪她一起跑。如果不是因为自己而得罪了莫昕薇，安初夏根本就不用被罚跑。

见A班所有的人都走了，莫昕薇万分得意。她知道，一个人跑步跟一群人跑步的感觉是不一样的。一旦身边的人走了，她的精神支柱也会变得虚弱。

“好了安初夏。”她双手抱胸，气焰嚣张地看着安初夏继续说道，“你现在可以跑步了吧？丸子，还剩下多少圈来着？”

丸子冷笑一声：“还有六圈！”

“为什么？”安初夏皱紧眉看着丸子，“我明明已经跑了七圈了！”

做了个回忆的动作，丸子笑容满面地说道：“实在不好意思，我刚才去拿伞遮太阳，所以……我没有看到的那几圈只能麻烦你再跑一遍给我看喽。”

可恶……安初夏握紧拳头，手微微颤抖着，她真想要直接一拳揍过去……

可是她知道，她不能这么做。她这么做的话，会引来更大的麻烦。

“怎么了？不服啊？”丸子走到安初夏面前搂住她的肩，“如果不跑也可以，我可以再找体育老师，告诉他，这次你想要买矿泉水解渴。”

“你……”安初夏气急，因为生气，原本跑得绯红的脸变得更红了。最终，她垂下头，一把推开丸子的手继续跑步。

身后传来莫昕薇一行人的大笑，安初夏的眼泪不受控制地流下来。

妈妈……我一定可以的！不过是跑步而已，我一定行的！

抬起手腕擦干眼泪，她逼迫自己扯出一个大大的微笑。

有位伟人曾经说过，坚持就是胜利。安初夏，你可不要输给那帮人啊……无论怎么样，也不能让她们得逞！

握紧拳，她深吸一口气，加快了脚下的动作。

“怎么样？”韩七录抓住从食堂出来的凌寒羽和萧明洛问道。

两个人对视一眼，垂头丧气地齐声说道：“没有找到安初夏……”

“该死的！”韩七录低咒一声，“那个该死的女人到底死到哪里去了？”

韩七录的老妈姜圆圆打电话给韩七录，说让他中午带安初夏回家吃饭。所以他们找遍了整栋教学楼和政教楼，还去图书馆、林荫道、休闲区甚至是男女生宿舍都找过了，但就是没有找到安初夏。

这时候韩七录才开始后悔他之前对安初夏说的话，是不是太重了，不会是想不开……

凌寒羽低垂着头突然抬起，眼睛里带着些恐惧：“七录，安初夏不会是……”

“不会是什么？”萧明洛紧张地接口道。韩七录也紧紧盯着凌寒羽。

“不会是被UFO抓走了吧？”看到萧明洛顿时紧缩的瞳孔，凌寒羽笑着解释，“你肯定不明白UFO的意思吧？UFO呢，就是外星人的意思……”

萧明洛一脚踹过去：“滚！”

“你们两个浑蛋！都什么时候了还给我开玩笑！要是安初夏出什么事了，我……”

凌寒羽和萧明洛的默契顿生，齐声问道：“你什么？”

深吸一口气，韩七录无比淡定地说道：“我老妈肯定不会放过我，说不定会立刻永远冻结我的信用卡，那我的经济来源就断了。我的经济来源一旦断了，说不定连一把遮太阳的伞都买不起。”

两个人翻了个白眼，合着他不过是担心自己。

凌寒羽走过去拍了下韩七录的胸，无比仗义地说道：“没事，你没钱买伞，一把伞我还是有能力送你的！”

“伞……”韩七录的思绪一下子被拉得好远。

“去操场！不是去操场……是去图书馆。”

丸子的声音突然在他脑子飘过，伞、操场、图书馆……丸子那种人绝对不会吃饭时间去图书馆的。而且，她还拿着那么多把伞，这中间一定有什么事。

他的神经突然紧绷着，嘴里快速地吐出几个字：“不好！快去操场！”

他们几乎把整个斯蒂兰学院都翻遍了，只有操场没去看过。因为他觉得安初夏这个时间绝对不会出现在操场。

看到韩七录那副突然紧张起来的样子，凌寒羽和萧明洛对视一眼，纷纷想起了在楼道里遇到的丸子。她奇奇怪怪、吞吞吐吐的样子，真的很容易让人起疑心。

一点头，跟着韩七录快速地跑向操场。

安初夏啊安初夏，你可千万不要出什么事啊……韩七录心中不断地想着。如果出事了，他还真不知道应该怎么办。银行卡被冻结是小事，主要是……主要是……主要是什么，他也不知道。

“七录，承认吧，你对那丫头不一样！”萧明洛一边跑着，一边大声对跑在前面的韩七录说道。

他冷声说道：“你给我闭嘴！”

“等等我啊！”凌寒羽跑在最后大叫着，“我鞋带开了！”

“不等你喽！”萧明洛朝后面瞥了一眼，加快了步伐。

操场的跑道上，除了安初夏还在跑步之外，一片空寂。

“怎么越跑越慢了！”莫昕薇举着伞在操场旁边不耐烦地朝安初夏大喊着。

丸子摸了下已经饿得不行的肚子，走到莫昕薇身边低声说道：“我的大小姐，站了这么久你不累不饿不渴不热啊？”

莫昕薇勾起嘴角，扬了扬手中的矿泉水：“渴了不是有水吗？热？我打着伞怎么会热？至于累嘛……我又不是什么特别娇贵的人，站这么一会儿会累吗？饿嘛……看着安初夏跑步的狼狈样子，我十天不吃饭都不会觉得饿！”

“天哪……”丸子黑着一张脸，总算体会到什么叫自食恶果了。

下次一定要换个方式整安初夏，否则的话，她自己不得先饿死啊？

“跑快点儿！”莫昕薇得意扬扬地大喊。

丸子突然拍了下莫昕薇的肩一脸紧张地说：“大小姐……昕薇……”

“叫什么叫！都说了我不饿！”莫昕薇不耐烦地答应着，连眼皮都没抬起来看丸子一眼。

突然一双大手按上了她的肩。莫昕薇再次不耐烦地转过头叫道：“干什么！”

转过头看到的却是韩七录那张冷冽得不能再冷的脸，心里咯噔一声吓了一大跳。再看丸子，她已经被萧明洛拽住了衣领，而其他跟着莫昕薇的女生早就不知道溜到哪里去了。

“干什么？”韩七录歪了下脖子，一把抓住了莫昕薇的衣领，“说！怎么回事？她为什么在跑步？”

“她？她指的是谁？”莫昕薇开始装傻。如果这时候承认是她陷害安初夏，害她罚跑的话，那她会连怎么死的都不知道。

咬紧牙关，韩七录的眸子更加冰冷：“给你最后一次机会，说清楚到底是怎么一回事！”

莫昕薇紧咬住下唇，就是不说话。

因为系鞋带而落在后面的凌寒羽在这个时候也赶到了，看着在跑步的安初夏，也是愣了一下，随即走到韩七录面前。

“七录，现在不是问这个的时候。你看看安初夏，肯定跑了很久了，快让她停下来，否则非得脱水而死不可。”

“是啊七录，你快去拉住安初夏，这里……”他扫视了一下不敢发出一点声音的丸子，继续说道，“这里就放心交给我们吧！”

韩七录推开莫昕薇，朝安初夏跑去。

凌寒羽一脸笑意地拉住了莫昕薇的手臂：“校花小姐，你不觉得应该好好地跟我们解释一下到底发生了什么吗？现在不说的话，只会吃苦哦。”

他笑得一脸无害，说出来的话却不那么无害。

莫昕薇冷冷地哼了一声，偏过头看向安初夏那边，不打算搭理凌寒羽。

安初夏只顾着一个劲地跑步，嘴里念着：“还有最后一圈，安初夏，你一定可以的……”

“安初夏！”韩七录的声音陡然响起，他快速跑到安初夏面前拦住她，“不用跑了，跟我走！”

出现幻觉了吗？眼前居然有两个韩七录的影子。

“你怎么了？你有没有听到我说话？该死的！你到底跑了多少圈？”

安初夏只觉得整个人都昏昏沉沉的，但是脑子里有个意识却依旧无比清晰。

那就是……

“还有一圈，还有一圈我就跑完了。”她说得很小声，因为很累很累，她几乎能感觉到自己的腿在不由自主地发抖。

虽然安初夏说得很轻，但是韩七录还是一字不漏地全都听到了，心里纳闷这个女人到底是吃什么东西长大的，居然能固执到这种非正常的程度。

明明已经快要虚脱了，还要硬撑着跑完。她难道就不知道心疼一下自己吗？

在韩七录蹙眉间，安初夏绕过韩七录，脚步一下一下地再次往前跑。虽然她现在跑步的速度，完全跟走路差不多。

“喂！”韩七录向来是个骨子里透露着高傲的人。如果现在在他面前的这个女人是别人，他一定会掉头就走。可是安初夏……他不知道自己怎么了。他知道自己是讨厌安初夏的，甚至恨她，因为她几次让他颜面尽失。

但是这一刻，他只希望让她停下来。好吧，就当自己是善心大发……

心里这么告诉自己，韩七录再次几步走到安初夏面前。这次直接拉住了她的手肘，强行让她跟他对视。

“安初夏，我不管谁让你跑步。现在我在这里，我说不用你跑了就不用你跑了。”他的语气生硬，带着丝说不出的尴尬还有说不出的霸道。

安初夏眯起眼睛打量着眼前的人，双影慢慢重合成了一个人。面前的人确实是她最不想见到的人——韩七录。

她的倔强因子再次启动，动了动嘴唇，冷冷地说：“谢谢你的好意，我还有一圈就跑完了，希望你不要打扰我。”

他是怎么回事？不是很讨厌她吗？那现在又来猫哭耗子假慈悲个什么劲！

“你一定要这么倔强吗？别不识时务！”他一下子没控制住自己的脾气，火气立刻又窜了上来。

按道理，她现在应该对他的到来感恩戴德才是。那么她现在这副烂表情又是怎么回事？她是猪吗？

“对，我不识时务，所以请你不要跟我这个不识时务的人较劲吧。”韩七录抓着她手肘的手不是很紧，她很轻易地就挣脱开，再次转身沿着跑道跑步。

她从来就不需要任何人的好心和施舍！

看着安初夏那倔强的背影，韩七录大口地呼吸着空气以平息自己的怒火。

不能生气，这个时候绝对不能跟她生气！为了……为了自己的信用卡不被冻结！

闭上眼睛深吸了一口气，他睁开眼睛的时候，眼底那抹怒气已经完全消失，抬脚稍微小跑了一下就追上了安初夏。

“安初夏。”他不厌其烦地先叫了一下她的名字。

“我说了不用你虚情假意！”她用尽最后的力气朝韩七录大吼。

虚情假意？说他吗？韩七录稍微愣了一下，随即勾起嘴角又靠近了她一步。

“你一定要跑完是吗？”韩七录平淡的声音，让安初夏听不出任何其他的什么意思。她张了张嘴，最后干脆闭上，只重重一点头。

看着安初夏那张漂亮但此刻却挂着满脸汗珠的脸，他无奈地叹口气：“能告诉我必须要跑完的原因吗？别误会，我没有想要嘲笑你的意思，只是……我妈等着我接你回去吃饭。你知道的，为了找你，已经耽搁了太多时间。”

安初夏定睛看着韩七录的脸，不得不说面前这个男生确实拥有着如神祇般完美的面容。

垂下眼帘，朱唇微启，她缓缓开口道:“我只是不想被人看轻，不过十几圈……我不想懦弱到连区区十几圈都不能跑完！”

她渐渐抬高自己的音量，说完后，大口地喘着粗气，瘦小的身子几乎就要瘫倒在地。韩七录适时地扶住了她的肩，这次她倒没有拒绝，只是在他的怀里喘气。

是真的快要没有力气了……又或者说早就没有力气了，只是在靠着她最后的意识强撑着而已。

韩七录紧抿着唇，阳光倾洒在他们身上，让人看不清他此刻的表情。

“你是笨蛋吗？”突然冒出的声音让安初夏一僵。她清醒过来一把推开了韩七录，由于惯性，她的脚向后退了好多步才停住。

“对不起。”她微微点头对他说，“麻烦你告诉阿姨，我今天就不回去吃饭了，你走吧。”

韩七录露出一个微笑，笑意并没有到达眼底，已经抬脚朝安初夏走来。他猛然朝她伸出手，安初夏出于本能地闭上了眼睛。

没错，她以为他要打她。

可意料中的耳光并没有落下来，反而感觉整个人被翻了过来。快速睁开眼睛，她发现自己居然被韩七录以公主抱的姿势抱着。

“你……你干什么啊？”她始料不及地想要挣脱。他们现在这样的姿势实在是太过暧昧。

从早上还坐在车子里的时候，她就知道韩七录在斯蒂兰皇家学院的女生们心目中的地位有多高。之前不过是他在大庭广众下帮了她一下，就害得她被莫昕薇设计陷害。她不知道现在这样以后还会发生什么事儿。

“别动。”韩七录看了她一眼，“很抱歉我不能对我老妈说你回不去，因为那样做会让我被我妈训半天。你不是死也要跑完吗？那我成全你。”

然后……

然后他居然就以这个姿势抱着她跑了一圈！

他疯了吧？安初夏的惊讶程度，已经到了某种不能用言语来形容的境界。

“七录在干吗？”凌寒羽不明所以地看了眼萧明洛。萧明洛同样也是摇头，但几秒后他又点了下头，然后又摇了摇头。

“你点头又摇头是什么意思？”凌寒羽丢了个白眼给他。

萧明洛将手搭在丸子肩上，看似无心地说：“我大概明白了为什么七录要抱着安初夏跑，但重点不是这个。重点是……接下来的日子，有几个人会活得很不舒服。”

丸子的后背僵直，额头上的汗也不知道是因为天气太闷热，还是因为被吓得。今天也不知道倒了什么霉了，所有的坏事似乎都落到了她身上！

只一会儿时间，韩七录已经抱着安初夏跑完了一圈朝萧明洛这边走来。

他怀里的安初夏紧闭着眼睛，脸蛋像熟透了的苹果。她被韩七录抱着跑步，由于过度疲劳，韩七录跑着跑着她就睡着了。

“走吧。”他依旧抱着安初夏，没有要叫醒她的意思。

“七录！”凌寒羽指了指面无表情的莫昕薇，问道，“她怎么办？是抓回去，还是先放了？”

韩七录看了眼怀中的安初夏，她只有睡着的时候才不那么倔强不那么咄咄逼人吧？抬眼瞄了下莫昕薇，压低声音冷冷地说：“我现在没空处理她，先回去。”

说完他率先抱着安初夏离开。

凌寒羽松开莫昕薇，走到萧明洛身边。萧明洛眯着眼睛似乎是在思考什么。

一把将丸子拉开，凌寒羽勾住萧明洛的脖子轻声说道：“哥们儿，我知道你在想什么。你是不是在想七录不会是真的喜欢上那个安初夏了吧……”

萧明洛瞪大眼睛，那眼神就是在说“你怎么知道”。

“不可能的！”不等萧明洛张口夸凌寒羽，莫昕薇大步走过来反驳道，“就算七录真的喜欢上谁，那个人怎么也轮不到安初夏！”

两人对视一眼，同时一挑眉齐声说道：“轮不到安初夏难道还轮得到你？”

她心里立即就燃起一股无名大火，看他们两个人的意思是都觉得安初夏比她好，这相当于狠狠地给了一向高傲的她一巴掌。

想要发火，丸子小心地拉了下她的衣角示意她不要冲动。

莫昕薇深吸一口气，弯起眼角声调诡异地说道：“轮不到我的话安初夏就更轮不到了。你们两位大少爷似乎贵人多忘事，七录现在的正牌女友可是我。虽然他的心可能还不是完全属于我，但是他的心也绝对不是安初夏的！”

凌寒羽双手抱胸踱步到莫昕薇面前，凑近她的脸说：“话可不要说得这么果断，你看……七录他主动抱过哪个女生吗？你这个正牌女友都没有过这待遇吧？”

出乎意料的，莫昕薇不怒反笑：“果然是贵人多忘事，你们都忘记‘那个人’的存在吗？”

“那个人”是韩七录的禁忌，是谁也不敢在他面前提起的。即使是背后，也很少有人敢提起“那个人”的名字。因为要是被传出去了，一定会死得很难看！

凌寒羽一愣，转头看向萧明洛。他依旧是一副无所谓的样子，似乎看透了一切，又似乎什么都不想去看透。

意识到凌寒羽在看他，萧明洛勾起嘴角邪邪地笑着：“那个人已经成为了过去，安初夏才是七录的新宠，不信我们骑驴看唱本！”

“就是！不过……骑驴看唱本是什么意思？”

萧明洛撇撇嘴角不打算回答他这个低智商的问题。

凌寒羽无趣地挑眉，突然感觉肚子饿了，再次走到萧明洛身边说道：“我们要不要去七录家蹭口饭吃？”

打了个响指，萧明洛一点头说道：“好主意！”

“等等！”莫昕薇几步跑到他们面前拦住了他们的路，抬眼急切又有些小心翼翼地问，“安初夏……难道住在七录家？”

凌寒羽得意地抬起下巴，斜眼看着莫昕薇说道：“看样子你还不明白情况。安初夏可是七录的未婚妻，未婚妻你懂吗？”

一旁的萧明洛猛然瞪大眼睛，韩七录的话还徘徊在他耳边。

这件事统统都给我保密！要是泄露出去了……我可让你们两个吃不了，兜着走！

“你说什么？”莫昕薇画了眼线，看起来就很大的眼睛此刻瞪得更大，带着几分惊悚。

萧明洛迅速捂住凌寒羽的嘴，扬起一个大大的笑容：“寒羽啊寒羽，你别因为想让人家生气，就编出什么未婚妻的事啊！这要是被乱传出去了还得了？走走走，蹭饭去！”

于是某人就一路被萧明洛捂着嘴拖着到了车库。

“你疯啦？”被捂着的嘴终于被松开，凌寒羽一边吐口水一边皱眉质问萧明洛。

后者一脸无所谓的样子，耸耸肩从兜里掏出一把车钥匙，这才不紧不慢地开口说道：“你傻呀？你间歇性失忆呀？七录可是警告过我们，让我们把那件事保密，结果你居然自己说了出来！”

凌寒羽歪着头消化了一下萧明洛的话，或许是突然想到了韩七录的警告，他突然瞪大了眼睛一脸恐惧。韩七录可是一向说到做到！

“别怕！”萧明洛一拍他的肩膀，目光带着一丝怜悯，“人生自古谁无死？早死晚死都得死！”

气呼呼地一把甩开萧明洛的手，凌寒羽打开车门坐到副驾驶座上，一脸从容。

死？他才不怕！反正就算他死也要拖萧明洛那浑蛋下水！

萧明洛哈哈大笑，绕过他炫酷的跑车坐进驾驶座，启动引擎，车子一瞬间消失在车库。

另一边韩七录已经到了韩家门口，立即就有佣人过来开门。韩七录将安初夏抱着走出窗外，大门口站着因为临时有事而提前回到韩家的韩管家。他稍有皱纹的脸上写满惊讶。

从早上的情形来看，少爷不是很讨厌安小姐吗？怎么现在……

等韩七录走近了，韩管家才看清安初夏的脸色异常苍白，眼紧紧闭着窝在韩七录的怀里。

“这是怎么了？”韩管家满脸紧张地迎上去问。他提前回来的这段时间发生了什么事？

韩七录只是一脸阴沉，脸部表情冷冽得都可以冷藏东西了！

“老公啊，你说小初夏和那个浑蛋怎么还不回来？这都快急死我了！”大厅内，长长的餐桌上摆放着各种各样的菜肴，姜圆圆和韩六海都没有动筷子。他们特意等安初夏和韩七录回来一起吃，可是都过了大半个小时了，他们还没有回来，姜圆圆不禁着急起来。

这不……一着急把韩七录直接称呼为“浑蛋”。

“你别着急嘛，可能学校留学了。”韩六海安抚着姜圆圆的情绪，“你也饿了，要不我们先吃？”

韩六海对爱妻姜圆圆一向是有求必应，百依百顺，平时说话也不敢对她大声，可谓是妻管严的典范。

“先吃你个头啦！一天到晚就知道吃吃吃！你怎么不想想小初夏？我这右眼皮从刚才起就一直跳，总感觉出了什么事。我告诉你韩六海，小初夏要是真出什么事我跟你没完！”姜圆圆双手叉腰，明显是平时被韩六海宠惯了。

要知道韩六海在商场上那可是叱咤风云的人物，谁会知道他在家里竟然是一只名副其实的灰太狼。

现在韩六海一副小媳妇样，半点儿声音也不敢发出来。他欲哭无泪啊，他这爱妻不知怎么地就特别喜欢安初夏，对安初夏的喜欢甚至都超过了对韩七录的爱。

“老爷夫人，少爷回来了！”

“小初夏！”姜圆圆一脸开心地站起身转过头，可看到的却是韩七录抱着安初夏满脸阴沉。

她生的儿子她了解，一旦韩七录摆出这样的表情，就说明一定发生了什么不好的事。再看安初夏被韩七录抱在怀里一动不动，她动动脚趾甲就猜到安初夏一定是在学校里被人欺负了。

当即气得一把扔掉手中的刀叉，发出的巨大声响吓得韩六海大气也不敢出。

这个时候如果谁还敢惹姜圆圆，那明摆着等于找死啊！

“这是怎么了？”姜圆圆的声音略带颤抖，几步跑到韩七录的面前，“小初夏，小初夏？你别吓阿姨啊……”

韩七录往左走了一步，避开姜圆圆的熊扑，面容平淡得叫人看不出他在想什么。

“她只是睡着了，你们先吃饭。”话毕，抱着安初夏自顾自地走上楼梯。虽然他面无表情，但是谁都可以感觉到他身上散发出噬人的气息。

“韩管家！”看着韩七录的身影消失在楼梯尽头，姜圆圆一闭眼充分发挥了她的狮吼功。

韩管家低着头走到姜圆圆面前。待在韩家这么多年，他早就已经熟知了姜圆圆的脾性。对她来说，一旦喜欢什么东西就会拼了命去喜欢，一旦厌恶了什么东西那么就算死也不会让那东西继续存在。

用委婉点儿的话来说，姜圆圆就是个率真的人；用直接点儿的话说，姜圆圆……还是个率真的人！

“夫人，我跑回家给老爷拿了下文件，看放学的时间差不多了就没亲自去斯蒂兰接安小姐。”言下之意就是说，他也不知道到底发生了什么事。

矛头一转，姜圆圆愤恨地转身瞪着韩六海，目光中都带着浓重的怒气。

“亲爱的，我错了！我发誓！我以后绝对不会再让韩管家离开你的小初夏半步！”没等姜圆圆开口大骂，韩六海自己就先做了检讨。

“浑蛋！”看着韩六海那诚恳的表情，姜圆圆还是忍不住低咒了一声，再次转身对韩管家说道，“七录不肯说发生了什么，那么你现在就去给我查清楚！到底是谁把我们家小初夏弄成那个样子的……”

不得不说安初夏刚才确实吓到姜圆圆了，脸色苍白得犹如一个易碎的陶瓷娃娃般。要知道姜圆圆一直把安初夏当作以前的自己，以她的脾气，怎么可能让以前的自己受委屈？

“我……马上去办！”韩管家看了眼韩六海，转身大步走出客厅。

姜圆圆的怒气没有一丝减少，一屁股在大厅的软皮沙发上坐下，脸色阴霾得都可以跟包公比了。

“你别这样嘛……”韩六海起身走到姜圆圆身边坐下。

闻言，姜圆圆猛地转身盯着韩六海：“不是发生在你身上，你当然无所谓啦！

反正我的眼里绝对看不得我家小初夏被别人欺负！”

韩六海连连摆手解释说：“我不是无所谓的意思……”

话未说完，姜圆圆就斩钉截铁地打断韩六海的话：“你不是无所谓的意思那还是什么意思？”

“我的老婆啊……”韩六海换上一副笑容往姜圆圆那边靠了靠，“你回忆一下刚才的情景有什么不对的地方。”

“不对？”姜圆圆歪着头瞪大眼睛往右看作回忆状，结果半天也没领悟出个所以然来。她转头一脸迷茫地看着韩六海，等待他说出什么地方不对。

韩六海还顺势拥住姜圆圆的肩，字正腔圆地给她解释。

“从今天早上的情形来看，七录这孩子明显是不怎么喜欢初夏。可现在他居然一脸紧张地抱着初夏上楼。这说明什么？这说明你订的那些‘让七录爱上小初夏终极计划’已经都不需要了！”

有件事不得不提，那就是自从安初夏跟韩七录坐车去上学后，姜圆圆就发挥她那作家精神（姜圆圆是一个作者），制订了一个详细的计划表。

姜圆圆恍然大悟地点点头，猛地甩开韩六海的手站起身：“对啊！这么重要的事情我居然没注意到？靠！”

“所以让你别这么一副生气的样子嘛……我觉得这件事咱们两个都别插手，咱儿子一定会处理好这件事的！要是因为这件事，让他们两个人的关系变得更近，那乐的还不是你？”

韩六海不愧是老狐狸，几句话就把整个局面交代清楚了。

姜圆圆春风得意地微笑，突然笑容僵住，嘴唇微启说道：“我要偷偷上楼去看看他们在做什么。”

“哎！别……”韩六海想要拦住姜圆圆。无奈姜圆圆一冲动起来，跑步的速度都可以跟刘翔有的一拼了。

看着姜圆圆消失的背影，韩六海无奈地摇摇头：“准备好车子，我要去上班了。”

姜圆圆像做贼似的背部紧贴着墙壁，伸长脖子透过门缝偷看里面的状况。

安初夏的房间内很安静，安静得不像话。

“笨蛋，你不是挺厉害的吗？”韩七录的声音突然响起。姜圆圆看不见里面的状况，干脆把耳朵伏在门上仔细听。

看着安初夏那张苍白的脸，韩七录叹了口气，从口袋里掏出手机按下了一串号码。

“喂，是江医生吗？你马上带一些治疗……因为长时间剧烈运动而导致疲劳过度的药到二楼来。马上。”

江医生是韩家的私人医生，从不给外人看病。韩七录这时候打电话给江医生，就说明他潜意识里已经把安初夏当成了自己人。

得到这个认知后，姜圆圆捂住嘴巴偷笑不已。

江医生就住在离韩家不远，所以当他来到二楼的时候，看到的就是姜圆圆坐在地上像个傻子一样捂着嘴不停地笑。

果然是童心未泯吗？

缓慢地走过去在姜圆圆面前蹲下：“夫人，您没事吧？”

“啊！”被突如其来的声音吓了一大跳，姜圆圆的心脏差点儿没被吓得罢工。

“夫人？”江医生不明所以地看着姜圆圆。她不至于这么大反应吧？嗯，或许他以后给韩家做体检的时候，要好好给姜圆圆测测心脏是否安好。

“嘘——”姜圆圆一脸紧张地伸出食指放在唇前，“给我轻一点儿，万一被我儿子听到了我让你吃不了横着走！”

江医生更是一头雾水，疑惑地问了句：“夫人，应该是吃不了兜着走才对。不过，为什么不能让七录少爷听到啊？”

“因为……”

安初夏房间的门这时候突然被打开了，姜圆圆把原本快要说到一半的话狠狠地咽了回去。顺着门沿往上看，那不正是她可爱的儿子韩七录吗？

扯出一个比哭还要难看N次方的笑容，姜圆圆从地上站起来理了理衣服。

韩七录凝视着姜圆圆的脸，脸部轮廓有些僵硬，就连说出来的话也是冷冷的。

“不想让我知道什么？”韩七录的目光犹如针尖一般直戳姜圆圆的内心，弄得她连手都不知道该放哪里。潜意识里，她还是多少有点儿害怕韩七录的，有时候她还经常想，不知道这孩子的性格到底像谁！

“怎么不说话？”他继续问道。

姜圆圆狠狠地咽了一口唾沫，故作轻松地说道：“我刚才有说什么吗？江医生，我刚才有说话吗？”

在姜圆圆那“如果敢说有你就被fire定了”的眼神威逼下，江医生违背良心地低下头说了句：“您刚才什么都没有说。”

韩七录冷哼一声，知道是问不出什么来的，干脆不问了，掉头对低着头的江医生说：“进去看看吧，最好别让她死了。她如果死了，我的信用卡也就跟着死了。”

江医生一愣，点头拿着医药箱往里面走去。他还以为是少爷做了什么剧烈运动。

“死浑蛋！那可是你未婚妻，你怎么能这么说话？”姜圆圆立刻就不高兴了，双手叉腰睁大眼睛气呼呼地瞪着韩七录。

韩七录无所谓地一耸肩，面无表情地说道："妈，如果你想要让我叫您一声妈的话，就不要再提未婚妻这件事。"

"喂！臭小子！你……"伴随着几声杂乱的脚步声，姜圆圆的声音越来越轻。

安初夏眨眨眼睛，目光已经恢复了往日的清澈。睡了那么一会儿，差不多有点儿缓过来了，只还是感觉浑身没有力气，小腿也有一种奇怪的胀痛感。

今天她可是突破极限了呢……

"您醒了？"江医生走到安初夏床边，将药箱放在了白色的床头柜上。

安初夏微微一点头，算是作答了。她早就醒了，在韩七录打电话给什么医生的时候她就醒了。只是故意在装睡，因为她不知道要怎么面对韩七录。

有那么一刻，真的有那么一刻，她心里很感激韩七录，觉得他只是表面上不近人情。可是刚才听到他和姜圆圆在外面的对话后，她的心又一次冰冷了。

她错了，怎么能老是忘记韩七录是恶魔这一事实呢？

江医生转身去倒了一杯水递到安初夏面前，说道："韩少爷在电话里跟我说您做了剧烈运动。您现在嘴唇干裂，是脱水的状态，得补充点水分。"

"嗯，我跑了很久的步。"接过水杯她仰头一口喝下，"谢谢您，能不能再倒一杯给我？"

"当然可以。"

几杯水下去，她感觉自己又活过来了……

"看您的脸色恢复得不错，药物我想是不需要服用了。好好休息，差不多明天就会完全恢复的。只是明天小腿会感觉胀痛，这是正常反应。"江医生把过脉后敬业地说道。

她也知道明天小腿会胀痛，因为……现在小腿就是胀痛的！

"我觉得我现在就完全恢复了，等会儿我还得回学校上课。"她坐起来，头还是感觉晕晕的，但是被她刻意忽略了。

听她这么说，江医生连忙出声阻止："虽然您现在看起来是恢复得差不多了，但是我刚才把脉的时候，测到您的心跳还是超过正常心跳速率。"

"可是……"

她话未说半句就被江医生打断："而且就算心跳正常了，为了能恢复得更好，您还是应该好好躺着休息一天。"

安初夏满头黑线，不过是跑了十几圈操场，至于需要躺一天吗？她从出生家里条件就没有好过，有时候发烧了为了省钱就只烧几壶开水喝也同样好好地活到了现在。

她可不是什么千金大小姐。

“医生，您不知道，我以前发烧四十摄氏度都还像个没事人一样去上课，所以您不用担心会出什么问题的。”

她的脸上扬起一抹灿烂的笑，那笑容里透露着坚强和自信。到目前为止，她存在的意义就是考上一所重点大学。

“可是，小姐……”

“哟，恢复力还挺惊人的嘛。”这欠扁的话安初夏连看都不用，就知道是韩七录说的。

偏过头她故意不想去看他。

“七录少爷，这位小姐说她下午还要去上课，可是我建议最好是在家里休养一天，明天再去。您最好还是劝劝她吧，我先出去了。”

得到韩七录允许之后，江医生抱着他的医疗箱离开了。

“下午就不要去上课了，好好在床上待着。”韩七录瞥了她一眼，从旁边的玻璃桌子上拿了一个苹果随意地咬了一口。

他刚才回了房间把斯蒂兰皇家学院的制服换掉，碰巧见到萧明洛和凌寒羽在下面大厅，就打发了姜圆圆下去。原本他以为安初夏还没有醒过来，所以就溜到了安初夏的房间。

没想到她居然已经睡醒了……

“你要待床上自己待吧。”她可不奉陪，把被子一把掀开，很随意地跳下了床。没想到腿居然该死的软绵绵的，一下子重心没控制好，身体向前倒去。

“蠢货！”韩七录很不符合一般小说的逻辑，没有冲过去在第一时间接住她，而是又咬了一口苹果还附送了“蠢货”两个字。

所以古人云，世界之大无奇不有，就比如地球存在着韩七录这种奇葩男主角。

“摔死没？摔死了跟我说一声。”他一甩手将才咬了没几口的苹果准确地扔进了粉色的垃圾桶里，走过去蹲在安初夏旁边满面笑容。

依旧保持着刚才摔倒后的姿势没动，她在心里暗骂自己倒霉，脚居然扭到了。

“真摔死啦？安初夏啊安初夏，你的人生太悲哀了。看吧，这就是跟本少爷作对的下场！”这个时候韩七录还不忘发挥他的毒舌功能。

不过在他意料之外的是……安初夏还是趴在那里一动不动。

心里猛地一惊，韩七录又凑近了一点儿：“喂——”

安初夏猛地转过头跟他对视，害他还稍微地被吓了那么一小跳。其实是吓了一大跳，但是他没表现出来。

“你躺着装什么僵尸？”韩七录鄙夷地瞥了她一眼。可是安初夏还是没有动，这下他开始感到有些不对。

顿了顿，他再次出声问道：“喂，千万不要告诉我你的脚扭到了。因为我是不可能扶你起来的。”

她根本就没指望韩七录这家伙会扶她好不好？吐了一口气，她双手放在头两边，用尽全身力气慢慢地支撑着身体坐起来。

期间韩七录只是冷冷地看着她，眼中已然没有了刚才的戏谑，仔细看，那如同深渊一般的眸子后还藏着一丝怒气。没错，他在生气。

生气她为什么不会说一句好话让他扶她起来。她难道连起码的撒娇都不会吗？作为一个女生，她实在太失败了！

安初夏还在慢慢地支撑着身体，这个动作很慢很慢……因为她如果用力的话，就会拉到脚的经脉，扭到过脚的人都知道，那是一种撕心裂肺的痛啊。

最后深深看了一眼安初夏，韩七录站起来。鼻息稍微有些急，因为他很生气很生气！

“安初夏，你就自己慢慢像狗一样爬起来吧！”他损人的功力是日渐深厚起来。一转身他大步地走出了门，重重的关门声后，房间重新回到了一片死寂。

安初夏也丝毫不生气，因为韩七录……原本就是那种不会顾及别人死活的人吧？她要时刻认清楚他是恶魔！

手臂绷直，她已经坐了起来，可是现在有一个更大的难题摆在她的面前，那就是……如何站起来！

头痛地抬手扶住眩晕的额头，现在开始后悔为什么不听那个医生的话，先好好休息一下，就不用遭这种罪了。

“砰——”传来一声开门的声音，紧接着一个人快步走到了她面前半蹲下。

“安初夏，你这个性格早晚会把你害死的！”韩七录抬起一只手扶住她的后颈，另一只手抱住她的脚，轻柔地把她抱到床上放下，就像对待自己最珍贵的珍宝一样小心翼翼。

她诧异，韩七录怎么会回来。

“不用想了！”像是能完全看穿她的心思一般，韩七录坐到床沿偏过头说，“你也不用感谢我，因为本少爷是为了信用卡不被冻结才回来的。”

安初夏看着自己的脚陷入深深的沉默，也确实没有打算说什么感谢的话。

“让你别说你还真的就不说啊？”韩七录皱着眉头满脸不悦，“快说！”

安初夏迷茫地抬眼，万分不解地看着韩七录的脸：“说什么？”直到问出口才意识到韩七录要她说什么，于是一个不小心居然笑场了……

她发誓刚才真的不是故意问“说什么”的，只是一时没有反应过来。

“安、初、夏！”韩七录咬牙切齿地看着她，突然一俯身按住她的肩对着她的唇瓣吻了下去。

瞪大眼睛看着近在咫尺的韩七录，她这才想起要推开他。

门突然又再次被人打开……

“我们是不是打扰到你们了？”萧明洛和凌寒羽白痴地问了这么一句，便快速转身离开，还顺便很好心地帮他们关上了门。

韩七录丝毫没有因为萧明洛和凌寒羽的到来而受影响，反而越吻越深，像是要把她吸到身体里一样。

关门的声音也条件反射地刺激到了安初夏的大脑皮层，她使出吃奶的劲将韩七录推开，抬手就是一耳光。

这是第几次被强吻又是第几次扇韩七录耳光，她已经完全不记得了，而且也根本不想记得……

用手搓揉着自己的唇，露出一个厌恶至极的表情，安初夏终于抱着自己的膝盖低声啜泣起来，一开始只是小声地啜泣，到最后演变成歇斯底里的号啕大哭。

“安初夏。”韩七录将手轻轻地放在她的头上，语气轻柔得不像话，“我想，或许我们可以从相互厌恶这个关系向前迈一步。”

她的身子一僵，停止了哭泣，可还是没有从膝盖里抬起头。

“当然了，本少爷没有喜欢上你的意思。本少爷只是……可怜你。费尽心机算计成了我的未婚妻，那我就让你如愿一次。我们或许可以……试着交往看看？”

这些话韩七录从来没有对女生说过，还带着一丝低声下气。尽管他说话的内容不算那么好听，但重点只是最后一句“我们或许可以试着交往看看”。

沉默几秒，安初夏抬起头，满脸都是泪水，平静的眸子里看不出她在想什么。

良久，她朱唇微启，吐出一个字。

“滚！”

她觉得韩七录的话对她来说是种深深的耻辱，她在韩七录的眼里好像就是个玩偶，高兴的时候亲几下，不高兴了就一脚踢开。

安初夏的话也让韩七录非常不爽，从小到大他哪里被人家扇过耳光，哪里被人喊过“滚”？

他咬牙切齿地说：“安初夏，这可是本少爷给你的最后一次机会。欲擒故纵也不要玩得太过了，适可而止才是我喜欢的。”

“我让你滚啊！”她扭身从后面抓着一个枕头朝韩七录扔去，“你这个恶魔，我再也不要看到你！”

韩七录很轻松地就接住了安初夏扔过来的那个枕头，紧紧抓着枕头猛地把枕头扔在了地上。

“安初夏，这一切都是你自找的！”

砰，急促的脚步声之后是巨大的关门声。如果不是门够厚，早就被韩七录折腾得不成样子了。

安初夏右手紧紧地抓着床单，再一次号啕大哭。妈妈，为什么我总是被人误会呢？

她是穷没错，可是她不会连那份仅有的自尊也不要！

安初夏也不明白韩七录为什么要一而再再而三地不放过任何机会羞辱自己，她只明白……她恨他！

楼下大厅。

“哟，咱们的七录少爷怎么看起来不高兴？”凌寒羽跷着二郎腿满脸笑意，“该不会因为我们两个打扰到你们了吧？好啦，下次绝对不会有这样的事情发生了。”

凌寒羽傻乎乎地没有发现任何不对劲，还是萧明洛心思缜密，一眼就看出了韩七录的不对劲。

“七录，发生什么事了？你的脸色……好像不大对劲。”

韩七录没有回答萧明洛的话，从桌子上拿了一杯茶微抿了一口，冷冷地问：“我妈呢？”

凌寒羽嘟着嘴回答道：“接了个什么作家协会打来的电话，就匆匆忙忙拿着包包出去了。对了，走的时候还让我转告你，让你好好照顾她的小初夏。否则你就等着死吧……”

他拿着茶杯的手一紧，茶杯居然在手里破碎了，旁边站着的女佣们赶紧走过来准备收拾地上的玻璃碎片。

“不用收拾了，都给我滚下去！”韩七录又拿了一个杯子猛地砸在地上，碎裂成了无数的玻璃碎片。

这是怎么了？萧明洛和凌寒羽互相交换了一下眼神，纷纷摇头表示都不知道发生了什么。

半晌，韩七录僵硬的脸部才稍微有些缓和起来。

“这位帅哥，脸色这么难看，难道是……你们家小初夏不满意你的吻技？”萧明洛没有预料到事情的严重性，居然还不怕死地开了个不大不小的玩笑。

但就是这么一个不大不小的玩笑，把韩七录的怒气再次勾了出来。

“你给我闭嘴！”如同雄狮般的怒吼让萧明洛不禁一愣。凌寒羽直接吓得跑到萧明洛身后缩起了脖子。韩七录生气，那可真不是好玩的。

要知道……珍爱生命，远离七录啊！

经过韩七录那么一吼，萧明洛算是正经起来了，扒开紧紧抱着自己的凌寒羽走到韩七录面前，一只手搭在他充满怒气的肩上，弯起手肘勾住了韩七录的脖子。

“兄弟啊，你说我们从出生就混在一起玩，这么多年过去了，还有什么东西好瞒着我们的？有什么不开心的事情说出来，大家一起解决。”萧明洛这话说得相当诚恳，要知道他很少有这么诚恳的一面。

凌寒羽抬了抬眼睛，也附和着说：“对嘛！七录，还拿不拿我们当兄弟了？”

低下头沉默了几秒钟，韩七录突然一脸轻松的样子，抬手拿开了萧明洛放在他肩上的手，随便看了一下楼梯的方向，这才说道：“其实，也没有什么特别大的事了。”

萧明洛和凌寒羽眼睛都不眨一下，等着韩七录继续说下去。

哪知道他像是故意要吊他们胃口一样，拿起桌子上仅剩的一个茶杯猛地把茶全部灌下去之后，居然说……

“算了，还是不跟你们说了，不是什么大不了的事。”一扬手，他一屁股坐在沙发上满脸的自然。

他是满脸自然没错了，但是萧明洛和凌寒羽两人刚才是屏住呼吸要听韩七录说发生什么的，结果他说到一半……不，一半都没说居然就不说了！

两个人差点儿没一口气憋死在那里！

“不是……七录，不带你这样的！故意勾起人家的火，结果不但不灭火反而火上浇油。你这不是公然残害良民嘛！”凌寒羽走过去一屁股坐到韩七录的旁边愤愤地说，“你今天如果不说，我还真就不走了！不走了！”

“那好吧，我说……”韩七录轻抬了下眉说道。

顿了顿，他才继续说道：“真也没什么大不了的事，就是……我被安初夏拒绝了。”

气氛顿时融洽起来，萧明洛和凌寒羽这才松了口气，这小子总算是说出来了。

“原来只是被拒绝了，多大点事儿啊！看你刚才那副傻样，还说什么‘你给我闭嘴’。你也太大惊小怪了吧？”萧明洛满脸不屑。

“就是！不就是你告白被安初夏拒绝了吗？至于发这么大的火吗？真是……”两个人对视一眼，纷纷表示了自己的不屑。

突然，周围的空气似乎开始降温一般，气氛也开始变得诡异起来。

韩七录在心里倒数着三个数，3、2、1……

“什么？”

“什么？”

沉默三秒，两人这才反应过来韩七录说的是什么。凌寒羽更是直接从沙发上摔到了地上。

韩七录万分无奈地叹了口气，说道："我说你们两个的反应速度，能不能稍微不要这么……'快'啊？以后出去都不要跟别人说我认识你们。"

"别别别。"凌寒羽从地上爬起来重新坐回到韩七录的身边，"你倒是说说，你被拒绝时详细的情况啊，也好让我们听一下，开心开心。"

话说出口他才发现自己说错话了，连忙伸手捂住嘴。

韩七录冷冷地瞥了他一眼，站起身说道："我只是给她一个机会，她住进我们家就是为了接近我。现在居然给我玩欲擒故纵……呵，我不会再给她机会的！斯蒂兰她也别想再好好混下去。"

"你确定她住进你们家就是为了接近你？"萧明洛下巴稍有些抬起，质问性地问了一句。因为在他的认知里，安初夏可不是那种人。而且……安初夏似乎并不喜欢七录的样子。

这一切是不是有什么误会？

"不然还能有什么？"韩七录肯定地反问。

"那……还要不要为了她，修理你可爱的女朋友莫昕薇了？"眉毛一抬，萧明洛继续问道。说实话他对莫昕薇真没什么好印象，不仅因为那浓浓的妆，更因为她仗着七录对人嚣张跋扈的样子。

目光透过大厅巨大的玻璃窗看向远处的天空，外面依旧阳光明媚。

嘴角勾勒出一抹恶魔般的微笑，韩七录轻声说道："不但不修理莫昕薇，恐怕我还要麻烦她帮忙修理人了……"

"这可不行啊七录！"萧明洛和凌寒羽齐声阻止。

萧明洛还补充说了句："安初夏跟你绝对是有什么误会。"

"闭嘴！"冷声制止萧明洛的话，他继续说道，"走，去亚特兰蒂斯！还有，以后不要在我面前提起那个贱人的名字！否则，兄弟都没得做！"

说完，他再次冷着一张脸先走出了大厅。

亚特兰蒂斯其实是A市最大的一家酒吧，归属于韩氏集团的旗下。

看着韩七录离开的背影，凌寒羽没了主意，只好问萧明洛："怎么办啊？我有一种不好的预感……"

"去掉你的预感我也知道接下来一定会发生什么不好的事。算了，我们先跟着去，也先不要在他面前提起安初夏好了。"萧明洛无可奈何地说道。

亚特兰蒂斯酒吧是二十四小时营业制，所以即使在白天也有不少闲来无事的富家子弟在这里喝酒泡妞。

"少爷，您白天怎么会来？"酒吧的负责人威尔看到韩七录出现，不禁有些奇怪。正常上学的白天，韩七录出现在亚特兰蒂斯的几率为零。

韩七录绕过他，在吧台边坐下，并不打算搭理威尔。

“给我一杯威士忌。”

一坐下就直接先点酒这让威尔更加感到奇怪，正想继续问问发生了什么事时，萧明洛和凌寒羽赶到了。

“萧少爷，凌少爷，七录少爷这是怎么了？怎么感觉不大对劲？”看到他们两个出现，威尔忙迎上去压低了声音问他们。

两人对视了一眼，萧明洛开口说道：“用四个字可以形容他发生了什么。”

威尔深思了一会儿回答道：“难道是……考试挂科？”

“不！”凌寒羽接口道，“是……关你妹事！”

威尔立即噤声不敢再说话。

“行了，你该干吗干吗去，这里交给我们处理。”萧明洛没有再耍威尔，直接让他解放了。

转眼间，韩七录已经离开了吧台来到他们面前，手里还拿着一杯威士忌。

“你们两个真是强大的存在啊。不仅反应速度慢，行动速度也是非一般的慢！”他皱起眉，仰头将杯子里剩余的酒全都喝了下去。

凌寒羽挠挠头，小声地说道：“七录啊，据古人说，借酒消愁愁更愁啊……”

“你哪只眼睛看到我愁了？别开玩笑了！”将酒杯放在了一旁的环形桌子上，韩七录满脸不屑。

凌寒羽一耸肩，扬声说道：“你们聊，我去拿杯喝的。对了，明洛，你想要喝什么？”

“给我点一杯旺仔牛奶。”

“什么？”凌寒羽的嘴角不自觉地抖了一下。

萧明洛一扬手，解释道：“我不能喝酒，待会儿你们俩都喝醉了，那谁看着你们？”

轻轻一挑眉，凌寒羽转身朝吧台走去。

“你想太多了，我不会喝醉的。对了……”韩七录得意地说，“我刚才已经让莫昕薇来亚特兰蒂斯了。安初夏死定了！”

萧明洛心里说了一句，让我们别提安初夏，自己倒是先提起来了。他心里是这么想的，脸上却不动声色地问道：“你让她来干什么？她一向不只是你的挂牌女友吗？”

韩七录满脸惬意地说道：“如果这次她办事办得好的话，或许我可以给她一个转正的机会。”

“转正？七录，你没搞错吧？以你的眼光怎么会看上莫昕薇这种人？想想你的初恋向蔓葵，跟莫昕薇就不是一个档次的！”

气氛瞬间冷了下来。

该死！萧明洛在心里骂了自己一句。居然无意中提起了他的禁忌，这次保证会死得很难看！

看了眼吧台那边，原本是去点东西的凌寒羽，居然跟吧台的调酒师切磋起了调酒技术。看来不能指望那小子帮忙解围了。

正踌躇着该说什么缓解气氛，一个身材凹凸有致的美女走了过来……

看到这身材好到爆的美女，萧明洛的眼睛一下子就亮了起来。

并不是因为他好色，而是因为……这美女就是他免于死刑的救命稻草啊！

因为这美女哪个帅哥不好搭讪，偏偏走到了韩七录的身边。

“美女，如果你死了，明年的今天我一定会给你烧香的！”萧明洛很没有公德心地在心里说道。

“帅哥，需不需要我陪你喝一杯呢？”美女看韩七录目不斜视，干脆一屁股在韩七录的腿上坐了下去，还伸手搂住了他的脖子。

看样子，是个新来的啊，否则怎么会不知道亚特兰蒂斯的规矩呢。亚特兰蒂斯的规矩就是，你谁都可以惹，谁都可以搭讪，但是绝对不能惹到韩七录。

韩七录冷冷地凝视着这个涂着鲜红口红的“熟女”良久，最后缓慢地开口问道：“你是新来的？”

美女笑了笑，身体都快要贴到韩七录的身上去了。

“也不完全算是新来的，今天是第二次来。”看样子她还没有注意到韩七录眸子深处那抹即将喷涌而出的杀气啊。

“既然你不算是新来的，那么，我就没有什么好跟你客气的了。”韩七录邪邪一笑。美女还以为韩七录是那种意思，不由笑得越发灿烂。

“讨厌啦！”她轻呼一声，想要凑上去吻韩七录。但是此时韩七录打了一个响指，亚特兰蒂斯无处不在的酒保们立刻上前将美女抬离了韩七录。

萧明洛注视着这一切，虽然脸上还是那副处事不惊的样子，其实心里早已经乐开了花。

如果不是这个美女的出现，恐怕现在被抬起来的就是他萧明洛了。

“你们干什么？放开我！放开！”美女不知所措地挣扎着。然后韩七录一个眼神，那些酒保就一齐松开了手，美女猛地摔在了地上，疼得龇牙咧嘴。

“发生什么事了？”围观的人纷纷往这边看，但是一看到韩七录就瞬间明白了。

一定是那个躺在地上不知死活的女人，不清楚规矩惹恼了七录少爷。

啧啧啧，这也算是活该了。

“你不是笑得很开心吗？”韩七录起身，走到美女身边蹲下，“你叫什么名字？”

他问的一脸无害，美女这次再也不敢对韩七录做出什么动作，哆哆嗦嗦地开口回答道：“我叫……茉莉。”

“茉莉？很美的名字啊……”韩七录笑了，笑得一脸深不可测。熟悉他的人都知道，只要他这么笑了，那么对方一定会死得很难看……

“谢谢……”茉莉缓了口气，还不知道现在只是暴风雨前的宁静。

“把她带到包厢里去。”利索地起身，他吩咐了一声，拿起手机按下一串号码。

随即一个铃声就在不远处响起，韩七录看过去的时候，莫昕薇正好穿着红色的惹火超短裙往这边跑过来。

韩七录在电话里说操场的事情已经饶了她，这次让她来只是要她帮个忙。她于是就万分欣喜地请了假，换了衣服来这里了。

“七录，我来了。”莫昕薇满脸微笑地站在韩七录的面前，扬扬手机继续说道，“回去换了套衣服所以耽误了点儿时间。找我什么事呢？”

萧明洛也很想问这个问题，七录到底叫莫昕薇来干什么。

“先别问这个，我带你去看场好戏。”话毕，韩七录率先抬脚朝酒保带茉莉去的那个包厢走去。

“请吧，莫昕薇小姐。”萧明洛相当绅士地做了个请的手势。他一向不会非常明显地把自己的厌恶感摆在脸上。

包厢内，鹅黄色的灯光照亮了整个包厢。比起包厢外面，灯光虽然暗得多，但也比外面多了一丝暧昧的气息。

此刻茉莉坐在包厢的沙发上，她的旁边站着四五个身材高大的酒保。

“亲爱的，你带我来这里干什么？”看到韩七录进来，茉莉连忙出声问道。

萧明洛和莫昕薇此刻走进了包厢。看到坐在沙发上的那个女人，莫昕薇瞪大眼睛满脸的疑惑。

“七录，这女人是谁？”莫昕薇忍不住走到韩七录身边问道。

韩七录不说话，微笑看着茉莉，说道：“你不是很缺男人吗？”

经过他这么一问，莫昕薇差不多已经明白发生了什么。

“你……什么意思？”茉莉云里雾里的，完全不知道这个帅气得不可一世的男人到底在说什么。

韩七录并不打算回答茉莉的话，偏了下头扬声对那几个酒保说：“兄弟们跟着我辛苦了，这个女人就当作我犒劳你们的礼物吧。”

茉莉瞪大眼睛不敢相信刚才听到的话，真的是满脸笑意的韩七录说出来的。但是由不得她不相信，那些酒保中的一个已经开始脱裤子了。

莫昕薇嘴角轻扬，居然敢勾引七录，也真够该死的了。她似乎忘了，自己跟那个女人其实也没什么本质上的区别。

“你不能这样做！”茉莉如梦方醒地大喊，刚站起来就被其他几个酒保按回了沙发。这些酒保都是些训练有素的人，看到茉莉这种身材火辣的美女一点儿也不动心，只是少爷这么吩咐了，他们也就恭敬不如从命。

在那个酒保完全脱掉裤子的前一秒，莫昕薇很适时地看好时间扑到了韩七录的怀里。不得不说她的时机确实找得很好，韩七录并没有推开她，反而是抬手轻轻拥住了她。

在韩七录怀里的莫昕薇别提有多高兴，耳边传来茉莉的求救声和忍不住发出的呻吟声，也全部被她忽略。这可是她第一次真正离韩七录这么近呢……

“不要……求你！”茉莉的眼角落下一滴泪来。她平时的生活也确实不怎么检点，可是还没有到那种只要是男人就愿意的地步。

门啪嗒一声被人打开。

“茉莉……”是一个二十岁左右的男人，看到茉莉的样子不禁当场呆愣在那里。

他是茉莉现任的情夫康文，康氏集团的总经理，也是康氏集团的准继承人。刚到亚特兰蒂斯就被告知茉莉被酒保带到了这里，于是没有了解清楚是谁让那些酒保带她来这里的，就匆忙跑来了。

“康文，救我……不要……”

自己的女人居然当着自己的面被酒保强暴，康文再也看不下去，一个箭步就冲上去跟他们厮打。

“你真的……看不见我们吗？”萧明洛从后面拎住康文的衣领，像拉着一头牛一样把他紧紧拽着，让他不能往前走一步。

听到声音，康文才恢复了一些理智。这些酒保看见自己闯进来居然没有一点儿慌张，也没有因为他的到来而停止动作。

按道理来说不应该是这种反应，除非……有高人在场。

身体僵硬地偏过头往左后方看去，韩七录正悠闲地双手抱胸，扬起下巴冷冷地打量着他，似是在思索什么。

康文心里说了声“糟糕”。

谁不好惹，茉莉怎么就偏偏惹上了韩氏的少爷！谁都知道在亚特兰蒂斯，包括整个 A 市最不能惹的人就是韩七录了！

“韩少爷……萧少爷。”康文收回脚的同时，萧明洛也满意地收回了手。

莫昕薇很会看局面地松开了韩七录，走到一边也打量起这个男人来。虽然长得还算过得去，但不算是很耀眼的人，因为从他的眉宇间，就可以看出他骨子里的懦弱。

“这不是康少爷吗？不知道康少爷到我的包厢里来，有何贵干？”轻扬起一抹令人毛骨悚然的微笑，韩七录抬脚走到了康文身边，还很有闲情逸致地绕着他走了一圈，最后将手重重地放在康文的左肩上。

康文咽了口唾沫，强颜欢笑道：“我只是听说……”

话未说完，包厢的门在此时又被打开了，凌寒羽春风满面地走了进来。他刚才跟那调酒师 PK 赢了，现在很是得意，一下子把安初夏那件事全都抛到了脑后。

“妈呀！你怎么在这里？！”在看到莫昕薇后，凌寒羽吓得大叫。

“凌少爷……”康文礼貌性地一点头，立即引起了凌寒羽的注意。

凌寒羽皱着眉看着康文，在脑子里搜索了一下，才开口道：“这不是刚办过二十岁大寿的康少爷吗？”

康氏集团是一个不大也不小的家族企业，旗下企业主要涉及饮食和房地产。但是康氏房地产的大股东是韩六海，韩七录的爸爸。可以说如果韩家撤股，那对康氏集团造成的影响巨大。所以康文二十岁生日的时候，特地备了请柬请韩七录他们几个去参加。彼此不熟，却也不陌生。

“寒羽，二十岁可不是大寿。”萧明洛友善地提醒了下凌寒羽这智障。

“是吗？”凌寒羽敷衍地应了一声。

“康文，救我！”茉莉似乎从凌寒羽进门的时候就一直被忽略，由于怕康文觉得她风骚，所以刻意咬住下唇，不让自己呻吟出声。

凌寒羽这才看到包厢沙发上发生的……相当少儿不宜的一幕。

“这女人不是刚才想勾引你的那个吗？怎么到了这里？”凌寒羽不经意地一句问话却让康文愣住了。

“不！不是那样的！”茉莉连忙解释。

韩七录沉默到现在，就是等凌寒羽这智障问的这句话。嘴角一勾，做出一副恍然大悟的表情：“康少爷，原来这是你的女人啊……”

康文脸色阴沉，咬着牙回答道：“对……”

这就是那个口口声声说着爱他，想要生生世世跟他在一起的女人茉莉！这时候，康文就好比脸上被人狠狠地打了一个耳光般丢人。

但是这时候如果不承认，茉莉那贱人一定会把他的事全盘托出。比如说……他厌恶韩七录这帮人的事。

因为他们的耀眼，上次的生日聚会，所有人的眼睛都只注视着他们，而不是他这个主角！所以潜意识里他恨他们。

“那康少爷的眼光还真是……独特。”韩七录无比自然地说道，“你们几个也玩够了，该把人家茉莉还给康少爷了。”

话音一落，刚才还在做运动的酒保此时已经面无表情，穿戴整齐站在了一边。

这就是训练有素啊！

“康文……”茉莉整理好自己，哭得像个泪人似的扑到康文的怀里。

康文原本是想要厌恶地推开的，只是他怕这个女人会把他的事泄露出去，只好随着她，转头对韩七录说：“抱歉，韩少爷，给您添麻烦了。”

韩七录笑得一脸无所谓：“没事，也没有添什么大麻烦。”

他就是具有那么一种能把人气得半死，对方却连半根刺也找不出的一种潜质。所以才会说，珍爱生命，远离七录啊。

康文笑得一脸尴尬，对着韩七录一点头说道：“那么康某就告辞了。”

“再见不送。”留下这四个字，韩七录坐到他身后的沙发上。康文这时候已经带着茉莉走出了包厢。

“七录，你把人家康少爷气得可不轻啊。你看他额头上的青筋都要爆出来了。”凌寒羽摇摇头，看着门发出感慨。

萧明洛没有跟着搭腔，说到底他还得感谢那个叫茉莉的。

莫昕薇走到韩七录身边坐下，挽着他的手臂柔声问道：“七录，你找我有什么事？现在总可以说了吧？”

“你们几个叫人去拿几瓶红酒过来。”支开那些酒保，韩七录转过头似笑非笑地说道，“是关于安初夏的。”

周围立即静下来，萧明洛和凌寒羽对视了一眼，等待韩七录继续说下去。

莫昕薇的脸色也一下子变得很难看，竟然是为这事找她的！亏她还以为

“你别误会。”把莫昕薇的表情和眼神都收入眼底，韩七录解释道，“我是想说，类似于今天上午发生的事，希望你以后再接再厉。”

她的眼中闪过一丝欣喜，可同时也感到很疑惑。韩七录不是一直护着安初夏吗？怎么这时候居然支持她去整安初夏？这不符合科学逻辑啊。莫非……这是在说反话？

连忙松开韩七录的手腕，她小心翼翼地说道：“对不起，七录，我以后再也不整她了。真的！求你不要生气好不好？”

伸手抚摸了一下莫昕薇的侧脸，韩七录满脸笑意地说道：“宝贝，你似乎是误会我的意思了。我只是，单纯想让她难堪，让她在斯蒂兰混不下去而已。”

“七录，你别这样……”萧明洛忍不住开口制止。

冷冷地看了萧明洛一眼。萧明洛不再说话，知道韩七录这次是玩真的。

一旁的凌寒羽见状也不敢再劝韩七录，也只希望以后背地里偷偷地帮着安初夏吧。谁让刚才在韩家吃饭的时候，姜圆圆对他们说了。如果安初夏在学校里发生了什么不好的事情他们一定要帮忙，否则……否则她会跟他们没完。

姜圆圆可是比韩七录还惹不得的人啊！

第三章 第一次心动

韩家大厅内，气氛一片不和谐。

“我让你们来这里是让你们吃白饭的吗？你们这群没用的东西，居然让你们好好看着小初夏都看不好！我要你们干什么？”

姜圆圆满脸怒火地站在大厅中间训话。

“对不起夫人，是初夏小姐自己坚持要去上课的。说今天是去斯蒂兰皇家学院上学的第一天，无论如何也要去上课。”其中一个女佣低着头，硬着头皮回答道。

深吸了一口气，姜圆圆不耐烦地说道：“你们就不能打个电话通知我啊！”

女佣低着头继续说道：“您的手机一直是关机状态。初夏小姐也给您打过电话，只是您一直关机。”

姜圆圆一拍脑袋，开完会的时候她忘记开机了！

“那韩管家呢？”清了清嗓子，姜圆圆放低了声音，现在也找不到理由怪她们。

“夫人，不是您自己让韩管家帮你去北京取那份合约，说是快递太慢了吗？”女佣微微抬起头，疑惑地看着姜圆圆。

“算了算了！都忙去吧……”姜圆圆连续做了几个深呼吸，恨自己怎么就没有叫别人去取合约。可是转念一想，别人她不放心。

现在是四点多，其他女佣都去准备晚餐了。刚才一直回话的女佣走到姜圆圆面前，看着她开机的手机，犹豫着不知道该不该说。

注意到女佣的异常，姜圆圆抬头先放下手机，扬声问她有什么事。

“是这样的，初夏小姐让我带几句话给您。”女佣连忙回答。

“快说。”姜圆圆有些迫切地说道。其实说到底就连她自己也不知道为什么会这么喜欢安初夏，不仅仅是因为安初夏倔强独立的性格太像以前的她了。

其实说到底可能是因为她妈妈舍命救了韩六海的原因。她很爱韩六海，即使平时总是对韩六海大呼小叫的，但如果韩六海真的消失，恐怕她也活不下去。

“初夏小姐说，她很谢谢您对她的照顾。但是她希望能够靠自己的努力考上好大学，所以无论发生什么她都会努力坚持，说是希望您能支持她。”

这话的意思就是希望她不要阻止她去上学。

“这孩子，做出的事还真是让人心疼。算了，等放学的时候让七录去接她。对了，七录那浑蛋人呢？”姜圆圆抬头问女佣。

女佣低着头回答道：“少爷和萧少爷还有凌少爷一起去亚特兰蒂斯了。”

“浑蛋！”将沙发上的糖果抱枕一下子抓起来扔在地上，“你马上打电话让他回来！”

“是……”女佣忙逃也似的跑去打电话。

按下手机的挂机键，韩七录不耐烦地起身：“我先回去了。”

莫昕薇跟着站起来，警惕地出声问道：“是安初夏打的电话吗？”

虽然韩七录现在看起来好像很讨厌安初夏，但是不得不说安初夏确实已经成了她莫昕薇的心腹大患。

好不容易那个比自己还要阴险的向蔓葵离开了韩七录，谁知道又半路杀出个安初夏，这让她怎么甘心？

“不是！是我家女佣。”听到莫昕薇的问话，韩七录条件反射地大声回道，不悦瞬间包围了他。

莫昕薇重重地松了口气，继续说道：“我可以跟你一起回去见见伯母吗？”

“莫昕薇小姐，你应该叫姜阿姨，而不是伯母。”萧明洛放下高脚杯，说的一脸诚恳，心里默默地骂了一句：小人得志！

看到韩七录没理她，已经走到门口了，莫昕薇慌忙追上去拉住他的手臂，问道：“大家的传言是真的吗？安初夏她真的是你的未婚妻吗？”

她的目光涌动着满满的急切，她迫切地想知道答案。

良久，韩七录看了她一眼，伸手拉开她的手离开，自始至终没有回答莫昕薇的问题。明明他只要说是或者不是就可以了，但是不知道为什么，他就是不想回答。

凌寒羽看到这场景无比开心。说真的，跟莫昕薇比起来，安初夏看起来确实顺眼多了！

"走了，寒羽，我们也该回家了。"萧明洛放下酒杯起身跟凌寒羽一起走出包厢。

亚特兰蒂斯外，天空一片阴沉，远方的乌云后时不时还闪过几道亮光，从手臂轻轻刮过的风也预示着一场大雨即将来临。

"看样子快要下雨了。"萧明洛百无聊赖地驾驶着跑车，看了眼天空说道，"还好我们早点出来，否则待会儿车子就要淋雨了。"

韩家大厅内，气氛很是沉闷。

"什么？北京到这里的航班因为天气情况延误？你怎么办事的！"姜圆圆拿着电话对那边的韩管家大喊。

明明是为了想要在月底前拿到合约，看样子还是要下月了。

"算了算了，你用 EMS 快递过来吧！干脆去帮我看看我在北京的作家朋友，带点礼物给她。"皱眉说完，她猛地挂掉了电话。

真是，不顺心的事情一件接着一件。

"行了，不是还有三天时间才到月底吗？EMS 能到的。"坐在沙发上看电视的韩六海将目光投向姜圆圆，"你也别怪韩管家，航班延误又不是他的错。"

"我知道我知道。"姜圆圆拿了粒葡萄塞到嘴里，"我这不是着急呢吗？"

"我回来了。"韩七录一脸疲惫地脱下外套交给女佣。

"你回来了，那小初夏呢？"姜圆圆朝着韩七录身后张望了几眼，还喊了几声安初夏的名字，但没有听到应答。

"什么小初夏。"韩七录满脸不解，"她不是在楼上休息吗？"

从外面天空传来一声雷鸣，姜圆圆打了个激灵："你不要告诉我你没有去接她！"

一阵冷风吹过……

外面的天空再度亮起来，几秒后又传来一声沉重的雷鸣。

紧接着，是豆大的雨滴落地的声音。

"现在五点多了，四点半就放学了，你干吗非要我去接她？你应该早就安排人了吧？"韩七录满脸不屑。

姜圆圆的表情有些怪异，沉默了一会儿，拦住要上楼的韩七录，吞吞吐吐、又有些急切地说道："我本身是打算让人先去接的，以防止你不去。可是后来想想你肯定不敢不去，所以我就……没有让其他人去接。"

"什么？"原本不打算凑热闹插进来的韩六海惊得从沙发上跳起来，"她肯定也没带雨伞，你怎么就不派人去接？"

"哎哟！我以为七录会去嘛！"姜圆圆悔不当初，而韩七录则立马转身冒雨跑了出去。

韩六海大步走到大厅外。大厅外是长长的石子路，从这里到车库只要半分钟的时间，而从车库到大门又需要三四分钟的时间。

一晃神的时间，韩七录的车子伴随着汽车引擎发动的声音，消失在悠长的石子路尽头。

这雨下得也不是一般的大，三四米远的地方就已经看不清了。

“但愿那孩子现在还安安静静地待在教室里等我们派人去接。”他看着白茫茫一片的天空，轻声感慨道。

姜圆圆难得安静地走到韩六海身后，皱紧眉头问道：“你这话是什么意思？”

韩六海转过身，搂住爱妻的肩说：“那孩子说不定为了不想给我们添麻烦，选择自己走回来。这雨下得这么大，如果真是那样的话，肯定会感冒的！”

合上双手，姜圆圆诚恳地祈祷：“雨快点儿停吧，别让我们家初夏淋雨。”

另一边，安初夏跟几个同学在校门口道别后，却发现没有来接她的车。稍微站着等了一会儿后，她再也等不住，因为天空已经阴沉下来，天边更是亮起了几道张牙舞爪的闪电。

再在这里等下去，待会儿就要淋成落汤鸡了。

原本她是想打个电话回去问问的，结果姜圆圆特意送她的手机落在教室没带出来，心里又不想什么事都麻烦韩家，所以干脆拿着书包一瘸一拐地走回韩家。

路上有同班同学要载她回家，可是她又怕自己住在韩家的事泄露，解释起来麻烦，所以也就都一一回绝。

现在她冒着大雨艰难地往前走，看着眼前迷茫的一片，她突然有种挫败感，居然忘记了自己是路痴……

看着眼前的三岔路口，她感到每条路都很熟悉，每条路又都很陌生。到底哪条路才是通往韩家的？她摇摇头，雨越下越大，她没有回忆的时间，于是选择了左边第一条路。

即使故意沿着路边房子的屋檐走，她现在也还是被淋成了落汤鸡。

为了不让手里的书本淋湿，她干脆把外套脱了下来包住书包继续走路。脚因为之前的扭伤不是非常方便，但是转眼间已经远离了斯蒂兰皇家学院。

可是谁能告诉她，这又是哪里？

越走越远的她没有发现，附近的房子渐渐稀少起来。等视线清楚了些的时候，她发现自己面前居然是一片坟地！

虽然她是个无神论者，但是看着眼前荒无人烟的地方，有那么一大片摆满了墓碑的坟地，如果说不害怕，那肯定是骗人的。

刚才还没有发觉，此刻看清楚了，她顿时觉得后背全都是冷汗。

韩七录飞快地飙车，因为是雨天，路上的车辆并不多。敢在这么大的雨中飙车不怕打滑的人，恐怕全 A 市就他一个了。

到达斯蒂兰皇家学院的时候，安初夏早就已经离开了。韩七录冒雨跑进教学楼又快速跑到保安室。几个保安正拿着几张晚报上下阅览。

“有没有看到一个女生，长得不怎么漂亮，从斯蒂兰皇家学院走出去？”韩七录连气都没来得及喘，踢开保安室的门闯进去问。

保安们面面相觑：“这不是……韩少爷吗？”

“我问你们有没有看到！”这句话的语气很不友善。几个保安被呵斥得不敢说话，谁都知道其实斯蒂兰皇家学院背后的理事长就是韩六海。

倒是其中一个年长的保安回答说：“不漂亮的女生在斯蒂兰没有五百个，也有一千个。请问，您要找的是哪一个？”

这范围确实大了点儿，韩七录皱眉想着安初夏的特质，终于得出一结论：“她不仅不漂亮，而且还……很呆！”

保安大叔摇摇头：“我还是不知道您要找的是哪一个。不过刚才还没有下雨的时候，一个长得挺漂亮的女同学一瘸一拐地拿着书包自己走了。斯蒂兰家里没有专车接送的人应该没有，您找的会是她吗？”

一瘸一拐……

韩七录猛然想到她在房间里脚扭伤的场景，转身就再次冲入雨中。

她真的是脑残吧？明明知道要下雨了居然不在教室里等着！

开着车在回家的路上来回找了好几遍，都没有找到安初夏的影子，又打了个电话回去问说是没有到家。韩七录这才想起，安初夏可能不识路，找不到回去的路迷路了。

在再次路过一个三岔路口的时候，他潜意识里觉得安初夏可能走了左边第一条路，于是再次加大了油门开向第一条路。

偌大一片坟地让安初夏感觉整个人都清醒很多，心中的那股恐惧感使她转身就匆忙地往回走。可是脚下积水太多，一不小心就滑倒在地。

最糟糕的是……滑倒之后居然就站不起来了。现在她真心想唱一首歌，“脚伤是会呼吸的痛，它留在血液中来回滚动”。

仰头看着天空，密密麻麻的雨点不知疲倦地落下来，落到她的脸上。

很久没有淋雨了，这种感觉，似乎也不赖……如果能就这样死去的话，就能见到妈妈了吧？

“你打算就这么死在这里吗？”

一个好听的男声响起，她不禁起了一层鸡皮疙瘩，可是睁开眼看到的却是令人睁不开眼睛的车灯光。

不知何时一辆蓝色的跑车居然停在她的正前方，雨刮器还在不停地摆动着。她透过玻璃，看清里面坐着的人是韩七录。

怎么在她最窘迫的时候，出现的人总是他？

“还不上车吗？”看着她那副被雨淋成了落汤鸡的惨样，不知怎的，他的心就像被揪了起来。

难道这种感觉就是……爱吗？

安初夏原本是想要上车的，可是无奈脚根本动不了，只好瞪大眼睛，可怜兮兮地看着韩七录。

“不要告诉我说你的脚又扭伤了，所以站不起来。”韩七录语气阴霾，看见她点头后差点儿没当场抓狂。打开车门，他大步走到安初夏面前，脸色很不耐烦。

感觉到下体的温热，安初夏的脸颊不自觉红了起来。看到韩七录一步步走近，她突然抬手做了一个停止的动作。

“那个……你不用过来，我、我自己可以站起来的。”一紧张，她连说话都开始结巴了。

可是韩七录完全不知道现在是什么状况，脸上的不悦更加明显了。

“安初夏，你现在是倔强的时候吗？”狠狠地瞪了她一眼，他不管安初夏阻止快步走到她面前蹲下。可是在看到地面上的一片鲜红时，不禁整个人都愣住了。

可以想象安初夏现在是有多丢人……这辈子还没有这么丢人过吧？人姨妈什么时候来不好，偏偏要在这个时候拜访她！

苍天哪，大地呀，您不带这么玩人的！她在心里大喊。

可是事实并不是安初夏以为的那样……

韩七录缓慢地抬起头，眸中除了震惊还是震惊。

“都说……让你别过来了……”她小声地说话，可是突然感觉到周围的温度急剧下降，抬头不解地看着韩七录，只见他一副要杀人的样子。

奇怪，她刚才有说什么特别的话得罪他吗？

“什么时候怀上的？那个男人是谁？他有说要负责任吗？作为女孩子你怎么就一点儿也不知道检点？”韩七录的话里满满的都是火药味。

而安初夏却是满脸迷茫：“你在说什么呀？什么男人，什么责任？”

“呵，还在装傻吗？”韩七录冷笑地看着她。

安初夏皱着眉，突然一个念想跳到了她的脑中。这个家伙，不会是笨到以为例假是流产吧？天哪，这都是什么人……

“不是你想的那样。”她哭笑不得地说，“这不是流产，是……例假！”

有时候她真的觉得自己太高估人家的智商了，看着韩七录突变的脸色，她居然有一种想笑的冲动。

狠狠地瞪了她一眼后，韩七录居然没嫌弃脏，小心地抱起她放进车里。

车子重新启动后，安初夏拿着韩七录丢给她的毛巾擦拭着脸和头发。期间韩七录一直沉默着，让她感觉很不习惯。

“那个……你不怕弄脏你的车？”她拿着毛巾小心翼翼地说话，生怕惹恼了他。毕竟这时候惹恼他，说不定会直接把自己扔出去。

韩七录看了眼后视镜，看到她惨白的嘴唇时，不禁眉头越皱越深。

“我更怕我妈冻结我的信用卡。”他找了个自己认为很好，但其实很牵强的理由。

信用卡对他很重要吗？安初夏似懂非懂地点点头。

“不知道待在教室里等车吗？白痴一样地走错路，你还以为自己很潇洒吗？”

终于忍不住，韩七录语气冰冷地责备她。

“对不起，不过……为什么你会来找我？”她很蠢地问了这个问题。她不相信韩七录是担心她才开车来找她的，因为那不科学！

韩七录把持着方向盘，脸色恢复到面无表情：“信用卡。”

“……”他的世界只剩下信用卡了吗？真是可悲的有钱人家少爷。

车子平稳地开着，完全没有之前飞一般的速度。韩七录没有直接带着安初夏回韩家，而是在一家五星级酒店前停下车。

天色已经完全暗下来，偶尔闪过几道闪电的光。

这间酒店叫斯蒂兰顶级酒店，也属于韩氏旗下。其实即使信用卡被冻结，他完全可以靠着韩家大少爷这个身份不被饿死冻死。

韩氏集团在事业方面以金融为基础，扩展到各个层面。韩式集团旗下的房地产公司是 A 市最大的房地产集团，经济实力在全国首屈一指。除房地产外，韩氏集团的产业还包括餐饮酒店、服装和影视媒体。还有教育，比如斯蒂兰皇家学院的理事长就是韩六海。

“这是哪里？”安初夏警惕地看着酒店的侍从替她打开车门。

韩七录已经下了车，走到后面来俯身抱起安初夏：“斯蒂兰顶级酒店。”

“你……带我来酒店干什么？”安初夏开始不安起来。他……不会这么变态吧？

韩七录冷着一张脸，侍从替他们撑着伞。一直走到酒店的 VIP 电梯时，她才缓缓开口说："难道你想要我妈看见你满身是血的样子吗？"

她微微一愣，接着整个人都埋在了韩七录的怀里。因为她看到一旁侍从的脸色微变，一看就知道是在忍笑。

VIP 电梯只为韩七录这种特级宾客开放，所以电梯很快就直接上升到了十八楼。

韩七录的专属总统套房的门被侍从打开，他将安初夏抱进浴室便走出来关上了门："洗干净些，别把我妈吓到。"

安初夏没有说话，只是打量着豪华的浴室。圆形的浴缸就像一个浴池，整个浴室的设计也都是顶级的、不能用语言来形容的豪华。

有时候她真怕自己住到韩家之后，过惯了奢华的生活就回不去了。

"别傻站着，把衣服脱了，我让他们马上送去洗好。"韩七录听到浴室里毫无动静，不禁有些不耐烦起来。

安初夏这才赶紧脱了衣服然后打开一道小缝，从门缝里把衣服塞了出去。

"放心洗吧，我对你面条一样的身材毫无兴趣。"留下这么一句，韩七录拿着衣服走到门口。

什么嘛，安初夏非常不爽。她的胸确实不大，但也没有到面条那种程度吧？真不会说话！但韩七录的话对她来说显然很受用，她安心地放好水洗澡。

看到韩七录走出来，侍从连忙从他手里接过了衣服。

"用最快的速度干洗好送回来，我可以给你十分钟时间。"

他的话里毫无商量的余地，侍从连连点头："是的，少爷。少爷，请问需要准备晚餐吗？"

韩七录看了眼浴室转头说道："去准备吧，不要让我看见鱼，我讨厌那东西。"

"好的，少爷。请问……是两份吗？"侍从显然有些多言，但是如果现在不问清楚，那么弄错了后果只会更惨。

忍住想踹死这个侍从的冲动，他深吸一口气，压低了声音问道："不是两份难道还是三份吗？不对……等等！那只猪可能真的吃得下两人份，先准备三份送上来。"

"是，少爷！"侍从一鞠躬，拿着衣服离开了。

"等等！"韩七录追上去，"你再去买……那个来。"

他的脸上稍显窘迫，但依旧是那副唯我独尊的样子。

侍从被他弄得一脑子问号，只好恭敬地问道："请问少爷，那个……是哪个？恕我愚昧，没听懂您的意思。"

韩七录咬紧下唇，良久才出声说道："就是那个……刚才进去的女生要用的东西。"

"是……避孕套吗？"侍从真心是没听懂意思，只是想到一个女生跟少爷一起来酒店，那除了需要用到避孕套就用不到别的了。

再也忍不住，韩七录一把抓起侍从的衣领就朝他吼："你见过女人用避孕套吗？"

侍从这才明白韩七录要的是女性用品，冷汗一个劲地往下流，嘴里忙不迭地回答说："我知道了少爷……"

冷哼一声，韩七录这才放开手："把衣服和那个一起送上来。我要的是速度，否则你明天就不要来斯蒂兰酒店了。"

侍从深知只要韩七录一句话，完全就可以解雇他，慌忙用最快的速度跑向电梯。

韩七录回到总统套房后打了个电话给家里，说是雨太大，先带她到外面吃东西，让他们别等着。

靠在套房内的高档软皮沙发上，韩七录越想越觉得这不是自己的作风。如果是以前，他心里巴不得对方快点儿淋雨死掉，才不会管对方的死活。可是现在他又是在做什么？

他绝不会相信自己在两天之内就会对除了"那个她"之外的女人动心。那么对安初夏，他又是什么？想了半天，他终于想通。因为安初夏太叛逆了，作为父爱之心非常爆满的他，要想尽各种办法让女儿变乖。

虽然这种想法在外人眼中看来很怪，毕竟安初夏只比他小那么一岁，可是除此之外他想不出别的诠释方法。

"少爷。"侍从抬手叩响了原本就开着的门。

看了眼侍从左手里拿着的两个袋子，韩七录面无表情地接过："买东西的费用找你们经理报销。"

"不不不，不用，少爷您太客气了。晚餐已经好了，我现在就下去拿。"侍从鞠了个九十度的躬，逃似的离开。能保住这虽只是个小小的侍从职位，但薪水高于普通白领的工作，他已经非常高兴了，哪里会计较那么一点儿钱。

韩七录拎着袋子走到浴室门口，抬手敲了下门："洗好了吗？把门开一下，我把衣服递进来。"

浴室的门很快被打开了一点点，韩七录把两个袋子塞了进去，转身坐回软皮沙发，并且点燃了一支烟。

当安初夏看到他递进来的袋子里放着护舒宝时，脸不禁又红了起来。

平时怎么就没看出来，关键时刻还挺贴心的嘛！一切整理好后，安初夏打开浴室的门走到韩七录面前。

"晚餐在那边。"他指了指那边放着的三份晚餐说道。

安初夏没有说话，安静地走到那边津津有味地吃起来。走了那么多路，洗了个热水澡之后，肚子真感觉三天没吃饭一样，饿得慌。

没一支烟的时间，她把三份晚餐居然都吃完了！最重要的是吃完后她还觉得意犹未尽，反正就是没有很饱的感觉，但是也不觉得饿了。

这五星级酒店的晚餐虽然菜色种类繁多，但是一盘菜才那么几口，三份晚餐的量都没有平常老百姓的一份快餐多。

眼睁睁地看着安初夏把三份晚餐都吃了，韩七录抽完最后一口烟，烟雾缭绕中站起身，像是超凡脱俗的仙人一般梦幻。

将烟蒂丢进了水晶烟灰缸，他拿起自己还是半湿的外套穿上去，斜眼看着安初夏，带着些无可奈何地问道："吃饱了？"

知道要回去了，安初夏点头："吃饱了。"

"那回去吧。"韩七录转身就要往外走。安初夏有些着急地拦住他，眼睛盯着韩七录胸前的扣子却迟迟不开口说话。

轻勾起嘴角，韩七录恢复成一副玩世不恭的样子，戏谑地问道："怎么？舍不得离开这里，想要跟我一起在这里共度良宵吗？"

安初夏的脸瞬间红了，后退了一步将手置于胸前："才没有！你不要胡说！"

收敛了脸上的戏谑，韩七录板正了脸："那走吧，不早了。"

当他的一只脚刚跨出总统套房的时候，安初夏在一秒间做了剧烈的思想斗争。是要谢谢他呢，还是当作什么也没有发生？他带给她的那些耻辱，她这辈子也不会忘记。可是她也忘不掉韩七录几次在她最需要帮助的时候出现帮她。

一咬牙，她追了出去："你等一下！"

"你到底要干什么？安小姐。"韩七录叹了口气，站直了身子等待她说话。这次安初夏没有再盯着他胸前的扣子发呆，也没有一直沉默不语，一张嘴就是一句："今天很谢谢你帮我！"

她指的是莫昕薇在教室挑衅事件，也指操场罚跑事件，还指现在冒雨找她，并为了不让她丢人把她带到酒店来。

猛然间，她突然发现无意间居然欠了韩七录这么多人情。

"谢谢？"韩七录的眸子闪过一道亮光，"还有什么别的话要说吗？"

别的话？

安初夏在脑子里思考了一下他话里的含义，顿了顿，抬起头一字一句认真地说："之前如果我对你做了什么抱歉的事，我很抱歉。你放心，以后我再也不会跟你扯上任何关系，不会让你觉得碍眼，更会尽量避免与你见面。"

她没有注意到，在说完这句后，韩七录的眸光立刻变得暗淡无光。

——以后我再也不会跟你扯上任何关系。

——不会让你觉得碍眼。

——会尽量避免与你见面。

这些话停在韩七录脑子里，一句句都代表着她很讨厌他，连接触到他都觉得恶心！很好……安初夏，很好！

“安初夏，是不是我叫人整死你，你也不想跟我扯上半点关系，也不会到我面前来求饶？”韩七录的语气冰冷，目光更是冷冽得吓人。嘴角勾起的那一抹似有若无的弧度，则是表示他现在其实非常非常生气。

韩七录就是这样，越生气，他的笑容越是诡异。虽然诡异中透露着一丝绝美，但那足以震撼你的内心，强大的气势让每个人都不敢单纯只欣赏他笑容表面的美。

低垂下头，安初夏也笑了，笑得那么纯真。

“如果整死我能让你觉得开心的话，我很荣幸。”言下之意也就是，她绝不会到他面前求饶！因为她觉得自己除了欠他人情外，根本就没有错，从来就没有错。

冷哼一声，韩七录转身就走。安初夏松了口气，说实话，刚才韩七录的那个表情，真的吓到她了。尽管一直是微笑着的，但是她从那个笑容里感觉不到任何温暖，甚至感到毛骨悚然。

望了眼韩七录的那个方向，安初夏快步追了上去。一个人站在这个悠长的走廊上，她觉得气氛很诡异。

在电梯完全关上的前一秒，她侧身钻进了电梯。

他淡淡地看了她一眼，没有再说话。

不知怎的，安初夏觉得电梯从十八楼到一楼的时间，就像是过了一年那么长。随着一声悦耳的声音响起，电梯门开了，两个人一前一后走出电梯。

“少爷，车已经处理干净了。”酒店大厅的经理放下手中的营业记录本，恭敬地走到韩七录面前。

而韩七录只是微点了下头，连一个字都懒得丢给经理，自顾自地走出酒店大门。酒店门口的侍从帮他打开了车门。

安初夏晚到一步，韩七录居然没管她直接开车走了！她站在原地望着韩七录远去的车子，有些茫然不知所措。他果然是那种一旦生气就会不管他人死活的人啊……

至于韩七录说的叫人整死她，从心底里她很期待被整死的那一刻。那样或许就能永远解脱了，或许就可以见到妈妈了。

从车外的反光镜里看到安初夏脸上的那抹无助，韩七录冷眼加快了车速，反光镜很快就没有了安初夏的影子。

但最终，他还是拿出手机拨通了斯蒂兰顶级酒店经理的电话。

“给她找辆车，送回韩家。”挂掉电话后，他将车急速转了个弯，朝萧明洛家开去。他可不想天天跟安初夏待在同一个屋檐下。

雨还是没有停，安初夏仰头看着天空，黑漆漆的一点儿也看不见。看样子还是要麻烦姜圆圆派人来接她啊……

因为她根本不识路，也不知道韩家的具体位置。更重要的是，她身上没有半毛钱，连出租车也坐不成！

“小姐您好。”正当安初夏一筹莫展准备进酒店借电话的时候，酒店经理走了出来，并且主动跟她打了招呼。

安初夏显得有些惊讶：“您好！或许我需要借用您的……”

“小姐，在这之前，我得先问清楚一件事。”经理微笑着打断她的话，“请问您打算现在就回去，还是想要再玩一会儿？”

“啊？”她一下子没有反应过来，呆愣着。

经理依旧保持着他那标准式的微笑，对安初夏解释道：“我们斯蒂兰顶级酒店也属于韩氏集团旗下，所以刚才我接到命令，由我负责把你送回韩家。”

安初夏心里虽然感到疑惑，但是看到刚才这个经理对韩七录恭敬的样子，也就毫不犹豫地相信了，微点头笑笑说：“我想要现在就回去，麻烦您了。”

“好的。”经理点头招手让侍从把车开过来，转头又对安初夏说道，“对了，您刚才说需要借用我的……什么？”

她连连摇头说没什么。

费了这么一番周折才回到韩家。

“真是麻烦您了，经理。”下了车，她弯下腰对着经理感激地说道。而那个经理还是保持着那个招牌式的微笑，说了声客气便开车走了。

只能说，韩氏的员工似乎都这样，看起来很敬业、很热情，可是有意无意地总是能跟人清楚地划开界限。大概这就叫训练有素吧？

雨这时候已经停了，她刚走到大门口门就打开了。

“安小姐，夫人和老爷还在大厅等您呢。快去看看也好让他们放心。”开门的佣人友善地朝她笑笑说道。她显然有些惊讶，因为没有想到他们会一直等她到现在。

刚走进大厅一个黑影就朝她扑来，她始料不及地落入一个柔软的怀里。

“哎呀我的心肝宝贝！你总算是回来了！”姜圆圆恨不得把她抱紧到身体里去。这孩子太让人担心了！

被姜圆圆紧紧抱着的安初夏都快透不过气了，还是韩六海走上前，拍拍姜圆圆的肩让她先放开她，否则她非得憋死在姜圆圆的怀里！

“还好衣服没湿，我和你伯父还担心你没等着七录，自己冒雨走回来呢。”姜圆圆上下打量着安初夏这才松了口气，“对了，七录呢？”

她在心里问了一句：他不是应该比自己早到吗？

看着姜圆圆疑惑的目光，她掩饰地笑了笑说道：“他说还有点儿事，可能会睡在朋友家，让你们不要担心。”

“这臭小子！”姜圆圆埋怨地喊了一声。

“好了，少说几句，这件事根本原因其实也在你。”韩六海摇摇头提醒道，“你九点 YY 频道不是还有一个作家访谈要参加吗？初夏已经没事了，还不快点儿去准备，到时候别出丑了。”

姜圆圆瞪大眼睛：“你不说我差点儿就忘记了！我马上去准备！小初夏你早点儿睡觉啊！”

“好的。”她微笑地看着姜圆圆连跑带跳地跑上楼梯。有时候她觉得姜圆圆就像个孩子一样。

韩六海摇摇头，转身对安初夏说：“初夏，有些事，我想或许需要跟你谈谈。”

和韩六海的谈话中，安初夏知道韩七录从小就没有什么朋友。因为家族地位高的原因，所有想要接近他的人全都是因为钱和利益。

小时候的他很想要交朋友，可是一次又一次的真相，破碎了他的朋友梦。从那以后他几乎不再相信任何一个人，性格也开始变得乖张。他可以在上一秒对你微笑，下一秒就把匕首狠狠地插入你的腹中。

直到上幼儿园后，遇见跟他一样因为家族地位关系，而没有真心朋友的萧明洛和凌寒羽，还有……向蔓葵。也是从那之后，他才开始像个正常人，却依旧还是唯我独尊，怀疑任何人，不相信任何人，讨厌任何突然出现在他身边的人。

不知为什么，当韩六海说到向蔓葵这个名字的时候，脸色变得有些怪异，但很快又恢复了正常，所以她没有想太多。

当韩六海讲完这一切的时候，安初夏心中突然升起一种莫名的伤感。

她的家里虽然穷，但是从来就没有缺少过真心的朋友。每一个朋友都是真心的，尽管他们家里也很穷，可是大家的童年直到现在想起也觉得很开心，很快乐。

可是有钱人家的孩子呢？他们的童年，居然会没有朋友。或许朋友对她们穷人家的小孩来说是最平凡不过的，但是对韩七录这类人来说，却是最最奢侈的东西。

因为怀疑，因为不信任，因为从小的孤僻感，韩七录才讨厌突然出现的她吧？

这一刻，她突然很理解韩七录了。

“韩叔叔，我想，我知道你想表达什么了。”她露出一个善解人意的微笑。

韩六海欣慰地拍了下安初夏的肩:“好孩子,我知道你是个好孩子。有些时候，七录他像个三岁的小孩一样任性，希望当那个时候，你能多理解他一点儿。”

安初夏点头：“我会的，韩叔叔。”

“哎！”韩六海摆摆手说道，“别叫我韩叔叔，叫伯父。韩叔叔这个称呼显得我们太生疏了。”

安初夏笑着叫了声伯父。

“好了，快九点了。早点休息，我去看看你伯母。”韩六海嘱咐了一声，转身走上楼梯。

这一刻，她还真羡慕韩七录。有一个虽然看起来很严肃，心里却其实很疼爱他的父亲。而她呢……从小就没有父亲，被人当作野孩子看待。

抬手抚去眼角的湿润，她也走上楼梯。今天的作业还没有做完呢！

而另一边萧明洛的家就没有这么和谐的画面了……

“不是吧？你真要在我们家睡？”萧明洛一身白色睡袍，打开客房的门看着躺在床上半闭着眼睛的韩七录问道。

韩七录从床上坐起来，然后再跳到床下：“怎么着？你还不愿意了？”

“也不是不愿意。”萧明洛纠结地继续说道，“万一你老妈怪罪下来，我不就又成你的替罪羊了？趁着才九点，赶紧回去吧！”

他快速走过去勾住了萧明洛的脖子，微笑着说：“你真的要让我回去？”

一看到这让人毛骨悚然的绝美微笑，萧明洛不自觉地咽了一口唾沫，认命地说道：“好了好了……下次再要去谁家睡，记得选择凌寒羽！”

一听到去凌寒羽家睡，韩七录立刻收住笑，摆出一副“你饶了我吧”的表情。

“我说你又不是不知道他！一个生物钟颠倒的典型生物。上次我去他家睡，拉着我陪他玩了一整晚的连连看！”说到这里韩七录差点儿没跳起来。

萧明洛无所谓地一耸肩：“说不定他现在已经回归正常人类了！好了，睡觉吧，洗了个澡我都快困死了……”

“阿嚏……”某个正在聚精会神玩游戏的家伙突然打了个喷嚏。

“谁骂我？”他自言自语了一句，接着又继续玩他的魔兽……版连连看。

于是这一天就在夜幕中，拉下了结尾。

“懒虫，起床啦！懒虫，起床啦！”桌子上的闹钟突然响了起来。安初夏半睁开眼睛，发现自己居然一整晚都趴在桌子上睡。

回想了一下，她昨晚做完作业后看看时间还早，就去厨房冲了杯咖啡，跑到书房找了本英文版的 I have a dream 看，后来就趴在书桌上睡着了。

刚想要站起身才发现……脖子落枕了！不过还好不是很严重，整体来说头是能摆正的，但是却不能扭动。落枕过的都知道，那是一种无与伦比的……痛苦！

刷牙洗脸换校服，一切准备就绪后她才慢慢走下楼，回来后她找药箱自己敷了点药，故意没有声张，否则姜圆圆又要担心了。

像昨天早餐一样，姜圆圆跟韩六海已经坐在那里了。看得出来他们也刚坐下，碗里的早餐还没来得及开动。只是跟昨天不一样的是……韩七录不在家。

“早上好，伯父伯母。”她微笑着把书放在一旁，然后在餐桌前坐下。

姜圆圆盯着安初夏看了几秒，疑惑地问道：“小初夏，你是不是落枕了？”

这都被她看出来了……她明明故意用力摆正脑袋，可还是被发现了。

“嗯。”她微点了下头，“不过没什么大问题。”

“你啊！”姜圆圆皱着眉指着安初夏，“我听佣人说了，你昨晚十一点了还去厨房冲咖啡。我知道你学习用功，可也别是这种用功法啊！”

“好的，我知道了。”她在心里松了口气。还好姜圆圆没有发现她的脚也是伤着的，否则非得唠叨个半天。

刚拿起一片三明治就听到外面的佣人在说：“少爷您回来了。”

她抬头看向门外，韩七录还穿着昨天的衣服，抬脚走到餐桌面前说道：“昨天晚上我有急事，在明洛家睡了。”

“小初夏，我们别理他，吃饭！”姜圆圆知道韩七录是在跟她说话，所以故意不理他。

不过韩七录也没再说什么，转身朝楼梯走去，应该是去换校服了。

一顿早餐，安初夏吃得食不知味，到最后发现完全吃不下了，干脆起身说：“伯父伯母，我吃好了。”

姜圆圆点头：“注意着点儿脖子，落枕是要你自己慢慢好的。”

安初夏微笑着点头，拿起书的时候突然想到，昨晚她没经过韩六海的同意就进书房拿书看了，忙重新走回餐桌前。

“伯父，昨天晚上我觉得不困，就去书房拿了一本马丁 · 路德 · 金的 *I have a dream* 来看，想带到学校去接着看，可以吗？”

她拿那本书扬了扬。

恰好此时韩七录已经换好校服从楼梯上缓缓走下来。

“明明知道我爸一定会借给你，还故意做作地再问一遍，安初夏，你假不假？”韩七录的话里一字一句全都带着讽刺和浓重的火药味。

她微低下头，不觉得自己这样很做作，只认为要跟韩六海说一声是起码的礼貌。谁知道在他的眼睛里却成了做作。

“你说什么呢？”韩六海宏大的声音让韩七录不敢顶嘴。他只是冷冷地看了安初夏一眼，就走出了大厅。

“伯父您别生气，我没事的。”她善解人意地笑了笑转身跑了出去。如果不跑出去的话，韩七录估计会让司机叔叔不要管她，直接载着他一个人上学了。

看着安初夏的背影，姜圆圆的脸色显得有些沉重，转头对着还在吃早餐的韩六海说：“七录怎么还是这副样子，我以为他对初夏有一点儿不一样了。”

低落的声音让韩六海心疼起来。

“好了老婆，年轻人的事情我们别管太多，让他们自己发展也挺好的。向蔓葵当初不就是慢慢地才跟咱们的七录熟悉起来吗？”

原本是安慰的话，在说出向蔓葵三个字之后一切都变了味。

“别跟我提起那个贱人的名字！我听着就恶心！居然为了自己的前途丢下七录不顾，让我们七录的性格变得比以前更加孤僻。这笔账我永远也忘不了！”说到这里，姜圆圆再也吃不下一口东西，干脆站起身说道，“我今天心情不好，我要让亲亲读者们在QQ群里都去骂那个该死的贱人！”

说干就干，姜圆圆狂跑着上楼，留韩六海在那里哭笑不得。

“多大个人了，还跟个孩子似的。”他摇摇头，看着盘里的早餐也觉得食不知味，干脆也站起来拿过女佣手里的外套开始穿起来。

车内气氛一片死寂，安初夏时不时地看一眼从她上车就开始闭目养神的韩七录。到底是又做了什么事让他生气呢？似乎是昨天晚上在斯蒂兰顶级酒店里他就不高兴了。

算了，说好不要跟他在斯蒂兰皇家学院里有任何瓜葛的。

车子刚在斯蒂兰皇家学院门口停下，韩七录就猛地睁开眼睛，正好撞进打量他的安初夏的眼里。

安初夏立刻收回视线，可韩七录并没有说什么，只是冷漠地打开车门。

“等一下，你早餐吃了吗？”她忍不住发问。可是韩七录没有理她，关上车门后径直走进了校门。

她呆愣着坐在车内，直到司机提醒她：“初夏小姐，离上课时间只有十分钟了哦。”

“啊！”从神游状态回归，她慌忙拿起一叠书下车，快速朝学校里跑去。要知道，这么大的斯蒂兰皇家学院，从校门口跑到教室也需要十来分钟呢！

“哟，瞧瞧这是谁！”对丸子这种人来说，迟到是家常便饭的事，所以她压根就不担心会迟到，尽管她早早地就到了学院。

前面的路被拦下，安初夏只好停住脚步看着丸子。

“请问你有什么事吗？”她说得很礼貌，也很谨慎。昨天是因为替菲莉亚出头才被罚跑，这个她认了！可是她不想因为自己一时冲动再被整，所以态度也显然诚恳了很多。

乍一看，两个人似乎关系很好。

但仔细看，就能发觉到丸子脸上的那个笑容并不友善。

丸子走到安初夏的身边，扭着她的腰绕着安初夏转了一圈，才开始说话：“安初夏，今天是怎么了？今天怎么不说‘现在，请你离开我们班，我们大一A班不欢迎你’呢？”

丸子故意学着安初夏昨天的腔调说了一遍，听起来让人觉得很怪异。

“昨天我太冲动了，我向你道歉。对不起，同学。”她到现在也不知道丸子的名字，只好称呼她为同学。

听到这里，丸子夸张地抬手捂住了嘴，装作惊讶地看着安初夏：“怎么了小学妹，经过昨天的教训就学会怎么做人了？我告诉你，现在后悔……晚了！”

是晚了！安初夏看了一眼前方政教楼上的大钟，显得有些绝望。只有四分钟了，再不走就真的是晚了。

“那你想怎么样？”她知道丸子一定是故意找碴，所以也就干脆直接问了。

“我想怎么样？”丸子摸着下巴若有所思，但两秒后她显然就得出了结论，“我想要的很简单，不就是……想让你滚出斯蒂兰皇家学院呗！”

如果是以前，安初夏早就握紧拳头冲上去揍人了。可是现在不行，现在她就算是苟且偷生也要在斯蒂兰上完学。

压抑着心中的怒火，她平复了下心情才说道：“昨天的事，我真的感到很抱歉，我收回昨天所说的所有话。希望你，还有莫昕薇学姐能原谅我。”

丸子看着低声下气的安初夏冷笑：“你以为仅仅是因为你帮了那个胖子，我们才惩罚你的吗？你太天真了……”

她没有听懂丸子话里的意思，仰起头问：“你的意思是……还有别的原因？”

“当然还有别的原因！”丸子斩钉截铁地回答说，“因为七录少爷帮了你，让作为正式女友的昕薇很生气。这个学院里的规则就是不能惹三位少爷，还有……昕薇小姐。可是你触犯了规则，当然要被驱逐出境！”

连驱逐出境都出来了，现在只剩下两分钟，恐怕就是刘翔也跑不到教室了吧？安初夏绝望地想。今天她注定要迟到了。

“怎么不说话了？”丸子看她一直在看着钟而没有正视自己，更感到不爽。

“学姐，能让我先回教室吗？我快迟到了。”她可没有什么心情再跟她耗下去了……

可是听她这么说，丸子就更加不爽了。她觉得自己被轻视了。

她伸出食指勾起安初夏的下巴，目光阴冷地看着她说："安初夏，你又说错话了……罚你……一个耳光怎么样？"

"你……"安初夏深吸着气，压抑着自己想要揍她的冲动。

可是谁知道丸子松开食指后真的快速抬起手腕，眼看着耳光就要落下来。她知道自己来不及躲开了，干脆紧闭上眼睛。

然而预料中的耳光并没有落下来，她睁开眼睛后看到的却是睡眼惺忪的凌寒羽。再看看丸子，她也是满脸的惊讶。

"凌少爷……"丸子反应过来，忙低头叫了声凌寒羽。她现在对凌寒羽的态度和刚才对安初夏的简直就是判若两人，也真够虚假的！

凌寒羽没有想到一大早就看到安初夏被人打的场景，她就不会还手吗？还傻瓜一样地闭上眼睛。没用！以后如果还是这样子的话，在斯蒂兰她是没有办法继续好好混下去的。

抬眼不耐烦地看了眼丸子，凌寒羽缓缓开口："丸子，知道我们不好惹，你也别依然过来找死啊！如果下次再让我看到，我……"

他顿了顿，扬手抓住丸子后面的头发狠狠地继续说道："我就把你的头发剃成一休的发型！还不快滚！"

凌寒羽一松开她的头发，她就慌忙跑开了。如果真的剃成一休，那她岂不是丢死人了？

"谢谢你。"安初夏淡淡地朝他点点头继续说道，"只是你以后不要再帮我了。"

她这是不领情的意思吗？凌寒羽夹紧了腋下的漫画，不解地问道："你的意思是？"

上课铃声在这时候响起，安初夏现在也不担心迟到了，因为已经迟到了，干脆站直了身子看着凌寒羽，说道："你不要误会，我没有什么别的意思，只是希望以后再看到这样的场景请不要帮我。因为冲动，我才惹上她们，我不想你们因为冲动帮了我而惹上麻烦。"

她很善解人意，用婉转点的话来形容，凌寒羽只能用善解人意来形容她。可是用直接点的，却可以用很多词汇来形容。

比如蠢货、智障、脑残、白痴、木头、笨蛋之类的词……

"所以你的意思是，就算下次我看到她们拿着刀插入你的心脏，也当作什么都没看到，然后静静地走开？"凌寒羽带着一丝笑意看着安初夏，"你啊，省省吧！那些女人就是因为嫉妒你才跟你作对的。要知道嫉妒是女人最可怕的东西，一旦嫉妒起来，别说杀了你，把你分尸后放在冰箱里也很有可能！”

嫉妒？安初夏想了想，发现自己根本没有什么值得别人嫉妒的地方。

凌寒羽猜到她在想什么，笑着说：“别觉得自己没有什么让别人嫉妒的资本，你有的是！好好想想吧，要学会适当、适时地反击，而不是一味地受欺负。快去上课吧，时间不早了。”

轻拍了下安初夏的肩，他转身朝别的地方走去，而不是去政教楼。

他不用上课吗？安初夏疑惑地想。但是她没有想太多，径直朝政教楼发疯似的跑去。

迟到了迟到了……死定了死定了。

然而，让安初夏大吃一惊的是，当她气喘吁吁地跑到教室门口的时候……

看到的并不是她想象的那样：老师站在讲台上津津有味地讲课，同学们在下面认真地记笔记，教室里静得连一根针掉在地上都能听到声音。

当然，这一些都是她的想象。

真正的情形是……

纸飞机似乎跟她特别有缘，刚跑到教室门口，一架折得相当有技术的纸飞机就跟她的脸颊擦肩而过。定睛朝里面一看，哪里有什么在讲台上讲得津津有味的老师？上课铃响了五分钟了，老师还不知道在哪里。

而记笔记的同学更是没有了，班里唯一拿着笔的是文艺委员。可惜她拿的是一支画笔，正专心致志地在纸上画漫画。至于“教室里静得连一根针掉在地上都能听到声音”那更是无稽之谈。

“嘿，初夏！来双扣了，三缺一！”有人看到她进门忙招呼。

好吧，她怎么经常忘记斯蒂兰皇家学院的校风呢……

“不用了。”她脸色有些不好。走到位置上坐下时，菲莉亚拿着个汉堡在啃，看到她来了还把手中的汉堡扬了扬。

“要吃吗？”她那副满意的样子让安初夏一下子骂不出来。以前的她是班里的纪律委员加班长，所以最常做的一件事就是管理班级纪律，最常说的一句话就是：“安静！现在是在上课！”

可是现在，似乎也没有什要管纪律的需要。

刚翻开课本准备自学的时候，班主任就拿着一叠试卷进来了。看到这样的学习氛围他一点儿也不惊讶，反而是看到安初夏在认认真真地预习时，愣了一下。

为了确认一下，他走到安初夏的面前拿过她手中的课本。在确认那是教科书而不是什么漫画等课外书籍的时候，他再次震惊了。

“在……预习吗？”班主任瞪大眼睛看着她。

安初夏眨眨眼：“对的老师。有什么问题吗？”她觉得班主任问的这个问题真是莫名其妙，明明看到她拿着课本在预习还问这种明知故问的问题。

“这样啊……”班主任难掩内心的激动，闭上眼睛深呼吸了一下后，睁开眼睛语气抑扬顿挫地说，“好了各位同学！停下你们现在所做的事，包括预习……”

看到班主任难得这么激动，所有同学都疑惑地停下了手中正在做的事，连菲莉亚嚼汉堡的动作都停止了。

“我们今天进行这个月的模拟全科月考考试！”他扬扬手中的试卷，在讲台上把试卷分发给每一个组的第一个同学。

趁着发试卷的空当，菲莉亚给安初夏解释了模拟全科月考考试。这是斯蒂兰的一种传统。在临近市里的月考统测前，每个班都会选一个上午进行这个考试。虽然全部试题都在同一张试卷上，但是里面的题目却是精简中的精简，非重点的题目不会出现在试卷上。

而考试时间为一个上午，期间学生可以有 2 次申请上厕所的机会。而每次上厕所都会有两个副班主任陪同，所以上厕所作弊的情况可以排除。

再有一点，那就是这次仅仅只是班里自己组织考试，班级的前几名会被选为班干部。

了解了这一点后，安初夏对自己充满信心。其实不充满信心也难，毕竟一个整天都像菜市场一样热闹的教室里，唯一一个会听老师上课的学生来说，拿前几名完全不需要有压力。

在空调的冷气中，安初夏只花了两节课的时间，就做完了需要一个上午完成的试卷。也就是说，她只需要一半的时间。当然，在这一半的时间内她已经完成了两次检查。

如果不出意外，她觉得自己这次测试能拿第一。

果然，老师的批卷速度也非常快，仅仅是在他们中午吃完饭后成绩结果就已经出来了。

“我们班这次的测试结果呢，刚才已经出来了。我也做了个统计，现在公布成绩。”班主任站在讲台上严肃地说道。

“初夏，你一半的时间都在睡觉，你觉得自己能考几分？”菲莉亚迷糊地看着安初夏。见她不说话，只是微笑看着讲台上的老师，她识趣地也闭嘴。

轻咳了一声，班主任继续说道：“这次我们班的总分成绩是全年段的第一。”

“什么？！”同学们纷纷惊讶起来。毕竟他们班一直拿的都是总分倒数第一，这次突然成了正数第一，是个正常人都会惊讶。

班主任摆摆手，等班里静下来了才继续说道：“大家不要惊讶，这是真的。我们班这次考得好的原因，只有一个，那就是有一个同学拿了全科的满分。”

“天哪！谁去拜孔子了？去哪座庙拜的？下次也带我去呗！”有人大喊道。

“安静！”班主任无可奈何地说道，“这次拿全科满分的人就是……安初夏同学。”

菲莉亚的第一反应就是偏头看向安初夏。她是神吧？不仅跑了十几圈操场都跟个没事人一样，而且居然能拿这种变态测试的满分！要知道这种试卷可都是精简。也就是说，如果拿了这次测试满分的话，那么市里统测的满分也一定可以拿下，因为测试试题的难度是市里统测的二十倍！

一般人就算是那种平时在年段里第一第二的人，七百分最多拿到四百分就算不错，因为难度和分值都很大。

她真的是个人吗？菲莉亚脑中闪过这样一个疑问。

班里一下子安静下来，原本安初夏的形象在昨天罚跑事件后，就已经变得很高大了。现在居然又拿了模拟全科月考考试的满分，可想而知，她现在在全班同学的心目中，形象有多高大。

“那么恭喜安初夏同学。接下来我还要宣布一件事情，那就是，学校决定，为了迎接市里月考，特意给我们大一段设定了一个项目，参赛者是大一级全部班级。在市里月考的平均分拿 A 市大一段第一名的班级，就可以得到五十万的班费。大家都知道，以前由于我们班的平均分都是全年段最低的，所以每次我们班都没有得到奖学金，所以我们的班费几乎为零。”

这个班以前是有多差啊，安初夏在心里轻叹。

“班费当然还是小问题，主要是作为 A 班班主任的我，老是被其他班的老师排挤。这等于就是看不起我们班啊！”说着说着，年近半百的班主任居然声泪俱下。

“老师！这次我们绝对会拿第一的！”安初夏再也忍不住，站起身对站在讲台上泪奔的班主任说道。

“对！有初夏姐在，一定会拿第一的！”不知是谁居然带头说了这么一句。紧接着几乎全班的人都说着：“初夏，加油！初夏，必胜！”

看到这样的情形，安初夏有点儿想哭。这是什么情况嘛，参加的又不是她一个人！如果只算她一个人的分数的话，她一定会努力拿到第一的。可是奖项的第一名是需要平均分啊！只要出现三四个零分，那么她拿满分根本一点儿用也没有。

“安静！”她拿起一本书重重地敲了下桌子。立即全班都安静下来，等着她说话。

环视了一圈班里，她语气有些激动地说：“这次的比赛不能只靠我一个人，大家还不明白吗？是平均分，平均分呀！”

班里还是保持着沉默。

“老师，我们的新课都上完了吧？”

班主任在讲台上呆愣地看着比自己还有激情的安初夏，机械般地点点头：“对，现在已经是进入复习阶段了。”

“那么老师，接下来的一个星期可不可以给我一个机会，一个改造我们班的机会。”看着安初夏真诚又坚定的目光，一向遇事先三思的班主任想也没想地就点头了。

毕竟现在安初夏已经成了第二个满分奇迹。而第一个满分奇迹，则是……转学了的向蔓葵。据说那是一个传奇般的人物，可是现在她已经变成了禁忌。

“好。那么，老师，请把全部的复习时间都交给我，让我来给他们复习。”

听完，班主任一愣，但也很爽快地答应了。他干脆走了下来，走到安初夏面前，说道：“初夏同学，如果这次真能摆脱倒数第一，我这把老骨头都愿意给你做牛做马。”

安初夏撇撇嘴说道：“不是摆脱倒数第一那么简单，我要的是，全市第一。”

她霸道又带着绝对威严的话，让班里很多人都震撼了。那个正在折纸飞机的同学，仔细一看，你都可以发现他的手在微微颤抖。

“老师，您可以坐在我的位置上吗？我想要现在就开始复习！”经过班主任同意后，安初夏满腔热血地走出座位。

她做的第一件事不是走上讲台，而是走向桌上放着一个打火机和一盒烟的同学面前，一扬手就将打火机做了个抛物线运动准确地扔进了垃圾桶。

然后她拿起那个高档的打火机，走到桌上放着各种扑克牌的同学面前，手一扬就将扑克牌一把火给烧了。在所有人惊讶的目光中，安初夏像个神明一样走上讲台。

期间她还扔掉了正在照镜子的女生手里的镜子。

“从今天起，我不希望再在班里看到任何跟学习无关的东西！听到了吗？”

下面很小声地说了句：“听到了……”

她很不满意地皱紧了眉头：“我听不到你们的声音，午饭都没有吃吗？我再问一遍，听到了吗？”

“听到了！”这次大家鼓足了勇气回答道。

“很好。”安初夏微笑着，“那么，首先打开上午考试的卷子，我们来一题一题地讲解。当然了，如果我讲过一遍后还不懂，可以在我讲完所有题目后来问我。但是如果在明天的复考里还不会做，那么，每不会做一个题就去操场跑五圈。”

“什么？我的听觉没有出问题吧？”有人怀疑地用笔掏了掏耳朵。

“呜呜呜，我全都不会做怎么办？”有女生已经开始无助地哭了起来。

教室里又乱得一团糟。

安初夏苦恼地抚着额头，他们是笨蛋吗？只要全部做对了就可以了呀！而且这种题都是基础题，虽然在基础上有些提升，但是仔细看其实也不难理解。

“喂，安初夏，我全都不会，是不是现在就去跑步？”有个不服她的男生站起来，一脸轻松地问她，看样子他还没有理解安初夏有多么认真啊……

坐在安初夏位置上的班主任开始有些坐立不安。他们班这些学生他很清楚，十道题能做对三道就已经是破天荒了。

摇摇头，他也站起身来：“初夏同学，不然还是算了吧……其实最后一名也没有什么大不了的，反正以后大家也还是能继承家族企业。”

这就是有钱人的学校，不管你考试成绩如何，以后的前途依旧是不可限量。因为他们要继承的家族企业，足够让在学院考零分的他们吃好几辈子。

“我不会放弃的，决定了的事情，我从来不会轻易去放弃。”她坚定地说道，“难道，在我还没有放弃你们之前，你们自己就先放弃自己了吗？”

教室重新陷入深深的沉默。他们从来不觉得自己放弃了自己，但是他们所做的一切，又无时无刻不在堕落，不在放弃前进。

刚才站起来的男生还持续着刚才的姿势，末了，他一歪头，还是有些不服。

“安初夏同学，请不要把我们每一个人都定位成跟你一样神奇的人。我们有些人，注定考不了满分，这一点儿你懂吗？”

注定？听完男生的话后安初夏冷笑道：“谁注定的？上帝？不，上帝根本就不存在！存在的只有一个选择！是选择堕落，还是选择重生，你们每一个人都是神奇。”

她缓步走到那个男生面前，看着他还是有些不服的眼睛继续说道：“出来吧，我们单挑怎么样？如果你赢了，OK，一切恢复原状。但是如果我赢了……”

“不，你不会赢的！”男生斩钉截铁地打断安初夏的话。他才不信一个瘦小的女生能打赢他。

“话可不能说得这么满。我如果赢了，全班都要无条件服从我布置下的所有任务！”她高扬起下巴，像个女王似的自信满满。

“好！”话音一落，安初夏已经一把拉过他的手，并且轻轻一弯腰将男生摔倒在地。

这……不可能吧？几乎在场的所有人的脑海里都闪过这么一个疑问。

看着摔在地上疼得龇牙咧嘴的男生，一个个都惊讶地瞪大眼睛。他们根本就没有看清楚安初夏是什么时候动手的，然后就直接看到男生摔倒在地上。

“怎么样？还站得起来吗？”安初夏带着些挑衅地问躺在地上的男生，“站起来再来一次吧！”

男生当然不甘心，双手撑起身体还没有完全站起来，安初夏就又将他推倒在地。这次她是故意推倒他的。

“听着，别人永远不会给你重生的机会，就像我们刚才的单挑。现在仅仅只是单挑，但是当你长大了，当你走进社会，别人不会说‘站起来再来一次吧’。而是在你站起来之前就狠狠地将你毁灭，连一点点的痕迹都不会留下。”

男生陷入深思……

不知是谁带头鼓掌，整个教室响起了一阵阵掌声。

她将手伸到男生面前，微笑着说：“起来吧，我相信你可以做好题目的，只是几道题目而已。”

男生愣愣地看着安初夏的眼睛，终于一咬牙，握住她的手撑着站了起来：“安初夏，复测我一定会拿满分给你看！”

“很好。”她微笑着说，“但是呢，话永远不要说得太满，就像刚才那样。好好坐到位置上，我现在开始给你们用最简单易懂的方法分析题目。对了，我决定，如果谁在复测的时候做错超过三道题目。那么，我会用我的拳头，好好给他进行辅导的。”

这可比跑步狠多了……

于是一个下午，大一A班的同学都安安静静地坐在教室里听安初夏分析题目。她分析题目的方法很特别，不是深层次地给你讲解，而是从解这道题需要用到哪些知识点开始说起。

可以说，就连坐在安初夏位置上的班主任都受益匪浅。

其实安初夏的妈妈就是一个老师，可她空有一身学问，却没有钱交上大学需要的费用，所以白白失去了上大学的机会，只成了一名幼儿园老师。

安初夏一直觉得，以她母亲的学问，完全可以当教授级别的人物。所以她一直在努力地替母亲完成那个遗憾，那个上不了大学的遗憾。

这些教学的方法，她当然也都是从安母那里学来的。

“丸子姐，你看那不是安初夏吗？”丸子路过安初夏教室的时候，突然被身边的女生拉住。闻言她侧头看了眼，那个站在讲台上讲课的人就是安初夏。

“奇怪了，她怎么会站在讲台上讲课？”丸子后退几步，却意外看到A班的班主任居然坐在那天那个胖女生的身边，津津有味地听安初夏上课。

垂下眼帘想了想，丸子对着女生说道：“我去上个厕所，你去把昕薇叫来，就说安初夏好像在搞什么鬼，让她过来看看。”

“好的！”女生又往大一A班教室里看了一眼，转身朝楼上跑去。

丸子眯着眼看了一眼安初夏，因为她，自己居然被凌少爷威胁了！这个仇，她会牢牢地记住！

抬脚大步往卫生间走去，她今天可能吃错什么东西了，有些拉肚子。也就在丸子抬腿走向走廊尽头的卫生间时，安初夏决定先让大家休息休息。

蹲在卫生间最里面隔间的丸子正边玩手机边上厕所，突然听到一阵嘈杂的声音，是很多女生来上厕所了。

她刚想让那些女生安静一点儿，却意外听到了安初夏的名字。

“上初夏姐的课，我突然觉得自己也不是那么笨。那些难的题目经过她一分析呀……啧啧啧，其实也不过如此，都是些会做的题目堆积成一个题目而已。”女生略带疲惫的声音传入丸子的耳朵。

她将手机放回兜里，凑近门缝仔细地听外面的对话。

“对啊！我现在很有信心。我觉得明天的复测肯定能做对全部的题目！”另一个声音兴奋地响起。

“而且……我还觉得，这次的市里统测，我们 A 班一定能摆脱倒数第一，成为正牌第一！”

“那是当然，不过在这之前你把刚才那道题需要用到的公式都给我背一遍。”

“这有什么难的？初夏姐说了，这种简单的公式，记不住的不是智障就是脑残。所以，我特意在心里默念了几十遍，我背给你听……”

声音越来越远，直到完全听不见。

组织了一下她刚才听到的一切，丸子差不多已经明白了事情的经过。就他们那个几乎每次考试都拿全市倒数第一的班级能拿正牌第一，说出来猪都会听得笑死过去吧？

丸子整理了下衣服，走出厕所时正好碰见来找她的莫昕薇。

“丸子，你说安初夏在搞鬼？搞什么鬼？”莫昕薇双手抱胸，一副高姿态的样子走进厕所。跟在她身后的女生还从包包里拿出香水在周围的空气中喷了几下。

原本就被卫生阿姨打扫得很干净的厕所，顿时溢满了香水味，还是香奈儿的。

“我刚才全都弄清楚了，学校不是给大一级的开了一个比赛项目吗？就是这次全市统考看哪个班能拿斯蒂兰的第一，结果安初夏那个一直倒数第一的班，居然说要拿全市第一！笑死人了……”

听到这里，莫昕薇的眉头倒是皱了起来：“你要说的就是关于他们班的？”

“不不不！”丸子慌忙摇头，“这只是故事的背景，我想说的主要是……安初夏现在完全成他们班老师了，刚才还站在讲台上给他们讲课呢！”

“就她？讲课？”莫昕薇不屑地笑了，“不行，我得马上把这个好笑的事情告诉七录去，看看他是什么反应。”

说完，莫昕薇忙不迭地跑了出去。

丸子无奈地耸耸肩，一想到他们说要拿全市第一后，立刻又忍不住抱着肚子大笑了起来。没有比这更冷、更好笑的冷笑话了！

“七录！”莫昕薇跑到大二A班韩七录的班里，扬扬手赶走了坐在韩七录旁边的凌寒羽。

“什么事？”韩七录正在看新上市的赛车杂志，听到莫昕薇的声音，难免有点儿扫兴，干脆把杂志丢到桌子上问莫昕薇有什么事。

她最好是有什么事，否则……

“我刚才啊，听到一个天大的笑话。大一A班你知道吗？就是安初夏所在的那个班。”

一听到安初夏三个字，凌寒羽和萧明洛立即竖起了耳朵。

“说重点。”韩七录冷冷地打断莫昕薇的话，沉声说道。

莫昕薇撇撇嘴继续说道：“这就是重点！他们班一直无论什么测试拿的都是倒数第一的成绩，结果这次他们居然说要拿全市第一！正数的哦！而这一切的改变全都是因为安初夏！”

萧明洛听着有些不爽，莫昕薇这不是看不起人吗？可也不好当场发作，只好将视线投向别的地方。

“而且，安初夏居然代替了他们班的老师在讲台上讲课！她以为她是谁啊？圣母玛利亚啊？”莫昕薇一脸的不屑。

凌寒羽轻咳了一声，刚才被莫昕薇赶开他就觉得很不爽。

“莫昕薇小姐，你似乎还不知道一件事吧？”凌寒羽轻轻一挑眉，“七录，可能你也不知道。”

萧明洛得意地笑笑，接下去说道：“安初夏，现在已经成为了一个传奇。她拿下了这次的‘斯蒂兰模拟全科月考考试’的全科满分。注意，是全科满分啊……”

某个女生的脸上立即变得像黑炭一样黑，怎么这件事丸子没有告诉她？

“这不可能！就凭她？一个刚来学校不久，还是七录陪读女佣的转校生？”她显然很怀疑萧明洛所说的话。因为潜意识里她觉得萧明洛和凌寒羽都是站在安初夏那边的，虽然不知道站在安初夏那边的理由是什么。

凌寒羽轻撇了下嘴角，直视着莫昕薇的眼睛：“你不用怀疑，全斯蒂兰的学生现在几乎都在谈论她。除了……我们班，因为七录说，不许在他面前提起‘安初夏’这个名字。”

“不过，没想到你那个军师丸子，居然没给你提供这么劲爆的头条新闻啊……”萧明洛大笑着。

“对了！莫昕薇，听说这次模拟全科月考考试，你考了你们班的倒数第四？真是恭喜你呀！”凌寒羽有些幸灾乐祸。

莫昕薇狠狠地瞪了他一眼，却也不敢顶撞回去。

而沉默着的韩七录则是一直面无表情，也不知道刚才他们说的话，他到底有没有听到。

上课铃声在此时响起，韩七录突然站起身往外走去。

“七录，你去哪儿？”萧明洛和凌寒羽追了上去。

而莫昕薇这次却难得没有黏上去，快速转身往班里走去。她要好好问问丸子，她知不知道安初夏拿了全科满分这件事。

一脚踢开大二 B 班教室的门，原本吵吵嚷嚷的教室瞬间安静下来。

“丸子！”她大步走到丸子面前，“你知不知道安初夏拿了他们大一级的模拟全科月考考试的满分？”

丸子则是满脸的迷茫，她从早上开始就一直拉肚子，哪里还有心思关心这些。

“你没弄错吧？她拿了满分？”她才考了班里的倒数第五而已，不过考的要比莫昕薇好一点儿。

听她的话就知道她也不知道，莫昕薇气急败坏地在丸子面前坐下来：“你不是自称全校通吗？怎么这件全校都知道了的事情竟然会不知道？你不会是也站到了安初夏那边，故意瞒着我，让我在七录面前出丑吧？”

“怎么会？”丸子忙解释，“我今天吃错东西了，一整天都往厕所跑你又不是不知道。哪里还有时间管那些东西？”

“那些东西？你知不知道……”

“哎哟！又来了……我再去上个厕所！”丸子的脸色果然又变得很苍白，捂着肚子往外跑去，却正好撞到刚走进教室的老师。

老师看到丸子难看的脸色也是惊了一下，就什么也没说，自顾自地走上讲台开始讲课。

走出厕所的韩七录轻叹了口气，无奈地说：“我说你们两个一直跟着我干什么？”

“有跟着你吗？没有吧？”萧明洛无辜地说道，“我只是来上厕所的，厕所不是谁都可以上吗？”

韩七录轻瞥了一眼萧明洛，将目光调向凌寒羽：“那你呢？也是上厕所？”

凌寒羽卖萌得像青蛙一样鼓起腮帮子：“我当然也是来上厕所的，不然还能干什么？嘿嘿……”

他干笑着，直到韩七录那犀利的目光扫过来，才停止干笑，害怕地躲到了萧明洛的背后。这两个家伙，明明就是来监视他的，哪里有人上厕所只是洗一下手就好了？摆明了忽悠他！忽悠也就罢了，还不找一个正常点儿的理由。

韩七录冷哼一声，高扬起下巴王者般霸道地说道：“放学之前不要再让我看到你们，否则……我会让你们去跟阎王爷喝酒！”

话音一落，萧明洛和凌寒羽对视一眼，以光速消失在了韩七录的视线中。珍爱生命，远离七录啊……

——安初夏，现在已经成为了一个传奇，她拿下了这次的“斯蒂兰模拟全科月考考试”的全科满分。注意，是全科满分啊！

——安初夏居然代替了他们班的老师在讲台上讲课！她以为她是谁啊？圣母玛利亚啊？

他的脑海中突然闪过这几句话。全科满分、代替老师讲课……这些做法，还真是像极了那个人。那个人，也是一个拿了全科满分的奇迹啊。

想到这里，他的目光开始黯淡下来。

不知怎的，他的脚步不由自主地往楼下走去，并且……路过了大一 A 班。路过那里的时候，他正好听到安初夏满腔激情地说话。

由于他们班的窗帘是拉着的，教室前后门也都关着，所以他干脆站在了教室外面的走廊上，慵懒地倚靠在雪白的栏杆上。

“题目我已经都给你们分析了，明天就进行我们班的复测。之前我可说了，谁做错题目超过三道，就用我的拳头给谁好好独自辅导。顺便提一下，明天的复测我会让老师准备跟今天一模一样的试卷，所以就算是背也得把答案给我背下来，听到没有？”

“听到了！”是响亮的回应。

她是怎么做的，才能让以前那么消极的一个班，突然变得这么有斗志了呢？

用拳头给他们独自辅导？他的嘴角勾起一抹几乎察觉不到的笑。还记得她刚来韩家的那个晚上，居然把他狠狠地摔倒在地。

她……练过？

韩七录没有注意到，在走廊的尽头，有两个鬼鬼祟祟的人影一直在盯着他。

转过身子躲回楼梯的转弯处，凌寒羽和萧明洛两个人满脸笑意。一个笑的是韩七录死鸭子嘴硬，还以为他一点儿也不关心，其实不然；而另一个笑的是很喜欢这种偷偷摸摸的感觉。

当然了，第二个当然是智障凌寒羽的想法。

“明洛，你怎么会知道七录会偷偷来看安初夏上课的？”凌寒羽有点儿好奇。有些时候不得不承认，萧明洛确实还有一点儿小聪明，他的情商高也是让人不能忽视。

萧明洛挑眉看了眼注视着他的凌寒羽，双手插入裤子的口袋里满脸悠闲。他才不会浪费时间跟智障少年解释这么深奥的学术问题。当然了，这也不算是学术问题，因为这就是传说中的……第六感。

看萧明洛没有回答他的打算，凌寒羽也干脆不问了，有什么了不起的！

放学铃声在这时候响起，各个楼层都响起一阵阵急促的脚步声。很快就有人从楼梯上下来，看到他们两个悠闲地站在这里时，眼中都闪过一道惊艳的光芒。

这两枚可都是优质男生啊……

这个楼层的人也渐渐多了起来，两个人很有默契地没有再躲，大大方方地走到走廊上。那个站在大一A班教室门口的身影早就消失不见。还是萧明洛眼尖，一眼就看到了已走到走廊另一端的韩七录。他正不紧不慢地走下楼梯。

“咦？人呢？”某个迟钝的家伙当然没有看到那一幕。

“管他，我们到安初夏的班里去。”这时候这个楼层的同学和老师都走得差不多了，只有安初夏的班还在那里上课。

他们走到教室门前，这时候教室的门正好被打开了。里面有好多双眼睛都好奇地看向外面，两位少爷是来找谁的呢？

“题目大家也自己做了好几遍，回去好好复习，为明天的复测做好准备吧。不要一个晚上过去就什么都忘记了。别忘了……我的拳头！”她冷冷地扫视着教室。同学们立即收回看向外面的目光。

“下课！”一声令下，A班的同学难得的没有一溜烟冲出教室，而是都先拿了几张试卷才走出来。视线停留在两个少爷身上几秒后，才一群一群地离开。

一个个眼睛中都藏着浓浓的倦意，有几个女生的目光甚至都没有在萧明洛和凌寒羽的身上停留，就打了个哈欠走了。

“初夏同学，你的教学方法真的是非常精彩！你完全有当教师的资质和天赋啊！”班主任的表情看起来非常激动，手里拿着一本厚厚的记录本。

安初夏笑了笑，眼中却并没有什么很深的笑意，反而有那么一抹淡淡的伤感。

“不瞒老师，我妈妈就是一个老师。可惜……不久前去世了。”

“啊，原来是这样，真是抱歉。”班主任抱歉地笑笑，“那么我就先走了，你累了一个下午了，回去好好休息。”

“好的！”她微笑着看着班主任走出教室。这时候她才注意到萧明洛和凌寒羽瞪大了眼睛看着她，就像……看一个怪物一样，让她感觉很不舒服。

疑惑地走出教室，她张口第一句话就是：“你们怎么来了？”

凌寒羽很憋屈地嘟起嘴说：“看你这副样子是很讨厌我呀！那我走好了，别拦着我！”

他转身就走。安初夏也只是满脸迷茫地看着，并没有拦住他。而萧明洛更是一副无所谓的样子，压根就没想过拦住他。

“喂！”他猛然转过身，生气地瞪着安初夏和萧明洛，“让你们两个别拦着我，还就真的不拦我啦？”

萧明洛双手抱胸，扬起下巴不屑地说：“你让我们别拦的，怎么还说起我们的不是来了？”

“我……”凌寒羽自知理亏，干脆走了回来，只是一脸的不悦。

无奈地叹了口气，安初夏问道：“找我有事吗？”这回她故意换了措辞，而不是问“你们怎么来了”。

凌寒羽一耸肩：“我们只是听说你拿了大一级全科满分，特意来祝贺你的。怎么样？有没有兴趣跟我们一起去亚特兰蒂斯庆祝？那里的美女可是很多哦……不是不是，帅哥很多！”

“去你的！”萧明洛一把将凌寒羽推开，赔上一副笑脸道，“我们只是过来提醒你，要小心莫昕薇。早上的事寒羽都跟我说了，你以后不能这么忍让着，要学会反击。有什么麻烦解决不了，也可以来找我们。”

他说的一脸诚恳，安初夏心里倒是被他那诚恳的目光看得发毛。

“你们……为什么要帮我？”他们跟韩七录是好朋友，无论从哪一点来说，都不应该帮着她的呀。

看她那副狐疑的表情，萧明洛忙解释道：“是韩伯母让我们帮你的，七录有时候是任性了点儿。不过，他心里其实还是很……善良的。”

听他这么说，安初夏才松了口气。心想姜圆圆还真是关心她，竟然在韩七录内部给她找了两个同伙。

“嗯。”她点头，也不知道该说什么。

第四章 奇怪的契约

“初夏。”从教室里走出来一个男生，他叫安辰川，就是那个在课上不服她，结果单挑输了的家伙。令安初夏感到奇怪的是，班里几乎没人了，可是他还没走。要知道，他可是一向很活泼的呀。虽然在这个班里的时间不到两天，可是人缘奇好的她，差不多已经完全认识全班人了。

往常放学，他可都是第一个冲出教室的。今天这是怎么了？

“辰川同学，你怎么还没回去？”她微侧过头，温和地朝他笑笑。总的来说，她其实对别人都很温柔，除了对……韩七录。还有对身边这两个活宝，不管怎么样她都无法喜欢他们。

或者是因为不怎么喜欢韩七录吧。

被安初夏那么一笑，安辰川显得有些窘迫，脸居然也不自觉地红了起来，手更是紧张得不知道该放哪里。

“我说这位同学，有事你就赶紧说，我们两个还有很重要的事情要跟初夏谈。”情商超高的萧明洛一眼就看出，这个小男生明显是对安初夏有好感。但安初夏这个呆瓜似乎一点儿也没有发现。

转头瞪了气焰嚣张的萧明洛一眼，她抱歉地笑笑：“不好意思，他们就是这个样子的。”

“没关系。”安辰川无所谓地笑笑，“我能跟你单独说会儿话吗？”

哈？这就想告白了？没门！别说门了，窗户都没有！

萧明洛大步走到安初夏面前，没等她说话就抢在前面说：“你是耳聋呢，还是耳聋呢？都说了她很忙，没什么时间，有话在这里说就行了！”

呆愣了下，安辰川有些不爽，但是又碍于说话的是萧明洛，也只好隐忍下来。

“好吧，初夏。这个……给你！”他走到萧明洛后面，亲手将一个淡蓝色的信封交到安初夏手里，然后转身走了，背影被阳光拉得好长。初夏，我会考个满分给你看的！

愣愣地看了安辰川的背影好久，她有些迷茫。

“安初夏，回魂了！”萧明洛提高音量对着她的耳朵喊。

安初夏沉默几秒后抬起手看着手中的信封，随手装进了制服上衣外套的口袋里，转头看着萧明洛和凌寒羽，眼中带着几丝倦意：“谢谢你们的好意，有什么困难我会记得找你们的。再见。”

她并没有直接离开，而是回教室的座位上拿了一大沓书才走出来。

“哟，全英版的 I have a dream，你看得懂？”看到最上面放着的书，萧明洛显得有些惊讶。但又突然想到她是拿了全科满分的奇葩，于是又觉得理所当然起来。

这次安初夏没有再接话，而是加快步伐朝走廊的另一端走去。

“喂，安初夏！你不能这样！”凌寒羽一个箭步冲上去拽住了安初夏的后衣领，整个人显得很愤怒。

安初夏无奈地再次转过身：“我不能怎么样？麻烦你们把话一次性说清楚好吗？”

有时候她觉得他们这些有钱人真是奇怪，奇怪透顶！

“寒羽，你干什么啊？”萧明洛没有想到凌寒羽会突然发疯，快跑几步走到安初夏身边，“还不快放手？”

凌寒羽也算是他们三个中最容易冲动，而做事又最不经过大脑的人了。

他看着安初夏那副与世无争又很无所谓的表情，逐渐皱紧眉头，不爽地低吼：“你不是七录的未婚妻吗？你现在又是怎么回事？你一点儿都不喜欢他吗？跟别的男生眉来眼去的很好玩吗？”

这段话他几乎是吼出来的，还好这个时间教学楼里的人已经差不多都走光了，否则她是韩七录未婚妻的事非得暴露不可。

安初夏心里庆幸的同时，又觉得很生气。他算什么？他凭什么管她？

昂起头，她怔怔地看着凌寒羽：“好，那么我告诉你，我是他未婚妻这件事，只是个迫不得已的选择。伯母是为了我能以更好的身份入学，才给我设定了这么一个身份。可是我不想让大家知道，而韩七录也不想让大家知道。”

看着凌寒羽呆愣着的脑袋，她弯起嘴角，勾起一抹苦笑继续说：“我家里穷，是寄住在韩家的。但是，你们也没有任何理由可以要求我做什么事。因为……

那是韩家欠我的。知道吗？我妈妈是因为救他爸爸才死掉的！至于你说的，我喜不喜欢他，这个问题，是个人都能看得出来吧？”

萧明洛的表情瞬间僵硬，这大概是史上唯一一个能名正言顺说不喜欢韩七录，不想要当韩七录未婚妻的人了吧？

再抬眼看了一眼凌寒羽，那智障也是已经完全石化在那里。如果一阵风吹过来，他会不会被吹散？

“我想说的就这么多，再见！”说完，她甩开凌寒羽拽着她衣领的手，快步离开了这里。

几秒后，萧明洛抬脚狠狠地踹了一脚凌寒羽。

“啊——好痛！你干吗踹我？”他如梦初醒般揉了揉屁股。

像瞪傻瓜一样地瞪了凌寒羽一眼，萧明洛恨铁不成钢地说：“凌寒羽，经过刚才那件事，我得出一个结论，那就是……你是猪，你绝对是只猪！”

话毕，一甩手丢下可怜兮兮有些被安初夏吓到的凌寒羽转身就走。

这不是帮了韩伯母一个倒忙吗？似乎忘了说，姜圆圆还给了他们一个任务，那就是……想尽一切办法撮合安初夏和韩七录。

当然，目前为止，这似乎是不现实的。

傍晚金黄色的阳光洒在安初夏的身上，唯美而祥和。一群白鸽在此时飞过政教楼尖尖的白顶，她转头看了眼这幅画面，眼神有些恍惚。

这么漂亮的地方，真的是她能待的吗？

“你还要站在那里多久？”韩七录的声音从身后传来。安初夏慌忙一转身，才发现一辆宾利安安静静地停在校门口，而车窗后的那个人，正是韩七录。

啊，她差点儿就忘了，他们必须一起上下学。

她快步跑过去，打开另一端的车门钻了进去。看着韩七录的侧脸，她略带歉意地说：“不好意思，让你久等了。”她在跟韩七录说话，也在跟司机说话。

韩七录没有理她，倒是司机转过头来温和地说道：“初夏小姐，把安全带绑好，我们要出发了哦。”

她一点头，绑好了安全带，并且把手里的一叠书都放到了左边，正好隔开了她和韩七录。

这个动作是无心的，但在韩七录眼睛里，这分明就是故意的！车子在此时启动，平缓地在马路上行驶。

“蜗牛的动作也比你要快吧？”他的眸子里满是不屑，眼睛也只是盯着放在膝盖上的笔记本电脑。如果不是亲眼看到他的唇瓣动过，安初夏都要误以为刚才的声音是幻听。

缓缓地低下头，她不知道要怎么回答。

“初夏小姐，你的手机没有放在身上吗？少爷打了好几个电话给你。”司机的声音适时地响起。

手机？

“我记得带了啊。”她作回忆状，突然想起什么似的，从衣服内侧掏出了一支手机，打开一看才发现，原来她怕上课的时候有谁打电话来就关机了。

“原来是关机了。”她懊恼地说着。

按下了开机键，果然屏幕上显示了好几个未接来电，居然都是韩七录打的。看样子他等得很不耐烦了啊，都怪那两个家伙！

心里还在骂萧明洛和凌寒羽呢，手机突然震动起来，不等第一声来电铃声响起她就按下了接听键。

“喂？”她清脆的声音通过手机传到另一端拿着手机满脸紧张的安辰川耳边。听到安初夏的声音，一向顽皮的他难得露出一副严肃的表情。

听到手机那边似乎没声音，她疑惑地看了眼手机屏幕，手机屏幕显示：正在通话中。

这就奇怪了，明明正在通话，怎么那边竟然没有声音？不会是打错了，或者是恶作剧吧？她把手机放回到耳边又重复了一遍：“喂？”

那边还是一阵沉默，没有声音。

看来真的是恶作剧，她打算挂掉电话，可是正在这时候手机响了。

“是我。”简单的两个字，阻止了她挂掉手机的动作。歪着脑子想了想，应该是安辰川的声音。奇怪了，他怎么会知道自己的手机号码呢？

她疑惑着，握着手机回答：“是……辰川吗？”

韩七录原本在玩魔兽世界的手突然停了下，但随即又恢复正常，似乎什么都没有听到一样淡漠。呵，辰川，是男人的名字呢……

“嗯。”那边没有多余的话，只是这么应了一声。

“有什么事吗？”她微笑着问。安辰川似乎被她那一摔摔得有些怕她，一个下午看她的眼神都怪怪的，她觉得有些抱歉。

“我是来问你，那封信打开看了没有？”这次的话稍微多了点儿，能听出他声音里的颤抖。

至于这么怕她吗？安初夏笑笑说道：“还没有呢，我刚坐上车。怎么了？”

“没事，再见。”然后是一串的忙音。居然就这么挂掉了手机，她觉得有些莫名其妙。将手机放到一边后，她想起了自己刚才把信封放进了上衣口袋。

忙拿出信小心地撕开蓝色的信封，里面是淡蓝色的一张信纸，没有多余的图案。

初夏，我……

“喂，你干什么？”安初夏才看了三个字，信就被韩七录抢走了。他只是淡淡地瞄了一眼，上面写着：初夏，我喜欢你。如果我拿了全科满分，请你跟我交往吧！

信上的字并不好看，可是从字里行间可以看出，似乎是写信人写得最好看的字了，似乎很有诚意呢。

他嘴角一勾，眸子里并没有任何笑意。看着一脸愤怒的安初夏，他嘴角的弧度越发加大，一扬手，信被撕成碎片，丢出了窗外。

像是雪花一样散落在窗外随风飘来飘去，甚至有一张还飘进了车内，上面写着：初夏……

安初夏很生气，生气到想伸手把他掐死，可是脑中突然又闪过韩六海的话。

“小时候的他很想要交朋友，可是一次又一次的真相破碎了他的朋友梦。从那以后他几乎不再相信任何人，性格也开始变得乖张。”

性格，确实是很乖张啊，她深深地看了韩七录一眼，一抿嘴，没有再说话，而是安安静静地坐回位置。

这次撕信的理由是什么呢？难道是因为吵到他玩游戏了？算了，以后再也不在他面前看东西就是了。深吸一口气，她缓缓地垂下眼帘，长长的睫毛掩盖住了她所有的情绪。

“怎么？很失落吗？”韩七录合上电脑，冷笑地看着她。

慢慢睁开眼睛，她的目光并没有落在韩七录的身上，而是对着司机叔叔小声地说道：“叔叔，麻烦能把我这个车窗开一下吗？似乎被锁住了。”

司机恭敬地一点头，按下一个键，她这边的车窗缓慢而又有规律地向下打开。傍晚清凉的空气灌入她的脖子，让她整个人都变得清醒很多。

安初夏，你可不能对他生气啊。

“喂！你有没有听我说话？”韩七录的语气中已经带着点怒火，低吼着问她。

只见她收回看向窗外的目光，缓缓落在他的身上。良久，安初夏有些恍惚地看着他。他确实是一个很帅的男生，就像童话里的王子一般，只是脾气真的是太臭了点儿！

“不，我不失落。”她微笑着温和地回答，并没有像以前那样，提高了音量顶回去。或许她学着安安静静的，他以后就不会经常找她的麻烦了吧？

再说了，她也确实没有失落。有什么好失落的，到韩家后抽空打个电话给安辰川，就说信不小心被风吹走了，问他信里写的是什么内容就好了呗！

更何况，安辰川那神经大条的人能写什么？应该就是挑战书之类的。

看着安初夏那副慵懒而又非常淡漠的目光，韩七录心中没由来地就生气。

她这是什么意思？明明就很失落不是吗？

韩七录那奇怪的表情，让安初夏觉得很疑惑，不是回答他的问题了吗？怎么还是一副很不爽的样子。

“我真的没有失落啊。”她又重复了一遍，“我可以打电话再去问问嘛。没关系的，你不用感到自责。”

她把他奇怪的表情理解为自责了……咬咬牙，韩七录硬生生地让自己扭过头不去看她，否则他绝对会忍不住把她丢出车外的！

自责？鬼才会自责！

车子通过韩家的大门进入石子路，在离房子还有一半距离的时候停了下来。车子前面站着慈祥的韩管家。他匆忙上前给韩七录打开了门，而另一个站在韩管家身边的佣人，也快速地跑到另一侧帮安初夏打开了车门。

这种待遇，到现在她还是有些不习惯。

她走出车外，突然想起什么，又钻回了车内，从里面拿出一沓书来。

“初夏小姐，让我来吧！”韩管家走到她面前，不等她说话就帮她拿过来书。安初夏只好作罢，他要拿就让他拿吧。如果不让他拿，说不定又要在这里跟她耗上大半天。

走在前面的韩七录，突然停下脚步转过身来，目光紧紧地盯着安初夏的眼睛：“安初夏，你如果敢打电话去问信里写了什么，你就死、定、了！”

这句话韩七录几乎是从牙缝里挤出来的。看得出来他很生气！

“为什么？”她不解地眨眨眼睛，愣愣地看着韩七录。

只见他不屑地上下打量了她一眼：“因为这是本少爷的命令！难道你忘了吗？你可是本少爷的陪读女佣！”

看着这么霸道的韩七录，安初夏不由叹了口气，妥协地说：“好吧好吧，随你。我一定不会打去问的，少爷。”

说完，她还学着韩管家的样子，恭敬地朝他一鞠躬。他这才满意地转身离去。

看着韩七录的身影消失在视线中，安初夏得意地笑了起来：“不打电话就不打呗！我可以明天去班里问他！”

站在一旁的韩管家看到这一幕居然笑了起来。他那原本不怎么明显的皱纹随着这么一笑，就显得明显了起来。

晚餐早已经准备好了，安初夏刚走进大厅，一个黑影就朝她扑过来。不用说，一定是姜圆圆。有了这么一个认知，她干脆就站着不动，免得她扑个空摔倒在地上。

可是……谁能告诉她，为什么这个黑影在舔着她的脸？

缓缓睁开眼睛一看，她差点儿没吓得失了魂。扑向她的不是姜圆圆，而是一条巨型的黑色藏獒！现在正在热情地舔着她的脸，害得她的脸上全都沾满了藏獒的口水！

“妈呀！”她失声叫了起来。

“我在呢我在呢！哎哟，我的小初夏居然叫我妈了！七录，要不然你们两个明天就结婚算了！”厨房里传来一个这样的声音。不用说，说话的人才是姜圆圆。

半躺在沙发上的韩七录不耐烦地翻了个白眼：“妈，我们还没成年呢！再说，谁说她在叫你妈，自己出来看看！”

听到韩七录这样说，姜圆圆才觉得不对，拿着个炒菜用的锅铲就跑了出来。

看到的场景是安初夏被一只巨型藏獒扑倒在地上，是又亲又舔的。

“救命……救……我！”安初夏无助地拿手挡住脸。

“浑蛋！死霸天，快放开我的小初夏！”她拿着把锅铲就准备冲过来。韩七录见状忙站起身拦住她。

“你拿着这个是要杀了我的霸天吗？”韩七录脸上写着一万个不爽，这副表情当然也吓到了姜圆圆，“你回你的厨房去，这里交给我。”

“厨房？对！我的菜！小初夏，妈让七录来救你了！”留下这么一句，姜圆圆拿着她的锅铲快速跑回厨房。

安初夏欲哭无泪。

韩七录这才算是松了口气，转身看着被霸天扑倒在地上的安初夏，突然笑了。

他起身走到安初夏身边，张口道：“霸天，你似乎对她太过热情了！”冷冷的声音似乎连那条藏獒也被震撼到了。它松开安初夏，屁颠屁颠地走到韩七录身边。

其实这事说起来也有点儿奇怪，一般霸天看到陌生人都是爱理不理的，对那些看起来不顺眼的人更是直接朝那个人大叫。

它对向蔓葵就是这样，看到她就要冲上去咬。这一点儿可能是姜圆圆教的，因为霸天第一眼看到向蔓葵只是不理不睬的，后来才凶起来。

霸天从她身上离开后，安初夏这才后怕地从地上爬起来，脚也不由得后退了几步。霸天可能是注意到她在动，所以一转身又朝她扑了过去……

“啊！不要过来，救命！”她不知道怎么的，后退几步转身绕着大厅跑了一圈。霸天也一直紧追着她。最后她快步跑到了看戏的韩七录背后，紧紧地抓着他的腰。

“救命……”她可怜兮兮地抱着韩七录，眼看着眼泪就要夺眶而出。

心底的某个部位突然被触动，韩七录将视线撇开，沉声说道："霸天，乖乖一旁待着去！否则晚餐就不用吃了。"

正准备再次扑向安初夏的霸天，不甘地蹦跶了两下，最后听话地乖乖走到一旁坐下，可是目光还是紧紧地盯着安初夏。而安初夏也紧紧地盯着它，生怕它会突然又发疯似的蹿起来扑向她。

看到安初夏这副表情，韩七录突然感到好笑，于是就真的大笑出声。

"你……笑什么？"安初夏不解地问，一边还紧张地不停往霸天那里瞄。霸天好像是有点儿困了，慵懒地眨眨眼，将它巨大的脑袋搁在自己的前腿上，闭上眼睛似乎是睡着了。

她这才松了口气。

"我笑……原来天不怕地不怕的安初夏，居然也会有怕的东西，真是难得啊。"他一脸得意，就像是发现了新大陆那样。

她鄙夷地瞥了他一眼，还是有点儿紧张地往霸天那里看了一下。

"我说，小姐。"韩七录将头凑近她的脸，居然闻到了一股淡淡的牛奶香，"你还要抱着我到什么时候？"

她这才想起来自己还紧紧地抱着韩七录的腰呢！慌忙松开手，脸颊也瞬间爬上了两朵粉红色的云。

"对不起！"她出于礼貌地说了一声。

韩七录不以为然地挑了下眉："我家霸天似乎特别喜欢你。不过，你似乎不怎么喜欢它啊……要知道我家霸天可是人见人爱的，一般都是它不搭理别人，从来没有别人不搭理它过。"

低下头，她陷入深深的回忆。直到韩七录伸出手指戳了戳她的脸，她才惊醒过来。他难以置信地从安初夏的眸中，看到那浓重的哀伤，

"你不会信的吧？其实在很小的时候，爸爸就和别的女人走了，丢下我和妈妈。开始的日子里，我没日没夜地哭，所以得了高烧。家里的钱都被爸爸带走了，妈妈没有钱给我看病，只能抱着我上街乞讨。"说到这里，她吸了吸鼻子，鼻尖开始有些泛酸。

韩七录知道安初夏家里穷，可是却不知道这些事，胸口突然隐隐泛酸，这是心疼吗？

"那天，妈妈抱着我到一个有钱人家的门口。可是那个人二话不说就放了一条狗出来。妈妈为了护住我，脚被狗咬伤了……"说到这里，她的脸颊划过一滴泪。

意识到自己好像说得太多了，安初夏立即停顿下来。这才发觉站在厨房门口的姜圆圆，早已经哭得跟个泪人似的，而一旁站着的韩管家那张苍老的脸上，

居然也留下了一滴泪。

“所以我才怕狗啊！”安初夏扬起一抹微笑，干净的眼睛里不残留一点儿忧伤，“你们大家这是干什么呀？又不是什么特别感人的事情，泪点也真低。”

看得出来她在强颜欢笑，姜圆圆“哇”的一声朝她扑过来，紧紧地抱着安初夏大哭。

“小初夏，妈一定会好好疼你的！”姜圆圆已经哭得稀里哗啦，倒是安初夏差点儿被真逗笑了。这家人还真是……怎么说呢？真的都很善良啊。

她一直觉得韩家欠了她的，一直故意把妈妈早就已经得了“癌症晚期”这件事忘掉。为的就是让自己有个念想，如果不是韩家，妈妈还会活着的念想。

现在看来，可能她真的错了。每一个人都会经历很多离别、相聚，都会遇到忧伤的、快乐的事。重要的是，能在经历这些风雨彩虹后，重新灿烂地微笑……

“小初夏，妈决定，不让你去上学了！上学多累啊！以后你啊，就在家里好好享福。”这几句话可算是完全把安初夏雷倒了。

享福？她又不是什么老人，享什么福呀！而且，怎么突然把自称改成妈了？她什么时候又成她妈了？

“那个……”她想说什么，可是却被姜圆圆紧紧抱住，一句完整的话也说不出来。

韩七录瞥了一眼姜圆圆，不耐烦地走过去一把拽开姜圆圆，把她丢到一边。

“老女人，你再抱着她，她就要被你憋死了！”韩七录的声音冷冷的，可是却没有一点儿寒意。他对这个母亲，更多时候是无奈。可能由于他的思想太过早熟，老是觉得这个老妈实在太幼稚，幼稚得让人产生一种想哭的冲动。

姜圆圆无辜地嘟起嘴巴：“我这不是心疼我家小初夏嘛！”

“心疼？心疼你让她别去上学？你这是剥夺了别人的受教育权，你知道吗？亏你还是个作家，连这么点知识都不懂。”说到一半，韩七录突然皱起眉，抬起鼻子左右转了一圈，疑惑地问道，“这是什么味？”

“啊——我的牛排！”姜圆圆大叫着跑回厨房，然后从里面又传来一声尖叫，“糊了！”

安初夏和韩七录很有默契地朝厨房望了一眼，纷纷摇头。

“什么东西糊了？”韩六海拿着一个公文包走了进来。韩管家连忙调整好情绪，上前接过公文包和外套。

“我的牛排。”姜圆圆红着一双眼睛走了出来，“我还故意支开厨师，想让你们尝尝我刚学会做的牛排。结果居然全糊了。”

韩七录丝毫不留情地说了一句：“都怪你自己！”

韩六海就没有韩七录那么冷血，爱怜地上前搂住自己爱妻的肩，柔声说道：

“糊了就糊了嘛，以后又不是没机会做了。”

经过韩六海的安慰，姜圆圆的情绪这才稍微缓和了些，仍是可怜兮兮地说：“可是糊了的话，我们的晚餐也没有了。”

“没有正好！我正打算带你们去安家吃晚餐。”韩六海哈哈大笑，转过头对安初夏说，“初夏，还记得我们昨天早上跟你说过的，把你的身份安排成安家的义女的事吗？现在我们去一趟安家，你和安伯伯好好熟悉熟悉。”

这次韩六海故意没带佣人去，连韩管家都没让跟着，而是他自己开车，像一家四口一样开着车子前往韩家。

姜圆圆坐在副驾驶座上，一个劲地说着安家的坏话，大概是为安家轻而易举地就成了安初夏的娘家而感到吃醋。安初夏和韩七录沉默地坐在后面，偶尔安初夏还会附和地跟着姜圆圆说话。

“到了，你少说几句，跟个孩子似的。”韩六海在一座复古的别墅前停下车。安家的两个佣人上前帮着打开车门。

跟韩六海家不同的是，安家的建筑风格全都是复古西欧式的，跟斯蒂兰皇家学院有那么几分相似，但是相比之下安家显得更加低调。

“初夏，看吧，我跟你说了，这安家的房子就跟电影里吸血鬼住的房子一样，阴森森的。不然我们还是回去吧？”姜圆圆现在有种安初夏要被人夺走的认知，恨不得立马离开，带着她的小初夏回到韩家去。

“行了……”韩六海拉过姜圆圆，“初夏还是你一个人的，不会有人把她抢走。这不是为了让她有个更名正言顺的身份嘛！”

四个人慢吞吞地走到安家大厅，早就有三个人站在大厅门口那里等着了。

看到他们出现，安易山开心地迎上来：“老韩，你的动作也稍微快了点儿吧？我在这里足足等了你半个多小时啊！你可是说三四分钟就到的！”

“我这不是来了嘛，你真是……”两个人互相开着玩笑。

“初夏？”安辰川有些不敢置信地看着安初夏出现在这里。安初夏的身世他都已经知道了，母亲因为救了韩六海而寄住在韩家。为了不让她在学校里受欺负，让她有个更名正言顺的身份，就让她做自己父亲的义女。可是他并不知道父亲说的人就是安初夏，因为父亲一直以“那个女孩”来称呼她。

刚开始他还很不情愿地站在这里等，觉得这是在浪费时间。可是现在一切都不一样了。他感到很开心，但是同时也很失落。

如果父亲成了她的义父，那么他岂不就是安初夏的哥哥了？可是他要的并不是哥哥的身份呀！

“辰川？”安初夏显然也有些诧异，安家，安辰川……原来如此。

“你们两个认识？”一个染着玫瑰红头发的女人说道。如果没猜错，这应该就是安辰川的母亲吧？怎么……她觉得这个女人好眼熟。

“你瞧你！一直跟我说话，差点儿让我忘了重要的事！这就是初夏呀？”安易山转过头看着安初夏。

震惊……她震惊地瞪大了眼睛。

这个安家男主人，居然就是……她不会认错的，死也不会认错的。安初夏一时不知道该如何反应。她没有想到，没有想到那个即将成为她义父的人，居然是她的亲生父亲安易山！

那个强行跟妈妈离婚，跟别的女人走了的男人！她的爸爸……

“怎么了？我的脸上有什么脏东西吗？”看到安初夏目不转睛地盯着自己，安易山感到很奇怪。这个女生长得很可爱，像洋娃娃一样的那种可爱。

“不，你不是……”安初夏剧烈地摇头，转身以最快的速度往安家大门跑去。

“安初夏！”韩七录慌忙追了上去。

“初夏！”

“初夏！”

这是姜圆圆和安辰川的声音。

两个人都要追上去，可是一个被韩六海拉住了，一个被安母凌空雅拉住了。

“你拉着我干什么？快放手！”姜圆圆想要挣脱开韩六海的手，可是无奈力气太小，挣脱不开，只好破口大骂：“我就说不要带初夏来这种奇怪的地方了！”

“你别激动啊！七录不是追上去了吗？不会有事的。”韩六海拉住姜圆圆，无可奈何地说，同时心里也对安初夏的做法感到很奇怪。她一向是个乖巧听话懂事的孩子，今天是怎么了？

一直追出了好几条街，安初夏才完全跑不动，愣愣地站在原地，最后无力地蹲在地上，抱住自己的膝盖。

离安初夏三米远的韩七录也停下了脚步，他听到安初夏不停地在念着：“不是他，不是他……”

不是他？他指的是谁？韩七录疑惑地想了想。突然神经一紧，脑海里的认知让他猛地一愣。该不会，安易山就是当初抛弃安初夏母女的人吧？

世界上没有这么巧的事，可是如果不是这样的话，又怎么解释安初夏的情绪失控呢？

抬脚缓慢地朝安初夏走去，最终他走到她身边，伸手拉住她的手将她拥到了怀里。尽管他不怎么喜欢她，甚至还厌恶她，可是他觉得，这个时候她很需要一个肩膀。如果现在不给她一个肩膀依靠，她会崩溃的。

而他绝不允许她还没有服软之前就崩溃，绝对不允许！

被韩七录突然搂进怀里的安初夏并没有挣扎，因为她知道这是韩七录。虽然像个恶魔一样，但是每当她落魄难过时，出现的总是他。

“他不是，不是……”她的泪沾湿了韩七录的衣领，他的白色衬衫被她哭得一塌糊涂。而她也只是抓住他的衣服，一边说着“他不是”，一边不停地流眼泪。

抬手轻抚了下她的头发，韩七录淡淡地说：“不是说了不是吗？那就不是。”

“可是他是！”安初夏猛地推开韩七录，跟他对视着，“他是啊……就算是化成灰我也记得，你根本不知道发生了什么，根本不知道……”

她一边说着，一边后退。韩七录上前两步拉住她的手腕沉声道：“你不是连我都敢打的安初夏吗？怎么？一个安易山的出现就让你完全乱了阵脚吗？你，也不过如此嘛。”

听完韩七录略带讽刺的话，安初夏微怔地睁大眼睛。为什么他会知道她突然逃走的原因呢？对于她的事情，他几乎完全不了解吧？就因为她之前说了讨厌狗时提到了安易山抛弃了她和妈妈吗？

“你又不是我，你不会了解我的心情的。”垂下眼帘，眼中满是忧伤。

无所谓地甩甩头，韩七录一字一句地说道：“我确实不了解你的心情，可是我了解你是什么样的人，是一个比坚强还坚强的人。忘掉从前，他不记得你，那么，你也不要记得他。”

——忘掉从前，他不记得你，那么，你也不要记得他。

“万一他认出我呢？”她的脸上写满了无措，“那……”

叹了口气，将手放在安初夏的肩上：“听着，是他欠了你的，而不是你欠了他。就算认出来，那么，感到害怕，感到亏欠的也都是他，不是你，懂吗？”

“其实……”顿了顿，安初夏对上韩七录那双深渊一般的眼睛，“其实我希望他能认出我……”

“所以你要当作什么都没发生，是什么都没发生，知道吗？”韩七录摇了摇安初夏的肩。她沉默着，终究还是抬起头看了眼韩七录。

一旦注视着韩七录那深不见底的眼睛，就不得不信任他。像是用尽了很大的力气，安初夏用力地点头道：“嗯！”

“初夏！”一个声音从街道的另一端传来。一辆车开过之后，安辰川从那端跑了过来，一脸紧张地上下打量着她。

再抬眼看着这个比自己大几个月的男生，安初夏的心里又是另外一种感受。她知道他的母亲离过婚，安辰川肯定是他母亲跟另一个男人生的。她和他并没有什么血缘关系，可是莫名的，她心里隐约有些憎恨他。

她知道自己不该恨他的，不是他的错，可是她控制不了自己。

“你怎么了？没事吧？”安辰川的眼中满是担忧。他被凌空雅拉住后，心里很着急，最后还是甩开了凌空雅的手追了上来。

由于不知道安初夏是往哪条街跑，所以一直像个无头苍蝇一样乱找，直到现在才找到她。

动了动嘴唇，她发现自己居然不知道该说什么。还好韩七录那厚脸皮的够机智，淡笑着说道：“我亲爱的未婚妻害羞了，谁让你爸长得那么帅呢？你说是吧？”

亲爱的……未婚妻？安辰川愣着，眼睛瞪得跟个铜铃似的一样大，诧异地看着他们。

“不！不是这样的！”安初夏慌忙摇着头，“伯父和伯母只是为了让我在斯蒂兰不受欺负，才说我是韩七录的未婚妻的。”

“啊，是这样吗？不过这样的话，才更会被那些小心眼儿的女生欺负吧？”安辰川刚松了口气，又有些担忧地说道。

韩七录的光芒他不是不知道，那些爱慕韩七录的女生会因为这个而欺负初夏吧？现在他似乎有点儿明白，为什么那天莫昕薇和丸子要故意陷害她了。

安初夏低着头，噘着嘴说道：“是啊，伯父伯母没有考虑到这个……所以我故意瞒着他们，让韩管家不要把我的身份公布出来。辰川，你也会帮忙瞒着，不把我的身份说出去的吧？”

她期待地瞪大着眼睛看着安辰川。他呆愣了下，随即坚定地点头：“当然了！”

不过他们似乎忘记了这里站着一个难缠的人物——韩七录！

他的身上散发着浓重的怨气，冷冷地瞥了安辰川一眼，丢下安初夏自己走了回去。看到韩七录不说话就离开了，安辰川感到很困惑：“初夏，是我说了什么让七录少爷不高兴的事了吗？”

安初夏无所谓地耸肩：“没关系，他这个人就是这个样，我们走吧。”

尽管心生芥蒂，但毕竟安辰川对她毫无恶意，而且这一切也都不是他的错。微笑着看了他一眼，她的心很快就释然了。欠了她的只有一个人，那就是背叛了她和妈妈的那个男人，曾经她口口声声叫他“爸爸”的人。

安辰川叫了一辆车，两个人到达安家的时候，韩七录居然早就已经到了。

“小初夏，你可把妈咪吓死了！”姜圆圆又擅自把自称改成了“妈咪”，目的就是告诉安易山和凌空雅，安初夏是她的！

“抱歉，伯父伯母，我只是……”

“我知道啊，你只是紧张嘛，担心安易山这家伙不喜欢你。放心啦，我们家小初夏不讨厌他就很好了！”姜圆圆搂着安初夏的肩来到餐桌前，“饿了吧？看看有没有喜欢吃的。”

安易山和凌空雅似乎早就已经习惯了姜圆圆的口无遮拦，纷纷一副无视她的表情。

凌空雅更是微笑着将一盘鸡翅拿起来放到安初夏的面前：“初夏，以后叫我妈咪就好了。这盘可乐鸡翅是我特意让厨娘做的，你尝尝看？”

青花瓷制的盘子上，放着几块让人看了就流口水的鸡翅，可是安初夏没有什么食欲。对这个女人，打心眼里还是厌恶的吧？

但是出于礼貌，她还是拿起筷子夹了一个鸡翅放到碗里，在凌空雅充满期待的目光中轻咬了一口。

“怎么样怎么样？”凌空雅有些夸张地问她。

将嘴里的鸡翅咽下，她勉强挤出一丝微笑：“嗯，很好吃。”

大大地松了一口气，凌空雅得意地说着：“我就说很好吃嘛！我家辰川最喜欢吃可乐鸡翅了。因为经常做的关系，所以厨娘做的可乐鸡翅，每个人吃了都赞不绝口呢。”

姜圆圆翻了个白眼，不悦地说：“这又不是你做的，高兴得跟你自己做的一样。幼稚！”

嘴角不自觉扯了一下，凌空雅安安静静地坐回位置。韩六海和安易山据说是谈什么合作案去了。等他们都吃完了，两个人才从楼上有说有笑地走下来。

他们两个人相处得比姜圆圆和凌空雅可要融洽多了。

“陈妈，拿几瓶红酒来！”安易山大声地吩咐佣人，跟韩六海在餐桌上坐下。晚餐又都重新热过了，他们两个旁若无人地大声谈话。

吃完饭韩七录就不知道去了哪里，可能是去了安家的后花园。而姜圆圆似乎拉着凌空雅进了厨房比拼厨艺去了，真拿她没办法。

时不时地瞥一眼安易山，他还是跟小时候一样，说话的时候习惯右手做着动作。只是，到底岁月不饶人，他的黑头也染上了几根银发。

“初夏，要去我的房间看看吗？正好还有一个题目我没有完全理解。”安辰川鼓起了很大的勇气来到安初夏面前说道。

往餐桌上看了一眼，她抬起头微笑着说道：“好啊。”

正好她还可以问一下信里写的是不是挑战书什么的。

安辰川房间的主色调是咖啡色的，倒是跟斯蒂兰顶级酒店的总统套房有些相似。

“男生的房间原来也这么整洁。”安初夏不自觉地说道。在她的认知里，男生的房间不应该是到处堆满臭袜子，角落里扔着一个沾满泥土的篮球，然后衣服裤子都乱七八糟地堆在床上的吗？

可是这干干净净的，跟个家庭主妇的房间一样又是怎么回事？

安初夏惊讶的表情把安辰川逗乐了。他挠了挠后脑勺说：“我的房间一直都是这样啊，我朋友的房间也是差不多都很整洁的。不过初夏，你还没有进过男生的房间吗？”

一分钟过去，安初夏才回答说：“我刚才想了想，好像还真没有进过男生的房间。这可是我的第一次哟。”

“……”她普普通通的一句话，却把安辰川逗红了脸。还好房间里的光线比较暗淡，安初夏也没有注意到，否则真的是要丢死人了。

突然想起了什么，安初夏走到他的书桌前坐下:“你刚才说哪道题还不理解？我教你。”

他们两个人并不知道，门外其实站着一个人，影子被灯光拉得老长老长。淡黄色的灯光照在他棱角分明的脸上，无论何时，无论站在哪里，韩七录都是那么耀眼。

快速地跑过去，安辰川拿出抽屉里的试卷，指着最后一道化学题说：“这个还不会，但是答案是记住了。但我想这样是没有用的，市里统考不会出一模一样的题目的。”

赞许地点头，安初夏拿起一支笔画了个分析图。

“你看啊，这道题其实很简单的，不要被它长长的题目给吓住了。解这道题目其实弄懂几个化学式之间的关系就好了，三氧化硫是由三个氧……”

几分钟过后，安辰川恍然大悟：“初夏，你真厉害，原来这道题目是这么分析的。”

安初夏不好意思地笑笑：“哪有，你这不是也懂了吗？”

安初夏说话的声音一停下来，房间里就陷入了一片安静。

“初夏。”安辰川的眼睛突然异常认真，还绽放着光彩，“我放学时给你的信，你看了吗？”

安辰川……韩七录心里默念着这个名字。果然信就是他给的，还真是……大胆啊！不过现在无所谓了，他已经是安初夏名义上的哥哥。

韩七录并没有发觉自己原来这么在意这件事，大概是男人的占有欲作怪吧？

脸上的表情一僵，她琢磨着该怎么回答安辰川的话。如果说被撕掉那肯定不行，按照之前的计划说被风吹走了，他不会觉得自己太……哎呀！不管了！

她刚要说话，安辰川却率先开口道：“没关系的，我知道你不会答应……”

安初夏看着安辰川那副像小女人受伤了一样的表情，突然感到很疑惑，那封信不是挑战书？

“其实……我把信不小心弄丢了。真是抱歉啊！不过，你说的不会答应是什么意思？信里的内容是什么？”

安辰川惊讶地看着一脸平静的安初夏。他以为她早就看过了，所以才跑出去的。自己找到她之后，那露出的一瞬间的厌恶，如果没看错，那种眼神就是厌恶吧？

因为他突如其来的告白而感到厌恶，他一个晚上都是这么想的。

可是现在她却说把信弄丢了，仔细看着她的眼睛，那么干净清澈，她是不会撒谎的。可是那个厌恶的表情，又怎么解释呢？

或许，那只是他的错觉。这么想着，安辰川释然了。

“你突然笑什么呢？我是在问你信里写的是什么，是挑战书吗？因为白天打不过我所以准备以后跟我再战一场？”她认真的表情让人忍不住想亲一口。

摇摇头，他的声音里有种让人沉醉的磁性。

“我只是在笑你，怎么这么丢三落四的。”顿了顿，他挺直了腰杆，“初夏，信里写的是……”

“你们两个人原来在这里啊。”韩七录笑意盈盈地出现在安辰川房间门口，右手随意地插在裤袋里，无比风骚。

现在，韩七录确信自己是一个很小气的人，就算是再讨厌到骨子里的东西，也不允许别人沾染半分，就像安初夏。但是小气又有什么关系，他就是小气，那又怎样？

安辰川显然有些诧异。他不知道这个时候，韩七录怎么会突然出现。尽管他是微笑着的，可是他从韩七录的笑容里分明看出了一份鄙夷。

“七录少爷。”他微微点头。父亲天天教育他，不能得罪韩家的人。他并不是一个阿谀奉承的人，只是觉得韩七录身上有一种王者的气息，让人不由自主地仰视他。

怎么又是他，看到韩七录的出现，安初夏显然是有点儿不开心的。因为好奇，她越来越想知道信里的内容是什么，可是每次他都出现！

看信的时候被他夺走撕掉，问安辰川的时候，他又出现打断。

“你们兄妹两个聊天也不带上我这个孤家寡人，真是不够意思呢。”韩七录有意无意地在安辰川面前提起他和安初夏的关系，告诫他，安初夏是他妹妹。

安辰川不是笨蛋，当然也听出了韩七录话里有话。可是，韩七录为什么会这么说？是因为……他也喜欢初夏吗？为什么？不是听说，他以前有个很喜欢的女人吗？

“我们只是在分析题目，作为学长的你，应该不想要听这些吧？”安初夏微笑着说。

强忍住心中的怒火，韩七录也微笑道：“当然不想听。客套这两个字，我不用解释一遍吧？我只是来告诉你一下，他们已经吃完了，都在等着你下去呢。”

一抿唇，她果然还是无法跟韩七录和平相处。

“那么明天学校见了。”她朝安辰川微微一点头，绕过韩七录走了出去。

韩七录的脸上还是挂着那一抹令人毛骨悚然的微笑，调换了一下视线，将目光落在欲言又止的安辰川脸上：“你有什么话要对我说吗？”

震惊。韩七录看出了自己想要跟他谈谈。

“我只是，有一个问题想要问你。”

“哦？”韩七录装出一副很吃惊的样子，“虽然我们两家的父亲很熟，可是我记得，我们两个不见得就熟到什么地步吧？为什么你问我，我就要站着听你的呢？”

安辰川一直都知道韩七录是个脾气很不好的人，所以此时也没有被他的冷嘲热讽弄得生气，只是稍微有点儿尴尬。

纠结了一阵，安辰川仰起头说：“是关于初夏的。”

听到安初夏的名字，韩七录的脸色变了变，脸部的线条也显得有些僵硬：“那我倒还是挺想知道，你想要问什么。”

摇摇头，安辰川用他那好听的声音说道：“我不期望你能回答我，我只是单纯想问一下。七录少爷，你和初夏的关系，真的只是普通的关系吗？”

“普通的关系？”韩七录歪着脖子，目光中有一丝不解。

安辰川不自觉攥紧了拳头：“我的意思是，你喜欢初夏吗？”仿佛下了很大的决心，他终于问出了口。这个问题，他真的很想知道。

韩七录轻笑着，但笑意没有达到眼角就凝固了。扯了扯嘴角，韩七录冷声道：“没有人告诉你，这样问别人是很失礼的吗？”

他当然也知道这样很失礼，可是如果不问出来，会整晚失眠的。所以，也就管不了那么多了。

“请你回答我！”这一刻他出奇的固执。以他以前的性格来说，对方如果不想说，他根本就不会问出口。

沉默了一会儿，韩七录抬脚往前走了几步，走到安辰川面前。他们两个人的身高差不多，可是就威慑力来看，安辰川远远比不上韩七录。

“你喜欢安初夏？”他不答反问，深深的目光背后，是令人察觉不到的寒冷。

面对韩七录的问题，安辰川倒是很爽快地回答道：“对！我喜欢她！”

韩七录不动声色地继续问道："喜欢她……你喜欢她的理由是什么？我可不记得安初夏身上有什么讨人喜欢的地方。不漂亮、身材不好、性格倔强得要死、死脑筋、呆子，这一点点都没有让人喜欢上她的理由吧？"

安辰川微抬起头，看着韩七录的眼睛："喜欢一个人，是包括喜欢她的缺点。"

"我是在问你喜欢她什么。"他抬高音量又问了一遍。

沉默了一会儿，他回答道："喜欢一个人是不需要理由的。"

几乎是在安辰川回答完的下一秒，韩七录就立即接下去说道："这句话未免太过冠冕堂皇，喜欢一个人连理由都没有，那只能说明你根本不喜欢她！"

"不！我喜欢她！"安辰川的目光中满是坚定。

定睛看了安辰川一会儿，韩七录的嘴角勾起一抹冷笑："随便你。"

说完，他转身就往外走。

"等一下！"安辰川快步跑上前拦住他，"从明天起，我会正式追求她！"

"哦？"韩七录还是那副处事不惊的模样，"别忘了，你可是她哥哥。"

深吸一口气，安辰川挺起胸膛说道："那又怎么样？我喜欢她，明天开始我一定会努力让她也喜欢我的。"

深深地看了安辰川一样，韩七录面无表情，甚至还挂着一抹淡笑："随便你。"

愣愣地看着韩七录离开的背影，安辰川觉得整个脑袋就像糨糊一样，一团糟。他以为韩七录会生气得当场跟他翻脸，又或者对他冷言相对。可怎么都没有想到，他会这么无所谓。

难道他心里的想法是错的？韩七录并不喜欢初夏？

如果真是错的，那么对他来说无疑是一个好消息。这样一来，就没有什么可以羁绊他的了吧？

"初夏有空要经常到爸爸这里来玩呀。"安易山慈祥地说。可是这种慈祥对安初夏来说是一种耻辱。因为他想要跟韩家搞好关系，才会自称爸爸。如果他知道自己的义女就是他的亲生女儿，那么他又会是什么样的表情呢？

说不定会立刻推开她吧？

"我会经常带她来这里玩的。"韩七录上前一步走到安初夏身边搂住她的肩，"是吗？我的未婚妻。"

其实他是在故意帮安初夏解围，因为安初夏只是定定地看着安易山，像个木头一样呆愣着，没有回答安易山的话。

听到韩七录的声音，安初夏才回过神来。转头投给韩七录一个感激的眼神，她再次转过头说："不好意思，义父，刚才我有点儿走神。"

她特意把"义父"这两个字咬得特别重。

安易山没有听出她的异常，微笑着掉头跟韩六海道别。

回到韩家的时候居然已经九点了，这一顿饭吃的，还真是长久。

“老爷和夫人回来啦？”韩管家站在大门口等他们，一下车就嘘寒问暖。韩管家在韩家已经工作了四十多年，从他十岁的时候就当了韩家的门童，一直到现在。

可以说韩七录是他看着长大的。

“韩管家。”安初夏刚一下车就叫住韩管家，“您把我的试卷和书都放到哪里了？”

韩管家低头想了几秒，微笑着说：“我已经放在了您房间的书桌上。”

她点点头，跑过石子路到大厅里。

大厅里灯火阑珊，巨大的水晶吊灯将大厅照耀得跟白天一样明亮。她刚走上楼梯，大厅门口就传来韩七录的声音。

“安初夏，待会儿到我的房间来一下。”等她转头往下看的时候，韩七录已经坐在沙发上旁若无人地吃起了水果，连看都没看她一眼。

奇怪了，到他房间干什么？安初夏也没有细想。她要先回房间把明天在课堂上要讲的重点都一一划出来。

“呀，都九点了！”姜圆圆像慈禧似的被韩六海搀着走进来。她就喝了那么一小口红酒，走路都开始摇摇晃晃的了。

“对，你今天就先别写稿了，好好回房间睡一觉，否则你明天非头痛死不可。”韩六海想劝姜圆圆不要写稿。可姜圆圆才不干，一口就驳回了韩六海的建议，自己摇摇晃晃地跑回房间。

原本韩六海是打算跟上去的，可是看见韩七录坐在那里啃苹果，就走到他面前故意压低了问道：“初夏今天为什么这么反常？跟你有关吗？”

在韩六海面前韩七录一般都不敢那么没大没小，咽下嘴里那口苹果后抬眼看着韩六海回答道：“跟我无关。不是说了她紧张吗？”

老奸巨猾的韩六海怎么可能被韩七录这么轻易地糊弄过去。走到韩七录的身边坐下，他也拿了个苹果啃起来，含糊不清地说着：“安易山，难道就是抛弃了初夏和她妈妈的那个男人？”

知道韩六海心里肯定有数，韩七录干脆也不再瞒，扔掉啃得差不多的苹果后，拿起纸巾擦了下嘴巴。

“没错，但这事你最好还是装作什么都不知道，安初夏会搞定的。”将纸巾扔进垃圾桶里，韩七录站起身走向白色的楼梯。

韩六海皱起眉，这么说来，安易山这个人，他不能很放心地把那个项目完全交给他去做，毕竟一个抛妻弃女的男人没有什么诚信度可言。可是现在初夏是他名义上的义女，那么他也不能真的翻脸。

或许就目前来讲，可能真的要按七录说的，不动声色装作什么也不知道是最好的。

明亮的灯光下，安初夏坐在豪华书桌前，用红笔把重点都划了出来，并且在旁边做了批注，写着应该怎么样做，才能更通俗易懂地把知识点讲出来让大家理解。

A班的同学以前都不怎么听课，她需要多费点儿心思，不能按传统的方法复习，效率实在太慢。

“考试什么的都去死吧，我要回家，做我的梦想……”放在书桌上的手机陡然震动了起来。听到这个铃声，安初夏就头痛。这个铃声是姜圆圆帮她换的，也不知道是从哪里下载来的，说是什么很有个性，估计被老师听到会吐血身亡吧？可是她也不敢轻易把铃声换掉。

她的眼睛还停留在课本上，来电显示也没有看就按下接听键。随后传来韩七录那隐忍着怒气的声音：“安初夏，你想死吗？”

傻瓜才会想死！在心里这么说了一句，安初夏撇撇嘴角，决定不跟他一般见识，问道：“有什么事吗？”

“有什么事？”那边的声音已经接近抓狂了。

“嗯，有什么事？”她放下笔，有些不耐烦地重复了一遍。

韩七录深吸了几口气，平复了下自己的心情，按捺住要把手机砸碎的冲动，压抑着声音说道：“我让你来一下我的房间，你当耳边风了还是耳朵出问题了？”

去他房间？安初夏回忆了一下才猛然想起，韩七录是说让她等会儿去他的房间一下的。结果她划重点太入神给忘了，也难怪这位大少爷发这么大脾气了。

“好吧，对不起。我看书看得太入神，给忘了。有什么事你现在可以说了。”她知道这个时候不把姿态放低点，那么今天晚上就别想好过了。

“本少爷不习惯在电话里说事。”紧接着，他就干脆地把电话给挂了。

没有听到手机再发出声音，她拿起手机一看，才发现那个家伙居然挂机了。好吧，算她倒霉，惹上这个祖宗！

将所有东西都收拾好后她这才慢悠悠地朝韩七录的房间走去。

“有人吗？”韩七录的门是轻掩着的，从里面透出一道明亮的光，照射在暗黑的走廊上。走廊的灯是关着的，可能是佣人忘了把灯打开，而她又不知道开关在哪里，只好壮着胆子往韩七录的房间走去。

其实她的胆子是很小的……

房间里没有人回答安初夏。她回头看了一眼悠长黑暗的走廊，也不管韩七录的房间有没有人，伸手就推开了门。明亮的灯光落在她的身上，她立即觉得有了安全感。

“有人吗？韩七录？”她环视了一下整个房间。房间空空的，没有人。这是她第二次进入男生的房间了吧？韩七录的房间居然也很整齐。当然了，像他这么挑剔的人，房间很乱就怪了。

他的房间主色调是暗系玫红色的，给人一种很浪漫的感觉。这种房间如果是女生住的，那定很有感觉，可是韩七录是个男生啊……扭头想了想韩七录的脸，觉得暗淡的玫红色似乎也挺适合他的。谁让他的脸那么妖艳，比女生还漂亮呢？

房间没有人她就显得大胆多了，在韩七录的房间走了一圈后，在那张大床前停住了脚步。这张床比她的大了一倍吧？

其实她的床也不小，重点是姜圆圆买了好多洋娃娃都堆在她的床上，说这样才是女生的床，所以让她产生了一种她的床很小的错觉。

呼了一口气，她弯起身子跳上韩七录的床，一下子居然蹦跳起有十厘米高。

“好软的床啊……”她觉得意犹未尽，又跳了几下。越跳越觉得有趣，一个人兴高采烈地在床上玩起了蹦蹦床。

但是安初夏没有发现，韩七录房间浴室的门被人从里面轻轻打开。浴室的隔音效果非常好，所以安初夏刚才压根没有听到里面有人洗澡的声音。

轻打开门，韩七录只下身围了一条白色的浴巾，上身毫不吝啬地全部暴露在空气中。栗色的头发也还是湿的，不停地往下滴水。他的右手拿着一条浴巾正皱着眉擦头发。

听到前面传来奇怪的声音，他这才停止擦头发的动作，抬头朝自己的床上看去。

一个女生穿着白色的睡裙在他的床上跳来跳去，他微微惊讶地张开了嘴巴。那表情别提有多萌了，但下一秒韩七录就忍不住弯起了嘴角。

这次他的笑容是真真正正达到了眼底。安初夏……是脑残吗？是的吧？一定是的！

将手中擦头发的毛巾随意地扔在一旁，他动作轻轻地走到床边，恶作剧一般冷声说道：“我的床，很好玩吧？”

蹦起的安初夏听到韩七录冰冷的声音，一下子慌了神，没控制好力度居然斜着身子倒了下来，心里想着：不要啊，老娘的腿才刚好，不要旧伤刚好再添新伤啊！

然后嘴上救命两个字还没喊出口，眼睛就看到了玫红色的地板。她发誓，她讨厌玫红色，这辈子最最最讨厌玫红色了！

时间仿佛在这一瞬间停止了……

看到安初夏居然被他吓得摔了下来，韩七录立即快速上前想要把安初夏接住。

可是地球引力的力量是不能忽视的，她落地的速度快得韩七录根本来不及。一着急，韩七录干脆伸手拽住了安初夏的衣领。

“嘶——”一声衣服被撕破的声音。也只是那么一拽，虽然衣服破了，可是安初夏也借助了那么一点儿拉力，抱住了韩七录的手臂。

韩七录没有想到安初夏会那么灵活，一下子被她的力量拉去，两个人砰砰摔倒在地上。那一瞬间韩七录的脸色黑的可以。

要知道，某位美男子可是只围着一条浴巾。脆弱的浴巾怎么经得起这么一番折腾，一下子掉落在一旁。所以当韩七录跌落在安初夏的身上时，全身都是光光的。

“啊！你好重！”安初夏被他压得差点儿胃都挤出来了。

他阴沉着一张脸，冷声道：“知道我重，还那么拼命地拉我下水？”

门外突然传来一阵脚步声，紧接着是姜圆圆那明显清醒了不少的声音：“儿子，你想吃夜宵吗？去问问小初夏要不要……”

“吃”字还未说出口，打开门的姜圆圆已经愣在那里。

她看到自己宝贝儿子，居然光着身子趴在宝贝初夏的身上，一下子心跳居然漏掉了一拍，有种不小心捉奸了的感觉。她在心里痛骂自己：该死的！你干吗这时候闯进来！这不是严重打扰到他们了吗？！

“不好意思！你们继续！”姜圆圆干笑着退出了房间。

砰！门被重重关上的声音。

躺在地上的安初夏，看着被姜圆圆关上的门，狠狠地咽了一下口水。她并不知道刚才韩七录那么一拉，她的睡裙已经被撕开，胸前一大片春色裸露在空气中，而韩七录正呆呆地看着她。

他感到自己的下体正一点点儿坚硬起来，心中闪过一个念头：不好！

“闭上眼睛！”韩七录命令似的朝她低吼道。

安初夏想要闭上眼睛，可是转念一想，她凭什么这么听他的话，还偏偏就不闭了！

“凭什么你让我闭上我就闭上？那我多没面子呀！”安初夏嘟着嘴，一万个不爽。她不知道自己这副表情实在可爱极了，就连韩七录这种冰山看了也会有反应。

真是恨不得掐死她！深吸一口气，韩七录继续说道：“如果你不闭上眼睛，那么……我就在这里，要了你！”

安初夏怎么说也十八岁了，韩七录说的“要了你”她当然明白是什么意思。她立即害怕地闭上眼睛，也不管什么面子不面子了。

看到她乖乖地闭上眼睛，韩七录这才放心地从她身上爬起来。这绝对是个笨蛋，如果换做是别人，大概早就把这个笨蛋吃了吧？一想到如果换成别人她就会被吃掉，不知道怎么的，他就浑身不舒服。

“对了！你让我闭上眼睛干吗？”安初夏一边疑惑地问出口，一边条件反射地睁开眼睛……

“啊！”一声惨叫过后，安初夏慌忙伸手捂住自己的眼睛。

而韩七录的脸色比刚才更黑了，狠狠地瞪了安初夏一眼后，表情恢复平淡。他是个男人，被看一眼也没什么大不了，缓慢地走到巨大的衣柜前，就连打开衣柜门的动作也透露着优雅。

只要他不发火，还真是个怎么看怎么优雅的人。

穿好睡衣后，他顺便拿了一件自己的睡袍，走到安初夏面前蹲下：“刚才你看到什么了？”

“啊？”安初夏出于自然反应愣了一下。这次她可没敢睁开眼睛，依旧保持着那个捂住眼睛的动作，不敢把手移开一点点。因为太过惊讶，她的脑子到现在还是一片空白。

韩七录戏谑地勾起嘴角，眼睛不由得又瞥到了她的胸前。虽然没有完全看到，只看到上面一半，但是……看不出来啊，这丫头原来也不完全是面条嘛。

这一看不得了，他下身立刻就又有了反应。该死的！他在心里骂着自己，什么时候自己变得这么……经不起诱惑了？

扬手将拿着的睡袍扔到安初夏的头上，她胸前的春色立即被遮住。韩七录站起身子背对着她。

“还躺在那里干什么？挺尸啊？还不快把衣服换了！”听韩七录的语气，就知道他肯定已经穿好衣服了。安初夏这才一点点移开手。

看到他背对着自己，疑惑地低头看了自己一眼，然后就不小心瞄到了自己的衣服，几乎被撕得不成样子……

“啊！——”又是一声惨叫。

韩七录不耐烦地捂住额头：“吵死了！谁要看你那小胸脯，赶紧给我把衣服换掉，我有话要跟你说。”

接着他就一直保持着刚才那个姿势，背对着安初夏不说话。

狠狠咽了一口唾沫，她才明白为什么姜圆圆看到他们的时候会大叫了。刚才她还以为姜圆圆是看到韩七录光着身子才会叫的，没想到……事情远远没有这么简单。

但是没敢想太过，她怕韩七录这时候转过身来，所以赶紧把睡裙自上而下脱掉，快速地换好了韩七录扔给她的睡袍。不过话说，这睡袍真大，她穿在身上都可以当拖把拖地了。

挥舞了几下袖子，这袖子也可以当戏服耍了……

“我换好了，你……想说什么？”她还急着要去跟姜圆圆解释，事情不是她所看到的那样。不解释好的话，恐怕就要真的被误会了。

听她说换好了，韩七录才转过身来。看到她那笨拙的样子，他又忍不住笑了。

“你笑什么……”被韩七录笑到发毛。每次他笑起来都是发火的前兆，也不知道这次是真笑还是假笑。

他没有回答安初夏的问题，几步走上前，来到安初夏身边：“笨哦，连睡袍的带子都不会系。”

说着他居然弯下腰，认认真真地帮她系睡袍的衣带。

安初夏一下子就呆了，没有想到恶魔认真起来的样子，也还挺帅的嘛……

痴痴地看着韩七录时，对方突然抬眼看她，害得她一下子整个脸就红了起来：“我……我……我自己会系！”

一低头才发现衣带已经被系好了，而且还打了个漂亮的蝴蝶结。

“过来吧。”韩七录朝她招手，自己从床头柜上倒了一杯红酒后坐到沙发上。抬眼看到安初夏依然警惕地站在那里，于是作罢：“算了，你愿意站着就站着吧。”

听他那么说，安初夏撇撇嘴，在他对面的凳子上坐下：“你找我到底想说什么？”

韩七录优雅地轻啜了一小口红酒，不紧不慢地问：“你刚才都看到了什么？”

说实在的，她什么都看到了。尽管只是那么一瞬间，但那种震撼她恐怕是一个月也忘不了了。哇啊！老妈我不会屁股长疮吧？小时候常常听老人说，如果看了不该看的东西，屁股和眼睛都会生疮的。

她眼神飘忽不定地看来看去，干笑着说：“明天天气不错，嗯，肯定不错！”

他知道安初夏是在故意扯开话题，但是她扯开话题的技术也实在是太差了吧？翻了个白眼，韩七录坐正身子，挑眉问道：“我的兄弟，你也看到了吧？”

“噗……咳咳咳咳！”她一下子居然被自己的口水呛到了，喉咙就像火烧一样难受，过了好一会儿才稍微缓过来。

他单手若有所思地摸着自己的下巴，略带鄙夷地看着她：“我又没叫你以身相许，你这么大的反应做什么？我问你……”

“不要再问了！”趁着韩七录还没有说完，安初夏立刻就打断了他的话，“我是看到了，什么都看到了，行了吧？那么丑的东西被看到有什么了不起的！”

那么……丑的东西？这是被鄙视了吗？

韩七录定定地注视着安初夏，直到她微微涨红了脸，才稍微移开了视线："你误会了，我只是想问你，你想不想知道那封信上写了什么。"

安初夏的心跳渐渐恢复正常，在重新对上他眯着眼的眸子时，动了动嘴唇道："你愿意说就说，不愿意说就别说。"

感觉得到安初夏在生气，生气什么呢？因为他大晚上的打断她看书，叫她到他的房间来却是被问这种问题吗？

韩七录难得好脾气地没有跟她一般见识，柔声说道："喜欢你。"

她握紧了自己的拳头，瞪大了眼睛有些失措地"啊"了一声。然而韩七录只是低头轻笑："你可不要误会了，本少爷是不可能喜欢上一个心机如太平洋那么深的女人的。我指的是，安辰川，喜欢你。"

夜晚的风透过打开的窗户吹进来，安初夏的长发飘了起来。逆着光，安初夏白皙的皮肤衬得她就像个陶瓷娃娃一般。

"你开什么玩笑。"说实话，她刚才还以为韩七录他……呸呸呸，在想什么乱七八糟的呢！

我们或许可以试着交往看看。

韩七录上次和她的对话，她居然还历历在目。天哪，她到底怎么了？

"这么说，你讨厌他？安辰川。"深沉的声音有着能轻易蛊惑人心的力量，安初夏微微抬起头看着韩七录。

讨厌安辰川吗？因为他的父亲原本是属于她的，因为这个原因而讨厌他吗？

现在又在心里问了自己一遍，她发现自己居然无法讨厌安辰川。大概是母亲说过，如果有一天见到父亲，见到他现有家庭的成员，一定要抱着一颗平和的心，所以才会不讨厌他的吧？

"不讨厌。"她的语气很肯定，没有一丝一毫的质疑。

"哦？"她没有注意到韩七录的目光一下子冰冷下来，"那就是喜欢他了？"

对韩七录的话，安初夏表示很不屑，有些冰冷地顶回去："不讨厌不代表喜欢好吗？无聊的话，你可以自己买个玩偶跟它说话，别有事没事来烦我。我说过的，不想跟你有没必要的接触。再见！"

她起身就往外走，而韩七录也没有拦着，只是嘴角又勾起了一抹冰冷到极点的笑。

他们两个人之间，似乎从来就没有好好地谈过一次话。一仰头，韩七录将高脚杯里的红酒一饮而尽。他倒是很期待看到，那个小子是怎么追自己的妹妹。

出了韩七录的房间后，安初夏如释重负地松了口气。她又冲动了，但就是忍不住。轻叹一声，她突然想起了姜圆圆，于是朝姜圆圆的工作室走去。

姜圆圆有一间专门的写作室，里面放了很多的资料，她出版过的书，还有一台电脑，一台打印机和一台传真机。除此之外，房间里没有任何其他跟写作无关的东西。

看到从房间门缝里透出的光，她知道姜圆圆应该还在里面。

抬手轻叩了一下门，里面居然没有动静。没有在吗？

刚想要张口叫，姜圆圆的声音自她身后传来："咦？小初夏你怎么在这里？"

安初夏转过身看到她手里端着一杯咖啡，这才知道原来她冲咖啡去了。抬眼对上姜圆圆那双惊讶的眸子，她抿了下唇微笑着说："伯母，我是来跟你解释刚才发生的事的……"

谁知道姜圆圆立刻就摇摇手，一手端着咖啡，一手拉过她往写作室里走进去。给她找了张椅子后，姜圆圆才坐下说道："不用解释不用解释！你妈咪我不是那种封建思想的人。怎么说我也是个言情小说作者嘛！我高兴还来不及……不是不是，我的意思是，我不会怪你们的。"

"……"这什么跟什么嘛！

将咖啡放到电脑旁，姜圆圆转动转椅移到离她很近的地方，说道："小初夏，你们到底是什么时候……对了！第一次会很痛吧？哎哟！你还不快去七录房间躺着去？"

说着居然就站起来，想把她往韩七录的房间赶。

安初夏连忙说道："伯母，你真的是误会了！是我从床上摔下来，然后韩七录刚洗完澡想要拉住我，结果我衣服被撕破了，他的浴巾也掉了……就是这样。"

她手舞足蹈地解释完。姜圆圆陷入了一番沉默，似在努力理解她的语言。

半晌，在安初夏期待的眼神中，姜圆圆才打破沉默轻声问道："你的意思是，你和七录并没有发生什么关系？"

谢天谢地，总算是理解了。安初夏在心里松了口气，扬声回答道："当然没有！"

安初夏果断的回答，让姜圆圆的心一下子就落入谷底。她空欢喜了一场，之前还因为今天心情好，决定熬夜写文给亲亲读者们加更的。

姜圆圆失落的表情，让安初夏很是奇怪："伯母，你怎么了？"

她无力地摆摆手，对安初夏说道："我没事，小初夏你快去睡觉吧。明天周五，是这个星期最后一天上课了。"

想想时间也不早了，她是该去睡觉了。于是跟姜圆圆道了晚安，就离开写作室自己回房间睡觉了。路过韩七录的房间时，里面的灯居然还亮着，但是她没管，低着头回了房间。

可能是因为今天去安家让她很疲惫，刚躺到床上她就睡着了。

一夜无梦，醒来的时候正好离闹钟响还有三十分钟。本来想再躺一会儿的，结果发现一点儿睡意也没有，干脆就洗脸刷牙换好衣服拿着一叠书和试卷下楼了。

“小姐今天起得真早，老爷和夫人都还没起呢。”韩管家的声音从门口传来。她跑出去的时候，韩管家正在给那只巨大的藏獒喂食呢。

她不敢离藏獒太近，只站在大厅门口看着他们。

“管家伯伯，它叫霸天吧？”仔细一看，发现这只狗确实很霸气。其实不用仔细看也很霸气啦，连名字都那么霸气侧漏，还真是适合韩家养。

韩管家将一大袋狗粮倒进霸天的大盘子里后，走到安初夏面前，微笑着回答：“是啊，它四岁了，是少爷买的。当时还是很小的一只，没想到很快就长这么大了。”

安初夏干笑着，吃上等的狗粮，喝顶级的狗狗牛奶，能不长大才是奇迹吧？

“初夏小姐，您不用怕它。看得出来霸天很喜欢你呢。”韩管家看着霸天说道，“它啊，很有灵性的，对善良的人很友好，对那些不怀好意的人就很凶。”

她轻扯了一下嘴角，觉得自己还是不喜欢狗，不管怎么样都不喜欢。

她曾经看过一本书，叫作《一只狗的遗嘱》。被那本书感动得稀里哗啦下定决心要去养一只狗的时候，却在看到狗狗的第一眼就退缩了。

无论怎么样都无法喜欢带给她阴影的狗啊。

“小姐，早餐已经好了哦，您可以先吃。”陈妈走到她面前温和地说道。韩家的佣人似乎都很喜欢她，大概是她没有什么架子，对谁都很温和吧？

走到餐桌旁的时候，韩六海刚好从房间走下来，看了眼安初夏后无奈地说：“你伯母也不知道是受什么刺激了，昨天晚上一直抱着枕头闷闷不乐的，叫她起床吃早餐也不理我。”

安初夏当然知道姜圆圆为什么闷闷不乐，但她怎么好意思说出口？尴尬地笑笑，她坐到位置上吃起了早餐。

今天的天气也很晴朗，吃完走到石子路的时候，韩七录才刚下楼吃早餐。

霸天看到她还是很激动，但是比起上次来要好很多，只是走到她身边轻轻地蹭着她的脚。安初夏压抑着没有尖叫出声，但最后还是忍不住叫了韩管家：“管家伯伯，你快来！快来呀！”

韩管家把霸天领回它的狗窝后，韩七录刚好吃完早餐，跟她一起坐进了车里。

斯蒂兰皇家学院的早自习，从来都比放学了的学院还要安静。

然而今天不同寻常的是，大一A班的教室里却传出一阵阵读书声。没错，确实是读书声，都是在背各种公式、概念和定理。

原因其实很简单，就是安初夏说过：刚刚划出的重点如果背不下来，那么下课后就直接上来跟她用拳头说话。

拳头其实也只是一个幌子，重点是他们班的积极分子，已经完全被安初夏调动起来了。下课一个个抽背重点的时候，被抽到的人，居然全部都能把她要求的背出来。

尽管有那么几个背得不流利，但也算是背出来了。

她满意地勾起嘴角，微笑着说："看看你们，都以为自己是比猪还笨的笨蛋，其实都太谦虚了，明明一个个都是读书的天才！"

她就是这样，能在痛骂一顿或者是狠狠教训一顿同学后，还能安然地给一颗糖吃。很明显，A 班的人都吃她这一套。

只有班主任老泪纵横，想他多少年苦读诗书，终于考上了一个特级教师证，来到斯蒂兰教学，没想到教学水平居然连一个学生都不如，感慨的同时当然也很感激安初夏。

她的前途，必定是无限光明的，至少会比他这个老头子要混得好！

A 班自己组织的复测成绩，在班主任和 A 班其他老师的奋力批改下，午饭前就出来了。安初夏免考，而班里四十个学生里，只有三个人错题超过三个。超过十个以上的同学考了满分，其中也包括了安辰川。

每次考试都是几家欢喜几家愁，这不，三位错题超过三道的同学，此时正站在讲台上等着挨揍。

安初夏在讲台上左右踱步，冰冷的目光时不时落在三位身上。他们三个一向都在班里考零分，这次虽然错题超过三题，但都没有到八题。可以说，这是他们个人历史上最有突破的一次。

"自己把手伸出来吧。"她的手里不知什么时候拿了把戒尺，一下一下地轻轻拍着讲台，发出吓死人的可怕声音。

三个人身体都不由得抖了一下，但还是认命地伸出一只手来。

"闭上眼睛。"安初夏友善地提醒。

三个人也都闭上了眼睛，紧紧地咬着牙关。然而安初夏却是放下了戒尺，从讲台上拿了三本本子一本一本发到他们的手上。

他们疑惑地睁开眼睛，看看手里的本子，又看了看安初夏，不明所以。

"你们考得其实也不错，虽然没有达到我指定的分数线，但也不至于要跟戒尺说 Hello。所以我决定每人送一本本子，你们把做错的题目，每题抄十遍可好？"

微笑着眨眨眼，几人对视一眼恨不得上去拥抱安初夏。但想到她是女生，只能挠挠后脑勺，拿着本子下去了。

"我希望你们都能在努力的前提下，充分相信自己的实力和潜力。后面几天，全都给我背重点，每天的作业就是把所有的重点抄三遍，背一遍。同桌之间交换着背，然后下午最后一节课我来抽背。抽到背不出的，自己准备好本子，罚抄三十遍。明天如果还背不出，那就……”

“四十遍？”有人问道。

安初夏微笑着说：“不，是三百遍。”

明明是天使一样的笑容，说出的话却像地狱使者一样可怕，三百遍……

于是每个课间，不管是 A 班教室、走廊、操场、斯蒂兰皇家学院的花园、图书馆、厕所，都能听到 A 班的人背各种定理的声音。

弄得别的班的同学都开始有些觉得可怕了，这难道就是世界末日的启示吗？A 班的人全都因为某种特殊电波而反常开始背书了？

第五章 女生公敌

中午吃饭，韩七录破天荒地居然在 A 班教室门口等她。这当然也引起了很大的骚动，在人群中看到别班的女生愤恨的眼神，她突然有种不好的预感。

“你走慢点儿啦！”她被韩七录拉着，只能小跑着才能追上他的步伐。

可韩七录并没有理她，只是一路拽着她到斯蒂兰校门口，然后一把将她塞进车里，自己也坐了进去。不少站在校门口的学生都惊呆了。

他们连吃饭都一起吗？难道传言中安初夏是七录少爷的未婚妻是真的？

莫昕薇率领着一帮女生走到校门口，她的司机早就在那里等她了。可是她并没有上车，只是双手不悦地抱胸，愤恨地望着韩七录坐的那辆加长版宾利离去。

明明她才是七录的正牌女友好不好？

“对了！”她突然打了个响指，“我怎么忘了七录少爷拜托我的那件事！”

跟在她身后的丸子，疑惑地看向莫昕薇，问道：“哪件事？”

莫昕薇不说话，只是朝丸子摆了摆手：“放心吧，七录对安初夏的好只是表面现象。他早就让我找机会整安初夏了。”

“真的？”丸子有些不敢置信，怎么说都不太可能吧？

莫昕薇斜了丸子一眼，打开车门坐进去：“信不信随你，反正这是事实。有空问我这是不是真的，还不如想想怎么整安初夏。我下台了，你也好不到哪去！”

留下这么一句，她“砰”地关上车门，车子快速地离开了门口消失在大家的视线里。

“喂！你这样做，会让我成为所有女生的公敌的！”安初夏不满地瞪着韩七录。而他只是慢慢地闭上眼睛休息，一副不想理她的样子。

她撇撇嘴，知道韩七录这家伙不想说话的时候是不会说话的，也只好偏过头往窗外看去。

她并不知道，韩七录一听到下课铃声，就从第四音乐教室跑出来把她拉上车的原因只是……不想让安辰川对安初夏告白。

“记住自己的身份，你是我的专属女佣。”他突然说了这么一句。

安初夏一愣，没有说话，心里却在狠狠骂他：幼稚！太幼稚了！他幼稚的做法会害死她的小命的！

大一 A 班教室里，安辰川坐在位置上愣愣地望着前面安初夏的空位子，今天连话都还没有说上一句呢。原本以为放学之后，可以跟她说什么的，没想到韩七录居然到教室接她回去。

不是说不想让大家知道，她是韩七录未婚妻的事吗？那韩七录自己又是怎么回事？

“咦？辰川还没有回去啊？”一个男生忘记了带手机，跑回教室却发现安辰川还呆呆地坐在那里出神。

安辰川回过神，眯起眼爽朗地笑笑：“嗯，太挤了，想晚点儿下去。”

“现在很空了，那我先下去了。”男生没有想太多，在抽屉里拿了手机狂奔出教室。不一会儿脚步声就消失了，周围又陷入一片死寂。

“你就像烟火的美丽，那么美丽……”安辰川的手机陡然振动起来。

从口袋里掏出手机按下接听键，那边是司机疑惑的声音。他说了声马上下来，看了眼安初夏的位置，最后快速从抽屉里拿出纸笔，在纸上写下几句话，然后走到她的座位上，将纸条塞进了安初夏的抽屉里，转身也走出了教室。

他要勇敢地去追求自己的幸福，免得以后老了徒留遗憾。

安初夏坐在餐桌前，看着桌上的牛排就头痛，可是又不好意思表现出来，只好微笑着对姜圆圆说：“伯母，你怎么又做牛排啊？这样天天吃肉，我很快就会变成大胖子的。”

韩六海午餐是不回来吃的，因为从公司到韩家需要的时间本来就很长，如果再加上吃饭的时间，上班肯定会迟到的。虽然说韩六海是董事长，但是自他创立韩氏集团开始，除了生病或者有急事，还从来没有迟到过。所以午餐时间，韩六海都不会出现在韩家。

姜圆圆一边嚼着嘴里的牛排，一边含糊不清地说着：“你这么瘦当然要吃胖点儿。胖点儿才能跟七录生个宝贝孙子给我玩啊。”

她满头黑线，而韩七录则是喝了口水，站起身：“我吃完了。”然后就去厨房柜子里拿了袋狗粮和一罐专门给狗狗吃的牛奶，打算去喂霸天。

“哎！你这孩子怎么不吃多点儿？才吃这么点儿，哪里有力气跟我们小初夏生宝宝啊？”

一只脚还没来得及跨出大厅的韩七录，听到姜圆圆这么说，背部突然僵硬了。他缓慢地转过身看了眼安初夏，满脸的鄙夷。

“就她？还没开始发育的小毛孩？连初潮都还没有来吧？”韩七录的话里话外都透着一个字，酸！

大厅里站着四五个佣人，听韩七录这么说都捂着嘴笑。

“都不许笑！”安初夏还没发火呢，姜圆圆就开始恼羞成怒了。站起了身子，双手叉腰作泼妇状：“我们小初夏哪里没发育好了？要身材有身材，要脸蛋有脸蛋的。”

这叫什么事啊……安初夏后脑勺的黑线越来越多。这家人还真都是活宝。

“胸小，跟三岁小姑娘似的，还没我的大呢。”韩七录依旧不服输，淡淡地说道。

“喂！”安初夏一拍桌子再也坐不住，站了起来，“还没开始发育的小毛孩？连初潮都还没有来？”

一边重复着韩七录的话，安初夏一边学着他的样子，勾起嘴角继续说道：“我的身材或许不火辣，但是初潮……你应该很清楚我有没有来吧？”

被安初夏一句话噎住，某男咬咬牙，脸部有些僵硬。她还真是……

韩七录冷冷地看了她一眼，用力转身往外走去。看到韩七录被气走了，安初夏得意地坐下，一坐下才发现满屋子的人都瞪大眼睛看着她。

“小初夏，为什么他会知道你来了初潮？”

对于姜圆圆的问题，她笑而不语，快速吃完午餐并且拿了个苹果走了出去。

“小初夏，你告诉我嘛！”姜圆圆很不甘心地追了出去。

啃了一口苹果，安初夏无奈地耸耸肩：“也没有什么啊，就是那天下雨……”

“安初夏！”韩七录放下狗粮，朝她不紧不慢地走过来。可是他身边的霸天却是快速地朝她飞奔过来。

“啊！救命！”她大喊了一声，抬腿就往大门口跑去。

大门口的佣人瞪大了眼睛，疑惑地看着少爷的霸天追着安初夏跑。以安初夏那跑步的速度，霸天完全可以追上去，可是霸天似乎是故意在跟她玩游戏。

在即将追上她的时候，又故意放慢了速度；而跟她离了些距离后，又加快了速度。这明显是在吓唬安初夏嘛！

“打开车门！快！”她一边挥舞着手，一边大叫着让佣人开车门。

佣人们听后，快速打开了车门。眼看着霸天就要追上她，她一弯腰坐进了车里，并快速关上了门。

“得救了……”听到车外传来的狗叫声，安初夏腾出一只手轻拍着自己的胸脯，大口大口地吐着气，手里的苹果被她抓出了一个指甲印。

太可怕了，地球好危险，真想回火星去……

不出一分钟的时间，车门被打开了，韩七录坐了进来。而车外站着似乎在嘲笑安初夏的霸天，它轻吐着舌头，发出吐气的声音。

“乖，这次做得很好！几个小时后见，兄弟！”韩七录摸摸霸天的脑袋。收回手的时候，霸天聪明地往后退了几步，他这才关上了车门，一脸悠闲。

做得很好？做什么了？安初夏歪着脖子想韩七录那话是什么意思。几秒后她立刻反应过来，斜着眼睛看韩七录：“韩七录！你故意的吧？”

他倒是很自然地点点头：“对啊，是我对霸天说，‘把她给我赶上车’，它才这么做的。”

在安初夏问为什么之前，他又继续说道：“谁让你差点儿就说了那么丢人的事。你不嫌丢人我还嫌丢人！那件事情就在脑子里把它抹掉，忘掉它！”

如果让别人知道，他韩七录居然把女生例假误以为是流产，那恐怕所有人都要笑掉大牙吧？那样的话，他还怎么混？

“可是你也不应该让你那只霸天来吓我啊！你知不知道这样会吓死人的！”她皱着眉朝韩七录大吼。

“我……”韩七录刚要说什么，车门就被人打开了，两个人立刻都噤声不再说话。

“少爷小姐，我来了！可以出发了！对了，你们刚才在说什么？”今天开车的人居然是韩管家。他疑惑地看着车内的后视镜问道。

“没什么！”两个人异口同声地回答。

另一边的教室。

快速吃完饭赶回学校的安辰川，把之前塞在安初夏抽屉里的纸条又拿了出来，并且撕成碎片。

万一她没发现那多尴尬？所以他干脆就撕掉，拿出手机给安初夏发了一条短信。

口袋里的手机突然震动起来，她还以为是姜圆圆打来的电话，没想到居然是一条短信。

“下午放学后可以陪我去买复习资料吗？我不知道要买什么样的资料。”发信人：安辰川。

换了个输入法，安初夏回了条短信：“好的。”正好她也要买点课外辅导书回去做，毕竟市里统考她还是不能掉以轻心。

摸摸背包，她这才想起居然忘记带卡了。那张卡是姜圆圆给她的，说是韩六海的附属卡，想花多少花多少。到现在为止，她除了用那张卡给莫昕薇买过一只鸡腿外，还没有用过呢。

现在真的到了要用的时候居然忘记带，真是要多倒霉有多倒霉。

转头看了眼韩七录，这小子肯定有带卡吧？只不过……看他那小气劲儿，每次帮她都把信用卡挂在嘴边，一定不愿意！可是不向他要总不能向韩管家借吧？他都那么老了……

从小安初夏就觉得老人很可怜，不知道为什么，反正就是看到他们从心底里有一种哀伤。虽然韩管家也没有到老人的地步，但是年纪毕竟也不小了。

最后，她还是鼓起勇气转头对韩七录说道：“你身上有带钱吗？”

安初夏是从来不跟他和任何人提钱的事的。这一下子问他有没有钱，他好一阵子才反应过来，抬眼瞄了她一眼，淡漠地说：“干吗？”

她就知道韩七录很小气嘛，一提起钱就一副孙子样！

“我忘了带卡，你能借我吗？”人在屋檐下，不得不低头，她还是按捺着脾气继续问他。眼神也躲躲闪闪的，生怕他很随便就拒绝了。

韩七录转过头来，目光刚好与安初夏对视：“你要钱干什么？”

低下头，安初夏寻思着该怎么跟他撒谎，因为他似乎是不太喜欢安辰川。如果跟他说要跟安辰川一起去买书的话，他一定不会借的吧？

于是她决定把事情一笔带过。

“就要市里统考了，我想下午放学后和同学去买几本复习资料和课外辅导书，免得统考考不好。”吐了吐舌头，她故作轻松地看着韩七录。

皱紧眉，韩七录扬声说道：“听说你这次学习的测试考了全科满分？”

一直在前面安安静静开车的韩管家，突然转过头来，一脸激动地问：“全科满分？真的吗？初夏小姐？你考了全科满分？”

这很奇怪吗？安初夏在心里问道。从小到大因为不想让妈妈失望，所以就拼了命学习，所以每次考试，一直都是拿回令人满意的分数，全科满分自然也不是一次两次的事了。

她不知道的是，韩七录的成绩一直是倒数。不是因为做错，而是因为全都是零分。

虽然斯蒂兰皇家学院考零分的不少，但这也算是韩七录的一个败笔了。当然，萧明洛和凌寒羽也是一样的，成绩都不怎么好。可韩七录是他们三个中最差的。

那安初夏得了全科满分，自然能令韩管家感到很惊讶。

“嗯。”她点头，眼中没有一丝得意，而是很平和。

听到安初夏的回答，韩管家一边开着车，一边疑惑地问道："为什么不告诉夫人和老爷呀？他们会很高兴的。"

安初夏歪着头天真地问："这样他们就会很高兴吗？"

"当然了！"韩管家一拍方向盘，"因为少爷每次都拿零分呀。"

这让安初夏感到非常意外，他看起来这么优秀的人，居然拿零分？虽然不想承认，可是他看起来确实是那种很优秀的人啊。

注意到安初夏意外的目光，韩七录不以为然地挑了下眉："对，我每次都考零分。你正好可以回去把全科满分的消息告诉我老爸老妈，他们会奖励你很多东西的，财迷女。"

财迷女？说她吗？她可不是什么财迷女！

虽然有些不悦，但是安初夏没有顶回去，只是垂下眸子说道："以前我经常拿全科满分啊，可是妈妈每次都只是笑笑，没有很开心的样子。所以我总以为是自己不够优秀，就拼命读书想让妈妈开心。但是我还是来不及考上大学证明给她看了。"

韩七录一怔，有些不敢置信地看着她。

"傻小姐！你妈妈其实肯定很高兴的，只是希望你能够更加努力，不被眼前的荣耀迷惑住。你妈妈是个好妈妈，她在天堂看到这么努力的小姐，一定也很高兴的。"韩管家很贴心地说。

这让安初夏稍微感到些安慰。不过……是不是有些离题了？

她偏了下脑袋，看向沉默不语的韩七录说道："你到底借不借我钱啊！大不了我把全科满分的试卷改成你的名字，你拿回去要礼物吧。"

韩七录像看傻瓜一样看了眼安初夏，淡淡地回答："借。"

在安初夏露出兴奋的微笑之前，韩七录又补充了一句："不过你要告诉我跟哪个同学一起去，安辰川吗？"

她脸上的表情僵了僵，疑惑地开口问道："你怎么知道我要跟他一起去买书？"话一出口她才发觉自己说漏嘴了，也就干脆不再瞒下去，反正也瞒不了。

听到安初夏的回答，韩七录的表情立即变得有些奇怪。

"那我要跟你们一起去。"他做出的决定让安初夏吓了一跳，却让前面开车的韩管家乐得咧开了嘴。少爷可从来没有对一个女生这么主动过啊，就连以前那个向蔓葵也没有。

"你跟我们去干什么？"安初夏扬起下巴，露出奇怪的表情。

"我也去买那什么辅导资料不行啊？"韩七录瞪了她一眼，转而面无表情地看向窗外。

窗外，是A市湛蓝的天空，偶尔还飞过一两只不知名的鸟。A市的环境保护做得很不错，比起国内一些大城市来，同样是大城市的 A 市，在大马路边上也能见到一群一群的鸟在飞来飞去。

这都要归功于萧明洛家的长辈，在努力开发旅游业的时候也很注重环境保护。萧氏集团的家族产业主要是涉及旅游开发、城市环境保护、美容和医疗等事业，跟政府有很密切的来往。

相比于韩七录的好心情，安初夏的心情就糟糕透顶了。韩七录就相当于一枚不知道什么时候会爆炸的炸弹，带着炸弹去买东西，想想就觉得难受。

同一时间，除了安初夏心情不好，当然也有人心情不好。

那就是康氏集团的准继承人——康文。

“你还算不算男人？”茉莉一把将康文推倒在地上。一连两天，茉莉都在劝康文好好教训教训韩七录，可是康文居然每次都故意扯开话题，要么就找理由推脱。

韩七录的名声茉莉也不是不知道，但她就是咽不下那口气。

这就是她，如果换成别人，被人糟蹋了还不早就自杀了？可是她也不想想，如果是洁身自好的女孩子谁会故意去黏着韩七录。

康文从地上爬起来，一脸宠溺地走过去搂住茉莉的腰，柔声道：“宝贝，我这不是没嫌弃你吗？你就把那事忘掉不就成了？何必还要再去招惹韩七录。”

闻言，茉莉狠狠地瞪了他一眼，厌恶地一把拉开康文搂住她腰的手。怎么她找的男人，就一个比一个窝囊呢？

“如果你不找个机会教训教训他，那你以后不要再来见我了！而且……我会把你说韩氏集团和韩七录的坏话全都写在一张纸上，然后邮寄到韩家去。标题就叫‘康氏集团继承人康文对韩氏的看法’。”几句话说的康文整张脸都黑了。

他喜欢茉莉是因为她妖媚的脸蛋和那足以让人喷血的火辣身材。还有一个对茉莉好的原因就是，他以前一直以为茉莉也就是个普通的女人。没想到她的城府居然这么深，敢拿那些旧事威胁他！

虽然很生气，但是康文也不敢多说什么，怕她一激动就真的寄信给韩家。那么不仅仅他，他的父亲，整个康氏集团也都会跟着倒霉的。

自认晦气地找了这么个女人，康文仰头喝下了一口酒，转身走出茉莉的房间。

“我只给你三天时间。”茉莉的声音从房间里传来。他一烦躁，重重地关上门走出了酒店。

教训韩七录绝对是死路一条，可是不教训他，茉莉肯定也不会善罢甘休，怎么办才好……

头痛地按下了电梯的下楼键，康文的眉头整个皱得像条毛毛虫。

斯蒂兰皇家学院。

“很好，今天的抽测结果不错，居然全都能背出来。放学时间快到了，我在这里提醒下你们。别一个周末过去就把所有的东西又丢掉，周一回来要再抽测的。这次的抽测范围是所有的科目重点。”

话音一落，下面并没有传来抱怨的声音，而是一个个激情澎湃的回答：“放学吧，初夏姐！我们保证完成任务！”

放学铃声响起，安初夏走下讲台整理座位。同学们也都一个个跟她道别回家了。

星期五都是提前放学的，三点的时候就走了，所以很多学生都在这天相约去哪里玩。

“初夏，整理好了吗？”安辰川站在安初夏的座位旁，两只手不自觉地握成了拳头。他很紧张。

他知道这不算是约会，可是心里还是莫名其妙的紧张起来。

整理好了座位，安初夏拿起背包一脸苦恼地看着安辰川。她不知道要怎么跟安辰川解释，还有一颗炸弹要跟他们一起去买资料。

“安初夏！”韩七录的声音在门口冷冷地响起。

顺着声音望过去，韩七录将白色的制服外套脱了下来，里面只穿着斯蒂兰的白色衬衫。领带不知道是故意还是无意，斜斜地挂在那里，系得很松。而白色外套被他拿着，挂在了右肩上。

一看就是一个玩世不恭的富家子弟啊……她在心里感慨。

同时还用眼睛的余光轻瞄了一眼安辰川，果然他的脸色似乎不那么好看，应该说很难看。

“七录，我跟初夏约好要去……”只是那么一瞬，安辰川就恢复了那阳光的性格，微笑着想对韩七录解释，让他不要等安初夏了。

可话未说完整，韩七录就立刻打断了他的话，挂着那抹危险的笑说道：“我们两个人的关系还没好到直呼名字的地步吧？安少爷。”

这话一下子就把他们两个人的距离拉开了。韩七录就是这么一个人，从来不会给任何无关紧要的人留面子。

“韩七录！”安初夏皱着眉，“如果你想跟我们一起去买资料的话，说话还是客气一点儿。否则我就不带你去了！”

韩七录似乎特别想要安辰川误会，几步从教室门口走到第一桌安初夏的面前，轻挑起她的下巴，温柔地说：“好吧，我亲爱的未婚妻。我对别人说话客气一点儿就是了。”

被他暧昧的话说得，安初夏一下子就红了脸，慌忙拉开他的手说道：“你安分点儿好吧？”

“好好好，走吧，辰川。”他微笑着说道。但是安辰川看得出，他的眼睛里，丝毫都没有笑意。他开始有些后悔今天约安初夏去买资料了。

如果不是今天或许就不会碰到韩七录吧？答案当然是否定的。看现在的情形，韩七录肯定一早就知道他约了初夏，所以才会故意这样。

可是他的用意是什么？不想让他追到初夏吗？可是他自己又明明说了随便。

脑海中闪过无数思绪，都被他垂下的眼眸一一遮盖住。

韩七录今天倒是非常绅士，主动帮安初夏拿了姜圆圆亲手为她选的粉色格子背包。其实这种淑女风格的包根本就不适合她啦。因为姜圆圆的安排，有时候她还真的以为自己是淑女了。

明明不是淑女装什么淑女呀！可是她根本拗不过姜圆圆的倔脾气。她说是要弥补这几年来，没有女儿给她打扮的损失。

不知道以前的同学看到她现在这个样子会怎样，会晕倒的吧？她以前可是学校出了名的校霸兼学生会会长，牛到了极点。可是现在……常常被人欺负，还被人陷害，为了能继续留在这里，还只能忍气吞声。

这种日子，到什么时候才会结束呢？

都怪这个家伙！安初夏跟安辰川并肩走着，韩七录走在前面一些。她的目光狠狠地盯着韩七录的背，如果目光可以杀人的话，那么韩七录的背早已经千疮百孔了吧？

“包包给我自己拿，衣服你自己拿着！”安初夏已经无法用地球上的语言来形容韩七录这个白痴了。明明是帮她拿包包，却把他的衣服丢给她。

韩七录回过头来站定，等安初夏走到他旁边的时候，伸出手一把勾住她的脖子，凑近她粉色的脸蛋说道：“你未来的老公我帮你拿这么重的背包，结果我让你拿件轻轻的衣服，你就这么大不满了。你说你还是不是人啊，嗯？”

其实背包里她只装了四本书，都是普通的教科书，根本达不到“这么重”。当然，或许比衣服是重了点儿啦……但这不是他自愿的吗？

她刚要抬头顶嘴，目光却瞥见安辰川，他的表情怪怪的，不知道在想什么。

低头一想算了，不跟韩七录一般计较，就从他的手下绕过去，躲开他的怀抱：“行了，我帮你拿就是了。”

韩七录满意地一挑眉道：“这才乖嘛！”语气之暧昧无人能及。

他今天到底是吃错什么药了？安初夏狠狠地瞪了他一眼。

现在他们已经走到校门口了，对斯蒂兰附近的环境她实在是不熟悉，只得转头去问安辰川："辰川，附近有什么书店吗？我对这里不是很熟。"

比起对韩七录的语气，她对安辰川的语气要好很多。但就是这个区别，让安辰川的目光黯淡了一下。

眯起眼看了一下远处，安辰川挠了挠后脑勺，注视着安初夏："我以前都不买书，没有注意哪里有书店，怎么办？要不我们找个人问问？"

安初夏苦恼地点头说道："现在也只好这样了。"

站在一旁被当作空气的韩七录不爽了，几步走上前不悦地说道："不用找人问了，我知道哪里有书店。"

听完韩七录的话，安初夏乐了，无语地问道："你真的知道书店在哪里，韩七录？每次考试都考零分的……家伙？"

安辰川以为安初夏这么说，韩七录会生气，会大发雷霆，正想着怎么挽回局面。韩七录反而是宠溺地望了她一眼，说道："我的确是考零分的家伙，但是我每周都不会忘记去书店买我必看的赛车杂志和……少儿不宜的漫画。"

"你恶不恶心！"安初夏瞪了他一眼，继续说道，"那你带我们去吧，但愿你没有骗我们。"

韩七录挑眉，松开安初夏往右边走去。

走了没到五百米，他们就来到了 A 市的闹市 B 区。A 市有两个闹市区，一个是闹市 A 区，一个是闹市 B 区。

"韩氏……书籍卖场？"她惊讶地瞪大眼睛，望着四层楼高的巨大商场念道。

听这名字安初夏就知道，这肯定又是韩氏集团旗下的产业。天哪，韩氏集团到底是有多……强大。

她以前只听说韩氏集团主营房地产，可是现在似乎不仅仅是房地产那么简单了。商场、酒店，似乎也都是韩式集团旗下的产业。

安初夏四处张望着，旁边世纪贸易的巨大招牌的左侧，也标明了"韩氏集团"四个字。

"怎么样，我未来的老婆，我们家的书店还不算小吧？"韩七录得意地走到安初夏面前，"走吧，我们进去。哦，对了，我的卡其实也没有带在身上。所以，恐怕我们要走后门了。"

"你什么意思？"安初夏疑惑地看着韩七录，没有钱他们怎么买书。不等她再多问些什么，韩七录已经一把拉过她的手将她拉进书店。

跟在后面的安辰川，揉了揉有些发酸的眼睛，眼前的空气沉重得让人喘不过气来。他确信自己后悔今天约她出来了，要让这个恶魔一样的男人跟着。

"辰川，快跟上。"安初夏没有忘记安辰川，被韩七录拉拽进去的同时不忘喊他。安辰川微微一愣，随即点头快步跟上去。

“欢迎光临。”面前的玻璃门在他们来到前一秒缓缓打开，并从里面传来好听但很官方的声音。卖场里面开着冷气，她走进去的时候感觉整个人清爽了很多，很舒服。

安初夏还在低着头考虑韩七录要走什么后门时，他已经从口袋里掏出手机，翻找着联系人。

“好帅的男生啊！”他们一进门，就立即吸引了许多目光。三个长相好看的少男少女，怎么能不引人注意？

但许多目光都是停留在韩七录的身上，无论在哪里，他总是那个最能吸引人注意、最耀眼夺目的人。这种认知还真是让人嫉妒啊，安初夏有些嫉妒他了。

“韩氏书籍卖场的总经理吗？本少爷现在在门口，你赶紧出来接驾。”说完就立即挂下了电话，不等那边的人做出什么反应。

翻了个白眼，安初夏在心里鄙夷他。接驾？他以为他是皇帝呢！

很快的，卖场的总经理就从电梯口跑出来，他的身后还跟着好几个穿着卖场制服的员工，也同样是气喘吁吁的。看得出来他们是跑过来“接驾”的。

“七录少爷，真的是您！”总经理掏出上衣口袋里的手帕，擦了擦额头上的汗，“你不都是周日来买杂志的吗？”

看样子韩七录并没有骗人，安初夏看了他一眼。果然每周都会来买那什么赛车杂志，还有……那什么不良漫画，好变态啊！

韩七录没有立刻回答总经理的话，只是无比傲慢地抬起手腕，看了他的施华洛世奇手表一眼，趾高气扬地说道：“给你们十分钟时间，把这里所有的大一课外辅导资料都拿两份到 VIP 室来。”

总经理连连点头：“是是是！请您到您的专属 VIP 室稍等几分钟。你们几个还不快去调动所有员工去办？”

“是，经理！”跟在总经理身后的几个女员工，恋恋不舍地看了韩七录最后一眼，转身消失在巨大的卖场内。

“七录少爷。”总经理边走边对旁边的韩七录说道，“正好您的女朋友也在您的房间。”

韩七录的脸色顿时阴沉下来。听到总经理的话后，安初夏也微微一愣。女朋友，指的是莫昕薇吗？那她……是不是不应该出现？

抬头跟上韩七录的步伐，她抬高声音说道：“韩七录，我想我们两个不需要那么多辅导资料，还是自己去挑几本吧。”

知道安初夏有些不高兴，韩七录微笑着将手搭在安初夏的头上：“怎么？

吃醋了？”

吃醋？她为什么要吃醋？而且她也没有什么吃醋的资格吧？扯扯嘴角，她有些不屑：“我只是不想浪费资源，辰川，我们走吧。”

说完她自顾自地拽着安辰川的衣角离开。

望着她离开的背影，韩七录并没有追上去，反而转过头一脸平淡地对一旁不知所措的总经理说道：“我有说过，可以让那个女人进我的专属 VIP 室吗？”

虽然韩七录的表情很平淡，但那冷冰冰的声音却足够让总经理流一通冷汗的了。总经理拿着纸巾的手有些颤抖，动动嘴唇说道：“我有阻拦过，但是莫昕薇小姐说，不让她进就是不让您进去，我就没敢再继续拦着她……”

只见韩七录的目光突然一冷，望了安初夏一眼说道：“你给我去好好陪着刚才那位小姐选书，没有我的吩咐，别让她跟那个男的离开这里。”

“是是是！”总经理忙不迭地朝安初夏的方向跑去，心想这位少爷还真是可怕，还好他只是每周来一次。要是他天天来，自己的心脏非罢工不可！

被安初夏拉着的安辰川这时脸上才有了那么一丝笑意。买资料只是一个幌子，他只是想有个跟她单独相处的机会，现在终于来了。

“你说几楼才是卖我们大一课外辅导资料和作业的地方啊？”安初夏拉着安辰川东转西转，头晕晕的，分不清东南西北，像个无头苍蝇一样乱找着。

看着安初夏那轻轻皱起眉头的脸，安辰川笑了：“我们可以慢慢地找，又不赶时间。”

“也对。”她微笑着。

此时总经理已经追上了他们，气喘吁吁地跑到他们面前拦住去路。

“你是刚才的……经理？”安初夏歪着头，眨眨眼睛不解地看着经理。

经理忙点头，换上一副讨好的笑：“小姐，七录少爷让我带你们去找资料。”

“不用了！”安初夏听到韩七录的名字，想也不想地就拒绝了。他居然没有追上来，说实话，她的心里是有那么一点儿失落的。只是一瞬间，她的失落就被愤怒取代。她才不需要他的假好心！

面对安初夏的拒绝，经理不紧不慢地说：“小姐，您看我们这里这么大，如果真要是你们两个人找书的话，我想短时间内是绝对找不到的。还是不要跟少爷怄气了。”

怎么说他也年过半百了，安初夏的心理他多少能琢磨到一点儿。

安辰川刚想拒绝，安初夏就在他说不用之前答应了：“我才没有怄气，带我们去吧！”

看着经理那满意的笑，她突然觉得自己中计了。算了，中计也随便！如果真的就他们两个人这样漫无目的地找下去，等天黑也不一定能找得到资料。

韩七录专属 VIP 室内，莫昕薇正随手翻阅着手里的少女漫画，一脸悠闲。她今天感到很无聊，就来书店逛了逛。她知道韩七录在这里有一个专属 VIP 室，而且这里的经理也认识她，所以很容易就到这里面来看书了。

这里面其实也没有多豪华，只有一张用来放书的办公桌和一个小书柜。当然，还有一张完全可以当床的沙发和一张办公椅。

虽然不豪华，但也算过得去。

左右转动着办公椅，身边的门突然被人重重打开了。莫昕薇有些生气地看向门口，想知道是哪个胆大包天的居然闯进韩七录的专属 VIP 室。

结果看到的却是韩七录那张冰冷的脸。他那双如同恶狼一般的眸子正狠狠地望着她，似乎迸射出阴寒的光。从某种程度上来说，莫昕薇是很怕韩七录的，特别是他生气的时候，所以平时她也只在韩七录心情平静的时候才敢靠近他。

被韩七录阴冷深沉的目光看得有些惊悚，她慌忙放下少女漫画，从办公椅上站起来。那张妖艳的小脸很是仓皇，她以为韩七录不会来这里的，怎么会这么巧。

“我需要你解释一下，你为什么会出现在这里。”韩七录的语气里没有一点儿波澜，但目光却是深入莫昕薇的内心，仿佛要把她解剖了一般的尖锐。

莫昕薇动动嘴唇，发不出一点声音，只是机械地站在原地。

“我问你为什么会在我的 VIP 室里！”韩七录提高了音量，召回了因为害怕而愣住的莫昕薇的理智。

理智告诉她，现在必须要好好按照他说的解释。

“我只是……想找个安静的地方看看书，外面太吵了。”莫昕薇鼓起勇气走到韩七录的身边，“整安初夏的事我一直在策划，七录你不要生我的气好不好？”

“整安初夏？”韩七录狐疑地重复着莫昕薇的话，脑海中回忆起自己之前在亚特兰蒂斯酒吧让莫昕薇整安初夏的事。

莫昕薇连连点头：“我有很认真地策划，不要生我的气好不好？我以后再也不会来这里了！我发誓！”

说完，她还像模像样地举起右手发誓。

“你……”他刚要对莫昕薇说不用整安初夏的时候，口袋里的手机陡然震动了起来。掏出手机快速地按下接听键，那边是书籍卖场总经理断断续续的声音。

“少爷，我好说歹说带着那位小姐找辅导书，可是现在他们不听我的，找好书就说要走。我这拦不住他们呀！”

经理的声音很大声，可以听出他的焦急。莫昕薇也听到了手机里的声音，脑子一转，立刻反应过来电话里那个人说的“那位小姐”是谁。

“我知道了，你们在几楼，我马上过来。”韩七录的声音居然带着些疲惫。这让莫昕薇听了很是心疼，都怪安初夏！

“四楼。”经理才说了这么两个字，韩七录就毫不犹豫地挂掉了电话，转身要走出门。

莫昕薇慌忙拉住了韩七录的手：“七录，我……”

“以后不准随便进入我的任何专属房间，否则，我就让你永远消失！”留下这么一句，韩七录甩开莫昕薇的手大步走出 VIP 室，看都没有看一眼莫昕薇。

她刷了睫毛膏显得更加浓密修长的睫毛眨了眨，也追了出去。

韩七录已经走到大楼的玻璃电梯口。

她刚要跑上去，就被一个黑影给拦住了。

抬头一看拦住她的人，很是面熟，好像在哪里见到过。在脑海里搜索了一下，她才想起眼前的这个人，不正是那天在亚特兰蒂斯包厢里见到的那个吗？好像叫作……康什么。

“康少爷？”迟疑地说出这三个字时，韩七录已经走进电梯，电梯缓缓上升中。她有些苦恼地望着康文，都是他拦着自己才没追上去。但是……就算是追上去了，得到的也只会是韩七录给的难堪吧？

康文见到韩七录急急忙忙地往电梯走去，眼皮也是一挑。紧接着就看到莫昕薇从一个房间里出来，似乎在追韩七录，于是他就把她拦下了。

“小姐你还认得我。”康文淡淡一笑，“你是韩七录的女人？”

原本这个时候她都会快速地回答“本小姐当然是韩七录的女人”。但是她察觉到了康文那双看似温文尔雅的眼睛背后的寒光。

顿了顿，她不动声色地说：“不是呢，我只是他的同学，你找我有事吗？”

莫昕薇也不完全是个笨蛋。

康文上下打量着莫昕薇，她的斯蒂兰皇家学院的制服还没有换掉，康文也就相信了，但还不是很确信。

“你对韩七录来说重要吗？”康文没有尊称韩七录为“七录少爷”或者“韩少爷”。莫昕薇心里立刻就更加明亮了，他绝对是为了上次的事想要找韩七录报仇的。这种事，她就不参与了。

想着，她继续微笑着说道：“不是啊，虽然我很希望是。”

说到这里，莫昕薇的眸子黯淡了一下，表情也变得落寞。这种落寞不是装出来的，康文一一收入眼底，看来她真的不是韩七录的女人。

“不过，这里有一个对七录来说很重要的人。”莫昕薇的眼底闪过一道光，余光正好瞄到安初夏跟另一个她没见过的男生走楼梯下来。而韩七录乘坐的电梯人太多，现在才刚刚到达四楼。

“谁？”康文立即问。

“那个女生，据说她是七录的未婚妻，真是让人嫉妒死了。”看到安初夏身后跟着的韩氏书籍卖场的总经理，莫昕薇转头对康文说，“我看得出来，你并不喜欢七录吧？”

她的话让康文惊讶了一下，但他很快就镇定下来，因为莫昕薇的眼神是那么的……阴狠。

“我帮你引开跟在她身边的两个男的，你可以把她……”她没有再说下去，只是抬起眼看了康文一眼，“你敢吗？”

“你还是不是男人？”

茉莉的话又徘徊在他的脑海里。他原本来这里是想找几本能帮到他的书，但是现在，看样子是找到了可以帮他的人！

“你不是喜欢韩七录吗？怎么会帮我？”康文当然也不是笨蛋，眼中带着那么一丝警惕。这个女人给他的第一印象，就是狠毒。

莫昕薇鬼魅般地勾起嘴角，淡淡地说：“因为我嫉妒她，我想让她消失。而你也正好可以帮我教训她，我们只是各取所需，不是吗？”

在心里快速盘算了一番，康文还是点头答应了。他不想轻易地就放弃这个机会，要知道茉莉给他的时间并不多。如果能偷偷教训这个女人一番，那么茉莉高兴了，韩七录也不会察觉。因为他的教训，是想……让她跟茉莉一样，遭受凌辱！

“你开车在门口接应，我正好可以用这个时间支开他们。记住，待会儿动作要快，因为韩七录很快就会下来了。”莫昕薇快速地叮嘱康文。

康文点头应允后低着头走了出去。

莫昕薇按下手机的快捷电话“1”，家里的保镖立刻从阴影处出现。

“小姐，出什么事了？”两个保镖穿的是一身便衣。莫昕薇不想整天看到黑色西装的人在自己面前晃来晃去，而今天正好方便了她。

“听着，你去告诉那个女生旁边的那个中年男人，问他是不是这里的经理，说是有一位韩少爷让他马上去四楼。”保镖点头立刻执行任务。

“还有你，等那个中年男人离开后，想办法支开那个穿着斯蒂兰皇家学院制服的男生。”

另一个保镖也立刻点头，等着前面的保镖先执行完任务。

“您好，你是这里的经理吗？”保镖看经理点头又说道，“韩少爷让你马上去四楼一趟，要快。”

闻言，经理觉得有些疑惑，但还是立刻点头说了声谢谢之后跑向楼梯。电梯太挤了，他如果等电梯的话还不知道要等到什么时候。

支开了经理后，另一个保镖也不动声色地走向安初夏，然后趁她一个不注意，抢走了她手里的背包转身就跑。

“我的包！”安初夏想要追上去。安辰川立刻拦住了她。

“你待在这里，我去帮你追回来。”说罢，他一个箭步冲了出去追那个保镖。

看着这一切都在按照她的想法实施，莫昕薇有些得意地勾起嘴角。什么叫没有丸子她就做不了坏事？虽然每次坏事基本上都是丸子在帮她做，但是出谋划策的其实大多时候都是她莫昕薇。

要说狠，斯蒂兰皇家学院没有一个人能够狠得过她。当然，指的是在女生里。

安初夏着急地也慢跑着追了出去，可是到外面的时候，安辰川早已经跑得没影了。眼前突然多了一辆打开门的车，她心生疑惑的瞬间，身后有人推了她一下。她一下子往前栽去，恰好被车内的人拉了进去。

车内的光线很昏暗，瞳孔一下子没有适应过来，安初夏只觉得眼前一片黑暗。

“你要干什么？”在说出这句话的下一秒，一只大手捂住了她的嘴。现在她的瞳孔也慢慢适应起车内的光线。当她努力朝车外看去的时候，正好看到莫昕薇嘴角挂着淡淡的笑意往她这个方向看来。

莫昕薇？是她策划了这一切？她想要干什么？他们要带她到哪里去？脑子里的一串疑问都得不到解答，她的嘴被紧紧捂着，捂着她的那只手上有淡淡的男性古龙水的味道。

理智代替了刚开始的紧张，既然买得起古龙水，那么，这个人绝对不是一般的绑匪。可是绑架她又有什么好处呢？因为她住在韩家？

脑子一转，她已经猜到这件事情应该跟韩七录有关。这时候转过头再想想，刚才经理突然被人叫走、安辰川跑去找她的背包，她身边的两个男人一下子都不在身边，这一切绝对不是巧合。

脑海中又浮现出莫昕薇那个微笑，她不是在 VIP 室跟韩七录温存吗？那么事情就只有一个解释，莫昕薇跟某个对韩七录有仇的人勾结，绑架了她。

可惜，他怕是绑错了人。真正应该绑的，是莫昕薇吧？

她不再挣扎，只是抬起手腕轻轻地拍了下捂着她的嘴的大手。

“开到我的私人住宅去！”康文对司机沉声说道。那里是他一个人住的地方，为了安静，连个佣人都没找，把她带到他的私人住宅是最好不过的办法。

注意到安初夏安静下来，他冷冷地笑了笑，放开捂着安初夏的手。

“你最好放聪明点儿，否则就别怪我心狠手辣了。”安初夏转过头去看说话的男人。也就二十来岁，长得很斯文，可是他脸上故意装出来的阴狠，跟他原本的气质实在是不搭。

听话地点点头，安初夏望着离自己越来越远的韩氏书籍卖场，禁不住有些失落。韩七录他，现在在哪里呢？真的像那个故意支开经理的人说的，在四楼吗？他不应该在 VIP 室吗？

他会……担心自己吗？

摇摇头不再想那些令人头痛的问题，她低垂下眸子，目光有些暗淡："先生，不知道你为什么要绑架我。我只知道，你恐怕是中了那个女人的计了。"

康文的心一惊，眼睛紧紧地盯着安初夏："你什么意思？"

安初夏轻轻地抬起头，表情无比认真地看着康文，一字一句地说道："我们打开天窗说亮话吧，你绑架我是没有用的。韩七录恨不得让我立刻消失在这个世界上。他是不会来救我的，绝对不会！"

"闭嘴！"康文立刻打断她的话，"你以为我会相信你说的话吗？而且，我要的根本不是让韩七录来救你，而是……糟蹋掉她的女人就够了！"

安初夏猛然抬起头，神色有些紧张："你说什么？"

"韩七录叫人糟蹋了我的女人，只因我女人找他搭讪了。现在我女人很生气，所以……委屈你了，未来的韩少奶奶。"康文冷冷地笑道。

听到康文说的话，安初夏更加确信是莫昕薇故意说了些什么，才让这个男人绑架了她。

想想韩七录那种做事从来不顾后果的人，因为别人跟他搭讪就让人糟蹋她……结果现在她却要替韩七录受罪，为什么？

"你趁早放了我，尽管韩七录不喜欢我，但韩伯父和韩伯母却很喜欢我。我如果真出了什么事，他们绝对不会放过你！"

康文似乎听得有些不耐烦，从脖子上解下他的领带，把安初夏的手绑了起来，又不知道从哪里拿了条毛巾，团成一团塞进了安初夏的嘴里。她的嘴被撑得好痛，只能发出"呜呜呜"的声音。

最后只好作罢，她不能浪费力气，她必须冷静再冷静，心里这么提醒着自己。

康文的私人住宅很快就到了。

这是一座小洋房，坐落在郊区一个小山庄的山顶。环境非常清幽，附近也没有什么房子和人，很是清静。但是现在的安初夏，可没有那个心思欣赏美景，这里安静的环境只会让她的逃跑更加困难。

把她推下车后，她没有站稳一下子跌倒在地上。好在这里的地面不是水泥路，上面都长着软软的小草，她这才没有摔得很惨。

“你回去吧，今天的事情不许说出去半个字，否则后果你应该知道！”康文眯着眼对司机说道。

那司机看了安初夏一眼，重重地点头把车开走了。

胸口突然泛起一种类似绝望的情绪，望着远去的车子，她摇摇头。没有人会为了救一个一点也不相干的人而赔上自己，从来都没有。

那么现在，她只能靠自己！原本就能够在越紧急的情况下越理智的安初夏，现在慢慢地坐直身子，静静地看着康文。

看得出来，这个人根本就没有绑架的经验。他虽然装得很凶狠，可是那骨子里透露出来的害怕，还是让敏锐的安初夏感觉得到。

既然逃不走，那么她只能让他自动放掉自己，虽然这种可能性看起来很低，但这也是唯一的办法了。所以现在，她要镇静，一定要镇静下来。

原本泛着波澜的琉璃眸子现在平静如水，只是定定地看着康文朝她走过来，然后抓起她的衣领让她站起来。

“听着，我原本想要叫几个人来糟蹋你，但是这么做动静太大了，所以本少爷就勉为其难地……呵呵，我会让你很舒服的。不过舒服过后，本少爷需要你配合我，照几张照片给我女人看。”

康文邪邪地笑着，右手勾起她的下巴，左右瞧了瞧：“还别说，韩七录那小子周围的女人都是美人胚子！”

接着他把她拽进了私人别墅。别墅里到处是尘土的气味，看来他平时一般不住在这里。

把她带到了自己的卧室之后，康文扯掉了安初夏嘴里的毛巾，接着开始脱自己的衣服。

然而安初夏却没有说半句话，只是嘴角含着一抹高深莫测的笑容。那笑容细看之下，像极了韩七录发怒前的微笑，诡异而又唯美，像个漩涡一样，把人直直吸进去。

“你笑什么？”衣服脱到一半的康文感到毛骨悚然，带着些紧张地看向安初夏，“你不怕吗？”

听到康文这么说，安初夏的笑容更深了。可她的语气却是淡淡的，平静得如同一汪毫无波澜的清泉。

“我怕什么？怕的不应该是你吗？我最多，也就当做了个噩梦。可是你，你自己将会成为一个噩梦。”她的嘴角依旧含着那危险的笑容，“动作快点儿吧，我可不希望动静闹得太大，否则韩家要想平息这件事会费一点儿大力气的。”

不得不说安初夏的话，正好戳到了康文的软肋。他怕死，更怕惹上韩家的人。挑韩七录的女人来报复他，也只是为了撒撒气，可是现在，他被她说得更怕了。

“你不是说韩七录不喜欢你吗？”康文停下了脱衣服的动作，冷冷地看着她，带着些谨慎。

安初夏摇摇头：“他是从来没接受过我这个未婚妻没错，可是你真的忘了，韩六海是什么样的一个人吗？”

她没进韩家前就听说过，韩六海这个人在商场上叱咤风云，但在黑道上他更是那种说一别人不敢说二的人。尽管这些年他老了，黑道的事情全搁在了一边，但韩六海这个人依旧是很危险的。

虽然自打她进入韩家以来，一直觉得韩六海是个很慈祥又不怎么会表达情绪的父亲，一个很温柔把老婆宠到骨子里的老公。

康文的身子明显更加僵硬了，这正好是安初夏想要的。

“不！你这样说只是故意想让我害怕，好让我放了你。”康文摇头，“我是不会放了你的，抓到你我也是费了一番工夫的。”

虽然这全都是莫昕薇策划的，他只是负责接受，但在此期间，他也做过很强烈的思想斗争。

安初夏还是继续微笑着：“你说的没错，我确实是故意想让你害怕，好让你放了我，但是我说的也是事实。我们还是好好谈谈，看看怎么把这件看起来复杂的事情简单解决，如何？”

“不！你给我闭嘴！”康文脱掉最里面的衬衫，一下子上前把安初夏按倒在床上，“只要把你做了，一切就都结束了！”

说着，他开始上上下下地亲吻安初夏的脖子。

安初夏刚想要挣扎，但是又紧紧地握着拳头，制止自己这么做。这是一个赌注，用自己的贞洁来赌康文不敢这么做。

她轻轻地闭上眼睛，在心里叫了一声妈妈。如果她今天真的被凌辱了，那么她必然不会再苟且偷生。她会抛下这一切，离开人世间！

面对安初夏的不挣扎，康文显得更是急切。其实他的内心也在挣扎，一边是茉莉给的期限，一边是这个女人给他分析的道理，两边实在是让他不知道该怎么决定。

就在这时候，他听到身下的女人淡淡地说了一句：“趁早停下吧，你不敢的。”

康文被激怒了：“不敢？谁说老子不敢的？老子今天就做给你看！看看我到底是敢还是不敢？”

紧接着康文一路往下吻，在即将吻到她第一颗扣子的时候，他停住了。在安初夏的注视下，他放开了她，并且帮她解下了绑着手腕的领带。

安初夏心里的一块石头算是重重地落了地，但是现在她只感到很累很累。

“你走吧。你说得对，我确实不敢。”他自嘲地笑笑，坐在床的一边，很是失魂落魄。那样子，就像是即将被枪毙的死刑犯一般绝望。

原本安初夏是打算离开逃走的，可是看到康文的这副表情，她很是不忍。因为当医生宣布妈妈已经去了天堂的时候，她就是这样的表情，不哭也不闹。韩六海就是被她这副表情震撼到，才决定让她寄住在韩家。也是那个时候，姜圆圆看见她，像个孩子一样哭闹着让她搬到韩家去。

所以，才有了现在发生的一切。没错，她无法对别人的绝望和困难坐视不管。或许这个世界上，有很多人会为了保证自己的安全和幸福，对别人的生死不闻不问，可是她不是这样的人。

妈妈从小就告诉她，在别人需要你帮助的时候，要伸出你的手，就算只给对方一个轻轻的拥抱。但或许就是那一个轻轻的拥抱，你就可以挽救他的人生。

想着想着，安初夏从床上坐起来，从右边轻轻地抱住了康文。

康文惊讶地瞪大了眼睛，不敢置信地看着安初夏，嘴唇动了动，最后也只是发出了一个字：“你……”

松开康文后，安初夏眨眨那双清澈的大眼睛，说道：“先生，要对未来充满希望啊。或许你遇到的难题，我可以帮你。”

安初夏温和的笑容，比起之前那个诡异的笑容显得友善多了。康文愣愣地看着她，一下子忘记了反应。这个女生很漂亮，不仅仅是脸蛋，还有她美丽的心灵。

“你……帮我的原因是什么？”不知怎的，他竟然从心底相信安初夏确实能帮到自己。所以他只是问安初夏为什么想要帮他，而不是怎么帮他。

安初夏仰头看了看紧紧拉着的窗帘。她下床走到窗边，一把拉开窗帘。明亮的阳光立即溢满了整个房间，给人一种无比温暖的感觉。

阳光洒落在安初夏的脸上，她的身上居然散发出一点点儿淡黄色的光辉来，衬得她就像个天使一般。康文竟然一下子看得痴了，心底某个地方也轻轻地一震，有些什么，正在悄悄地萌芽。

“我在天堂的妈妈告诉过我，当别人需要帮忙的时候，务必伸出自己的手，因为好人一定会有好报的。”她微笑着说道，“我是为了得到好报才帮你的哦。”

康文笑了，这个小姑娘，真的很可爱。

跟安初夏说完他遭遇的困难后，康文有些自嘲地笑笑：“其实这一切都怪我自己。我嫉妒韩七录的耀眼，嫉妒他遮盖了我所有的光芒，所以我才会在茉莉面前说他的坏话。我这大概是自找的。”

“韩七录那个人确实很贱啊。”安初夏无心地说道，“我当着他的面也经常这么骂他的呢。你似乎有些把小问题扩大化了。韩家可从来不收什么来历不明的信件，否则韩家岂不是每天要收到成千上万封信了？”

“你的意思是？”

康文有些不大明白地看着安初夏。

“我的意思是，问题完全出在茉莉的身上。或许我说了你不太高兴，哪有人会让自己的男人，去做那么危险而且还犯法的事情？这只能说明她并不爱你。你……爱她吗？”安初夏轻扬起下巴看着康文。

康文的身高跟韩七录差不多，她只能仰起头才能跟他对视。

“以前我觉得我爱她，现在……”康文看了眼安初夏笑着说道，“现在我才发现，我跟她只是各取所需罢了。更何况，我现在已经知道应该爱的是谁了。”

“嗯？”安初夏没有听出他话里的意思，只是很单纯地点点头，“既然这样，那么最好的解决办法就是给她钱，让她消失。就算是有一天她把你告到韩七录的面前，你也可以抵赖，说这个女人因为你不要她了，就故意编些谎话来陷害你。毕竟口说无凭嘛！”

康文一直忽略的就是“口说无凭”这四个字。经过安初夏这么一提点，他倒是有些背后发冷了。如果他刚才真的把安初夏给那个了，那么他的人生真的将会是一片黑暗。

说夸张点儿，安初夏等于再给了他一次生命。

“我想我知道该怎么做了，不管怎么说，我很谢谢你。”康文真诚地看着安初夏说道，“如果不是你，我想我都不知道该怎么办了。或许我会去自杀……”

安初夏笑笑：“既然问题已经知道怎么去解决了，那么就赶紧把我原封不动地送回去吧！”

“好，我去叫车。不然……你先去洗个澡？我在这里还没有住过几天，但是太阳能这些设备还是很齐全的。”转眼看到安初夏凌乱的衣服，他显得有些抱歉。

低头看看自己，确实很……于是就同意了康文的建议，在他叫车的时候快速洗了个澡，整理好自己。

另一边的韩氏书籍卖场早就已经翻天了。

“我让你跟着安初夏，你上来干什么？”韩七录恨铁不成钢地一把拎起经理，“你这个总经理真不想当了吗？”

而经理害怕之余还显得很奇怪，明明是韩七录叫他上来的，现在怎么又是他的不对了。经理差一点儿就老泪纵横了，都说伴君如伴虎……这位少爷也太难伺候了。

“少爷，您别生气，别生气，我知道我应该跟着他们的。但是，不是您让我立刻上四楼的吗？我这才连电梯都没坐跑楼梯就上来了。”经理这时候不忘记解释，因为他知道现在如果不解释，恐怕他这个经理真的不用当了。

被韩氏集团赶出去的人，一般别的集团根本就没有人敢用。他可不想提前退休啊，而且还没有退休工资拿。

“你说什么？”韩七录心里暗暗感觉到不好。难怪他的右眼皮一直在跳，一定是发生了什么，“给我说具体一点儿！”

被韩七录严肃的表情吓到，经理害怕地说道：“您让一个高高大大的男人带话，让我快点儿上四楼来啊。”

“浑蛋！”韩七录一把丢开经理朝电梯口走去。

电梯此时正好上升到四层，他满脸阴沉地走到电梯口低吼着：“全都给我出来！”

电梯里的乘客都被他骇人的脸色吓到，纷纷退了出来。只有两个人还傻傻地站在电梯里，其实是被韩七录吓得腿软走不动了。

韩七录一走进去冷冷地瞥了他们两人一眼，抓起他们的衣领就丢了出去，然后直接按下到一层的键。

看到韩七录走出来，莫昕薇立刻迎了上去：“七录，你刚刚去哪了？我们还没有谈完呢，不要生我的气嘛。”

韩七录狠狠地瞪了莫昕薇一眼，沉着声音问道：“你有没有看到安初夏？”

“她？对了！我忘记跟你说了，安初夏她啊，居然跟一个穿着我们学校制服的男生走在一起哎。她这是……”

“你给我说重点，她往哪里走了？”听到莫昕薇这么说，他心里的石头稍稍降落了点儿，但心还是吊着的。他有预感，一定发生什么事了，否则他的心跳绝对不会这么快。

心里划过一道忧伤，莫昕薇淡淡地说：“我没怎么注意，应该是走出门了。但是我不知道她往哪边走了。”

韩七录的担忧一点点全看在莫昕薇的眼里，安初夏居然能让韩七录这么紧张。现在她是真的很嫉妒她！不过没事了，用不着嫉妒她了，因为她将会是一个残花败柳。

听莫昕薇这么说，韩七录快速地走出门外，莫昕薇也快步跟着。

左右看了一眼，韩七录掏出口袋里的手机，再次拨通了那个经理的电话：“赶紧去保安室查一下卖场门口的监控录像，时间是距离现在大约十分钟。”

莫昕薇的心跳加快，一旦调出监控录像，那么她就完蛋了，因为推安初夏上车的人正是她。

怎么办……她在心里问自己。

“七录，我去上一下厕所，你也别这么着急嘛，她那么大个人又不会丢。”莫昕薇表面上很平淡地说着，实际上内心却是波涛汹涌。

她见韩七录没有注意，转身快速走进书籍卖场进了保安室。

“小姐，您不能进来。”保安室门口有人拦住她。趁着那个经理还没有来，莫昕薇从包包里拿出自己的名片给拦住她的保安。

“我是韩七录的女朋友，他现在就在门口。他的朋友不知道去了哪里，所以我就过来查一下监控录像。不信的话你可以去问问，但是他会不会生气就不是我能保证的了。”她微笑着说道。

那保安看了一眼名片：莫氏美容集团继承人莫昕薇，又抬眼看了下门口，果真有来回踱步的韩七录，于是立刻放了莫昕薇进去。

“小姐，您要看哪个监控？”保安们刚才都在打牌，没有人注意摄像头。

“你们都出去吧，我要找卖场门口的那个监控。”听莫昕薇这么说，在场的保安都面露难色。

“怎么了？”看出保安们脸上的表情，莫昕薇疑惑地问道，心里同时也开始紧张起来，难道他们刚才看到那一幕了？

“抱歉，莫小姐，门口的那个监控摄像头昨天就坏了。我们本来是要去修的，可是维修工偏偏请假了……

再后面的话莫昕薇统统都没有听进去。监控摄像头坏了，那就等于她做的事，谁都不会知道。而安初夏，也将永远不会再出现在韩七录的心里。

因为韩七录将会觉得她恶心、肮脏……

想着想着，莫昕薇的嘴角扬起的弧度愈加之大，看得旁边的保安们不明所以，甚至起了鸡皮疙瘩。

“莫小姐？”保安们打断莫昕薇的神游，小声地叫她。

“行了，我知道了。”反应过来后，莫昕薇无所谓地说道，“坏了就坏了吧，待会儿你们经理可能还不知道我来问过了，告诉他说坏了就行。我先去跟七录说了。”

保安们忙鞠躬：“莫小姐您请慢走。”

换上一副神采奕奕的表情，莫昕薇正好跟刚准备进保安室的经理碰面：“哎，你等等，他们说门口的监控摄像坏了，你不用去问了。赶紧跟七录说去，我跑得脚痛。”

早知道她今天就不穿高跟鞋了，这么走来走去的她容易吗？

经理看到里面的保安一点头，于是又对着莫昕薇点点头，快速往门口跑去。

他今天的啤酒肚肯定会小不少，今天他都跑多少路了！

“七录少爷！”经理跑到韩七录身边说道，“保安们说了，这摄像头正好坏了，所以调不出监控录像。如果您想知道那位小姐去哪了，可以打一下她的电话看看啊。”

一语惊醒梦中人，韩七录忙掏出手机，翻出安初夏的手机号。那边传来两声“嘟嘟”声之后就被挂了。然后他一抬头就看到安辰川拿着安初夏的背包，气喘吁吁地往这边跑来。

“初夏呢？她的包怎么在你这？”韩七录皱起眉，冷冷地紧盯着安辰川问道。

安辰川也是一愣，随即看了看周围，问道：“初夏没有在这里等我吗？刚才她的背包被人抢了，我就让她站在门口等，应该在门口的啊。”

“该死的！”韩七录低咒一声。莫昕薇这时候刚走到门口，看到满头大汗的安辰川，眼中闪过一道阴冷的光。

然而却在下一秒，她的眼睛惊讶地瞪大：“她怎么……”

“辰川，包找到了啊？”原本她是想要快点儿赶回来的，可是脖子上有一个吻痕有些明显，于是又去一家化妆店，让康文给她买了一支遮瑕膏盖住了吻痕。

看到跟在安初夏身后的康文，韩七录显得有些意外：“你去哪里了？”

透过韩七录的肩，看到站在门口脸色苍白的莫昕薇，安初夏微笑着说：“刚才我的包被人抢走了，于是让这位先生开车带我去追小偷，没想到我们似乎追错了方向。”

说完，她还无奈地吐了一下舌头。

“小姐，你和七录少爷认识？”康文也显得有些意外，“这真是太巧了。”

“麻烦康少爷了。”韩七录朝他微点了下头，然后一把拉过安初夏说道，“你知不知道你这样会让别人很担心？”

听到韩七录这么说，安初夏顿感意外，心里问道：这个别人，是否也包括他韩七录呢？

“不过是去找个包，有什么好担心的。”她低垂下头，显得很疲倦。韩七录这种人，怎么可能担心她呢？

韩七录刚想说话就被康文打断了：“既然包已经找到，就不用报警了。康某还有事，就先告辞了。”

他朝韩七录微微一点头，坐上车走了，其间还有意无意地瞥了莫昕薇一眼，看得她身子直颤抖。

安辰川提起安初夏的包，走到她面前说道：“初夏，看来你今天很累了，早点回去休息吧。我也先回去了。”

“这是您的书。”经理拿着基本资料交到安辰川手里。

甩开韩七录的手，安初夏上前一步抱歉地说：“今天谢谢你，还让你跑了那么多路去帮我找回我的包。”

“哪里，你开心就好，再见了。”安辰川抬起手揉了揉安初夏的头，“我的好妹妹。”

安初夏笑笑，然后就听见安辰川又转头对韩七录说：“经过今天，我决定放弃了。希望你能好好珍惜，再见。”

韩七录淡淡地挑眉：“你早该放弃的。”

“什么跟什么嘛？”安初夏想问安辰川的时候，他已经转身走了。这两个人还真是奇怪，净说些让人听不懂的话。不管他了，她只想回去好好睡一觉。

“啊——”她突然吃痛地捂住头。韩七录突然重重地拍了一下她的脑袋，都要被拍傻了。“你干吗打我啊？”

瞪了她一眼，韩七录淡淡地说：“因为他刚才碰过。我命令你，回去洗十遍头。”说完他倒是很心安理得地掏出手机打电话给韩管家。

原本她是打算拍回去的，可是余光突然瞄到莫昕薇身体僵直地站在那里看着她。她想，或许，真的不能再一直忍让下去了，否则哪天被弄死了还不知道呢！

“今天天气不错啊。”想了半天居然想出这么一句，不过什么问候语无所谓啦。反正莫昕薇也送了那么大一个见面礼给她，害得她如果不是聪明，差点儿就要失身了。

想想之前发生的事，她心里一阵感慨，有钱人的悲哀啊！

听到安初夏这么说，莫昕薇的脸色变了变，由一开始的恐惧到后来的惊愕，再从惊愕到现在的云淡风轻。安初夏在心里默念，这女人的脸色怎么变得这么快？玩变脸哪？

“你想说什么？”莫昕薇现在倒是一副天不怕地不怕的样子，谅她安初夏也不敢把这事说出来。再说了，就算说出来，这空口无凭的……她一句话就跟这件事撇得一干二净了。

莫昕薇这副无所谓的表情，倒是刺激到某女的大脑了。怎么说她以前也是个顶天立地的女汉子，在学校里她怕过谁？现在却要跟这女人低声下气，我呸！

她决定了，从今天起，要做回真正的安初夏！如果以后再被人欺负还低头，那她就不姓安！

“我说，康文，刚才那位先生，你可认识他？”

问完这个问题后，她清楚地看见莫昕薇的眼皮跳了跳，然后立刻就回答说：“不认识！”

“哦，原来不认识。”安初夏若有所思地笑笑，然后突然抬起手扇了莫昕薇一个巴掌。在韩七录看过来的前一秒，她以最快的速度对莫昕薇小声地说道：

“你如果敢还手，我就让小康文把你教他做的事全都说出来。”

然后她一挑眉，阴阳怪气地说了句：“莫昕薇同学，你的脸蛋还真好拍呀！”

莫昕薇愣在那里，不敢做出不满的表情。如果安初夏真让康文来作证，她绝对会死得很惨很难看！所以她现在只能干笑着：“初夏同学你真幽默。”

“是啊，大家都这么说。”安初夏很淑女地笑了笑，一甩额前的刘海扭着小蛮腰走到韩七录身边，“老公呀，韩管家的车怎么还没来，人家都快热死了。”

安初夏余光瞄到莫昕薇那难看得不能再难看的脸色，心里那个爽啊。老娘差一点儿就失去贞操，让你吃吃醋还算是给你面子！最终莫昕薇走到韩七录面前说了句：“七录，我就先走了。”然后像吃了大便一样逃也似的离开了。

一切都按照她的想法进行着。但是旁边这位老公似乎也太给她面子了，居然温柔地低下头凝视着她，半晌才冒出一句：“你今天倒是难得会撒娇。”

撒娇？虾米？刚才她那叫撒娇吗？哦……原来这就是撒娇，也不是很难嘛！

“小姐！您刚才叫少爷什么？您再叫一遍？”

安初夏还没来得及回敬韩七录，他手里的手机就这么适时地响起韩管家那激动的声音。

“您老悠着点儿，刚才只是听错了，听错了。您快点儿来接我们，啊啊哈哈哈。”干笑着，她觉得自己嘴角都要笑抽了，然后立马夺过韩七录手里的手机按下挂机键。

妈呀！不就是气气莫昕薇吗，咋让韩管家听到了？真该死，这下子丢人丢到火星去了！不行，待会儿等韩管家到了，打死也不能承认刚才叫韩七录老公的事。

“听错了？真的是听错了吗？”安初夏一仰头就看到韩七录满脸微笑地看着她。就是这种笑容，比贞子还可怕啊！

她摇摇头，突然很没出息地笑笑：“怎么可能听错了，老公……”

韩七录很受用地点点头：“本少爷决定了，你以后都得这么叫。周一就让韩管家在学校里公布你是我未婚妻的事！”

什么？

“不是！韩七……老公，我觉得在学校里我们还是低调一点儿好，毕竟我们都还只是大学生。我们以后的路还长着，这样传出来，会影响您的声誉，老公。”说完这段话安初夏真心想扇自己一巴掌，什么时候变得这么狗腿了？！

听安初夏这么说，韩七录的眼角挑了挑，后来连眉毛也不自觉抖了抖，一双好看的眼睛眯起来，深深地看着她：“你真的是为我好？”

“当然！”她想都没想就拍了韩七录的胸膛一下，“再怎么说咱们都是一条船上的人……不是不是，咱们都是一家人嘛！”

说完这句话，安初夏又恨不得再扇自己一巴掌！这嘴太久没使都僵硬了，有空得弄点儿润滑油来擦擦。

“既然你这么为我着想，我觉得也不能太自私，就这么决定了。”韩七录神采奕奕地搂住她的肩，然后在她的唇瓣上落下一吻，“以后，你能都这么乖乖的？”

“我觉得我一直以来都很乖啊。”从到韩家开始，她真的很少很少说话，怕的就是她不淑女这一点儿被暴露出来。

不过现在看来无所谓了，反正萧明洛和凌寒羽都那么多次提醒她要适时反击，再不反击就真当她安初夏是病猫了！

不过，这小子刚才是又吻她了吗？

“你干吗亲我？”注意，这句话是在事发之后两分钟才问出来的。原本静静看着车来方向的韩七录愣了愣。

“我老婆的反应速度真是相当得快啊！”

听出来韩七录是在故意损她，但是安初夏还是很顺口地接了句：“没有没有，哪里哪里，承让承让。”

听她这么说，韩七录反倒是低下头一脸探究地看着她：“小妞儿，你今天是被谁刺激到了吗？怎么突然变得这么奇怪。如果是以前，你一定会说‘又损我’之类的。”

安初夏干笑着回答：“时代在进步，女主角不能一直都一副逆来顺受死气沉沉的样子，这样下去读者是不会爱的，男主角也不会爱的。所以，我当然就要……跟上时代的脚步，因时代的不同而变化。”

轻敲了一下她的脑袋瓜，韩七录嗤笑着说道：“你这脑袋里装的都是些什么啊。”

“脑屎，脑浆，脑细胞，还有什么我忘了。”她回答得一脸自然，“喂，韩七录，你说韩管家今天怎么这么慢？折腾这么久我都困了。”

发现她的称呼又变了，韩七录原本的好脾气又消失。

“安初夏，如果你再直呼我名字，而不叫老公的话……刚才我可是看见你打莫昕薇了，虽然我不知道她为什么没还手，但我相信以她的性格一定会不顾一切地……报复你。所以呢，你现在最好还是好好找个靠山抱着。提示一下，本少爷我，就是一个很好的靠山。”

瞧瞧这脸皮都厚到什么地步了！

心里狠狠地痛骂了一番后，她冷静地想了想。自己以前之所以低声下气，现在又之所以反击，不就是为了能在那狗屁学校，好好接受最高等级的教育吗？

现在就有一个大好的机会放在面前，何乐而不为？

只不过要牺牲脸面了。有人一直怀疑她脾气太倔嫁不出去，现在好了，她完全可以充分展示自己的奴性，给那些人好好瞪大眼睛看看，什么是会做人！

“亲亲靠山老公，我晚上给你按摩好不好？”她发誓这句话真的是咬着牙说出来的。可是韩七录管她是怎么说出来的，总之既然说了他就高兴。

“行，老婆，记得在我爸妈面前也这么叫，他们会很高兴的。”说完韩七录宠溺地捏了捏她的鼻尖，弄得她的鼻子红红的像个小丑。

韩管家开着安初夏和韩七录专属上学的加长版宾利来接驾。刚一摇下车窗，韩管家的第一句话就是：“小姐，您再叫一遍看看？”

汗，当她是狗呢？安初夏那个痛心疾首啊，转头看了眼韩七录。只见他云淡风轻地挑挑眉，那表情就是“快再叫一遍，小狗狗”。

真当她是狗了！愤愤地转过头来，她换上一副温和的笑：“韩管家，你真听错了。当时呀，当时正好有一辆广告车在为新电影做宣传呢。您听到的什么，应该都是那车上的广播说的。”

她一脸的诚恳，韩管家一脸的失望：“哎，我还以为小姐您终于开窍了。”

“咳咳咳！”韩七录装模作样很不满地咳嗽了几声。

安初夏下意识地就叫了声：“老公！”注意，她是对着韩管家叫的。韩管家一下子没反应过来，当时就被自己的唾沫给呛到了，一个劲儿地咳嗽。

安初夏哀怨，无比哀怨地看了韩七录一眼。周围全都是异样的目光看着她，还有个小孩拉着他妈妈指着安初夏直言不讳地说：“妈咪，那个漂亮姐姐怎么会嫁给一个老伯伯啊？”

老伯你妹！你才嫁给老伯伯，你全家都嫁给老伯伯，你全小区都嫁给老伯伯！安初夏恨不得立刻骂回去，可是突然意识到那小鬼似乎说她是……漂亮姐姐？

啊哈哈哈，本大人有大量就放过他了！

一仰头，为了证明自己的清白，安初夏一把拽住韩七录说道：“老公，你还愣着干什么？还不快上车？”

说完她就打开车门把韩七录塞了进去，又对还在咳嗽的韩管家关心地说道：“韩管家，您没事吧？是不是我刚才说话声音太大吓着您老了？”

韩管家摆手说没有没有，缓过来了。

“没事就好。”她笑笑，转头看了眼周围。那些异样的目光都消失了，取而代之的是各种羡慕的目光。

被羡慕的感觉，别说，还真好！

一弯腰坐进车内，刚一关上车门韩七录就欺身压了上来，饿狼扑食一般地啃她的唇瓣。离开她唇之际，韩七录邪邪地说：“我还是喜欢这样的你。”

安初夏在心里说了句，我也喜欢，可是您也别这么饥渴啊！

“靠山老公，你要罩着我哦。”快要市里统考了，这段时间她不想再发生任何事，否则她的威严何在？

韩七录看了她一眼，宠溺地说道：“好。”

这件事最欢乐的莫过于韩管家，一边开车一边看着后视镜，他那嘴角笑得都快成三角形了。

之后他们就没再说话，安初夏一直在心里盘算着，待会儿见到韩伯父和韩伯母要怎么办，真叫韩七录老公？

不行不行，这样太丢人了！还不如杀了她！

可是不这样说就真的有人要杀了她！莫昕薇那脸色复杂的样子，不明显是先记着账，以后慢慢跟她算？

生命诚可贵，面子算个屁！老娘我豁出去了！

愤愤地想着想着，韩七录的手不知什么时候搭在了她的脑袋下面。她居然就那样沉沉地睡去了。

第六章 韩七录的深情

“少爷，到了。”韩管家好心地提醒着韩七录，从后视镜里一瞧，发现韩七录正呆呆地看着安初夏的脸。而安初夏却是安安静静地把韩七录的手臂当枕头睡着了。

“嘘。”他做了个噤声的动作，外面有佣人帮他打开了车门。韩七录轻手轻脚地把安初夏抱下车，却意外地看到她脖子上有一片淡黄色。

用手指指腹蹭了蹭，一个深深的吻痕出现在他的眼帘。韩管家刚下车，没有注意到他这边。他的目光变得深不可测，但抱着安初夏的手却是紧了紧。将她的脑袋埋进自己的胸口后，韩七录大步地走上石子路。

“小初……”坐在餐桌上的姜圆圆一下子呆住了，原本想高声喊安初夏的名字，可是下一秒就接收到韩七录那冷得吓死人的目光。

“她睡着了。”意思是让姜圆圆安静点儿，然后在佣人们的注视下，小心翼翼地抱着安初夏和她的背包上了楼。

“等一下七录！”姜圆圆小声地追上去，“初夏的房间在装窗户，抱她去客房睡一会儿吧。”

她嫌弃安初夏的窗户视野不太好，就叫了人来扩建窗户。没想到那些人居然磨磨蹭蹭的，到现在还没有装完。如果不是考虑到韩家的声誉，她早就唾沫星子吐死那帮人了。

“睡我的房间好了。”韩七录淡淡地说道，接着抱着安初夏继续上楼，直到消失在走廊尽头。

姜圆圆呆愣地抚着自己的额头：“哎呀，我的天哪。”如果不是韩六海动作够快，她怕是早就一个控制不住从楼梯上摔了下去。

苦恼地看着怀里的姜圆圆，韩六海皱着眉说道：“让你平时多吃点儿补品少熬夜，你看连站都站不稳了！”

“谁站不稳了？谁站不稳了！”姜圆圆不爽地顶了回去，“老娘这是高兴的！我家儿子终于看上我家初夏宝贝了。我就说嘛！初夏那么聪明、伶俐、漂亮、可爱、乖巧、聪慧、善良的女生，他韩七录有什么资格拒绝？”

韩六海无奈地摇摇头，松开姜圆圆的手：“那你这次可别再去偷看了，免得又把他们的事情给搅黄了。我们做大人的，还是让孩子自己去解决那些乱七八糟的事吧。”

“行了行了，吃你的饭去吧！啰唆得跟个死老太婆似的。”姜圆圆不爽地推开韩六海走下楼梯，还恋恋不舍地朝楼梯口看了一眼。如果不是韩六海说，她是真的很想去偷窥啊。孤男寡女共处一室，那还不……

不想了不想了，再想下去她会兴奋死的。

房间内，韩七录轻轻地把安初夏放在他那张大床上，然后俯下身认真地用指腹轻擦着她的脖子，发现那些吻痕还不止一个。如果不是刚才他抱她的时候离她的脖子很近，他还完全没有认出来这是吻痕。

到底是什么时候被人亲的？一想到这个问题，韩七录的双眼就要冒出火来。睡梦中的安初夏突然觉得很不安，然后猛地睁开了眼睛，正好对上韩七录那嗜血的眸子。

“啊！”一声尖叫划破了天际，让下面拿着餐具的姜圆圆手抖了一抖。

刚准备冲上楼梯的时候，韩六海眼疾手快地拦住了姜圆圆：“你现在上去干什么？他们有可能是在……那个。”

其实听听这声音也完全不可能，可是姜圆圆这呆瓜确实相信了，脸上溢出奇异的光彩，抬手捂住嘴偷笑：“也对，也对。你看我这老糊涂！”紧接着她就乖乖坐回位置，嘴巴里还念叨着：“咱儿子真厉害，让咱小初夏叫得那么大声。”

“老婆……”韩六海无可奈何地瞪了姜圆圆一眼。她才发现周围的佣人都捂着嘴巴偷笑，安安静静地闭上了嘴。

“你叫什么？”韩七录收回要杀人的目光，淡淡地问道。这死丫头能不睁开眼睛看见他的第一眼就尖叫，他又不是鬼！

她嘿嘿地干笑着，回答说：“我只是觉得您老这么帅的脸蛋在我刚刚睁开眼睛的时候就出现，觉得很……受宠若惊罢了。您不要见怪。”她话说得无比客气，却让韩七录觉得怪怪的，总觉得她一下子变了不少。要知道以前她可是整天冷冰冰的，恨不得看都不要看到他。

可是现在怎么突然变成这么一副乖老婆的样子了？他可不觉得这是好兆头。

“我没见怪。说吧，你的脖子是怎么回事？”挑了挑眉，他极力隐忍着内心的怒火，拿了个镜子照着她的脖子给她看：“我可不会觉得这是我干的，更不会觉得这是你自己干的。”

靠！她有那么变态吗？有事没事给自己的脖子亲上几口？再说了，就算她真有这变态兴趣，那她也够不到啊！不信你试试低头亲自己的脖子看看？

“这个……那个……这只是一个小意外。”如果说实话只会害了康文，那小子绝对会死无葬身之地。韩七录这好面子的人，不可能让别人亲他未婚妻的，尽管这未婚妻他并不喜欢。你说人这么要面子干什么呢？面子又不能吃，真是的！

“哦？本少爷倒是很想知道这意外，是怎么发生的。”韩七录此刻整张脸，哦不，全身都被戾气笼罩着，让人看了直想找棉被盖住。

安初夏撇了撇嘴巴，躺在床上想了那么一秒钟，决定打死也不说出来！她一向是很重义气的。

深吸了口气，安初夏说道：“我说了，你会信吗？”

听她这么说，韩七录愣了有那么一会儿，紧接着郑重地点头：“只要你说出口，我就信。”这话说得真是模棱两可，如果她不说出来，是不是就不是良民了？

管他呢！不是良民有什么了不起的。这又不是抗日战争时期，又没有日本鬼子当什么良民，真是的！

“是我自己干的，你信吗？”她这话说得连脑袋被夹过的鬼都不会相信，韩七录这恶魔会相信吗？

深深地凝视了安初夏一眼，韩七录说道：“我相信。”

“你信个屁啊你！我是骗你的！”她这良心过不去，大喊出声坐起来，按住韩七录的肩膀，“喂，你傻了是吧？明明知道我说的是假话，你还信。这不是等于扇我耳光吗？”

看着安初夏那急切的目光，韩七录笑了：“你自己这不是承认了吗？更何况……我觉得，我是说我觉得，我觉得我……喜欢你。”

“噗！”来一道雷劈死她吧！恶魔居然说喜欢她？世界末日果然要来了吗？黑白颠倒昼夜不分了吗？

“本少爷没有喜欢上你的意思。本少爷只是……可怜你。费尽心机算计成了我的未婚妻，那我就让你如愿一次。我们或许可以……试着交往看看。”

这是韩七录上回说的话，她居然现在还清清楚楚地记得。从见面到现在，一共没有超过四天的时间，韩七录说了要跟她交往，这次更是直接说喜欢她。谁会信？一见钟情什么的，对她和韩七录来说，那是完全不可能的！

仔细地看着安初夏的目光，韩七录的脸色泛起一抹不自然的红晕："你……"

"你别耍我了！"抢在韩七录面前说了一句，"是谁说过不喜欢城府很深的女人？我就是城府很深，就是为了接近你，成为你的未婚妻才来到韩家的。现在你还觉得自己喜欢我吗？"

果然韩七录的脸色立刻变得很差，半晌才说道："安初夏，本少爷说过的话，从来都不收回！而且，本少爷的话，还是兼容的。喜欢你是喜欢你，不喜欢城府很深的女人是不喜欢城府很深的女人，这两者不冲突。"

怎么她听着像绕口令啊？不过意思是听懂了，韩七录真的在跟她告白啊，老天爷！

"哦呵呵呵，我觉得我该吃饭了。"她起身要跳下床。韩七录却一把横抱起她走进浴室。浴室？去浴室干什么？她欲哭无泪："放开我放开我！我要去吃饭！"

"洗完就让你吃！"韩七录冷冷地说道，一弯腰毫不怜惜地把她丢进浴缸里，"把你身上的吻痕全都洗干净，晚餐我会端上来给你吃的。这件事，我就先不追究了。但是接下来的日子里，如果你不听话，那么……我一定会把这件事追根问底弄清楚的！"

说着说着，韩七录转身猛地关上了浴室的门。不得不说他家的每一扇门都那么牢固啊……那么重的被关上，还纹丝不动地屹立在那里，怎一个坚强了得？

起身从浴缸里爬出来，她把浴室的门反锁了，万一那死变态突然冲进来怎么办？反锁后她才算松了口气，把身上的衣服脱光开始放水洗澡。

韩七录的浴室里很香，虽然还夹杂着些淡淡的烟草味。这死变态居然在浴室里抽烟，他老娘也不管管他！

把韩七录墙上的镜子拔了下来，她开始对着镜子把脖子上的吻痕一下一下地搓掉。吻痕当然是搓不掉的，她只是把整个脖子都搓得红红的，差不多完全盖住了吻痕。但不过一会儿那红就褪去了，吻痕又开始浮现出来，只不过比之前稍微淡了一点儿。

她不甘心，又使劲搓，嫩嫩的皮肤差点儿没搓脱一层皮。

"喂，洗干净没？"韩七录的声音在浴室外响起，"洗干净就赶紧出来，饿死了我可不管。"

贱人！狠狠地瞪了浴室的门一眼，她从浴缸里站起来，望着那湿漉漉的衣服直骂自己笨蛋，居然连件睡衣都忘记拿就开始洗澡。

这就好比辛辛苦苦地做好了饭菜，一切准备就绪了，结果发现碗忘记买了一样糟糕！

"韩七录！"她提高了声音喊着韩七录的名字，可是外面半天也没有传来半点声音。难道是出去了？她不太确定地又喊了几声，依旧没有传来任何的动静。

于是她放心地打开了浴室的门。

刷——一道目光直直地落在她完全赤裸着的身体上，感觉得出来，那目光慢慢从惊愕变为了火热。

“啊！”几秒后她才慢半拍地快速关上门。但是这次她很聪明地留了一条小缝，只露出一双眼睛紧紧地盯着韩七录。意外的是，她居然看到韩七录的脸上有丝不正常的红晕，他这是……害羞了吗？

不不不，他会害羞她就一头撞死在墙上！不不不，撞死还是免了吧，生命诚可贵啊诚可贵……

“我刚才叫你你怎么不回答我，浑蛋！”而且刚才看到的时候，还一直直勾勾地盯着她！简直是变态中的极品变态！

谁知道韩七录的表情立刻恢复平淡，瞥了这边一眼后，闷闷地说道：“谁知道你叫我干什么？我这不是走过来想问问你干吗呢，谁知道就开了门。话说……你胸还不小嘛！”

“啪——”一个牙刷扔了出来正好砸到韩七录的头上。砸吧砸吧，砸死你！她愤愤地刚转身拿起牙杯准备扔出去的时候，门突然被人打开了。还来不及作出反应的时候，一条柔软的浴巾就把她包裹住了，紧接着她的鼻尖就嗅到韩七录身上那好闻的味道，身体不由自主地就僵住了。

“你这叫谋杀亲夫。”韩七录从后面抱着她，将脑袋搭在她的肩膀处邪邪地说道，“被老公看一下有什么关系，再说，我不也被你看光过。”

不知怎的，安初夏的脸就一直发烫，烫到不行。难道发烧了？

“你那个难看死了！”这时候她还不忘记评论。果然，透过镶嵌在墙上的镜子，她看到韩七录的脸色立即变得臭臭的，像是吃了一坨大便一样。

“难看吗？”他咬着牙吐出这几个字，很明显如果安初夏再说难看会死得很惨……

“难看！”她只是说实话罢了，一下子没控制住，倔脾气又立刻上来了。倔脾气上来的后果就是……“啊——你干什么？放开我！”

韩七录居然把她横抱着走出浴室，看着浴室自动关上门的那一瞬间，她体会到了什么是心如死灰。死韩七录，如果敢怎么着老娘，老娘跟你玩命！

事实上，韩七录将她丢到了床上，紧接着压到了她的身上，温热的呼吸喷到安初夏的脸上。于是她又没出息地脸红了。

“你你你，你想干什么？”从来不口吃的她现在开始玩结巴了！看着韩七录那张无论谁看了都想扑上去咬一口的脸，她打心里就难受。这男的凭什么长这么好看，但是这男的的心绝对是黑的！

“你觉得我想干什么？”韩七录漆黑的眼眸一下子变得更加深邃起来。当目光落到她的脖子上，他没来由得就满腔怒火。

俯下身，她的呼吸立刻就被韩七录夺走。狠狠地吻上安初夏的唇后，他发现自己无法自拔了。这个时而倔强，时而狗腿，时而笨蛋的小女人，不知道在什么时候，居然已经悄悄地开始占据着自己的心。

安初夏的脑袋瓜早就停止了思考，原先的理智什么的全都凌乱了。他的吻技真的很高超，一定是经常亲别的女人的关系。这么想着，她的理智立刻又回来了，伸出手使劲地捶打着韩七录。趁着他放开她的唇吻往下移之际，安初夏张口就是：“浑蛋，放开我！”

“放开你？”韩七录停下动作眯起眼睛看着她，那危险的目光中还带着些许情欲和怒火，“那个男人吻你的时候，你也反抗了吗？嗯？”

她愣了下，似乎没有哎，当时为了能让康文乖乖放了她所以就强忍住。然后她就很脑残地摇摇头说道：“没有。”说完后她立即想自行了断切腹自杀算了，可是她怕痛啊！

“呵，所以你喜欢那个男人？”韩七录冷冷地看着她。那目光就像是要把她生吞了一般可怕。

“不喜欢！”她很果断地摇摇头，看到韩七录的怒气似乎退去了一点儿，忙继续说，“那只是一个小小的意外。”

“意外？要不要我也跟你意外一下？”韩七录冷冷地吐出这么一句，让安初夏不自觉地颤抖了一下。就是她这么一抖，正好刺激到了韩七录的某个重点部位：“你这个该死的……”

突然间脖子上一片火辣，韩七录那灼热的吻铺天盖地地再次向她袭来。这个变态还对她可爱的脖子又啃又咬的，火辣辣的一个又一个吻，弄得她疼得眼泪都出来了。

“疼，疼……”眼角落下一滴冰凉的泪来，长这么大经历的事情还没这几天多呢！

听她喊疼，韩七录的动作居然出乎意料得轻柔了些。许久他抬起头，看着安初夏脖子上那一个个属于他的吻痕，居然笑了：“现在，你脖子上再也没有那个人的吻了。你是属于我的。”

你是属于我的……像个魔咒一般，紧紧地缭绕在安初夏的心头。看韩七录要走，安初夏突然玩心大起，不怕死地突然搂住他的腰道：“我是不是点起了你的火？为什么不让我来灭火呢？”

不知道为什么，她打心眼里就觉得韩七录，不会真的对她做什么出格的事。果然……

这家伙上下瞧了她一眼，然后盯着她的胸说：“果然还是对你提不起任何兴趣！”

然后他就该死的滚去隔壁房间洗澡了。

“天杀的，你个天杀的韩七录！我就说你下身有问题嘛！”她抬高了音量大吼。以为房间的隔音功能反正很好，结果那家伙在门完全关上的下一秒，就探回来一个头。

“你不要没事惹事！”

瞧着韩七录那冰冷的眼神，她就一个哆嗦，抱紧了被子蒙住头不敢再多说一句。哼！有什么了不起！

茉莉住的房间响起了她尖锐的声音：“康文，你什么意思？给我一百万就让我去那么远的C市？你这个窝囊废！”

康文虽然在茉莉眼里是窝囊废，但他其实只不过是脾气温和了些，有什么事情都比常人要多想后果些，会顾全大局些。在事业上，他所负责的每个项目的业绩，其实都是其他人业绩的一倍甚至是两倍高。

所以在茉莉眼里窝囊的康文，在别人眼里其实是谨慎。康文板起脸看着茉莉，那目光完全失去了平常的温和：“茉莉，不要给脸不要脸，一百万够你吃好久了！C市你不想去也没关系，那我就让你去阎王爷那喝酒！”

话音刚落，门口就闯进来几个身材高大的保镖，不由分说地抓着茉莉就往外拖。茉莉完全不明白康文怎么突然之间就变了个人似的，他以前对自己可都是有求必应，就是因为这个她才会觉得康文窝囊。

人有时候就是这样，越容易得到的东西，越是不放在眼里，等失去的时候才开始后悔。世界上可没有后悔药卖。

“放开我！亲爱的，我去C市，去C市！”茉莉在快要被拖出门的时候，连忙扭头喊康文。康文这才打了个响指。那几个保镖立刻放开了茉莉。茉莉跑到康文的面前跪下，声泪俱下地说道：“我错了，你不要把我送到C市去好不好？”

康文满意地蹲下身，勾起茉莉那尖尖的下巴，道：“早乖乖地听话就不会吃苦头了。你还真以为，就你这贱骨头也能威胁得到我？康氏和韩氏的合作案可多了去，单单凭你说句话，韩家就会相信你而不相信我这个忠实的合作伙伴吗？不过你现在认错已经晚了。”

听完，茉莉的瞳孔猛地紧缩，以为康文一定要她死，忙大喊着：“不要杀我，不要杀我！”

“呵呵。”康文露出温文尔雅的笑来，“我不会杀你的。来人，给她一百万，亲自把她送上去国外的飞机。”

“是，康少爷。”

茉莉一愣：“国外？你刚刚不是说C市吗？”

康文已经失去了耐心，松开捏着茉莉下巴的手站起身：“刚才送你去C市你不要，作为曾经情人的我，当然不能让你去C市。放心，你在国外也饿不死的。一百万人民币我帮你改成一百万美元！”

留下这么几句话，康文甩开茉莉抓住他脚的手，大步走出茉莉的房间。由于他以前太过谨慎，居然连个女人都会怕，想想自己以前活的也确实窝囊。这么想着，他的眼前突然浮现出安初夏的笑脸。

握紧拳头，下了个很重要的决定。安初夏，我决定明天起正式追求你！

掏出手机按下一串号码，康文那温润的声音道：“帮我调查一下，安初夏在斯蒂兰皇家学院的哪个班，兴趣爱好是什么。总之，我要关于她的一切资料。”

“是的，康少爷。”

夜色下，安初夏抱着枕头睡觉的手紧了紧，翻了个身继续睡。她并不知道，看似平凡的她，将注定有一个不平凡的人生。

一大早她醒过来的时候，发现脖子上冰冰凉凉的一片，很是舒服，伸手一摸却又什么都没有。拿起床头柜上她昨天晚上从浴室里拿出来的镜子看了看。奇迹啊！那么深的吻痕居然全都消失了。

见、见鬼了吗？无意间一瞥，她居然看到床边放着一个什么芦荟什么膏的，反正那几个是繁体字，她不认识。但是她很快就意识到，一定是这药膏让她的脖子发生奇迹的。但是，是谁帮她擦的药呢？难道是韩七录？

脑子里开始想着韩七录默默拿着药膏，一脸温柔地给她擦药膏时的样子，她就一阵不舒服，鸡皮疙瘩满地掉。可是眼下除了他这个死变态，还能有谁？

不行！一定要跟这个变态划清界限，否则，恐怕她在学校会更难混！砰的一下打开门，正好看见韩七录平静地走到门口。看到她打开门稍稍愣了下，但很快就恢复平静。

“醒了？”他这算是打招呼吗？安初夏很不爽地仰起头看着韩七录，一直沉默着沉默着，她都快沉默疯了，终于忍不住开口说道：“七录老公，我觉得我们在学校还是划清界限的好。”

韩七录挑眉：“你的意思是，你玩腻我了，现在要把我推开吗？”亏他昨天晚上还向陈妈找了药箱给她涂药，现在想想，当时他的做法就是错误的。

看到韩七录即将变脸，安初夏立刻换上一副灿烂的笑，走过去抱紧他的手臂蹭来蹭去：“七录老公啊，你看啊，在学校有那么多美女喜欢你，我就不凑热闹了。再说，如果我们离得很近的话，我都不知道怎么死的……所以……”

谁知道韩七录立刻翻脸不认人，一把甩开安初夏的手，冷冷地说道："你的死活与我无关，本少爷只要自己开心就好了。你现在可以滚回你的房间了。"也不知道哪来的那么大火气，一把将安初夏推开走进房间就猛地关上门。

安初夏被他这么一推摔倒在地，立即有一种很委屈的感觉。这个天杀的浑蛋，翻脸比点钞机数钱的速度都要快。真不是人！从地上爬起来拍拍手，她发现脸颊上一片湿润。她居然哭了，而且是被人推了一下就哭了。

她暗骂自己没骨气，甩甩手看也不看韩七录的房间，就跑回了自己的房间换衣服。走进房间，窗户怎么变大了？再走出门看了看，一二三四，是第四间房啊，是她的房间没错！再走进去，看着熟悉的桌子椅子和床，她更确认这是自己的房间。

但是窗户怎么变大了？唯一的解释就是，姜圆圆叫人来把窗户扩张了。这就是有钱人的生活，这就是人生呐……

换好衣服后，她对着镜子调整好了情绪，然后露出一个大大的笑脸，才下楼吃早餐。韩七录没在，问了下姜圆圆才知道，韩七录那家伙没吃早餐就出大厅去喂霸天了。从姜圆圆口里得知，他经常不吃早餐。于是她匆匆忙忙吃了早餐后，很好心地拿塑料袋装了几块三明治和一盒牛奶去霸天的狗窝。

今天是周六不用上学，安初夏拿着塑料袋，万分忐忑地走向狗窝。她怕的当然不是韩七录，而是那只不管是品种、身材，还是名字都霸气侧漏的霸天……

"那个……韩七录。"她没有再叫韩七录老公，站在离韩七录还有十米远的地方大声叫他的名字。但那小子摆明了不想理她，只是埋头梳理霸天的毛发，也不知道在想些什么。韩七录没有理她，她也不敢上前。谁知道那条狗还会发什么疯啊？

虽然韩管家再三声明，霸天是一只有灵性的狗，但她还是觉得很可怕，不分什么有没有灵性。

于是她干脆就在离韩七录十米远的地方坐了下来。没想到韩七录喂狗居然喂了半个小时，她坐着坐着就躺下睡着了。谁让天气那么好，空气又那么清新，这里的地面都是软软的草坪呢，当然除了那条石子路。

"噢！好痛！"她揉揉手睁开眼睛，发现韩七录正笔直地站在那里没好气地看着她。

"你挡住我的路了。"韩七录冷冷地丢出这么一句。这话多少有些好笑，路那么宽，五辆卡车一齐开过去都没事，他偏偏要踩她的手干吗？浑蛋！心里默默含泪骂了一句，她爬起来无比可怜地说了句："抱歉。"

显然是她的道歉吓到他了。一般来说，她都会立刻暴跳如雷跳起来跟他决一死战，今天怎么这么反常？上下看了她一眼，韩七录动了动嘴唇道：“你找我什么事。”

看吧，她就说刚才韩七录是故意假装没听到她在叫他。这死贱人，如果不是寄人篱下，她又怎么会这么低声下气、狗腿到不能再狗腿？心里虽然是这么愤愤地想着，但是她脸上的表情依然是那么淡定，虽然淡定得有点儿诡异。

转念一想，哎？为什么她不搬出去？因为她没有钱。手上的那张附属卡是韩伯父的，她是断不能用来当作搬出去要用的钱。那么只能自己赚。决定了！从今天开始，她要努力赚钱，好摆脱韩家这地狱一样的地方。

至于怎么赚钱，那当然就是，哪里能直接拿人民币就去哪里喽！从今天开始，她做人的第一原则就是：一切向钱看……

“发什么呆，问你找我干什么？”韩七录的语气不善。那么她安初夏的语气当然不能不善啦，都说了一切向钱看嘛，一切的忍辱负重，都是为了日后的自由大翻身。到时候，她就算是光着身子，在自己的房子里走都没事！

安初夏仰起头露出一个天使般的微笑，然后很无耻地说道：“七录大少爷，我只是看您早餐没吃，所以特地给你拿了早餐来。”接着她将放在地上的塑料袋拿起来。咦？重点是怎么这么轻？拿出牛奶盒，她愣愣地回忆……

刚才因为实在太无聊了，就躺在了地上，然后就……因为肚子饿，然后，她就拿了一片，不，是几片三明治……貌似还喝了牛奶。

结果现在塑料袋里空空如也。

一挑眉，她清楚地看见韩七录的嘴角抽了抽：“你……把准备给我的早餐吃了？”

“嘿嘿嘿。”她将塑料袋移到了身后，“这是个小意外。”可想而知她现在的脸色有多糗！

韩七录只是轻瞥了她一眼：“牛奶。”他指的是她拿在手里还剩下半盒的牛奶。安初夏不敢置信地晃了晃手中的牛奶，无比可怜地眨了眨眼睛：“抱歉，这个也被我喝了一半……”

安初夏在万分悔恨到肠子都青了的时候，韩七录居然伸出他超级适合弹钢琴的手，夺走了她手里的牛奶，一仰头，咕噜咕噜地喝了下去，眼中没有半点嫌弃的意思。这让安初夏心里感觉怪怪的，但是哪里怪她又说不出。

一直以来语文都那么好的她，居然不知道该说些什么！

“谢了。”韩七录晃晃手里的牛奶大步离去。望着他离开的脚步，安初夏如梦初醒地追了上去：“喂！七录少爷！”

居然叫他少爷，安初夏也顾不得面子。她必须要巴结好韩七录，让他帮自己找个适合的工作。反正今天又不用上学，离他近点儿也没什么事。万分狗腿地像个哈巴狗一样跑上去拦住了韩七录，就连眼神里也流露着那狗腿样！她自己都快要吐了，但是七录大少爷似乎很享受她这副狗腿样。

韩七录站定了身子，目光炯炯地看着她：“什么事？”这副欠揍的样子，还真是像极了那抗日战争时的日本鬼子：“你滴，良民？”噗，杀了她吧……

“那个，那个，你今天有空吗？”她紧紧地握着韩七录的手，“如此阳光明媚、气象万千、繁花似锦的周六，您不觉得待在家里很浪费吗？嗯？”

韩七录的嘴角又抽了抽，遇见她之后嘴角就经常会抽筋了：“你想干什么？”

“没干什么！”她立刻回答，“我绝对没有居心叵测。我只是单纯地想问下您，今儿个是否有空而已。嘿嘿嘿嘿。”

韩七录突然收起脸上的冰冷，嘴角一勾露出一丝并不明显的笑意：“你要约我？”

约你？狗才会约你！想要姑奶奶我约你？下辈子吧！心里这么想着，安初夏脸上还保持着那一贯平淡的笑。她是个非常能把思想藏到心里的人，否则韩七录不被她气得当场吐血身亡？

“我就是想问下你有没有空，没有想要约你的意思。”就算是为了钱，她也不要出卖自己那仅有的面子啊！约你？我呸！

韩七录的眼角闪过一丝失落，但是安初夏没有看见。她看见的只是韩七录突然放松下来说道：“不约我才好，我刚才还苦恼该怎么拒绝你。我今天有约了。”

“有约？跟莫昕薇吗？”她下意识地问出了口。

“跟谁似乎与你无关吧？”韩七录还是那个无关痛痒的样子，让安初夏恨得那个牙痒痒。但在安初夏开口之前，韩七录的口气软下来又继续说道：“跟明洛他们去打保龄球。”

点点头，原来不是莫昕微那个女人。那敢情好，她正好可以跟着去。韩七录不行，不是还有萧明洛和凌寒羽吗？那两个家伙看起来要比韩七录靠谱很多。

“我也要去！”在韩七录准备转身离开的时候，安初夏又拉住他的手道，“七录大少爷，您就带我去吧！我在家里会很无聊的，求你……”

看看，求字都用了，韩七录这小子没有不答应的理由！信心满满地瞪大眼睛看着韩七录，眼睛眨啊眨的，可结果却让她大失所望。

“你还是待在家里复习吧，全科满分。我们这种差生可高攀不上您。”他作势又要走，安初夏这次是铁了心不让韩七录走。她就要去！现在这个状况不是他们高攀不上她，而是他们鄙视她吧？

“我就要去！”这话从别人嘴里说出来大不了就是要去的意思，可是从安初夏嘴里说出来，在韩七录耳朵里听来，怎么多多少少有点儿撒娇的意味？是错觉吗？

凝视了安初夏的眼睛良久，韩七录冷冷地丢出一句：“你会打保龄球吗？会就带你去。不会……还是乖乖复习去吧。”

“会！当然会！傻子才不会呢！”她二话不说就说会。其实保龄球这种东西，她真的只从电视的偶像剧里看过那么几眼，也就只是那么几眼而已。好像是从……《一起来看流星雨》看到的？不不不，不管是从哪里看到的，总之现在傻子才说不会。

像她这么聪明的人，到时候完全可以临场发挥嘛！再大不了，到时候她就说自己手抽筋，突然不能玩了不就行了？反正应对计划多着呢，先能去再说吧！

看到她那副自信满满的样子，韩七录还以为她真的会，于是就很勉强地同意了。其实他的心里原本就有打算带她去的，之前也早就跟他们两个打过招呼说会带人来玩。只是谁知道今天早上他们两个又吵架了。似乎每次有点儿进展的时候就吵架，真是让人……头痛呢。

可是为什么他们吵完架后，她每次都还能摆出一副笑眯眯像什么事情都没有发生一样？她有健忘症吗？

“那我先去准备了！”她决定还是要好好做准备，回房间去上网查查百度，让强大的度娘告诉她保龄球怎么打。度娘再加上她的运动天才，还能打不好保龄球？

“等等！”韩七录扯过她的衣带，然后扳过她的双肩强迫她对视着他。

难道他要后悔了？那怎么办？韩伯母肯定不会让她去打工的！既然韩伯母不让，那灰太狼韩伯父也不会让她去。那她的自由还从何说起？

“七录大少爷，求求您就让我去吧！我这辈子还没……”糟糕，差点儿说漏嘴，慌忙改口道，“我这辈子还没有很悠闲地过过周末，您就当成全我的人生吧……”

这是哪跟哪？韩七录虽然极力控制着自己，可是嘴角还是忍不住抽搐了几下，这次连眉梢也稍稍抖了抖。

“我没说不带你去。”话音刚落，只见安初夏立即露出一副“那你叫我干什么”的表情。见她露出这种表情，韩七录只得继续说道：“安初夏，你有间歇性健忘症吗？”

间歇性健忘症？她这种天才会有这种奇怪的病吗？开什么玩笑！斜着眼看了韩七录两眼，她立即恢复狗腿的表情：“您觉得我有间歇性健忘症就有，您觉得我没有就没有，求您一定要带我去……”

嘴角又抽了抽，韩七录这次学聪明了，开口直切正题：“你忘记了我们早上吵过架的事了吗？”

“吵架了吗？”她歪着脖子想了想。确实有这回事，他还推她了，他还说“你的死活与我无关，本少爷只要自己开心就好了”。然后还轰她走……这都是事实没错啊！她也没有忘记，不过这关现在什么事？

“所以您想表达的是？”从回忆中醒过来，她无比认真又无比疑惑地看向韩七录，“七录大少爷，您到底想对我说什么？让不让我去，一个字还是两个字？”

这次他没有抽嘴角，只是感觉到有些头痛地抚着额头：“你难道一点儿也不觉得我们现在很唐突吗？明明刚吵过架，为什么又一口一个七录大少爷的。你的脑子，到底是怎么长的？”

“我的脑子就是这么正常又愉悦地长的呀！不过，吵过架跟一口一个七录大少爷到底又有什么关系呢？不是我说你，做人啊，要有像天空那样广阔的胸襟，不能记仇的！懂了吗？好了，我现在回去准备打保龄球，您爱喂狗喂狗，爱怎么着怎么着。再见。”说完她一本正经地转身就走。

“等等！”韩七录再次扯住她的后衣带，走到她面前，“既然你都这么说了，我还有什么好计较的。”

“嗯哼！”安初夏学着他的样子挑眉，一副你早该如此的样子。

而韩七录眼中划过一道狡黠的亮光：“那么，你是不是要感谢我，把无聊孤独寂寞的你带去打保龄球？”为什么她感觉有一阵冷风吹过？错觉吧？一定是错觉！

“您要……我怎么感谢您？七录大少爷？”话刚说完，眼前就浮现出韩七录那突然放大N倍的脸。哇噻，大白天的，离他这么近距离也完全看不到他脸上有毛孔。这皮肤是有多好？不过这不是重点……重点是，这个家伙现在对着她的唇又啃又咬的，是什么状况？

啊！又强吻她！韩七录绝对是个变态，超级VIP大变态！

她反应过来，双手用力地捶打着韩七录的后背。而韩七录只是一只手搂住她的腰，一只手托起她的后脑勺。在她的手越捶越重的情况下，韩七录才离开了她的唇，道：“宝贝，如果你再捶下去，我就不带你去打保龄球了。”

然后她就傻住了，一边是金钱一边是被强吻，这两边真难选择啊！要知道她可是个从来不把金钱放在眼里的人！

好吧好吧，她把金钱放在心里行了吧……于是她就傻站着被他强吻。但是透过韩七录的肩，她居然意外地看到了，韩伯母拿着单反拍他们接吻的画面，拍的那叫一个欢乐啊！站在一旁的韩管家，居然也是满面笑容……

有一种叫作黑线的东西，布满了安初夏的后脑勺。

“很好，不过反应有点儿迟钝，以后再接再厉。”安初夏还在看着韩伯母的相机发呆的时候，韩七录已经松开了，满意地咂咂嘴抛下安初夏走了。

“小初夏！”姜圆圆已经放下她的单反，丢给一旁的韩管家，朝她跑过来，“小初夏，这是你们第一次接吻吗？这是你的初吻吗？哇！我真是太激动了。本来是想拍我家霸天吃饭时候的样子，结果却拍到你们接吻。啊哈哈哈……”

某位老妈站在一边旁若无人地大笑，安初夏伸手抹了一把额头上的冷汗，道：“伯母，我就先回房间了……”

听到安初夏这么说，姜圆圆慌忙拉住她，眉飞色舞地问道：“你先告诉伯母嘛！感觉如何？嗯？”

“我……我……”我没感觉！好吧，这样会让伯母伤心的，也是不礼貌的，她忍！有了，安初夏扯扯嘴角，挤出一个甜美的微笑，说道：“刚才七录叫我去他房间来着，如果晚了的话……我就死无葬身之地了。”

她又撒谎了！到韩家之后她做了多少丧尽天良的事啊！好像到现在为止还没几个，除了扇人耳光之外……真没什么事。以前她也经常打人，但都是打伤别人的手和脚，因为都是对方先犯错，扇耳光这种事没做过。可是现在……她扇了韩七录 N 次，莫昕薇一次，不知道下一个是谁……

呸呸呸！怎么能有这种想法！安初夏在心里吐了自己几句。

“那快去吧！还愣着干什么？女孩子啊，还是要顺着点儿男生才能讨男生欢心嘛。”姜圆圆自以为很懂地拍了拍她的肩。

这让她有种皇帝大赦天下的感觉，赶紧转身朝韩七录离开的方向跑去。

不过……姜圆圆刚才是不是跟她说“女孩子还是要顺着点儿男生”？但姜圆圆自己似乎从来没有顺过韩六海来着。

“你们少爷呢？”拍着胸口大口喘气，她拉过一个正在擦窗户的佣人问道。

“好像是回房间补觉了，说是昨天晚上没睡好。”女佣一看是安初夏，忙回答道。在他们眼里，安初夏已经是韩家的准少奶奶了。

“韩管家，你说这照片干脆我拿去放大，然后挂在大厅正中央怎么样？”门外传来姜圆圆的声音，安初夏先是一阵冷汗紧接着蹭蹭地跑上楼梯。

把他们接吻的照片挂在大厅里？那不如杀了她算了！但现在可不是想这个的时候，她真心不想听到姜圆圆再问她接吻的感觉如何。

担心跑回自己房间姜圆圆会找上来，转念一想干脆去找韩七录算了。等到姜圆圆忘记这事了再说。

偷偷地打开门一闪身关上了门，听到屋内没有声音，她还以为韩七录真的睡着了。结果转身一看，韩七录正坐在电脑前眯着眼打量她。

“你好，真巧啊你也在……”她干笑着，别提有多尴尬。

谁知韩七录根本不给她面子，收回目光摆弄着手中的鼠标，冷嘲热讽道：“这是我的房间，我不在这在哪里？难道，你想……”

一耸肩，被韩七录鄙视总比被姜圆圆逼问要好得多，她活着是有多难……

“你在干什么？”她决定还是先不跟他一般见识，毕竟还有好多事要拜托这位恶魔大人。难得她脾气稍微压着点儿，韩七录反倒是给脸不要脸，放下鼠标一脸正经地看着安初夏。

“你看我干什么？”被他诡异又直率的目光看得脸居然不自觉地发烫。真是该死啊！将手置于身后握紧，她居然有些紧张。

见她这副窘迫的样子，韩七录没由来得心里万分畅快。嘴角一勾，他语气突然变得邪邪的：“你该不会还想跟我继续刚才的事吧？”

刚才的事指的是什么安初夏当然知道。她突然有些后悔为什么要来他的房间，但是来都来了哪里还有退缩的道理。于是她换上一副淡定的笑容道：“您想多了，我只是担心您一个不小心，自己溜出去打保龄球不带我。”

韩七录目光炯炯地盯了她一会儿，再度收回目光落在他的电脑屏幕上，一脸正经，一只手按在鼠标上胡乱地滑动，另一只手按在键盘上。他全神贯注的样子更勾起了安初夏的兴趣，他在干什么？

难道是在看……不良……她的脑中臆想了一个画面，一个不着寸缕的妖艳女生，嘴里口齿不清地喊着：不要……

这么想着，安初夏脑子立即一热，几步走过去搬了张凳子放在他旁边，然后抬头看电脑屏幕。结果让她大失所望，不是什么不良视频，而是对大部分男生来说再正常不过的游戏——穿越火线。

“靠！”她不爽地低咒了一声。看到韩七录皱着眉看她，立即捂住嘴巴不再说话。现在韩七录的房间可是她的避难所啊，不能得罪了这位祖宗。

她在以前的学校时，跟着校长去网吧抓人的时候，也看到过男生玩这游戏。可是韩七录也太厉害了吧？她眼睛眨一下的时间，韩七录就已经解决掉了一个敌人。跟韩七录一队的几乎全都是赢的……

偏头视线离开电脑屏幕，看了看一脸悠闲却又专注的韩七录，心里默默飘过一行字：原来考试零分的还有这天赋呢！

“好看吗？”韩七录突然转头看她。安初夏被吓了一跳又很快镇定下来，学着韩七录似笑非笑的表情道：“还过得去。”

“……你也爱玩这个？”韩七录嘟着嘴朝电脑屏幕努了努。他指的是穿越火线这游戏。

安初夏撇了下嘴角，单单是坐在旁边看了一下，她都觉得头晕目眩胸口堵堵的，一种想吐又吐不出来的感觉。那感觉就像晕车，虽然她从不晕车。

摇摇头，安初夏说了句：“这是男生玩的。”

“所以你应该喜欢啊。”韩七录始料不及地说了这么句。他这话明显就是说安初夏很有女汉子气概，这对安初夏来说是何等的耻辱？

韩七录你个高级腹黑男，默默在心里骂了一句，她移开视线拼命想着开心的事来缓解情绪。

“行了，离打保龄球的时间还有一点儿，你带我去玩吧。”韩七录毫不犹豫地启动电脑上的任务管理器，把正在玩的游戏给掐断了。

看看这都什么人，一点儿都不考虑队友的感受就直接关游戏。她反应慢半拍地说了句：“啊？你刚才说什么？”

伸手弹了一下她的额头，韩七录翻了个白眼说道：“我想去你以前生活的地方看看。对了，你可千万不要误会，我只是想体验一下什么叫作贫穷。”

其实潜意识里，他只是单纯想去她曾经生活过的地方看看。这个念头一在他脑海中闪过，他就付诸行动了：“不准拒绝，否则我就不带你去打保龄球。”

虽然他不明白安初夏为什么这么想去打保龄球，但是看她那副迫切的样子，他就很好地把这件事当作了威胁筹码。这大概就是高智商的人才会做的事情了。如果安初夏知道他在想什么，一定当场喷血而亡。

沉默三秒，安初夏咬咬牙：“那好吧，但是你不能给我在那闯祸。我去换衣服。”她现在身上穿的是白色的吊带上衣，下身则是黑色的蕾丝花边超短裙，脖子上还戴着一条价值不菲的水晶项链。如果这么回去的话，说不定会吓到大家。

尽管在那天最后一次回去的时候，韩六海开着十几辆高级轿车来帮她搬家，早就已经吓到大家了，但她还是希望能够低调点儿。

“换什么衣服，我觉得挺好的。”韩七录说出这句话的时候语气稍微有点儿僵硬。但安初夏没有听出来，只是抬眼看了他一眼：“我以前从来不穿裙子的。”

韩七录微微一挑眉：“这完全不能够成为你浪费我宝贵时间的借口。走吧，没得商量。”

说完他拽着安初夏的后衣带就走出了房间。一打开门，正好看见姜圆圆慌慌张张地想逃跑。知道跑不了了，姜圆圆干脆站定身子：“我刚才只是路过。”

韩七录冰冷的眸子上下扫了姜圆圆一眼，毫不客气地说：“妈，你的卧室在三楼，写作室在一楼，我不觉得你会路过我的房间。”不等姜圆圆有狡辩的机会，韩七录再次咬牙切齿地说道：“以后再敢偷听或者偷看，后果自负！”

后果自负四个字确确实实把姜圆圆吓到了，上次他说后果自负，然后她又犯了的时候，韩七录愣是一年没有跟她这个当妈的说话，快憋死她了！

姜圆圆毫不犹豫地抬起右手发誓道：“不会有下次了！不过……你们这是要去哪？我刚才没听清。”

收到韩七录最后一次眼神警告，姜圆圆后怕地捂住嘴，含糊不清地说着：“不问了不问了……”

在安初夏还在惊讶韩七录这人怎么对谁都没大没小的时候，已被韩七录再次拽住往外拖，直接被扔到韩七录炫酷的跑车副驾驶座上。

这车她坐过，那时候似乎还……来例假了！下意识地朝后看了一眼，那上面居然没有任何污秽的痕迹，就好像那天的雨中迷路从来都没有发生过一样。

“你指路。”韩七录以为她记得回以前生活地方的路，真是太高估路痴的她了。安初夏很没底气地说了一句：“我不记得。”

“地址。”韩七录深吸一口气，无奈地转头看她，“不要告诉我，你连地址都不记得吧。”

顿时有一种被鄙视了的感觉，安初夏解释道：“怎么可能！”接着报上一串地址，心里想着这么偏僻的地方，打死你也找不到，却瞥见韩七录一脸自信地启动车子，开出了韩家的大门。

安初夏心里疑惑韩七录真的找到的吗？但一看到他那自信满满的样子，她就有种他一定找得到的感觉。果然……

半个多小时后，她被一阵奇痒给弄醒了。睁开眼睛一看原来是韩七录这家伙在挠她痒痒！刚要发火，就听见韩七录淡笑着说道：“喏，你说的地方到了。”

她瞪大眼睛看向窗外，果然是一片熟悉的景色。特别是……那个又破又小的出租屋。妈妈交了三年的租金，以为她会在这里完成学业。结果现在……目光黯淡了一下，她立刻豁然开朗，要坚强地面对一切！

“你是怎么找到的？”这个小城镇对于 A 市这么繁荣的城市来说，真的算很落后的地方。韩七录居然真的能找得到这里，她心中对他不免有了那么一丁点儿佩服。

他无奈地耸耸肩，伸手指了指方向盘前面的一个小盒子。定睛一看才发现那是 GPS 汽车导航系统，难怪……都怪自己没有见识，各种凌乱之后安初夏淡定下来。

“那栋就是我们一直住的出租屋了，在三楼。走吧，我们下车。”安初夏打开车门率先走了出去。韩七录起身又注意到她那一闪即逝的哀伤。但他没有点破，嘴角一弯跟着下了车。

在一个三层楼的小房子面前站定，安初夏转过头认真地看着韩七录，道：“不好意思，我没有带钥匙。”

他嘴角不由一抽，深吸一口气：“找租你房子的那个人去。”他在极力克制自己的情绪，居然连钥匙都不带，她是猪吗？

在心里暗暗骂她之余，他突然想起是自己连衣服都不让她换就把她带出来的，于是脸上不悦的表情立即消失。

安初夏顿了顿，抬头看着韩七录说：“你在这里等我吧，那个租房的房东阿姨脾气不大好，你还是别去了。”

她是在担心韩七录一生气，就叫来韩家的保镖把房东阿姨给绑走。因为房东阿姨对她和妈妈从来都是一副要理不理，有时候甚至还会骂脏话的嘴脸。很多次如果不是妈妈拦着，她早就跟那房东阿姨对骂了起来。

连她都会忍不住，那么韩七录就更不用说了。

听到安初夏这么说，他的脑海里滑过千万种情绪，还有一种很陌生的叫作“心疼”的情绪飘过。

“那个房东不住在这里吗？”他伸手指了指这栋安静的房子。其他住户在这个时间仍要出去打工挣钱，所以这个时候很是安静。

安初夏点点头，笑道：“她在隔壁街开了一家水果店。我很快就回来，你别乱走走丢了。”像叮嘱小朋友似的叮嘱着韩七录，她转身朝隔壁街跑去。

望着安初夏那显得有些急促的背影，韩七录眼中浮现起一丝笑意。这条街在这个时候大都是很安静的，偶尔会路过几个脚步匆忙的行人。看到韩七录这么帅气的男生，都会忍不住多看几眼，心想着这是哪来的美少年。

而韩七录对这些目光是一点都无所谓也不觉得奇怪，他是已经习惯了，跟什么都没有发生似的，转过身打量安初夏住的地方。房子只有三层，他一直没有说出口的是，这种危房还能住人吗？但是他怕打击到安初夏，所以就憋着没说。

——那个租房的房东阿姨脾气不大好，你还是别去了。

安初夏的话突然在他脑海闪过，他脸上原本就不明显的笑意顿时消失不见。脚步一抬，他朝安初夏离开的方向走去。脾气不好吗？他倒是要见识见识还有谁敢对安初夏吆五喝六。

隔壁街路上的行人明显要比住宅街的行人多，但是这个时间段也是比较冷清的。安初夏担心韩七录会乱走，所以是一路跑过来的。跑到大街的中央某间水果店门口时，她看见了个身材肥胖的中年女人，正拿着喷雾器给水果喷水。

这个女人安初夏曾经很恨她，因为妈妈是带着她两个人住在这里。所以这个女人就经常背地里嚼舌根，说一些不堪入耳的难听话。但是妈妈一直让她别放在心上，这些流言蜚语不要去管就不会生气了。

“房东阿姨。”咬咬牙，她露出一个灿烂的笑容走上前去。

被称作房东阿姨的中年女人，停下手中的动作，不耐烦地皱起眉抬眼看她，目光上立即闪过一丝惊讶：“怎么是你？”

安初夏笑笑：“我是来拿我房间的钥匙的，您应该还保存着一份吧？”她的笑容有些僵硬，发现自己对这个女人无法露出真正的笑容来。

中年女人上下打量了她一眼，涂得鲜红的指甲拿起一个苹果咬了一口，语气不善地说道：“怎么？不是被有钱人带去抚养了吗？现在因为没有教养而被赶出来了？”

原本松弛的手，在中年女人说完这几句话后，不由紧紧地握成拳状，然而她的脸上还是挂着那抹僵硬的微笑：“我是来拿钥匙的。”

对于中年女人的问题，她没有肯定也没有否定，只是专注地想知道钥匙放在哪里。

那女人将嘴里含着的苹果“呸”的一声吐在地上，一手叉腰一手指着安初夏，说道：“你这丫头还没你那死掉的老妈会讲话呢！我就知道像你这种人，怎么可能会有有钱人家抚养你。钥匙？钥匙我今天还就不给你了！睡大街上去吧你！”

中年女人实在是有些蛮不讲理，交了三年租金并且时间还没有到的情况下，居然不把钥匙交给她，无论是从道义还是从法律上来讲这都是不对的。

咬紧牙关，安初夏就差没冲上去跟这女人打起来了。但是她不能这么做……

“阿姨，拜托你把钥匙给我吧，我有客人……”

“客人？”还未等安初夏说完，中年女人立刻冷笑着插嘴道，“原来是出去卖了，难怪衣服穿得这么骚！”

因为屈辱，安初夏的整张小脸都憋得通红，小手紧握成拳状。她仰起头不卑不亢地说道：“阿姨，请你不要乱说。”

安初夏的话还是有那么一点威慑力的，中年女人愣了一愣。但只是那么一会儿，她放下手中的苹果，走到安初夏面前，扭着她的耳朵大声说：“死丫头，你的贱人老妈死了，你的气焰倒是更加嚣张起来了？因为有男人给你撑腰了吗？告诉你吧！你这贱骨头没有男人会为你撑腰的！”

强忍着耳朵上传来的疼痛，安初夏倔强得愣是没有喊疼，只是目光炯炯地看着中年女人，道：“不许你这样说我妈！”她没有说“不许你这样说我”而是说“不许你这样说我妈”。可想而知在安初夏的世界里，妈妈就是她最崇高的信仰。

“不许？”中年女人冷笑，正要说点什么的时候，看见她脖子上的水晶项链。比起那些地摊上廉价的水晶项链，安初夏脖子上戴着的项链，一眼就可以让人看得出价值不菲。

中年女人的眼睛顿时一亮，伸手就扯掉了她脖子上的项链。安初夏吃痛地揉着自己的脖子，抬眼就看到中年女人拿着她的项链左看右看，嘴里还念着：“这东西应该值不少钱。”

一种叫作鄙夷的情绪从安初夏胸口滑过，她终于知道韩七录在第一眼见到她的时候，为什么会有那种鄙夷的目光了。

他应该是觉得她也是这种见钱眼开，为了钱才进韩家的人吧？想到这里，她胸口突然又感觉堵堵的，说不出的难受。

“项链给你了，请把钥匙给我。”这条项链也是姜圆圆给她买的。姜圆圆对她很好，应该不会为了一条项链就生气，不，是肯定不会生气，所以她很慷慨地就说给房东阿姨了。

哪里知道房东阿姨一把将项链塞进口袋里，眼神却更加恶毒：“小妮子，你到底跟多少个男人做了，才买了这条项链？嗯？你虽然没什么教养，但是脸蛋倒是跟你妈一样是张狐狸脸！”

她的脸型确实跟狐狸一样，下巴尖尖的。可是狐狸一直以来都是不好的形容词，安初夏不想解释，只是固执地继续问：“项链也给你了，你还想要怎么样？”

可以听出她现在的语气，已经没有之前的友善了。站在安初夏和那个中年女人看不清的阴影处，韩七录的手不知什么时候也握成了拳状，可以看见骨骼分明的手骨节，已经泛出可怕的白色。

为什么不反击呢？韩七录在心里问她。她不是一直很厉害，天不怕地不怕吗？难道她只敢在自己的面前嚣张？这种认知，不知怎的居然让韩七录的心里一暖。

这丫头，他该拿她怎么办呢？

“怎么样？”中年女人冷笑，“你居然敢拿这种语气对我说话？”扬起手，她欲想给安初夏一个耳光。然而一个黑影突然出现，她的手被紧紧钳住。

她猛地抬起头，想要看清楚是哪个不长眼睛的，居然敢阻止她。可是抬头看到的却是一张帅气又美艳，但浑身上下都散发出一种寒气的男生。

“韩七录……”安初夏惊讶地看着韩七录。这次的耳光他居然又帮她挡住了。哎？为什么要用“又”？哦！对了，上次莫昕薇要打她，也是他帮自己拦下了。

这一刻，她的胸口突然暖暖的，眼眶禁不住红了起来。似乎每次她出现困难的时候，他就会出现呢……

韩七录身上散发出的戾气，让中年女人忍不住满身冒冷汗。以她多年看人的经验，这个看起来帅气如同天神的男人一定不好对付。

她对韩七录的称呼，从男生一下子变成男人。因为只有男人才会有那种冰冷的、嗜血的目光啊。然而韩七录确实只有 18 岁，刚刚成年来着……

“你是哪位？买水果吗？”中年女人现在连声音都止不住地颤抖，但是她还是强装镇定地这么问了一句。

原本他是打算在这里直接了结了这个恶心的老女人，可是现在看来，或许还有一种更好的办法，了结她的命再等等也不迟。

冰冷的脸突然变得温和起来，轮廓分明的脸露出一丝不明显的诡异微笑：“是房东阿姨吗？我是初夏的未婚夫韩七录，韩氏集团的继承人。我们的婚礼在她成年后就会举行，到时候希望您能够来参加我们的婚礼。”

醉人的声音，伴随着随和的微笑悠悠说出，安初夏愣住，转眼看他。正好韩七录这时候也转眼看了她一眼，随即朝她露出一个温柔到极致的微笑。

他到底……在搞什么？安初夏不解，但是有一点儿她是明白的，韩七录在为她解围。单这个认知，就让她原本生气的心变得平静，甚至带着些愉悦。

“未婚夫？”中年女人惊讶地瞪大眼睛。那错愕的表情如果让别人看了，一定会忍不住捧腹大笑。她伸出手指了指安初夏说：“韩氏集团的少爷居然会娶你？”

见到中年女人脸上的不相信，韩七录不紧不慢地从口袋里掏出自己的纯金名片递给中年女人。她忙不迭地接过，在确认那名片是纯金的，她才去看名片上的字：韩氏集团总经理韩七录。

韩七录的名字当然是非常响亮的，韩氏继承人嘛。在安初夏还没有进韩家之前，她就经常听到别人在议论他，说什么又帅又多金。这个女人明显也是知道韩七录的，抬起头打量了韩七录半天，突然叫了声：“天哪！”

“呵呵，初夏是个好女孩，我不希望有人污蔑她。要知道，污蔑她的名誉就等于是污蔑……韩氏集团未来的总裁夫人。”

这话的分量是相当重的，中年女人看了眼安初夏，突然从口袋里掏出项链递回给安初夏，狗腿地说：“初夏刚才对不起，阿姨这几天来例假心情不稳定。这个项链我觉得很搭你的气质，你收好，收好。”

看着这一切，韩七录的眼角弯起：“不必了，这种才十几万的项链，家里要多少要多少，阿姨您拿着就好了。我们是来拿钥匙的，我想去初夏以前住过的地方看看。”

听到韩七录这么说，中年女人立即忙不迭地点头：“你们等等，我去找一下钥匙。我放在柜台上呢！”

她难看的笑容，让安初夏觉得恶心。她没有说话，淡漠地看着这个房东阿姨跑进水果店翻找钥匙。手突然一暖，她冰冷的手被韩七录的大手包裹住。一抬头，韩七录弯下腰如蜻蜓点水般吻上了她的唇瓣，片刻后又伏在她的耳边说道：“未来韩氏集团的总裁夫人，你的唇好甜。”

一瞬间安初夏涨红了脸，看着他那副欠扁的样子，顺势就踢了他一脚。可是下手没有很重，但韩七录还是装出一副龇牙咧嘴的样子。

“喂喂，你这叫谋杀亲夫！”他不满地嘟起嘴，看向偷笑不止的安初夏，一转头房东阿姨已经把钥匙找到拿出来了。

“这是房间的钥匙，不如我陪你们回去吧，反正店里也没什么客人。”一改之前嚣张蛮横的样子，她狗腿时比安初夏的样子更夸张。

韩七录接过房东阿姨手里的钥匙，直直地盯着她的眼睛，然后再次波澜不惊地从口袋里掏出一张空白支票，并且拿出不知道从哪变出来的笔，在上面写了一串的数字，一扬手扔在房东阿姨的面前，道：“谢谢你之前对我未婚妻的照顾，这是你应得的。”

那房东阿姨捡起地上的支票，嘴巴张得老大，那几个零足够她开几十家水果店了。不！是几十家超大型水果店。

“我们走吧，亲爱的。”韩七录拉过安初夏纤细的手腕转身就往回走，目光异常平淡。但是谁也没看出，他平淡目光背后的杀意。这是他给这个女人最后的补偿，因为她……将会很快离开人世！她要为她侮辱安初夏而付出代价！

回到出租屋，安初夏才回过神来。在韩七录用钥匙开门的时候，她很不爽地叫了声：“韩七录，你有病吧？”

韩七录没有理她，打开门之后就准备走进房间。没想到刚一步跨进去，头就撞到了门框，发出一声沉重的响声：“好痛！这门怎么这么低！”

安初夏翻了个白眼看向韩七录：“你以为我们穷人都像你们家一样？进门要低头，这是在教你学会在适当的时候低头呢！”说完安初夏挤开韩七录，走进自己的屋子。里面的空气夹杂着好闻的味道，那是香樟的味道。

由于离开还不久，房间里并没有多少灰尘，只是空空荡荡地显得有些空寂。韩七录低着头走进去。这才发现她们租的房间居然只有两间，一间卫生间，一间卧室。卧室里居然还放着煤气灶！

显然这厨房和卧室合并了。她居然就是在这样的环境里成长……打量了一下，房间虽然小，但是被整理得没有拥挤的感觉。沉默着走到一张桌子前，整个房间只有这一张桌子和两张凳子。

脑海中想象着安初夏在这张桌子上吃饭，在这张桌子上学习，他内心突然无比惆怅。

“对不起。”安初夏转过头，看到韩七录正看着她。对不起？他为什么突然要说对不起？

疑惑地眨眨眼，安初夏突然明白了。盯着韩七录那诚恳的样子，她耸耸肩走过去拍了下韩七录的肩，道：“哎，其实我也没怪你。”

“嗯？”韩七录不解地看向她，“怪我什么？”他指的是之前对安初夏说的那些过分的话，特别是对安初夏的母亲，或许一直以来他都误会她了。他以为安初夏的母亲知道自己快要死了，就要心机救下自己老爸，再把安初夏送到他们韩家。

原来一开始他就错了。可是安初夏是什么意思呢？她真的没有怪他吗？明明那次还那么生气地给了他一个耳光。

这家伙怎么这么奇怪？明明自己知道错了，还问她他哪里错了，这不是让她给他一巴掌吗？不过既然他这么要求了，她还客气什么对吧？

一仰头，她像个财迷似的眯起眼睛，问道："你说说看，你给了房东阿姨多少钱？那张支票你到底写了多少个零？"她生气的就是这个。看到房东阿姨惊讶的样子，她真想冲上去把支票抢回来。但是韩七录拉着她的手离开了现场。

"十万或者一百万吧，我忘了。"他摆出一副很无辜的样子还问她，"怎么了？"

"怎么了？你说怎么了？"安初夏双手叉腰，"你拿那么多钱给她干什么？你还不如给我呢！十万和一百万都分不清，你这人是有多不把钱放在眼里？"

此时韩七录脸上的表情，也不知道是笑还是冷笑，只是嘴角轻弯，然而眼睛睁得大大的："你什么意思？"他是真没听懂安初夏的意思。她的意思是觉得他太会挥霍花钱没个度呢，还是说……心疼他的钱？

不管是前者还是后者，都是为他好的吧？

"我的意思是，你还不如送给我！"好了，现在真话出来了。安初夏紧皱着眉，眉头紧得完全可以夹死一只苍蝇！

愣了一下，韩七录大笑："放心吧，那钱不会让她白拿的，那是给她的安葬费。"这话他原本并不想说给安初夏听，可是到现在也没有必要瞒着了。就算安初夏要阻止，他还是会这么做。

安初夏呆呆地看了韩七录一眼，居然咧开嘴像个傻子一样笑了："谢谢你！"

韩七录的瞳孔一阵紧缩，脸上闪过一丝不自然。安初夏不是第一次对他说谢谢了，可是每次都让他的胸口满满的，有一种异样的感觉。微偏过头掩饰住情绪，韩七录低声问道："你怎么不替她求情？我以为你还是挺善良的。"

这话多少有些讽刺的意味，一出口韩七录就后悔了。每次都这样，明明不想这么说的……

动动嘴唇，他想要解释，但最终还是将下巴扬起。他韩七录说出口的话，从来就没有收回去的道理！

"嗯。"安初夏点头，"我也以为自己很善良，但是善良的人永远都受欺负。现实告诉我，要善良，但不能善良过分。我不是唐僧，我的身边没有孙悟空保护我，观音菩萨也从来都不存在，上帝就更不存在了。"

安初夏的话让韩七录的心头不禁一颤，随即又转过头看向紧闭着的窗。外面的天空还是很干净，湛蓝得没有一点污秽。

“所以你不打算帮她求情是吗？”韩七录最后还是忍不住又确认了一遍。安初夏一愣，不知道韩七录的用意是什么。但她还是低下头收紧下巴仔细思考了一遍。她知道，或许她现在的一句话，真的可以救回一条命。

微抬起头，安初夏走过去对上韩七录的眼神，小心地问道：“是不是如果我说放过她，你就会放过她？”她的话意有所指。她是想知道，在韩七录的心里，她到底占有多大的分量。

可无论韩七录说会或不会，这两个回答都是为她好的吧？不然他不可能会随随便便对一个素不相识的人下杀手。杀手……安初夏的瞳孔猛地紧缩。

韩七录突然露出一个邪魅的笑容，道：“无论你是不是想让我放过那个女人，我的决定都是……她死定了。”

——安初夏，你、死、定、了！韩七录之前对她说的话，突然浮现在她的心头。看到韩七录嗜血的目光，刘海后那光洁白皙的额头竟然不自觉渗出一层细密的汗珠。这个看似桀骜不驯的韩家大少爷，似乎并不像表面看上去的那样。

或许他那目空一切的脾性，不是因为他的性格，而是因为……他本来就有这种目空一切的资格。

他很可怕。安初夏无法想象，如果不是因为妈妈救了韩伯父，如果韩七录不是顾忌着这一点，是不是也会一生气就把她送去见阎王了？想到这里，她的身体不由得一颤，连嘴唇都有些泛白。

“你很冷？”看出她的不对劲，韩七录柔声问道，与刚才那个布满戾气的样子简直是判若两人。有时候她还真怀疑，韩七录是不是有精神分裂症，或者双重人格之类的。

摇摇头，她走到床边，拿起床边柜子上放着的相框。那上面是妈妈的唯一一张照片。那天她原本是想带走的，但是怕韩伯母和韩伯父感到晦气。结果这几天的相处，她已经确信韩家二老都是很善良很温和的人，所以她决定把照片带走。

“那个……”小心翼翼地抬起头看向韩七录。发现他也在看着她，顿时感到手心起了一层薄汗。

“什么事？”韩七录倒是很自然地跟她对视，眉目间已经恢复平静，如同一潭深水般让人琢磨不透他在想什么。他其实是个心思很缜密的人，你永远也猜不到他想要做什么、说什么。

轻轻晃了晃手中的玻璃相框，安初夏低声问道：“我可以把这个带回韩家吗？放在我的房间里……”她担心韩七录会拒绝，因为他这种人……很难讲话！

收紧下巴，他的轮廓显得有些紧凑，扬起唇瓣淡淡地说道：“随便你，问我干什么？”其实他想说的是“可以”。

然而话一出口就变了味，他又开始暗暗懊恼。

安初夏皱了皱眉头，但很快就勾起了嘴角道：“谢谢你！作为报答，我带你去我以前的学校好不好？虽然很小，但还是蛮好玩的。”

她纯真的样子让韩七录的心不由一怔。就是这双清澈的眼睛，才让他一下子左右不了自己的情绪吗？能让自己这么生气的，恐怕也就只有她了。

将手插进兜里，他神色怪怪地说了一个字：“好。”

装什么酷？安初夏在心里鄙视了他一下，随即很自然地把相框递给韩七录看：“这是我妈妈，很漂亮吧？”语气里满是炫耀。当初爸爸跟妈妈在一起，就是因为觉得妈妈很漂亮，而离开，则是因为妈妈给不了他未来。

多可笑？垂下眸子，用浓密的睫毛收敛下所有的情绪。韩七录在此时接过她欲想收回的相框，仔仔细细地看了起来，目光中没有一点讽刺。

想想上次，他还说她妈妈来着。但那时候，或许有着说不出口的原因吧？没有人骂人是没有原因的。韩七录是个矛盾体，因为他的家庭，他的背景，他的地位。所以现在她并不生气，当然，她不能保证如果以后韩七录还侮辱她妈妈，她会不会暴走。

“很漂亮。”他的声音带着些沙哑，或许是因为渴了，连性感的唇瓣都有些干裂。但依旧温泽如玉，那是一种超凡脱俗的美。用美来形容男生当然不对，但是她觉得帅气已然不够用来形容韩七录了。

移开视线，她的脸颊飘上两朵红云，因为他说“很漂亮”的时候并不是看着相框，而是直直地盯着她的眼睛说的。那一瞬间，她眼眸里全都是韩七录。

看到安初夏的脸红了，韩七录戏谑地勾起嘴角，道：“我说的是你妈妈很漂亮。”看到她微微愣住的小脸，韩七录脸上的笑容越发灿烂。

“呵呵，人家都说我妈妈很漂亮。”她干笑着，脸上挂着的全都是尴尬。真是个讨厌鬼！说她妈妈漂亮，他看着她干什么？害她以为，以为……

“真不知道你妈妈这么漂亮的人，怎么就生出了你这种货色。不都说青出于蓝而胜于蓝吗？很显然你是个例外。”他充分地发挥了他的毒舌功能。这个浑蛋！

紧紧地握着拳，在她即将冲上去想要揍他一顿的时候，肚子却突然一阵剧痛。钻心的疼痛让她原本就布满了细汗的额头变得满头大汗，汗珠一颗颗顺着她的脸颊落下。

“痛……好痛。”她忽然松开拳头，半蹲下了身子。几乎是在她蹲下的同时，韩七录冲了过去扶起她，眸子里满是关切。

“怎么？这么容易被我刺激到？”都到这节骨眼儿上了，韩七录还不忘对她进行一番冷嘲热讽。

肚子上的疼痛稍微减轻了些，可是感觉头晕晕的，一种很困的感觉。这种感觉好熟悉，就像……就像中暑！

“那个什么，我不是被刺激了，我好像中暑了。”

尴尬地笑笑，离了韩七录的怀抱说道：“刚才突然有点儿肚子痛，现在好像又好些了，只是隐约还有点儿痛。我去买瓶正气水喝，你在这里等我吧。”

这次韩七录没有让她一个人去，在她抬起脚之前就拉住她冰凉的手腕，说道：“这次留我一个人等你的原因是什么？这里诊所的医生脾气也不好吗？”

他的口气有些委屈，像是被她丢掉了一样。然而他的目光却是无比坚定，像是在说“这次我一定要陪你去”。

“噗……”她忍不住笑出了声，“不过是中暑去买瓶正气水而已。好啦！小孩子似的，带你去还不行吗？”手腕想要挣脱开韩七录的大手。可是他不让她挣脱，反而握得更紧了。抬眼对上他的眼睛，疑惑地看着他道：“手。”

他没有理她，反而是率先一步走到她面前，拉着她走出门，并且轻轻地关上了门带着她下楼。

下楼梯的时候，楼道里很黑，但是有韩七录拉着她走，那一刻她的内心感到无比安心，心脏也开始不规律地跳动着。这种异样的感觉，是因为中暑吗？

重新走出出租屋时，已经是接近正午了。看看时间已经赶不回去吃饭，韩七录干脆就从车里拿出了一把伞递给安初夏，然后拨通了韩家的电话。

电话的内容大致是他们不回去了，打算在外面吃。韩七录只是零零碎碎地说了一两句，而他却拿着个手机大半天，大概是因为姜圆圆又在各种八卦了。到最后韩七录干脆眼睛一闭，挂掉了手机。

安初夏深吸一口气睁廾眼睛的时候，还拿着把没有撑开的雨伞，目光有些涣散地站在原地。他都要被那幼稚到极点的老妈弄疯了，无力地走过去拿过安初夏手里的伞，像看傻子一样看着她：“不要告诉我，你家穷到连伞都买不起，所以不知道怎么打开了。”

他想说的，其实仅仅只是：给你伞为什么不撑着？

差不多已经习惯了韩七录的冷言冷语，安初夏眨眨眼睛，说道：“大太阳底下的，撑什么伞？我才没有那么矫情呢！”

原来她不撑伞的原因是这个，他还以为她不想要他的伞……看来是想多了。

揉揉太阳穴，他有些恨铁不成钢地将双手按在安初夏的双肩，语重心长地说道：“安初夏，中暑了还不撑伞，你装什么潇洒呢？你如果中暑死了，我……”他突然顿住不再说话。

“你怎么样？”安初夏突然很期待他接下来要说的话，心脏也像个小鹿一样乱撞。但善于掩饰情绪的她还是波澜不惊，近乎淡漠地看着韩七录。然而她眸子里那太过明显的期待，还是被韩七录一一收在眼底。

他立即反客为主，上前一步凑近安初夏的耳边，轻声道："你在期待什么？"双眸闪烁不定地看着安初夏，使得她额头上的冷汗更多了。

"谁期待了？我才没有！"她偏过头，因为中暑而泛白的嘴唇，看起来更加可口。韩七录伸出食指，挑起她的下巴，逼迫着她与自己对视。

"真的没有吗？"他的目光火热，像是随时要蹿出两簇火焰来。安初夏不得不与他对视，死鸭子嘴硬的她，愣是半天都不吱声。

保持了这个动作良久，街上偶尔路过的行人，都会故意朝这里看几眼。帅气高大的少年穿着黑色的衬衫，戴着白色的领带，下面是好看修身的裤子。而女生则是穿着干净好看的白色吊带上衣，下身是黑色的蕾丝花边超短裙，怎么看怎么觉得这个画面异常和谐。

不过和谐中还带着一点儿小暧昧。

"一直维持着这个动作，你不累吗？"她想要扯开话题。然而韩七录并不吃她这一套，只是依旧目光炯炯地盯着她，像是要把她盯出一个窟窿来。

三秒后，安初夏强装镇定的表情突然垮下来："好吧好吧，我输了……"闻言，韩七录满意地勾起嘴角，快速地在她唇上落下一个吻后又离开。似乎认识她之后，自己就成了一个整天只知道偷亲别人的流氓了呢。

"喂！你干吗又吻我！"安初夏气得跳脚，可是只有她自己知道，当时的心跳有多快。

韩七录邪邪地一笑，用他那富有磁性的声音说道："不要扯开话题，你到底在期待些什么？"

"我期待什么？"谁知道刚才她在期待什么呢？但是她怕这家伙待会儿一抽风又做出什么动作来，只好吞了口喉咙里的唾沫，清清嗓子说道，"我想看你到底有没有一点儿人情味。"

这答案可不是他要的。没关系，他可以等，等安初夏愿意亲口承认的那一天，他再来问这个问题。手轻轻一推，优雅地撑开了伞走到安初夏的身边，不撑伞的那只手则很随意地搭在安初夏的肩上。在她出神之际，他突然又俯下身吓了安初夏一大跳。

还真的是吓了一跳，她当场就跳离他一米远，警惕地看着他，道："你又想干什么？"

韩七录没有回答她，只是皱着眉向她招招手让她过去。她才不要过去呢！安初夏的倔脾气一下子又上来了。他叫她过去就过去，那她多没面子啊？

摇摇头，她皱着眉头说："不过去！你到底想干什么？"

听到安初夏说不过去，韩七录的脸色阴霾得可怕。长腿刚跨出一步，安初夏转身就跑，然而她哪里跑得过韩七录这种长腿大帅哥呢？刚跑出去没有三步，就被拎小猫脖子一样被拉住了后衣带拽了回去

“你你你，你想干什么？”她瞪大眼睛，急喘气看着韩七录。韩七录一言不发地俯下身子，在她心脏跳得快要超出极限而闭上眼睛的时候，意料之中的吻并没有落下来。只感觉到右边耳朵痒痒的，烫烫的。

一偏头，发现韩七录居然专注地看着她的耳朵，眉头紧紧地皱在一起，让人看了不由得心疼起来。他……到底在干什么呀？没等她说话，韩七录就先开口，语气很是不善。

“那个恶心的老女人碰你耳朵了？”任谁都听得出来他语气里的杀意。

该死，原来他并不是要吻自己啊。心底那抹小小的失落被刻意忽略，疑惑不解地偏头看近距离的韩七录，问道：“你什么意思？”

他直接抬起右手，轻轻碰了一下她右边的耳朵。只是那么轻轻的一碰，她立即就感到一股锥心的刺痛，带着火辣辣的感觉传到她的大脑神经。

“嘶——好痛。”右手很自然地就摸上了自己的耳朵，再把手放到眼睛看了看，上面黏黏的东西居然是她的血。她突然想起那个该死的房东阿姨用力捏她的耳朵，当时那个女人的指甲肯定也抠进去了，否则怎么会流血？

只是当时一切都发生得太快，让她没有时间注意耳朵受伤了，只是感觉耳朵火辣辣的，也没有多想。原来是流血了啊……

看她那副如梦初醒的样子，韩七录一下子没忍住，就拍了一下她的头：“附近的诊所在哪里？夏天不好好处理伤口容易发炎的，还有，你真的想中暑而死吗？”他强势的样子让安初夏无从反驳。这变态，知道他现在是为她好，可是语气能不能稍微缓和一点儿啊？温柔一点儿会死吗？

翻了翻白眼，她指着街道转角处说道：“过去第二间就是了，我们走吧。”开诊所的是个很慈祥的老爷爷，所以她这次很放心地就让韩七录跟着一起去了。

然而走到那里的时候，记忆中从来不关门的诊所居然关上了门，还上了一把大锁。安初夏疑惑之余，看见路边刚好有一个面熟的人路过，便拉过那个人问道：“李伯伯的诊所怎么关门了？我记得他以前白天从来都不关门的呀。”

那个路人看了安初夏一眼，有些惋惜地说道：“你说李伯啊，前些日子被查出患有心肌梗死，被他的女儿送到市中心的大医院去了。如果没记错的话，已经关门四天了。他们家的经济情况也不好，不知道有没有那个钱去治好啊。而且这个病也难治，你要看病只能先到福星高中对面的诊所去看了。哎……”

被安初夏拉住询问的路人叹了口气，摇摇头离开了。

李伯伯人很好，对谁都很慈祥，怎么就……她没有再想下去，眼角已经有

些湿润了。她怕再想下去控制不了自己的情绪在韩七录面前哭起来，那就丢死人了。

“走吧，去那什么星高中的诊所。远吗？我们开车去吧。”韩七录明显也是听到了刚才那个路人说的话，但是他没有多大的感触，毕竟这不关他的事。对毫无关联的人，他向来都没有同情心。

安初夏点头：“有点儿远，开车去吧。”调整好情绪，她想着有空的时候，就去医院看看李伯伯。

安初夏坐上车后车内一直很沉默。

韩七录看了她一眼：“怎么？一个老头也值得你伤心半天？”语气里的轻佻并没有触怒安初夏。她只是把头靠在车窗旁，看着窗外的景色往后退去，几秒后才开口说道：“刚搬来这里的时候，如果没有李伯伯，我怕是早就死了。”

握着方向盘的手突然一紧，韩七录沉默不语。

也难怪她的情绪会突然变得这么低落，原来那李伯伯居然是她的救命恩人。她还真是到处欠人情债！加快车速，他们很快就到了福星高中。这里是这个小镇的唯一一所高中，这个时间他们一般都还在上补习课。

“这是私立学校吗？”停下车，韩七录问了安初夏一句，“怎么周六还要上课？”学校里传来的一阵阵读书声，让韩七录听了就感觉特别烦躁。

看了一眼熟悉的学校，安初夏的情绪才从低落中缓缓恢复平静。打开车门，她说道：“你以为所有学校都像你们那什么皇家贵族学院一样啊？”然后鄙夷地瞪了韩七录一眼就下车了。留他在那里愣了差不多有一分钟，直到安初夏在敲他的车窗，他才回过神，打开车门走出去。

燥热的空气、火辣的太阳，离开了车内舒服的冷气，那种晕眩感又来了。中暑的感觉还真难受，就像得了一场大病一样。韩七录递给她的雨伞，这次她很愉悦地就接过来了。

不过她还是没有撑开伞，直接走到对面，进了一间门口放着一个广告牌，上面写着“诊所”两个字的小屋子。这种地方居然也能看病……韩七录耸耸肩，决定待会儿去打保龄球的时候，顺便再带她去大医院看看。这种小诊所别看死一个好好的活人就好了！

韩七录弯着腰走进诊所。虽然小，但是设备也算过得去，至少普通小病能用到的东西都有了。

“麻烦请给我一瓶正气水。”对这个诊所的人她很陌生，因为以前有什么事都是去李伯伯那看的。对方也不认识她，只是震惊地看了一眼站在她身后的韩七录，之后便低下头找药。

安初夏付钱喝下正气水之后，感觉喉咙像火烧一样难受。据说这正气水相当于浓度很高的酒，谁知道呢……她只知道喝下去没一会儿那种晕眩感和肚子的疼痛感都消失了，整个人立刻又活蹦乱跳起来。

刚要拉着韩七录离开，结果那家伙抓住她的手腕不让走，转头对那医生说道："给我一包棉签和一瓶碘酒，要最贵的。"

果然有钱人家的少爷，一张口买个棉签都说要最贵的，真让她受不了！但是她没有多说什么，按照韩七录的吩咐在一张椅子上坐下，他则用棉签蘸了碘酒给她的耳朵消毒。

"指甲上的细菌可是很多的。"这么说了一句，他愣是给她消毒了四五遍！至于吗？安初夏心里这么想着，可是为什么她的脸却不由自主地发烫？肯定是因为正气水的关系！她一口咬定。

消毒完之后，安初夏拉着韩七录，指着对面的学校说道："这就是我高中读的学校福星高中。虽然没你们斯蒂兰皇家学院那么大，但是校风还是非常好的！"这当然还要归功于她安初夏了！作为福星高中以前的会长大人，她可是非常骄傲的。

韩七录淡淡地看了安初夏一眼，实在想不通这所又破又小的学校，有什么好值得骄傲的。

"我渴了，去买瓶水，这附近有什么卖水的地方吗？"

安初夏想了想，好像真没有什么卖水的地方。附近都是些小吃店和快餐店，唯一一家小超市是在福星高中里面。

"我带你去吧，这里唯一一家卖冷饮的地方，是我们学校里的超市。"安初夏友善地提醒道。哪里知道韩七录突然像变了个人似的，死死地盯着她。他又怎么了？自己又犯什么错了吗？明明没有说错话啊……这祖宗还真难伺候！

韩七录现在的心情，就像是已经开了的水，明明开了，火却还在烧着，一种又干又火的郁闷感。半晌，在小诊所医生的偷偷注视下，韩七录一把抓住安初夏的肩，将她用力拥进怀里。

真希望这辈子都这样，可是他不能。跟他太亲近的人都是为了某种利益，就像那个人……那个人可以为了利益转身就走，从此没有再联络他。明明是上一秒还说此生不渝，可是下一秒就拿着机票走人了。

那种恨，那种绝望，他不想再体验第二遍。想到这里，韩七录的身子居然一阵轻颤，紧接着将安初夏推出怀里，眼神复杂地看着她："安初夏。"

"干……干什么？"她被韩七录突如其来的变化吓到了。韩七录的眼神虽然时不时地就给她猛的一击，可是她从没见过韩七录今天的这种眼神。除了冷漠之外，居然还有心痛，还有……一丝绝望。

哈？绝望？这个一直觉得自己至高无上的人居然会绝望？不不不，这绝对是她脑袋秀逗了！禽兽是从来不会绝望的，虽然他偶尔也会有那么一点儿人性。

“如果有一天，让你做一个选择。”说到这里的时候，韩七录侧着脸轻瞥了一下小诊所的医生，嘴唇微启，吐出一个字：“滚！”

那医生一愣，顿时满身都是冷汗。这少年，莫不成真的就是电视里经常出现的那个人？

韩氏集团继承人韩七录。这种认知在他的脑海浮过之后，医生背后的冷汗更多了。在开着空调的诊所居然还出了那么多的汗，几乎浸透了他的白大褂。不行，他要出去“凉快凉快”。这么想着，小诊所的医生一低头，侧着身子绕过他们几乎是连滚带爬地逃离了这里。

这也……似乎太夸张了吧？安初夏的嘴角不自觉抽了抽，然后抬头看向韩七录：“你刚才想问我什么？”她的语气一如既往的轻松，却让韩七录非常不满起来。

强压下心中的不悦，韩七录冷着脸继续问道：“两个选择，一个是给你上最著名的大学的机会，另一个则是留在我身边。两个必须选一个，你选哪个？”

听听！这问题问得多有内涵！这就是有钱人家少爷的思想啊！

“上大学。”她想也不想地回答了，然而心底的某个角落却传来一阵抽痛。怎么了？不是喝了正气水了吗？你痛什么痛！后来她意识到，这不是肚子痛，是心痛。

天！她竟然会心痛？不行！改天得去医院看看心脏，这段时间在韩家过得一点儿也不太平的日子，强烈地刺激了她的小心脏。

站在她对面的韩七录却在此时大笑起来，她傻傻地看着韩七录刚才还一脸阴霾，现在却笑得快要喘不过气。这是……怎么回事？谁能告诉她？

没等她开口问这是怎么了，韩七录就将他的大手放在安初夏的头顶，还扬起一抹无奈的笑：“安初夏啊安初夏，你真是无论什么时候都不忘记你的初衷。”

初衷？听韩七录这么讲她无比自豪，得意地说：“对啊，大学对我来说就是我的命，我活着的意义。让我别上大学，那就等于让我不要命啊……”

韩七录侧过头，眼眸深处划过一道不知名的光：“我去买饮料，你在这里等我。还有……”他的声音顿了顿，转过头看向安初夏警告性地说道，“以后不准再说这破学校是你们学校，你跟它已经没有任何关系了。你就算是死也是斯蒂兰的鬼，懂吗？”

发什么神经？安初夏扬起一个无耻的微笑：“懂了。”鬼才懂了！谁知道你又犯什么病了？

韩七录转身走出去，正好撞上回来看情况的诊所医生。但他连看都没看那医生一眼，朝对面的福星高中大门走去。

“医生，您没事吧？”安初夏狠狠地瞪了韩七录的背影一眼。

那医生颤抖着嘴唇问安初夏，就连声音也是颤抖的：“美女……哦不，小姑娘，不！小姐，刚才那个人是……是谁？”

安初夏无比平静地回答：“韩七录，一个仗着家里有钱就狂妄自大目中无人的二货！”话刚说完，刚被她扶起来的医生又一屁股坐在了地上，连眼睛也是呆滞没有焦距的。

“医生？你怎么了？你没事吧？”安初夏慌忙蹲下去……

第七章 跟班的登场

而另一边，韩七录几乎是没有受到阻拦，就进了福星高中的大门。他之前还准备好了名片以为会有人拦着他，没想到这种小学校居然只有一个保安，还拿着个扫把在扫地。保安在扫地？清洁工呢？

那保安看到韩七录进来，只是微微一点头，转而继续干他的活去了。这也不是他玩忽职守，而是普通学校戒备原本就没有斯蒂兰皇家学院那么森严，校规也没有明确规定外来人员不准进入学校。再说了，今天是周六，不是正常上课时间。他就更没有必要拦着韩七录了。

四处看了一下，福星高中虽然不大，但对于陌生的他来说，找到一家卖冷饮的小店还是有那么一点儿难度的。恰好此时有一帮女生路过这里，看样子是刚补完课的。

“你们学校卖冷饮的地方在哪里？”站在原地打量福星高中的时候，注意到旁边那一道道火热的目光，他显得有些不耐烦，但还是转过头去问那帮女生。

女生们今天没有穿丑不拉唧的校服，一个个打扮得跟个花蝴蝶似的，看到那么帅的男生跟她们说话，忙大着胆子走上去。

领头的女生更是烫着黄色的波浪卷，涂着廉价的睫毛膏。她尽量使自己看起来淑女一点儿，扬起一个甜美的微笑说道：“小卖部从教学楼前左拐，然后绕过一个小花坛，就可以看到一个印刷室，然后印刷室的后面就是小卖部了。”

女生自以为说得已经够清楚了，但是对于一个从来没有来过这里的人，他怎么知道这里一样矮的房子哪栋是教学楼，哪个又是印刷室？

韩七录蹙眉，略带不悦地问道：“你有时间吗？”他这话完全不是在搭讪。

可女生却自以为被超级大帅哥搭讪了，高兴地连说有时间，还把后面的女生都赶走了。

上前了一小步，女生理了理头发微笑着做了自我介绍："你好，我叫萌小男，是福星高中的副会长，我……"

"嗯，带我去你说的小卖部吧。"韩七录看都没看她一眼，语气平淡地说着这句话。女生一下子觉得这男的不是那么好搞定，干脆一耸肩，走在前面带路。

算她晦气，居然撞到个冰山男！萌小男愤愤地一边走一边踢着路边的石头。走着走着，小卖部居然就到了。这路怎么这么短？

萌小男哀怨地指了指一个小店："喏，那就是。"偏在此时，从小卖部出来一个打扮得比萌小男更花的花蝴蝶，一走近就能闻到她身上浓重刺鼻的香水味。韩七录的眉头不自觉地纠在了一起。

安初夏居然就是在这种学校读书，这怎么想都觉得不可思议吧？她似乎，从来都不化妆也不喷香水呢，尽管姜圆圆给她买了很多高级香水。

"哇，同学！你是新来的吗？你是哪个班的？我是福星高中的会长，有什么事情你可以拜托我的哦。对了，我叫唐卡伊。"女生比萌小男还有色心，走过来就是噼里啪啦一大堆。萌小男顿时觉得这个校花会长各种雷，她各种弱了……

韩七录淡淡地瞥了她一眼，然后绕过她，走进了小卖部。唐卡伊顿时风中凌乱了，伤心欲绝之际才注意到站在一旁憨笑的萌小男。

"你怎么在这里？不是请假说肚子痛然后要去诊所看病的吗？"唐卡伊立即摆出一个会长的高傲形象，"我大发慈悲，让你们一帮人都肚子痛请假。可是你现在居然站在小卖部门口发傻？简直是丢我们福星高中的脸！"

萌小男咬咬牙，没有还嘴。这种女人，她还懒得理了！如果可爱的小初夏在这里，那这女人就不敢这么嚣张了。呜呜呜，初夏你为什么要走……

"还不说话？长着你那双死鱼眼干吗呢？"唐卡伊走过去就揪起了萌小男的右耳。

"放开她！"冷冷的声音穿透燥热的空气，传进唐卡伊的耳膜。她顿时愣住转过头去看刚才没理她的帅哥，难道……这帅哥认识萌小男？

韩七录手里拿着三瓶农夫山泉，将其中一瓶递给萌小男。他的意思是感谢她带他来这里，虽然这礼有点儿轻。萌小男当然也知道是这意思，但是为了让唐卡伊那家伙误会，于是满脸笑容地接过，还捂嘴偷笑："谢谢哦。"

"嗯。"韩七录应了一声，抬眸冰冷地看向唐卡伊，"作为女生，怎么会这么粗鲁？"

其实他不悦只是因为，唐卡伊刚才揪了萌小男的耳朵，而且还是右耳！而安初夏被掐出血来的耳朵也是右耳！这么一点儿小小的关联，他居然就生气了。

但他并不想在这里耽误太久，那个女人是个急性子，别待会儿等不及离开了。

唐卡伊呆愣着不说话，这帅哥居然帮白痴萌小男说话？为什么？凭什么？她才是校花啊，她萌小男不过是个副会长，一个跑龙套的！

就在韩七录转身准备离开的时候，旁边的萌小男突然叫了句："安初夏？老大？！妈呀！"声音之大之尖之惊讶，让韩七录的耳朵都不禁听到嗡嗡嗡的声音。

难怪安初夏会这么强悍敢扇他耳光，原来是生活在这种环境！顺着萌小男的目光，韩七录看了过去，看到安初夏正满脸迷茫、还带着一丝欣喜地往这边跑过来。

等等，老大？这女人叫安初夏老大？韩七录不解地看着旁边的萌小男狂奔了过去，紧紧地抱住了安初夏。这动作，真让他不爽。

"老大，你越来越漂亮了嘛！你要回来读书了？好！这样就再也没有一个难看的花蝴蝶自称校花了。明明老大你才是我们学校最漂亮的！"萌小男拉着安初夏走到快要石化的唐卡伊面前，得意扬扬地说，"我们安老大要回来了，你这个会长……还是先歇歇吧。要不，我这个副会长让给你当？"

说完，萌小男仰天大笑。她不爽唐卡伊很久了，但没有初夏这跆拳道高手在，她也不敢明目张胆地讨厌唐卡伊。

注意到韩七录要杀人的目光，她突然想起了刚才他对她说的那句"你就算是死也是斯蒂兰的鬼"！

"安初夏，你要回来？"听得出来，唐卡伊还是很忌讳安初夏这不要命的，可以为了朋友上刀山下火海。她如果回来，那自己的好日子差不多就到头了。

要知道，那个一直追安初夏的校草，在她走了之后就改追她了。一旦她回来，那么他……

"不。"在韩七录的面前，她可不敢太过放肆，否则她的保龄球就没希望了。保龄球没希望那她的兼职也没希望了，她的兼职没希望，那她的自由也就没有希望了！末了，她补上一句："只是回来看看大家。"

萌小男如梦初醒，指着韩七录瞪大眼睛问道："老大，你不会是跟这位帅哥一起来的吧？"

瞧了眼韩七录，她真想说不是，但说不是的后果会很严重，干脆硬着头皮说道："嗯，他是我的……我的……"

想了半天她也不知道该如何介绍韩七录。

"等一下！"萌小男再次大喊，"这位帅哥……怎么跟韩氏集团那位帅气无比的继承人韩七录那么像啊？"

唐卡伊翻了个白眼，她早就认出来了，所以才没敢继续搭讪。传说中，韩氏集团继承人可是冷血到极点，从之前的表现来看，她就体验到什么是“冷血到极点”了。

看到大家的反应，萌小男被雷得里嫩外焦。她刚才居然差一点儿就跟韩式集团的继承人搭讪了！不，是已经搭讪了吧！对方还给了她一瓶农夫山泉，耳边突然响起了电视里的那句广告语：农夫山泉，有点儿甜。

何止是有点儿甜啊！是非常、高级、特别形态的甜啊！

哎？等等！知道老大是被有钱人家领走照顾了，难道就是被韩家……她立刻捂住了嘴巴，但还是冒出了两个字：“天哪。”

“原来你们是初夏的朋友，你们好，我叫韩七录，是初夏的未婚夫，请多多指教。”说完，还很绅士地一鞠躬，完全没有了刚才的冰冷。

他是故意的，他绝对是故意的！安初夏咬牙切齿想冲上去把这家伙碎尸万段！明明知道她不想让小男知道他们的关系，可是他居然……混账！

萌小男再次被雷得里嫩外焦，她刚才居然搭讪了老大的男人！这件事，还是从此让它成为一个秘密吧……

“那个……我还有事，就先这样了。下次再回来看你们啊，拜拜！”安初夏把手机号给了萌小男之后，一把抢过韩七录手里的矿泉水，然后拉着他就跑。

望着安初夏和韩七录那渐渐远去的背影，萌小男如梦初醒：“老大！我忘了跟你说件事！”她要说的事就是……下个星期她也要去斯蒂兰皇家学院上课！

可是安初夏跑得太快并没有听到她的声音。算了！等周一给她一个surprise！

“呵呵，你看看，人家有了有钱的未婚夫，还会理你这小丫头片子吗？”唐卡伊冷嘲热讽一番，理了理衣领，大步走过萌小男的身边时，故意撞了她一下才离开。萌小男站在原地，望着唐卡伊那狐狸一般的背影，愣是憋住没骂出脏话！

到最后把脸憋得通红，她提起一口气，朝地上吐了一口唾沫道：“唐卡伊你这个杀千刀的狐狸精，你算个什么东西？要不是在转学前不想再惹事，我非废了你不可！哼！”

安初夏在她萌小男眼里那可就是神一般的人，她可以为了自己被校长罚站，可以为了自己跟街头的小流氓扭打在一起，可以省下一个月的早餐钱就为了给她买生日礼物。就算是现在有钱了不理她了，那她也连半句怨言都不会有！更何况老大才不是那种人！

一跺脚，她最后瞪了一眼唐卡伊离去的方向，转身走人。

安初夏仰头咕噜咕噜地灌下大半瓶农夫山泉，憋着没让自己质问韩七录。

她还有事要求他，憋住，憋住啊！

“想骂我就直说，别拿水出气。淡水资源可是很紧缺的。”抬眼淡漠地瞥了她一眼，韩七录没好气地说道，“怎么着？跟人家说我是你未婚夫，就那么让你觉得丢人？”

丢人？她确实觉得丢人！丢人都丢到太平洋去了！

“哪里哪里？怎么会觉得丢人呢？你是谁啊？这件事说出来只会我丢您的脸吧？啊哈哈……”违背良心地说出这几句话，她恨不得咬断自己的舌头。

韩七录用他那迷死人的丹凤眼上下打量了安初夏一眼：“吃饭去吧。”一听就知道她说的话，绝对没有半点真实度可言，干脆不跟她一般见识！

“初夏？”一个既熟悉又陌生的声音自身后响起，她条件反射地朝后面看去……

看到那个熟悉的人影，安初夏忍不住一愣，连手指都开始僵硬起来了。

这不是那个……福星高中的校草吗？当初她还在这里读书的时候，这家伙每次都在放学后堵她，害得她是放学铃声一响拉着萌小男就跑。

现在见到他，她还是忍不住产生了一种想跑的冲动。但被她硬是生生地按捺住，跑什么？她又没做贼，真是的！

“初夏，真的是你！你……还记得我吗？”男生长得眉清目秀，上身的白色衬衫跟韩七录穿着的黑色衬衫产生了明显得对比。男生长得确实好看，但好看之余却又没有韩七录拥有的那种霸气。然而他并没有注意到站在一旁脸色铁青的韩七录，只是目光炯炯地看着安初夏。

是个明眼人都看得出来，这男生对她有兴趣。而相比于男生的惊讶和喜悦，安初夏倒是满脸的淡然：“记得，校草年清忧嘛！”

听到安初夏的回答，年清忧的眼睛一下子就亮了起来。而站在旁边被无视良久的韩七录，则是连额头上的青筋都跳了起来，可见他现在的心情有多糟糕，几乎是处于暴走的边缘了……

“你居然还记得我！”年清忧激动得差点儿连眼泪都流出来了。安初夏就是讨厌他这一点。明明是个男生，怎么矫情得跟个林黛玉似的，动不动就掉眼泪。上次她拒绝了他买的奶茶，于是他居然就坐在她的位置上大哭了起来，害得她最后只能接受那杯据说“盛满了爱”的奶茶。

几步走过去，年清忧没忍住抱住了安初夏。而安初夏的第一反应就是转头去看韩七录。

某男非常淡定地四十五度角仰望天空，深吸了口气，然后……

“啪——”一个清脆的巴掌声响彻了整条小巷。安初夏当场愣在那里，她以为韩七录扬起手打的是她，结果一闭上眼睛，再睁开，脸上居然没有一点儿痛感。倒是年清忧的脸高高地肿了起来。

很明显，韩七录这巴掌是赏给年清忧的。他还维持着那个抱着安初夏的动作没变，明显是被吓到了。眼前这个连同是男生的他，都禁不住咽口水的男生，是什么时候出现的？又为什么打他？

“放开你的手，否则……我就剁了它！”韩七录眯起如狼一般阴狠的眼睛看向年清忧。安初夏还真是受欢迎啊，不仅女生看到她就抱，连男生也……难道她以前都是这样一直被男生抱的吗？想到这里，他的胸口处泛起了一股无名大火，大得他都想直接把这个男的给掐死！

年清忧条件反射地松开安初夏，却又在下一秒挡在了安初夏的面前：“你想要干什么？不许你碰她！”潜意识里，年清忧把韩七录当成了看上安初夏的流氓了。

韩七录眉头轻轻一扬，勾起一抹危险至极的邪魅笑容：“不许碰她？请问你是她的谁呢？”

被年清忧护在身后的安初夏，只觉得满脑子都是糨糊，一团乱，乱到她不知如何反应。

感觉到年清忧的肩膀抖了下，安初夏正准备说“他是认识的人”时，就听到年清忧鼓足了劲大声说道：“初夏是我的女朋友，我不会让任何人伤害她！”

女……女朋友？安初夏不自觉地嘴角抽搐了下。顿时感觉到周围的空气急剧下降，是进入空调房了吗？不，那是韩七录身上释放出的冷气。好可怕……

“是吗？”韩七录皮笑肉不笑地看向站在年清忧身后不知所措的安初夏。轻轻一挑眉，他语气轻松地问：“初夏，他是你男朋友吗？嗯？”

年清忧转过头看了安初夏一眼，眼神无比认真。他从见到她的第一眼，就决定要追她了。可是她一直躲着自己，要么就直接拒绝，这让作为校草的他感到很挫败。

微微颤抖着唇瓣，安初夏咬咬牙道：“韩七录，算了……”

“你……认识他？”年清忧的喉结上下滚动了一下，有一种不好的预感蔓延在他的心头。看到安初夏垂下脑袋没有回答，他转而看向韩七录。而韩七录依旧是那副似笑非笑令人毛骨悚然的笑容。

“初夏。”韩七录用他那富有磁性的声音，轻柔地唤着安初夏的名字。安初夏的身子抖了抖，透过年清忧的肩与韩七录对视。电光火石之间，只感觉自己死定了……

不行！生命诚可贵，怎么可以这么轻易地就死了呢？她必须要找个挽救的办法，对了！脑中一个灯泡亮起，也只有这个办法了。

不等韩七录再次开口说话，安初夏拍了下年清忧的肩，然后绕过他走到韩七录的身边，微笑地说着：“年清忧同学，你怕是误会了。他是我的……未婚夫呢。”

虽然未婚夫三个字说得极轻，但还是很清晰地飘进了年清忧的耳朵里。有一种叫作耻辱的感觉，在心头慢慢蔓延开来。

一旁的韩七录淡淡地笑了，一时间连安初夏都看得痴了。韩七录轻轻勾起食指，刮了下安初夏的鼻子，目光无比宠溺：“你呀，总是到处给我惹事呢。”

不受控制的，她的脸噌地一下就红了起来。韩七录戏谑地笑了起来，继而看向对面呆站着的年清忧，右手很自然地将安初夏搂在怀里，霸道地对年清忧说道：“我知道我的未婚妻很讨人喜欢，但是既然她已经是我的人了，那就不允许别的男人再碰她一下。”

好强悍的气场……年清忧那自以为灵活的舌头，在此时居然不敢动一下。这真是个危险的男人，明明在笑，明明声音是那么平静，还带着一点儿温柔，却给人一种不能言语的震撼感和冲击感。从心底里，他是害怕韩七录的。这个人，他绝对惹不起。

年清忧的反应让他很满意，再次勾起嘴角说道：“不过看在你是初夏老同学的份儿上，这次我就当什么都没看到。”

年清忧扬起一个尴尬的笑容，声音带着颤抖道：“那祝福你们……我还有事，先走了。”说完不再等韩七录说什么，仓皇地离开了他们的视线。

“刚才的表现，我很满意。”韩七录淡淡地看了她一眼道，“不过下次介绍我的时候，记得把‘未婚夫’三个字说得再响亮一点儿。”

话毕他松开安初夏的肩，转身淡笑着走上车。安初夏紧皱着眉，什么嘛！哀怨地看了年清忧一眼，这家伙跑龙套跑得也太憋屈了，她无奈地叹口气摇摇头。

见安初夏还望着年清忧的背影不上车，韩七录不禁又皱起眉，从车窗里伸出脑袋对着安初夏不悦地大喊：“怎么？想追上去？”

她满头黑线，这孩子，太不讨人喜欢了！理了理刘海扬起一个僵硬的微笑，上前打开车门钻到了后面的车座。看到韩七录狐疑的目光，安初夏继续着她那标准式的假笑道：“我想在后面睡会儿，午餐不想吃了，到了叫我。”

她指的是到打保龄球的时间再叫她。韩七录没有再说话，只是脸部的轮廓紧得吓人。刚准备启动引擎，突然有人从外面有节奏地拍打着车窗。摇下车窗后，车窗外出现了小诊所医生的身影。他小心翼翼地从兜里拿出钱递进车内：“韩少爷，这是找回给您的钱。”

安初夏刚想接嘴说韩七录不缺这点儿钱，您还是拿回去吧的时候，就看见唐卡伊瞪大眼睛，走到医生的身边一把将医生推开：“哇，这车是你的啊？”

这时候安初夏看到韩七录的脸色已经变得铁青。原本找给他零钱已经够让他觉得自己被小看了，现在又出现唐卡伊这丧尽天良的脸，心里轻叹一声，愿佛祖保佑她。

韩七录挑挑眉，不说话，只是冷着一双眼睛盯着唐卡伊的脸。

“你真的要娶安初夏吗？”唐卡伊似乎没有看到平躺在后座的安初夏，嘟着嘴问道，“真的不是她逼着你说‘我是她未婚夫’这句话的吗？”

安初夏满头黑线，她是那么暴力的人吗？最多最多的一次不过是把唐卡伊的右手手臂弄脱臼了。那也是她自己没事找事才这么做的好吧？再说了……这件事还真不是她逼的，而是韩七录逼的她！

“她很暴力？”韩七录居然没有冷眼骂过去，或者是直接启动引擎离开，而是面容平淡地问唐卡伊。尽管他的眼神依旧是那么冰冷，但比起之前也算是缓和很多了。

唐卡伊自然是注意到韩七录脸色的变化，咧开嘴笑着说道:“何止是暴力啊！以前她还在我们福星读书的时候，大家都在背后叫她——暴君狼姐！有一次我不过是弄掉了她的书，她就直接把我拿书的手弄骨折了！所以，娶她的事情你最好还是考虑考虑吧。”

听唐卡伊手舞足蹈地描述着这一切时，韩七录有意无意地看了眼车内的后视镜。安初夏的脸色阴沉得可怕啊……莫名的，他心情大好。

暴君狼姐？他在斯蒂兰也有个外号叫暴君呢……

“谢谢你的提醒，我会好好考虑考虑的。”韩七录笑着转头对那医生说道，“那钱就当是小费。”再次准备启动引擎，唐卡伊突然把头伸进来，伏到韩七录的耳边轻声说了些什么后，捂着嘴羞涩地离开。

额头上，不、不止是额头上，连脖子上的青筋都蹦了两下。唐卡伊，你这个贱人！当时她怎么就没想到真把她的手弄骨折呢？还暴君狼姐？我呸！不过这外号还挺霸气的，以前怎么就没听说？

安初夏的脸上阴晴不断地变换着。韩七录终于没忍住，噗地笑出了声。被他那副努力憋笑的样子弄得更加不爽，安初夏从平躺的姿势变换为佛祖坐禅的姿势，愤愤地瞪着韩七录：“笑！你再笑？小心闪了舌头。”

对于安初夏的毒舌，他不以为然地挑了挑眉，脸上的笑意也渐渐淡去，一脸平淡地继续开车。但安初夏还是看到他的眼角，仍在肆意地蔓延着笑意。浑蛋！

安静了一会儿，安初夏咽了口唾沫，无比认真地从车座上下来，然后很快速地爬到了副驾驶座的位置上，扭头问韩七录：“刚才那贱人跟你说了什么？”

“贱人？”安自念了一遍她对唐卡伊的称呼。嗯，那难闻的香水味，确实很贱。但是不得不说，她提供的笑料还真是蛮好笑的。

他已然完全恢复了平淡的脸看不出任何情绪，只是一手把着方向盘，另一只手拿出手机拨通了一个号码。韩七录的车是能直接连通手机的。

很快的，车内就响起一个洪亮的声音："喂？"

"帮我预定两个位置，我马上过来。"王者般的发话。那边原本洪亮的声音突然就噤了声，紧接着听到他深呼吸的声音。

"是的！少爷！需要清场吗？"比起之前的声音，男人多了些拘谨和恭敬。也难怪韩七录会如此目中无人，合着全都是被惯出来的。从小到大都被当成皇帝一样服侍着，谁的心理不会扭曲？

"不需要。"按下车内的一个键，手机立即被挂断。

瞄了韩七录一眼，安初夏低低地问道："要去哪儿？还预定位置，预定什么位置？"打保龄球也不应该只是两个人啊。如果只是两个人的话那就囧了，她的工作，她的自由啊！

"吃饭。"淡淡地说了两个字，韩七录按动车内的一个按钮，一阵爵士乐在车内回荡着。像安初夏这么没有艺术细胞的人，她只觉得听这种无聊的音乐，还不如听凤凰传奇的《最炫民族风》呢，但她没敢说出自己的不满。

过了几分钟，她还是憋不住问出口："那贱人到底跟你说了什么？"

韩七录像是要故意吊她的胃口，斜着眼看了她一眼，嘴角戏谑地勾起："你猜喽。"

这葫芦里卖的什么药呢！她偏过头阴恻恻地笑着说："她不会是说我曾经杀过人吧？我还真是杀过人怎么了！？"一提到那贱人，她的气就不打一处来。

明明是唐卡伊故意把她的语文书给扔了，她才生气一把拽过她的手臂……而且也仅仅只是脱臼，并没有那什么骨折！作孽啊！完全添油加醋到了炉火纯青的地步了。

韩七录依旧没有说话，嘴角的笑意倒是又明显了起来。

恰好前面有一个五十秒的超长时间红灯，他缓缓地把车停了下来。听到副驾驶座上的安初夏还在一个劲地骂唐卡伊贱人时，他耸耸肩，万分无奈："她没有说你杀人……"

眼眸中闪过一道不知名的光，侧过头看向韩七录。安初夏紧咬着下唇，歪着头吐出几个字："你这是在替她说话吗？你也被那只花蝴蝶吸引住了？看不出来啊，韩七录，知道你小子的眼光低，没想到你小子的眼光居然能低到这种境界！I 服了 YOU！"

瞥了下红灯的时间还有十秒，韩七录突然松开方向盘，猝不及防地将双手按在她的肩上，吻上了安初夏有些干燥的唇瓣，带着些霸道的意味使劲啃咬着。

这个小女人，现在是在吃醋吗？

这种认知让他很愉悦啊……原本只是想报复地让她闭嘴，让她不要胡思乱想。结果一吻就吻过了头，舌尖不由自主地往她的嘴里探去……

“前面的快开车！”“前面的车在干吗！死啦？”此起彼伏的叫骂声和汽车的鸣笛声让安初夏醒悟过来，使劲地推着韩七录不知不觉已经解开扣子的胸膛，滚烫滚烫的，让她的手也变得滚烫滚烫。

该死的，这个家伙怎么突然色心大起。“放开我！”趁着他离开她的唇往下吻之际，安初夏大喊着，伸手绕过他的胸膛捶打着他的背。

这一刻她突然想起了以前被萌小男带去看不良影片的时候……女主角半推半就地躺在床上脸色绯红地喊着：不要……

啊！这种事情她可不要发生！第一次就在车上那可就太……太给力了！韩七录一路热吻，吻过她的脖颈、锁骨，然后……

“砰砰砰！”是有人敲窗的声音。

“放开啦，韩七录！你这个死变态！”韩七录压根没有理敲窗声，转而又吻上她的唇瓣，不让她说话。可是窗外的人并没有要停止敲窗的意思，车窗贴的是很高级的贴膜，从外面看里面就是黑压压的一片，而从里面却能清清楚楚地看到外面。

安初夏涨红了脸，一个劲儿地捶打着韩七录的背。

随着拍窗的声音越来越大，韩七录一皱眉，终于放开了安初夏，并且还很细心地帮她整理好了头发和衣服。一切都恢复平静后，在安初夏要杀人的目光下，某男淡定地拉下了车窗。

一个中年男人站在外面不耐烦地说：“老子还有一个重要的会议，你耽误得起吗？”这声音显得非常不耐烦，而韩七录的嘴角却在此时扬起了一个危险的弧度。

完了完了，那男人完了，这是安初夏的心里话。居然敢这么对阎王爷说话，自求多福吧……叹口气，她缩了缩身子，躲在自己这边的车窗沉默不语。

“砸窗？”韩七录的声音不大不小，却正好能够让那中年男人听到。只见那中年男人的身体晃了晃，脚步竟有些站不稳。这声音，怎么这么像……

上前几步，中年男人偏着头朝车内看去，车窗已经被摇下。车内的人，赫然是公司的挂名总经理，董事长的儿子，未来韩氏的继承人韩七录！一个站立不稳，中年男人险些栽倒在地。

韩七录的嘴角扬起的弧度越发变大，一挑眉，玩味地说道：“我还以为是谁要砸我的车呢，原来是企划部张经理啊……怎么？我这车不顺你的眼吗？”

这家伙贱人啊！安初夏在肚子里暗骂，明明是自己在车内……现在反倒还怪别人了，还一副要杀人的嘴脸！这孩子太不讨人喜欢了！缩了缩脖子，她没敢把这话说出口。珍爱生命，远离七录啊……

不过这男人也算他倒霉，“企划部张经理”这个称呼的话，看样子是韩氏集团的员工了，居然扬言要砸未来大 boss 的车，啧啧啧，有勇气！

那被韩七录称为张经理的人，额头上现在已经满是汗珠。他哪里知道这辆在这挡了马路的人会是韩七录，腿一软，居然跪了下来。

那些被韩七录的车挡住不能开车的司机们，原本也准备上去狠狠地教训这个开着高级跑车的家伙，但见到刚才态度最嚣张的男人居然对着车跪下了，纷纷咂舌，不敢再上前。不用猜也知道，高级跑车 +888 这么帅的车牌号，里面的一定是大人物。

见到张经理跪下了，韩七录眉眼间满是鄙夷，唇瓣一动，留下几个字：“没有下次。”然后随即关上了车窗，启动引擎。正好这时候再次绿灯了，一踩油门车子像箭一般飞快地冲了出去。

直到跑车完全消失在视线中时，张经理才重重嘘了一口气，拿袖子擦了擦额头上的汗，也不顾周围人怎么看，上了车就走。很快，原本被堵住的车流恢复了正常，就像什么也没有发生过一样。

“你居然放过他了？”朝车后看了一眼，那个跪在地上的中年男人的身影渐渐远去。算他好运吧！

安初夏坐正身子看着窗外的风景快速倒退着，突然听到韩七录冷不丁地说了一句：“你不想放过他吗？”没等安初夏回答，他又接着说道：“那我打个电话去公司，让他们立刻解雇他。”

“啊？”安初夏惊讶地失声叫了起来，然后一把按住他欲想拿手机的手，一个劲地摇头，“你要当商纣王可以，我可不要当苏妲己！”说完后她还完全不知道自己说出的话又惹火了……直到发觉韩七录已经停下车，目光炯炯地看着她。

这才如梦初醒的双手护住自己，大声喊：“你想干什么？”

韩七录收回目光，笑了笑：“下车吧，吃午餐去。”说完不再看她，自己打开车门走了出去。在他的脚即将跨出车门的最后一刻，安初夏拽住了他的衣角。很小的力气，却让韩七录停住了动作，迷惑地转身看她。

“怎么了？”还怎么了？他刚才的笑容，是在鄙视她的吧？讨厌！居然被鄙视了！无缘无故她的胸口就起了一团大火。等等……为什么韩七录没有对自己进行想象中的……自己反而生气了呢？

不不不，她才没有生气，只是单纯地觉得被侮辱了。一仰头，她眸光清澈：

“我是想说，早上吃了两人份的早餐，现在肚子还撑着，不想吃。”

话一说出，韩七录淡淡地看了她一眼。不知道他在想什么，下一秒他弯腰下了车，“砰”的一声关上了车门。

“吃吧吃吧，撑死你这个浑蛋！”这孩子太不讨人喜欢了，说不吃他就不会客气一下吗？不是人，简直就不是人嘛！默默地在心里骂韩七录的时候，身后突然一股力道把她拎出了车外。

“哪个浑蛋？”一抬头，居然是韩七录把她硬生生拽下了车。怎么的？不陪他吃饭他还不爽了？瞪她干什么，他以为他眼睛大了不起啊？

安初夏毫不畏惧地迎上他阴沉的目光，下一刻韩七录的目光却突然变得温柔起来：“去吃饭吧。”悲哀的是，她居然就被他这“温柔到可以溢出水”来的话给勾引了，一路诱惑着就进了一家餐厅。

这是一家高档的中式餐厅，少了西式餐厅烦琐生硬的礼节，多了一份随意。只是在这里吃饭的人好多，而且在她和韩七录进来的时候，几乎所有人的目光都落在了他们的身上。韩七录原本拉着她手腕的手松了松，指着靠窗的一张空桌，问道：“我们坐那里怎么样？”

她知道他只是象征性地一问，也就没有驳他的面子，点头说好。原本有些嘈杂的餐厅，一下子变得安静异常。餐厅的总经理微笑着用他洪亮的声音，说道：“七录少爷，等您好久了。”

“你这是在表现你的不悦吗？”韩七录丝毫不给餐厅总经理面子，拉着她在刚才指的那个餐桌前坐下。

总经理的额头上流下一滴冷汗：“少爷您这不是在跟我开玩笑嘛……咦？这位小姐是？”

难道她就这么没有存在感吗？进来这么久，居然到现在才发现她的存在！这种总经理，真是怎么看怎么不顺眼。

安初夏面上毫无波澜地朝他看了一眼，低头从口袋里掏出手机玩起了游戏。这手机似乎很强大，各种游戏应有尽有，什么发金币啦、愤怒的小鸟啦，总之她最爱玩的还是切西瓜。

我切！我切！我切死你个韩七录！哎？等等，韩七录刚才说了什么？一仰头，手中的手机屏幕立即显示：GAME OVER。

周围原本几乎落在他们身上的目光，现在是真的全都落到他们身上了。不，是落在她一个人身上。她有自知之明，自己没有那么大的魅力，让全餐厅的人都盯着她看。那么唯一的原因就是坐在她对面的——韩七录！

嘴角抽了抽，她转头看向韩七录。他只是埋头认真地看着菜单。让她好好回忆回忆，刚才韩七录这禽兽到底说了什么……刚才她是在玩切西瓜，玩到第二关加速的时候，似乎听到了“她是我未婚妻”。对！没错！就是这句！这句话就是问题所在啊！

“那个……”她刚要开口。那原本只对韩七录谄媚的餐厅总经理，居然对着她满脸灿烂地微笑，还异常热情地走到安初夏面前，用他那独特的洪亮声音说道：“少夫人，需要什么帮忙吗？”

少……少夫人？拿着手机的手陡然一抖，手机从手上滑落掉在地上。那总经理慌忙弯下腰帮她把 iphone6S 捡回来，并且放在嘴边吹了吹上面其实不存在的灰尘，然后才恭恭敬敬地双手递到安初夏面前：“少夫人，您的手机。”

再次被“少夫人”这三个字雷住，她呆愣在那里不知如何反应。如果接过来，就说明她承认了自己是“少夫人”；如果不接过来，这总经理绝对会一直保持着这个姿势。怎么办？安初夏无助地将目光投到韩七录身上。他仿佛感应到了她的彷徨不安一般，恰好在她看他的时候从餐单里抬起头。

两人的视线一对准，全餐厅的人都相当有默契地拿出手机拍照。面对那些闪来闪去的光，安初夏抿了抿唇，侧过头看向窗外。这简直是侵犯她的肖像权嘛！可是这时候她如果生气地拿着桌上的杯子扔过去，那她的形象也就全毁了。

“你吓到她了。”韩七录的第一句话就是这个。安初夏虽然看向窗外，但还是明显地感觉到总经理那身体重重地颤抖了一下。一咬牙，她转过头微笑着说：“我没有被吓到，只是……不喜欢他们照相。”

韩七录温和地看了她一眼，转头环视了一下四周，那些原本拿着各种拍照工具的人，立即收回工具，该吃饭的吃饭，该点单的点单，该付账的付账。他一个眼神，居然就可以让这么多人……安初夏狠狠地咽了一口唾沫。

“手机不要了吗？”韩七录淡淡地提醒她。

这才想起手机还在总经理手里。那经理的手都有些发颤了，还是保持着原先那个递给她手机的姿势。她慌忙接过总经理手中的手机，抱歉地说道：“谢谢，刚才我神游了，不好意思哈。”

总经理忙灿烂地微笑：“哪里哪里，能为少夫人效力是我的荣幸。”

“闭嘴吧，少说几句！除了不要鱼，其他的都让人做好端上来吧。”韩七录一扬手把菜单随意丢了出去。那总经理纵身一跃……扑了个空。看到安初夏在看他，嘿嘿嘿地傻笑几声，从地上爬起来捡起菜单就走。

“噗。”她捂嘴偷笑起来，一抬眼看到韩七录正似笑非笑地看着她，火气蹭地一下就蹿了上来。刚想大声质问，意识到这里是公众场合，于是硬生生地把声音压低，站起走到韩七录身边。紧接着在他迷茫的眼神中弯下腰，伏在他耳边用只有两个人才能听到的声音，说道：“跟我来卫生间。”

说完，她站直身子，率先往卫生间走去。韩七录也随即站了起来，很自然地拉住她的手腕："你知道卫生间在哪里吗？亲爱的。"

故意的，这禽兽绝对是故意的！安初夏咬咬牙，最后还是微笑着说："不知道，麻烦你带我去吧。"韩七录弯起嘴角，满是得意。在众目睽睽之下，领着安初夏去了卫生间。走到女卫生间的门口，这里没有什么人，安初夏直接就把他拽到了卫生间里的洗手台前。

"哟，亲爱的，已经这么迫不及待了吗？"韩七录依旧满脸笑意，但那笑容显得十分狡黠，末了，假装叹了口气道，"好吧，有什么话非要在这里对我说？"

她没有回答，先是走到洗手台旁打开了水龙头，然后捧起一捧水往自己脸上泼去。等脸上的热度降下来了些，她才抽出一旁的纸巾擦干了脸。

"韩七录，你为什么非要这样？你这不是想让全世界都知道我是你的……"说到一半她顿住没有再继续，深吸了一口气才继续看着韩七录，说，"我在斯蒂兰皇家学院已经很难做人了，你有你的粉丝、你的身份、你的地位，可是我有什么？你那些粉丝，只会把我碎尸万段。我还是很怕死的呀！"

一时间，卫生间里陷入了一片死寂。有几个客人原本想要来上厕所，但一看到韩七录和安初夏，就赶紧退了出来，离开了。从来没有人敢得罪韩七录，只有她，安初夏。

一歪头，他摆出一个很苦恼的样子："哎呀呀，怎么办呢？你这么怕死的话……我让我妈给你安排几个保镖一步不离地跟着怎么样？那样的话，就没有人敢对你怎么样了，更没有人敢把你碎尸万段了。"

他开玩笑地说着，可是安初夏并没有被他一点儿也不好笑甚至算不上笑话的笑话逗乐，反而脸色更加难看了。紧咬着下唇，她只是沉默着。

收起脸上玩世不恭的笑容，韩七录上前几步走到她面前，伸出手捧住了她的脸，用大拇指擦干了她脸上没有擦干的水滴。时间在这里一刻又停止了，脸该死的又莫名其妙地烫了起来。

"我有我的粉丝，我的身份，我的地位，这没错。"他弯下腰，在她的额头上落下一个吻，"可是你有我。"

——可是你有我。

简简单单的五个字却让她的心不可思议地颤动了一下，脸变得更烫了。她推开韩七录，跑出了卫生间回座位上坐下，心跳早已超出正常的频率了。

"您回来了，少夫人。"餐桌上的菜差不多已经上齐了。看到安初夏跑回位置，总经理笑着对安初夏说："请问您需要喝点什么？我去拿。"

"啊，喝点什么……"她看到了餐桌上的红酒，这明显不是给她喝而是给韩七录喝的。指了指那两瓶红酒道，"他还要开车，把这两瓶酒拿回去吧，给我们拿两杯果汁来就是了。”

总经理笑得一脸高深莫测：“少夫人真是贴心啊，我马上拿果汁过来，橙汁可以吗？”

安初夏点头，被总经理那一脸“你好贤惠啊”的笑容，弄得原本已经差不多平静下来的心跳又快速跳动起来。该死的！她什么时候这么没用了？对了，怎么韩七录还没有出来？他要上厕所吗？管他呢！刚才没感觉，现在感觉肚子饿死了，先开动再说！

于是她没有再管，吃得很是开心，心情莫名其妙地跟外面的天气一样，晴朗得看不到一片云。

卫生间洗手台前。

看着安初夏仓皇失措跑出去的背影，韩七录低头嗤笑了一下。这丫头，原来这么会脸红啊，真是有趣……突然身后似乎亮起了一道光，尽管很微弱，亮的时间也才那么一瞬，还是让一向神经敏锐的韩七录察觉到了。

眼眸在下一秒变得阴狠起来，那抹微笑荡然无存。一转身，快速从卫生间一个没有人注意到的阴影处抓出了个人。那人缩着脖子，一脸畏惧地看着他，手里还抓着一个索尼照相机。

连猜都不用猜，用脚趾头想想就知道这家伙是狗仔队的。真是吃了熊心豹子胆，居然敢偷拍他韩七录……

“七录少爷饶命！我现在就把刚才拍的所有照片都删掉，绝对不会把刚才的照片泄露出去的！我发誓！求求您饶了我吧，我家里还有一个年迈的老母亲需要照顾，下面还有一个正在吃奶的孩子，求求您手下留情。”那狗仔队的人一脸惊恐，韩七录绝对是个惹不得的名字。

要不是确实需要钱，要不是因为这消息太劲爆，要不是碰巧在这个餐厅遇到他，那么打死他也不敢偷拍韩七录啊！

听到这人这么说，韩七录突然就松下了脸：“照片我可以让你拿到报社去卖。”

“不不不！”那人立刻摇摇头，“您就是杀了我，我也不敢再把这照片泄露出去了。我这就把所有拍的照片都删掉！”说着就准备动手，可韩七录的手一下子就挡住了他准备删照片的动作。

那人抬起头不明所以地看着韩七录。

“我们韩家正准备找个好的契机把这件事宣布出去，如果你现在把照片删了，那我绝对会杀了你！”见到那人的身体抖了一下，韩七录勾起一抹微笑道，“记得把这个照片卖给阳光报社，就说是我的意思，社长自然会给你相对的酬劳。至于其他的事情，就不需要你操心了，去办吧。”

那人一愣，随即立刻反应过来，一阵道谢之后抱着他的照相机笑容满面地出去了。刚才他看了一下，其中有一张照片拍得非常好，正好是他温柔地吻了下安初夏的那一刻。现在的狗仔队拍照水平真是越来越厉害了。

嘴角一勾，他洗了洗手，微笑着走出卫生间。安初夏，我会让全世界的人都知道你是我韩七录的未婚妻！那些什么安辰川、校草年清忧什么的，他这辈子都不想要再遇到了！至于安初夏，他会有办法让她亲口承认她是喜欢自己的……

剥开第二个龙虾的时候，她感觉喉咙和嘴唇都怪怪的，有一种很麻又很痒的感觉，去轻轻碰了下，发现居然肿了。

“哎？这是怎么回事？”她自言自语时，韩七录正好走进餐厅，一看就知道……她肯定是过敏了。虽然不是很明显，嘴唇也只有中间的那一个地方肿起来，但他还是能一眼就看出来。

“你吃什么了？”他走到她身边，声音显得有些生气。

看到他走到自己身边，安初夏皱了皱眉问道：“韩七录，我的嘴唇是不是肿了，怎么感觉好奇怪，好痒啊。”说着，她忍不住伸手去抓，韩七录一把就抓住她的手腕，用另一只手擦干净了她手上剥龙虾时沾的油渍。

“你这个笨蛋！”他低咒了一声，拉起她就往外走。总经理刚拿了两杯果汁走到大厅，就看到韩七录拉着安初夏往外走。

他立即端着果汁跑到他们前面，不解地问：“哎哎哎！少爷，少夫人！你们怎么就走了？”

韩七录脸色异常阴沉。他最近老是管不住自己的情绪，皱眉看了眼经理，冷声说道：“她海鲜过敏你们居然给她吃龙虾？”

总经理顿时瞪大眼睛，仔细一瞅安初夏，这才发现她的唇瓣有些微肿，吓得倒退了一步：“少爷……这……这我不知道啊！”

“没关系的经理，我自己也不知道。嘿嘿，就是感觉有点儿麻还有点儿痒，估计不会很严重。那橙汁能给我喝不？我喉咙也好干，还有点儿难受。”伸出那只没有被韩七录抓着的手，她接过了经理递过来的橙汁，“谢谢哦，虽然下次可能吃不到了，但是你这里的龙虾真的是一级棒！”

一边擦着额头上的冷汗，一边干笑看着这个没有城府的少夫人，总经理万分哀怨地抬头望了眼韩七录：“少爷，我下午就去递交辞呈。”

安初夏不解。她并不知道，韩氏集团的人如若让韩七录不高兴了，那么他们的头头就要立刻递交辞呈，而且从此不能再到韩氏集团应聘。一旦被韩氏集团辞掉的人，在其他企业一般也找不到别的工作了。

虽然万分忧伤，但这经理还是没有埋怨安初夏，毕竟是这么心无城府的人啊……

比以前韩少爷带来的那位小姐可不知道要好上多少倍了。

看了眼安初夏，韩七录淡淡地说道：“不用了，看在她说你这里的龙虾做得好吃的份儿上。我们走吧。”话毕，干净利落地拉着安初夏走出去。

望着他们走出餐厅的背影，总经理立刻就热泪盈眶了。扬着手里另一杯橙汁，挥了挥手：“少夫人，好人会有好报的！”

——哗。

一激动，挥手的弧度没控制恰当，橙汁全都洒了出来，直接华丽丽地淋到总经理的头发上，顿时世界上又多了一只叫作“落汤鸡”的东西。旁边的服务员见状忙找了毛巾跑到经理面前要帮他擦，但他拒绝了。一扬眉，用他那洪亮的声音说道：“去去去！擦什么擦？这叫什么你们知道吗？这叫作……叫作什么来着？”

餐厅里响起一阵笑声，原本寂静的餐厅在韩七录离开后又喧哗了起来。

坐上韩七录的车，安初夏一边喝着橙汁一边苦恼着要不要在喝完之后把杯子还回去。如果还回去那就必须要坐车，可是韩七录会那么有空带她来还一个杯子吗？答案肯定是不会。但是如果不还的话，那个看起来很友善的总经理会怪她吗？应该不会，不，应该说不敢怪她。

但总是感觉心里怪怪的，像欠了别人什么呢。

“到了！”神游之际，韩七录已经把车子停了下来。一抬头往窗外看去，居然是“萧氏医院”。总算不是韩氏医院了，不过萧氏医院是指……萧明洛家的医院吗？世界怎么可能这么小？

“这是明洛家的医院，医疗技术是国内外顶尖的。我带你去看看过敏，下车吧。”韩七录说这话的时候一点儿也不觉得奇怪，但在安初夏耳朵里听来却是无限纠结。为了一个小小的过敏，居然带她来这什么医疗技术国内外顶尖的医院。

是不是有点儿杀蚊子用宰牛刀了？

车窗突然被人叩响，微弱的声音从外面传来：“先生，这里不允许停车。”车子的隔音效果很好，之所以能听到外面传来的声音，是因为那医院的保安说话说得很响。

一皱眉，按下了一个按钮，车窗被缓缓放下。那保安一看到韩七录的脸，立刻就噤声了，脸色惨白：“是七录少爷啊……您来看诊吗？”对于不允许停车的事情那保安只字未提。

打开车门，他弯腰走了出去。安初夏也走出了车，嘴唇上痒痒的，怪难受的。

韩七录看她那副痒不欲生的样子，翻了个白眼，鄙夷地说道："知道自己海鲜过敏还吃龙虾！你知不知道有的人过敏是会休克，甚至导致死亡啊？你这条小命，也差点儿就因为你的贪吃而丢掉，你知不知道？"

知道韩七录是为她好，她没有顶嘴，只是语气低落地回答："我又不知道我海鲜过敏。"

韩七录的脚步一下子停住："你的意思是，你以前吃龙虾都不过敏吗？很好，我立刻就让那家餐厅……"

"不是的！"她慌忙阻止韩七录，摆摆手解释道，"是我以前从来没吃过海鲜啊……"

家里靠妈妈一个人教书还到处打零工，才能够勉强维持平时的生活。过年过节的都不一定能够吃上一条小鱼，哪里还有闲钱去买海鲜吃。这可是她从小到大第一次吃龙虾呢！

韩七录突然陷入沉默，深深地看了她一眼，拉着她的手走进医院。

在经过院长亲自一系列的检查之后，得出一结论：轻度海鲜过敏。直接给开了一个抗过敏的药膏和几颗药丸后，韩七录才算是从紧绷中缓和过来，松了一口气。

"至于吗你？"安初夏又好气又好笑，过个敏居然让她做什么全身 CT，这也就罢了，居然还带她去做了什么心脏 B 超、彩超等一系列莫名其妙的检查。虽然对此表示很不耐烦，可是看着韩七录那个紧张的表情，为什么她的心头居然划过一丝异样的情愫？

"药单我现在给你开好了，待会儿我让护士去取。以后海鲜尽量少吃，如果要吃，那么吃之前先服用一些抗过敏的药。吃的时候尽量不要碰到嘴唇，您的过敏部位是在嘴唇。"嘱咐完这一切后，院长就低头在药单上签字。上面龙飞凤舞地写着什么，她根本认不清。

传说医生把字写得龙飞凤舞是为了保护病人的隐私，在她看来，不过是字写不好看的借口！

院长正准备叫护士进来，韩七录直接拿过了他手里的药单："我去取好了，你在这里乖乖待着。"话毕，他直接拿着药单急匆匆地走去了。

一耸肩，她抱歉地看着院长说道："真是不好意思啊院长，他这个人就是这么没大没小的。请您不要见怪。"

听到这话，那院长显然是愣了一下，然后上下打量着安初夏。视线也一下子被拉得好远，似乎是陷入了回忆或者深思。

"院长？"她疑惑地伸手在年近五十的院长面前晃了晃，心想着自己刚才是不是说错了话，居然让院长一下子就沉默了。

院长被安初夏的声音唤了回来，抱歉地笑笑，然后扶了扶老花眼镜，语重心长地说道：“抱歉，你刚才的话跟我以前的一个病人说的话一模一样，我只是想起了一些事。说起来，这孩子也曾经带过一个女孩子来这里呢。我知道接下来的话或许不该说，但是我想知道发生了什么。”

她的手不禁一僵，知道院长指的“这孩子”就是韩七录。可是韩七录有很好的朋友吗？对了，该不会是……她轻咳了一声，面容轻松地问道：“那个女孩子叫作莫昕薇是吗？”

想了想，院长摇摇头：“如果没记错的话，你说的莫昕薇也在场。不过那个被韩少爷抱来的女生叫作向蔓葵，也就是电视上最近很火的那个明星。那孩子也是海鲜过敏，但是她的过敏很严重，引起过休克，如果晚一点儿送来怕是不行了。当时韩少爷很紧张，把我叫过来之后掐着我的脖子，让我帮那女孩子医治，所以印象很深刻呢。”

向蔓葵……她搜索了一下这个名字，好像在哪里听过。对了，韩伯父似乎有跟她提过这个名字，而且，当时的表情还很怪异。

“您想问什么呢？”安初夏的脸上依旧是那副毫无波澜的样子。

看到她这个表情，院长轻咳了一声，很严肃地问她，“请问您跟韩少爷是什么关系呢？接下来的这个问题，我不知道该不该问。”

心口居然有些隐隐作痛，安初夏仰起头，面容灿烂地说道：“从理论上来讲，我应该是他的妹妹吧。您不用顾忌什么，尽管问便是。”

院长点点头，清了下嗓子这才问道：“那个叫向蔓葵的女孩子当时怀孕了，不知道她肚子里的孩子是怎么处理的。那女生不让我跟韩少爷说，我也就一直没敢说。但这成了我心里的一个疙瘩啊。”

怀孕？她震惊地睁大眼睛，一分多钟后才恢复平静。深吸了口气，她摇摇头：“很抱歉，我是这段时间才到韩家住的，这些事情我真的不清楚。但是既然那个女生让您瞒着，那么一定是有苦衷的吧？还是希望您能把这件事瞒着。”

院长摇摇头，像是在自言自语：“真是想不透你们年轻人的脑袋里都在想些什么，一个生命怎么可以说瞒就瞒。罢了罢了，随你们去……”

恰巧院长室门外响起脚步声，两个人心照不宣地陷入沉默。

“先把药涂上吧。刚才明洛给我打了个电话，说他们已经到了。”把药一一放在桌上，他亲自去饮水机那里倒了杯热水，又把药丸从药盒里拆出来，就差没有喂她吃了。从他温热的手心里接过药丸，然后仰着头吞下；又接过他手里的杯子，喝水把药丸完全咽下了。

韩七录又从塑料袋里拿出棉签，涂上了些药膏，一只手托着她的脑袋，另一只手轻轻在她的唇瓣上涂上透明的药膏。凉凉的，很舒服，可是她的心里不知道为什么却很不是滋味。

“我去隔壁开会了，你们擦完药之后麻烦帮我把门关一下。韩少爷，那么我先出去了。”

“好，麻烦你了院长。”两个人相互一点头，院长离开了他的办公室。

那个向蔓葵跟韩七录到底是什么关系呢？偏过头，她接过韩七录手里的棉签道：“我还是自己来吧。”

“这个时候还逞什么能？”韩七录没有理会她，自顾自地帮她涂上药膏。她的心情越发糟糕了，等他涂完药膏后，安初夏站起身没有看韩七录一眼。反而是他拉过她的手，凑近她的唇瓣暧昧地说：“怎么样？感动吗？”

感动？不自觉鄙夷地看了他一眼。这么对她，全都是因为那个叫向蔓葵的女生也曾经跟她一样海鲜过敏吧？扯扯嘴角，她终究没说半句关于向蔓葵的事。

不知道为什么，她就是不想提起，可是脑海里划过的全都是院长说的关于向蔓葵的事。一皱眉，她低声说：“萧明洛他们应该等急了，我们走吧。”说完她甩开韩七录的手，没等他就走了出去。

直到坐上车之后，她才深吸了一口气，在心里骂自己她这是在干什么？管她什么向蔓葵，又不关她的屁事！

对！不关她的事！

韩七录在此时才坐上车，手里拎着一袋药放在了车座旁，抬眼看了下眼神复杂的安初夏，终于忍不住问出口：“你怎么了？突然脸色就有点儿不大对。是不是还有哪里不舒服？”

“我很舒服。”直截了当地回答了他的话，然后缩在车窗边闭上了眼睛。眼不见为净！

韩七录一撇嘴，真是女人心海底针！没有想太多，他启动引擎，朝萧明洛他们在的地方开去。

“对了！你早餐没吃午餐也没吃不会饿吗？”突然想到这个事，她一下子来了精神。如果这家伙开车开到一半给饿死了，那她不是也要跟着陪葬吗？她才不要！

“我吃过了。”韩七录淡淡地瞥了她一眼，“就在替你拿药的时候顺便去买了个面包。看吧，都怪你，害得我午餐都没吃。给你涂完药非但没对我说谢谢，还一副我欠了你钱似的表情。”

后面的话她都没有听进去，只抓住了一句重点，瞪大眼睛看着韩七录道：“你这种人居然在午餐也会吃面包？”她一直觉得有钱人家的少爷，是从来不在正餐的时候吃面包的。难道她的认知是错误的？

又斜了她一眼，韩七录摇摇头："我也是人，安初夏。我也会饿的，饿了的时候也会不管什么都能吃得很香的。"

他这么做，纯粹是因为那个叫向蔓葵的女生吧？哼，谢谢他？下辈子吧！她安初夏这辈子最讨厌的就是，他这种目中无人的富家子弟了！一撇嘴，她没有理会韩七录，再次闭上眼睛假寐。

等睁开眼睛的时候……

"啊——"看到的却是萧明洛和凌寒羽那两张放大了N倍的脸。心里一惊，一转身，啪的一下摔倒在了地上。凌寒羽和萧明洛慌忙去地上扶起她。

"初夏同学，你的胆子未免也太小了点儿吧？见到我们两个大帅哥，居然吓得直接摔在了地上。"萧明洛一边扶着她，一边还毒舌地嘲笑。

四处看了看，没有看到韩七录的人，这里没有什么保龄球，只是一个很大很大的篮球场。来篮球场打保龄球？不是吧？

"这是哪里？还有！你们两个，为什么在我睡着的时候凑得那么近？知不知道这么做是很不礼貌的？"一叉腰，十足一泼妇，完全没有在韩家时那个乖乖女的样子。那是因为一到韩家她就会想起妈妈，一想起妈妈，怎么也泼不起来了。

萧明洛耸耸肩，勾起嘴角走到安初夏的面前，勾着她的脖子说道："初夏同学，请问！你睡觉的时候为什么要哭呢？"

"哭？"她皱眉，条件反射地伸手去摸脸颊，才发觉那里已经潮湿一片。刚才又梦见那个场景了……那天安易山提出要跟妈妈离婚的场景。妈妈跪在地上求他不要离婚，可是他依旧拖着妈妈去办了离婚手续。

那天，简直就是妈妈的末日，也是她的末日。从那天起，她就成了一个没有爸爸疼爱的人了啊。凌寒羽从兜里掏出一包纸巾递到她的面前，语气奇怪地对她说道："最讨厌看到女生哭哭啼啼的了，赶紧给我擦干净。"

萧明洛一愣，狐疑地看了凌寒羽一眼，收回目光不语。寒羽这小子，一向讨厌女生的呀，怎么……算了，不关他的事！

擦干眼泪后，她清了清嗓子问道："你们还没有回答我的问题呢，这里可不是什么打保龄球的地方，这里明明就是用来打篮球的嘛。你们不打保龄球了吗？"

用一种看白痴的眼神看了安初夏一眼，凌寒羽似乎没有注意到萧明洛狐疑的目光，只是上下打量了安初夏一眼，然后撇着嘴说道："我们突然不想打保龄球了，想打篮球不行啊？"

真是太可惜了，原本还想好好见识下的。不过算了，万一被揭穿她不会玩保龄球的事，那么韩七录一定会很鄙视她的。对了！韩七录人呢？重新左右看了一眼，刚想要问韩七录去哪里时，萧明洛摆摆手说："不用找了，七录那个家伙看你还在睡，就说肚子饿，然后出去找地方吃饭了。"

"哦，这样啊……"那么她的机会不就来了？太帅了！这真是踏破铁鞋无觅处，得来全不费工夫啊！眼睛突然一亮，她的希望来了！她才不管什么向蔓葵，自由最重要啊！

"怎么突然笑得跟个狐狸似的？"凌寒羽拍了下萧明洛的肩轻声说道，"不会是因为刚才我们吓到她，所以被吓傻了吧？这也太脆弱了。"

耳朵那么尖的她怎么会没有听到凌寒羽在说什么？不过她不在乎，大人怎么会记小人过呢，是吧？

几步走到凌寒羽和萧明洛面前，她双手合十，万分诚恳地说道："两位全天下最帅的帅哥啊，你们帮小女子我一个忙好不好？"大眼睛眨啊眨，看着凌寒羽和萧明洛。而他们两个对视了一眼，沉默着。

就在安初夏以为他们不会答应，准备再更加诚恳地求一次的时候，两个人突然又一齐看向她："最只有一个，我们两个到底谁最帅？"就连说出的话也是异口同声的。

安初夏满头黑线！这两个家伙还真是极品啊！说了一句话，敢情他们只听了前面半句！太过分了！

"我管你们谁最帅，总之，你们必须要帮我！否则……"她像模像样地冷笑了一下，"否则我就赖在你们身边了！就连你们上厕所我也会跟着的！"

两个再次对视了一眼，彼此用眼神交流了一下。"你觉得这个威胁程度高吗？""高，威胁度为负一千！"

"说吧！让我们帮什么忙。"萧明洛双手环胸，上下看了安初夏一眼，"本少爷一向是不卖身的，但是看在你这么诚恳的分上，我就勉为其难……"

"喂喂！"安初夏忙打断他的话，"你想到哪里去啦！我是想请你们帮我找一份兼职工作。"

"兼职工作？"听到安初夏这么说，萧明洛猛地瞪大了眼睛，"韩伯父和韩伯母没有给你零花钱用吗？居然穷到需要去找兼职工作。"

而一旁的凌寒羽则满脸疑惑地偏头问萧明洛："兼职工作是什么意思？"

鄙夷地瞥了他一眼，萧明洛悠悠地说："打工的意思，让你平时好好读书你不读！看什么少女漫画，真是的……"

"我哪里有看少女漫画？那是男生的漫画好不好？"凌寒羽万分不满地扬起拳头准备揍过去。然而萧明洛只是轻轻一偏头，就躲过了他的拳头，心里缓慢地默念着：3、2……

就在凌寒羽再次伸出手，即将砸到萧明洛的时候，他突然像个木头人一样定住了。

“1。”萧明洛正好从3倒数到1，打了个响指。凌寒羽睁大眼睛，将头转向安初夏，仔细看的话，可以发现他的瞳孔猛地收缩了下才恢复正常。

“什么？打工？”雷鸣般的声音响彻了整个体育馆。安初夏居然要求打工？天哪，果然是世界末日要来了吗？否则怎么会……怎么会？

无可奈何地摇摇头，萧明洛鄙夷地指了下凌寒羽，无奈地说道：“真是抱歉，让你觉得惊讶了。其实你也不需要惊讶的，因为这个白痴的家伙……天生的反应迟钝。”

不由自主地轻扯了下嘴角，不是吧？反应迟钝也不应该到这种地步呀……摇摇头，现在不是对别人的反应迟钝表示鄙视的时候。一仰头，她无害地笑笑：“那么，两位很帅的帅哥，谁愿意帮小女子这个忙呢？帮我介绍一份兼职工作，只在周末做的那种……”

吃一堑长一智，她没那么傻，不会再用类似于“两位最帅的帅哥”之类的恭维词。于是改用了“很”。

凌寒羽一眯眼，还是有些不相信：“初夏小同学，今天可不是4月1日，你耍我们也应该要好好挑个良辰吉日啊！”

而一旁的萧明洛对此也表示同意，点点头道：“没有人会相信韩家未来的大少奶奶要出去做兼职工作。如果这是玩笑最好，如果这不是玩笑，也希望你把它当成一个玩笑。”凌寒羽猛地点头。

咬咬牙，她倔强地说道：“你们也一定知道的。我是韩七录未婚妻的这个身份，只是暂时的，所以请你们别把这个身份一直挂在嘴边。既然不想帮忙，那你直说便是，何必要拐弯抹角地拒绝我呢？最讨厌这样了……”

最讨厌？凌寒羽的心跳不自觉慢了那么半拍。

“没说拒绝你，我家里正好缺一个女佣。不过，活很辛苦的，要打扫整栋房子哟。你一个人，可以做得到吗？”凌寒羽双手抱胸扬起下巴，“工资方面，你来定吧。”

居然有boss说“工资让员工来定”，这些人要么就是脑残，要么就是智障。站在一边一直察言观色的萧明洛，在此时嘴角莫名其妙地翘起，似乎嗅到什么好玩的气息了呢……凌寒羽和安初夏？

这个故事设定真是有趣极了。很好，那他就当个忠实的看戏者，顺便有事没事泼上一点油之类的。

“对啊，他家上次的那个女佣就是因为要打扫那么大的房子累得虚脱，然后到现在还没有缓过来呢。”萧明洛若有所思地看着安初夏，“初夏同学，你真的行吗？不行就不要逞强哟！太爱逞强的孩子是会吃苦头的呢……”

安初夏摇摇头：“我不是在逞强，只是在做自己觉得对的事情。寒羽同学，很谢谢你能给我这次机会，我一定会好好干的！至于工资，就按你给上一个女佣的来给我吧，就算是少一点儿也没有关系的。”

摸摸下巴，工资啊……他到时候会好好上网查查女佣的工资是多少的。之所以需要查，是因为他根本就没有“上个女佣”！

“那就这么决定了。”凌寒羽看了眼安初夏，“每个周末都来我家吧，我会让司机来接你的。”

“别别别！千万别！”安初夏慌忙走到凌寒羽面前，扯过他的衣领凑在他耳边，刚想要说些什么突然又想起了萧明洛，于是长臂一伸把他也捞了过来，“这件事我们绝对要瞒着除了我们三个人以外的其他人！”

“不要告诉我说……韩伯母不知道这件事，七录也不知道这件事。”看到安初夏点头，萧明洛的眼神一暗，声音也跟着阴沉下来，“你最好还是不要瞒着七录。否则被他发现，我们三个都吃不了兜着走！”

相对于萧明洛的警告，凌寒羽反而显得无所谓：“七录虽然嘴上每次都说得那么狠，可是从来也没对我们两个真的怎么样啊。而且，只要你不说，我不说……”

萧明洛原本皱起的眉头渐渐舒缓开来，嘴角又挂起那抹意味深长的笑：“寒羽啊，知道你家缺个勤奋的女佣，但你也不至于这么迫不及待啊。”

“你在胡说些什么？”凌寒羽皱眉，跟他们离了些距离，背过身也不知道在干什么。

安初夏没有听出来萧明洛话里的意思，只是在一个劲地思考，到底要不要把自己找兼职的事情告诉韩七录。就像萧明洛说的那样，万一让那个阴晴不定的人知道他们三个人瞒着他做事，那么后果绝对很惨。

意识正偏向萧明洛那边的时候，脑海中突然浮现出院长说的，“那个叫向蔓葵的女孩子当时怀孕了，不知道她肚子里的孩子是怎么处理的”。

孩子……难道那个孩子是韩七录的？她胸口突然一阵心慌，也不知道自己是怎么了。一咬牙，她大声说道：“这件事就这么决定了，如果谁敢泄露，我就跟谁没完！”

某个背过身去的家伙在这时候转过身来，伸出三根手指发誓道：“我绝对不会说出去的！”他可是有他的计划！

他们的视线一起看向萧明洛。他耸耸肩：“我是不管你们想干什么，总之到时候被发现了别把我拖下水。我什么都不知道，什么都没听到。”言下之意，那就是他也不会说出来。

“那就这样好了，每个周末我都开车来接你，就说让你给我补习功课。怎么样？”凌寒羽一挑眉，忽视掉萧明洛那灼热的目光。他知道那个脑子里只有爱情的家伙，一定又想歪了。他也就懒得解释，他爱怎么想就怎么想。

“谢谢！”安初夏突然诚恳地朝他们一鞠躬，“我之所以要打工，是因为有苦衷。但是真的很谢谢你们会帮我。”

凌寒羽摆手：“没事没事，我这不是正好缺一个女佣嘛。”太棒了太棒了，终于又可以……咳咳，他要淡定，淡定！

“你们这两个人，真是疯了……我什么都不知道！”萧明洛摇摇头，捡起地上的篮球一个跃身，三分球投中！转过身得意地看着安初夏道：“看到没有？我就是真人版《灌篮高手》里的流川枫！”

说完还不忘记要帅般地甩甩自己额前的斜刘海。如果是别的女生恐怕早就抵挡不住诱惑，然而咱见过世面的小初夏一脸淡漠，一歪头，迷茫地问：“流川枫是什么东西？”

萧明洛头痛地抚住额头。他就知道安初夏不是地球人，非常有默契地跟凌寒羽对视了一眼，异口同声地说道：“服了！”

不明白地耸耸肩，她几步走过去把滚回来的篮球弯腰捡起，然后站在比萧明洛还远的地方看了眼篮筐，道：“其实比起保龄球，我还是更喜欢篮球。”说完不等萧明洛和凌寒羽说什么，拍了几下篮球以标准投篮的姿势将篮球投进篮筐，而且是空心球……可想而知萧明洛和凌寒羽当时的震撼。

“Oh my god！樱木花道是也！”

作孽啊，在她面前，他以后就不能说话太满！否则只会自取其辱啊……

两个人齐声惊叹，半天没有从石化中恢复过来。

安初夏笑着走到他们面前：“别发呆了，问你们件事。向蔓葵这个人，你们有没有听说过啊？”

原本只是石化的两个人，在听到“向蔓葵”三个字的时候立即风化，震惊碎了一地……刚转来斯蒂兰没几天的安初夏，居然知道斯蒂兰的禁忌。这比她是樱木花道二代的事更为神奇。凌寒羽一直拿在手里的漫画，在此时“啪”的一声掉在了地上。

被凌寒羽的漫画掉落声惊醒的萧明洛甩甩头，一脸正经地问安初夏：“是谁跟你提起这个名字的？”

萧明洛这人很少会有那么一副严肃的样子。一般他一脸正经，那么一定是遇到了什么重大的事，而且是坏事。这么说，他们都知道向蔓葵这个人的存在。是不是说明，向蔓葵在韩七录的心里，占有很重要的地位呢？

一股失落感油然而生，但随即就被她忽略。面对萧明洛的质问，安初夏无法告诉他真相，因为院长似乎下了很大的决心才把那件事说出来的。于是她干脆扯了个谎：“韩七录，是他告诉我的。”

谁知凌寒羽一下子就否决了她的回答：“不可能，七录不可能在你面前提起这个名字的。”弯腰捡起地上的漫画，将头偏向萧明洛那边，等着他说些什么。

萧明洛的声音一向很是浑厚，他的声音让人听了，会让别人感觉到如同在初冬的天气晒太阳那么舒服，可是今天他的声音却异常沙哑。他抬起眼深深地看了安初夏一眼，道：“不管是谁跟你说的，总之以后这三个字不要再在任何人面前提起了。这是禁忌。”

体育馆外陡然响起一阵脚步声，萧明洛扯出一个微笑道：“很嚣张嘛，要不我们比比？”

安初夏知道萧明洛是想转移话题。可是经他们这么一说，她对那个向蔓葵的好奇心却是越来越重。怀孕、禁忌，这一个个问题都压得她喘不过气来。

“初夏同学，怕了吗？刚才不是还说在你们以前的学校，你可是打篮球的大姐大。”韩七录此时才跨进体育馆的大门，听到萧明洛这么说，不禁皱起眉头。将手里的芬达递给安初夏，另一只手随意地搭在了她的肩上：“要跟我比比吗？”

萧明洛嘴角一扬：“哪里敢跟您比呢？七录少爷。”狗腿地一鞠躬，自己抱着篮球玩去了。

轻瞥了萧明洛的身影，韩七录又拿过她手里的芬达，体贴地帮她拧开了盖子：“他们两个突然不想打保龄球了，如果你很想玩，我下次单独带你去玩吧。”

她不知道韩七录为什么突然对她这么好，但她的第六感告诉她，对她好的原因里，一定有向蔓葵的原因吧？无论如何，她一定要弄明白这件事不可！可是如果向蔓葵肚子里的孩子……不，现在应该出生了吧？如果她的孩子真的是韩七录的，那……可怎么办呢？

呸呸呸！什么怎么办！关她屁事！脸色变幻着，一旁的韩七录看得不禁嗤笑了起来：“小脑袋瓜里又在想什么？”

“没什么！”一仰头，喝下一口冰凉的芬达，她凌乱的心才稍微平复了一点儿。就连她自己也不知道，到底是为什么一想到向蔓葵就各种不爽。余光瞥到凌寒羽坐在一尘不染的体育馆的地上看漫画，她把芬达塞还给韩七录，走过去坐在凌寒羽的身边：“你真的很喜欢看少女漫画吗？”

凌寒羽一抬头，愤愤道：“不要听明洛那个混账的瞎话！这明明是男生的漫画！”

说完他还把漫画递给安初夏看。

安初夏看了一眼那上面写着《斗罗大陆漫画 64 话》，然后下面都是一些画着巨龙的图片，果然是男生的漫画啊。

“好吧，男生漫画。”反正从她的心底已经确信凌寒羽是个 Gay，正常的男生怎么会说话那么娇弱呢？好吧！以后他就是她的好姐妹了！将漫画递还给凌寒羽的时候，一偏头发现韩七录正往她这边走来，还在兜里找出了点什么。

令安初夏惊奇的是，他这个大少爷居然从口袋里摸出了一盒小巧的印着 Hello Kitty 的 OK 绷。

“我看看你的耳朵。”他在她身边坐下，然后仔细地看了一下她的耳朵。看似寻常的一个动作，却让她一下子羞红了脸。这个家伙，能不能偶尔把她当作女生看待啊？哪有男生靠一个女生那么近的。

“你干什么？”感觉到他温热的手指指腹紧贴着她的耳垂轻轻摩擦，她的脸更红了。那可是她的敏感地带！

韩七录没有回答她的话，撕开了 OK 绷两边的膜，然后小心翼翼地帮她在耳朵上贴 OK 绷。她这才想起之前房东阿姨把她的耳朵弄伤了，顿时感慨自己怎么变得那么不纯洁了……

“快感谢本少爷吧。”他笑得一脸灿烂。

“你们两个暧昧的时候，可不可以照顾着点儿别人，我还在看漫画呢！”凌寒羽不悦地往右边移了移，跟他们拉开了距离。

就在这时一个圆圆的黑影朝他们飞来，安初夏反射性地伸手挡住自己的脑袋。等把手拿下来的时候，看到韩七录一脸淡然地拿着一个篮球在转。原来黑影是篮球啊！转头看向萧明洛。他挑衅地看着韩七录道：“一个人玩太没劲了，七录，要来切磋一下吗？”

韩七录深不可测的眸子动了动．“好啊，既然你这么盛情相邀，我也没有什么理由拒绝不是吗？说吧，这次赌什么？”

深棕色的瞳孔转了转，萧明洛伸出食指指着安初夏：“赌她！”

安初夏一怔，看向韩七录，不知道萧明洛这个白痴又想说什么。

韩七录微微一挑眉，好看的嘴角勾了起来：“怎么？你对她有兴趣？你喜欢的可一向是身材火辣的女人。吃惯了山珍海味，想换换小野菜吗？”

“喂！韩七录，你在胡说些什么？”安初夏不爽了。什么叫作小野菜？她就那么不济吗？脸色突然大变的她，此刻恨不得冲上去跟韩七录单挑。谁知韩七录连看都没看她一眼，只是周围的空气又在此时凝结了，气氛异常诡异。

萧明洛深知韩七录在想什么。他才不会傻到跟韩七录去抢女人，但是那边悠哉悠哉坐着看漫画的智障，就不知道会不会了。他这么做，纯粹是为了在以后即将燃烧起来的火上，稍微加那么一点儿油，起催化剂的作用罢了。

所以现在嘛，他要赶紧说清楚关系："你可别侮辱我的清誉，我一向都是很纯洁的，喜欢一个人，才不管对方的身材好不好。不过……我对她还真没兴趣。"

安初夏满头黑线，这两个王八蛋，老虎不发威，全都当她是病猫了？正欲冲上去跟他们两个决一死战时，一直在旁边低头看漫画的凌寒羽，突然伸手拉住安初夏的手腕。他的手通常都是冰的，在触及安初夏温热的手腕时，禁不住轻微地颤了一下。

"干吗拉着我？"她不满地皱了下眉。凌寒羽淡淡地看了她一眼道："明洛这是在帮你，没有发现他拿你当赌注很奇怪吗？"

正当安初夏准备开始思考的时候，凌寒羽悠悠的声音又传了过来："他们以前赌的可都是几百万几千万呢。"

几百万几千万？安初夏猛地瞪大了眼睛。擦！这就是有钱人家少爷的赌注吗？打个篮球也能赌上个几千万……真是太不可思议了。不过她还是没搞明白萧明洛到底想要干什么，但她已经打消了冲上去跟他们决一死战的念头，换了个舒服的方式，等萧明洛继续说下去。

那边并没有注意到安初夏这边发生的事，只是韩七录的眼睛已经眯了起来："那你赌她做什么？这赌注未免也太小了点儿。"

"那就加注五百万吧。如果你输了，得把安初夏每个星期的周末都借给我。虽然安初夏对我来说没什么用，可是对寒羽来说就太有用了！"

凌寒羽的嘴角在此时勾起了一点儿弧度，果然……

"请问，刚才是有叫到我的名字吗？"凌寒羽从漫画里抬起头，迷茫地眨眨眼。两个最有默契的人开始一唱一和。

萧明洛扬眉道："你老妈不是给你打了个电话，让你在期末考之前找个家教老师？我觉得安初夏这货不错，等我赢了把她赐给你。"这话说得颇有大哥的风范，跟凌寒羽说话的同时，他的余光也注意到韩七录那微微皱起的眉已经舒展开来。

难道，他真的对安初夏说了向蔓葵这个名字？如果这是真的话，是不是说明他已经开始忘记向蔓葵了，准备敞开心胸去接受安初夏了？这是无论用什么科学都不能解释的。在萧明洛神游之际，凌寒羽已经放下漫画，偏头去看安初夏："她？教我？拜托！她才大一好吗？教我这个堂堂的……"

"堂堂的考试倒数？"韩七录不屑地说，"先不说明洛能不能赢我，就说成绩，她一个全科满分的不能教你这个年级倒数的吗？"

知道目的达到了，趁着韩七录偏头看凌寒羽的一刹那，站在韩七录身后好几米的萧明洛狡黠地朝安初夏眨眨眼，用口型对安初夏说道："分散他注意力……"聪明的她当然已经明白他葫芦里卖的什么药，不动声色地站起身坐到了之前她睡觉时坐着的躺椅。

不明白这躺椅是从哪里来的，想来应该是韩七录让人搬到这里来的，心里不禁划过一道暖流。但是抱歉了，她必须要让韩七录输掉。没有再说话，她躺在躺椅上，从口袋里掏出 Iphone6S 玩起了切西瓜。

“随便你啦，反正多个陪我玩游戏的家教老师也挺好的。”凌寒羽无所谓地摆摆手，重新拿起放在一旁的漫画书看了起来。看似对这场比赛漠不关心，实际上他把自己的激动全都深深地隐藏好了，手中拿着的漫画也全然看不进一个字、一幅图。

收回目光，韩七录收紧下巴道：“如果你输了，五百万再加一个你。你必须每天放学都来我们家打扫房间、给草坪洒水、陪霸天玩。”

“太毒了吧？陪你家霸天玩，那会要了我这条老命的！你是不知道你家霸天有多可怕，上一次差点儿就把我漂亮的脸蛋给毁了！”萧明洛欲哭无泪。明明是做好人来着，怎么就落了这么个下场？心里默默地为自己祈祷，一定要赢，一定要赢啊……

“那我就当你认输了。”

淡淡地一挑眉，萧明洛立刻就急了：“不行！我堂堂萧大少怎么可能会认输？来吧，比赛规则很简单：蒙眼投篮！”

“好。”韩七录从容一笑，这是萧明洛的强项。可只要是篮球，那就是他韩七录的强项。邪邪地勾起嘴角，看着萧明洛转身往休息室跑去找道具，他转眼看了安初夏一眼道：“我不会输。”

只四个字，就让安初夏的面容一下子愣住。是需要有多大的自信，才可以这么笃定地在比赛还没有开始的时候就说自己不会输？韩七录要是敢称自己是第二嚣张的，那就没有人敢称第一了。

怎么办，她要怎么做才可以让他输掉？有了！扶着躺椅的手陡然一紧，表面上却是挂了一副淡淡的笑：“最好是这样。”

第八章　飞扬在赛场

很快萧明洛就从休息室里拿出了一条黑布，摇了摇手中的黑布道：“每个人有三次机会，看谁在三个球里投中的多。如果两个人都能投中三次，那么就再加一次投篮，直到对方投不中为止。那么……我先！”说完，他就站在了三分球的点上，最后看了一眼篮筐，伸手用黑布蒙住眼睛。

这种比赛方法，她还从来没有见过。看着萧明洛淡然地拿起篮球，扬起手时，她手上不禁起了一层细汗。萧明洛的身边放着一个装了很多篮球的箱子，一伸手就可以拿到箱子里的篮球。

很快的，两次萧明洛都投中，直到第三次。安初夏紧紧地抓着躺椅的把手处，紧张到了极点。第三次……篮球居然……

在篮球筐上足足转了有三圈，待萧明洛扯下黑布的一刹那，掉进了篮筐！三次投篮全都投中！将视线落在韩七录的身上，他的脸上依旧看不出任何紧张的情绪，甚至那深渊般的眸子还透出一股笑意。那是……不屑？

轮到韩七录了，他自己系上黑布后，也站在了萧明洛站的那个点上。三个球，居然全都投中。而且全都是空心球！她终于知道韩七录为什么会说“我不会输”了，因为他简直是打篮球的天才！

按照规则说的那样，加设一个投篮的次数。萧明洛系上黑布之后，不自觉地，他的额头上也起了一层细汗。一扬手，篮球在转了半圈之后落进篮筐，进球！

紧接着是韩七录，在他接过萧明洛手里的黑布时，萧明洛投给了她一个眼神。她会心地一点头，这次，无论如何要分散他的注意力。他蒙上了眼睛，那么，就用声音分散他的注意力吧！

低头看漫画的凌寒羽早已经仰起头，观察着比赛的情况。只要韩七录这个球投不进，那么萧明洛就赢了。只是……韩七录的世界里从来都不曾有过“输”这个字。他也深深地在心里为萧明洛捏了一把冷汗。

如果再这样下去的话，萧明洛必输无疑！在韩七录系好黑布之后，她清楚地看见韩七录的嘴角微微勾起，那是一抹胜利的笑，他很有把握，也很有信心。

那么……抱歉了！在他手里的篮球即将脱离手投出去的那一刹那，安初夏一个翻身，从躺椅上摔了下来。

“啊——”吃痛的声音响起，韩七录手中的篮球朝篮球筐飞去，然而……篮球在圆形的篮筐上转了半圈后，掉落在球筐外。篮球在地上蹦了几下后，滚到了一个小角落。

韩七录一把扯下黑布，从扔出去的那一刻他就知道投不中，因为感觉不对。但他管不了那么多，一扯下黑布就走到摔在地上疼得龇牙咧嘴的安初夏面前，冷声道：“你是猪吧？怎么摔的？”

从韩七录那鄙视的眼神里，她看到了一丝心疼。是心疼吗？她的错觉吧？拍拍手，她自己从地上爬起来：“谁让你们比赛那么激烈的，本来是不想看的，让我都……等等！刚才那球，进了还是没进？”

她在撒谎，她很少撒谎，或者说从不撒谎。可是为了自由，也只能撒谎了。果然谎要少说的好，因为胸口那种叫作“愧疚”的心情，弄得她很难受。刚才只顾着让自己摔得惨一点儿，没有看球。

韩七录恨铁不成钢地瞪了她一眼：“我输了。”愿赌服输，这才是男子汉，满不在乎地从地上拿起那瓶安初夏喝过的芬达，仰头喝下大半瓶，接着朝萧明洛那看了一眼：“安初夏不是我的东西，不能用来做赌注。”

安初夏因为他的话一愣，转而大吼着：“喂喂！韩七录，这瓶芬达是我的，我喝过的……”

可是韩七录并没有理会她，反而仰头又喝了一口。故意的，他绝对是故意的！可是如果他一直坚持说自己不是他的东西的话，那么她还是不能去补课。不，是去做兼职工。一边夺过韩七录手里的芬达，一边不动声色地朝萧明洛那看了一眼。

萧明洛一副悠闲自在的样子，全然没有了刚才比赛时的紧张，又恢复了他的玩世不恭。把玩着戴在右手上的黑色尾戒，萧明洛嘴角一勾：“七录，知道我为什么拿她当赌注吗？我只不过是想看看你韩七录，是不是对别的女生动心了。”

言下之意，就是指除了向蔓葵之外的女生。安初夏清清楚楚地察觉到韩七录表情的变化，由毫无波澜，到波澜万丈。刚想要发怒，却又因为某种原因而压制住自己的怒气。

最终，他也只是仰起头深不可测地看了萧明洛一眼：“愿赌服输，要怎么样就怎么样吧，我还有事，走了。”

紧咬着下唇，看着韩七录离去的背影。她的心，居然莫名其妙狠狠地刺痛了一下。也只是那么一瞬，让她自己都以为是错觉。她没有追出去，而是转过身看向萧明洛和凌寒羽：“你们两个，还是不打算告诉我向蔓葵是谁吗？”

把漫画书一合，凌寒羽偏头看向萧明洛。他也是一副拿不定主意，到底要不要告诉安初夏的样子。索性，他把漫画书放在地上，双手支撑着身体利索地站了起来。

“告诉她吧，明洛。否则，她会一直追问。到时候她如果跑到七录面前问的话，那就不得了了。”轻叹了口气，凌寒羽走到远处的篮球架下，靠着球架闭目假寐，似乎是很不想听到关于向蔓葵的事。

萧明洛抿了抿唇，无可奈何地说道：“禁忌之所以是禁忌，那是因为有人想要刻意遗忘或者埋藏起某些人，某些事。而关于向蔓葵这个禁忌，是七录说过的。无论是谁，都不许再提起向蔓葵这件事，甚至是连名字也不许提起。”

安初夏上前几步，对着萧明洛的脸坦然地说：“这个名字，是韩伯父跟我提起过的。当时，他的表情很古怪，我就起了疑心。所以才来问你们，结果你们也是不想提起的样子，所以我就更想知道了。”

看到安初夏那迫切的样子，萧明洛的眉头轻轻蹙了下，面容划过一丝复杂的情绪：“向蔓葵，现在的名字是 Waiting，意为等待。现在她是巴黎当红的影视明星，就连国内也有很多关于她代言的广告。不过……她是七录的初恋。”

“初恋？”除了震惊，她想不出别的形容词来形容她现在的心情。

其实她早就猜到会是这样，可是当亲耳听到的时候，她还是感到异常惊讶。这么说，她当时怀着的孩子，应该就是韩七录的。可是她为什么又不让医生告诉韩七录，她怀孕了呢？

面对安初夏的震惊，萧明洛的眸子缓缓垂下，而后又重新睁开：“一切看起来都很美好，是她让七录变得有了温柔的一面。她的家族是音乐世家，但到了她的父母那一代渐渐败落。她面临着一个选择，是留在七录身边，还是为了家族、为了自己的前途而离开七录，前往巴黎发展。”

再接下去的事，她也猜到了，扬声说道：“她选择了离开韩七录，去了巴黎，是这样的吧？”

萧明洛点头：“没错，就是这样。她走了。”

“然后呢？”她急切地询问，“如果事情真的只按照这样发展的话，韩七录是会原谅她，会在国内好好等着她的吧？难道说，韩七录那个家伙因为这样，就再也不跟向蔓葵往来，并且把她当成了一个禁忌？这也太不科学了吧？”

萧明洛沉默片刻，嘴角勾起一抹欣赏的笑：“不愧是全科满分的天才啊！没错，事情当然不会这么简单地发展下去。七录当时一点儿也没有怪她，反而很支持她去巴黎。甚至……想要跟她一起去。可是韩伯母和韩伯父都不让，因为两家的父辈有一些理不清的纠纷。两家原本就是老死不相往来，按韩伯父的性格，是不允许七录跟向蔓葵有什么纠葛的。”

“后来呢？”她越听越入迷，就像是在听故事一般。韩七录对于她来说，是一个很微妙的存在。他们两个人，如果不是妈妈的死，是断然不会有任何交集的。而现在，就算是有了交集，她也不希望自己去蹚豪门这趟浑水。

没错，她只想要好好地读完大学，然后静静地找一个地方教书。她只想要过这样平凡的生活而已。

“后来，韩伯父终于拧不过七录，同意让他去巴黎找向蔓葵。当时我有事，没有跟着去，但是寒羽他跟着去了。原本寒羽只是想去巴黎，找找看巴黎有什么好看的漫画，结果后来同七录一起到达向蔓葵所在的酒店房间时，却发现她和另一个男人做了……那种事。”

安初夏惊讶地瞪大眼睛看向凌寒羽，这也难怪他和韩七录都不想要提起这件事情了。韩七录的世界里是容不下背叛的，更何况是他的初恋，他深深爱着的人呢。

“因为向蔓葵住的酒店是韩氏在海外的酒店，七录有钥匙，所以才看见了那一幕……当时向蔓葵解释说是为了家族。七录说他需要冷静，然后就立刻飞回了国。结果……结果却知道一些更让他觉得心寒的事。”

从萧明洛那浑厚声音的描述中，她明白了一切。

回国后，就在韩七录犹豫要不要原谅向蔓葵的时候，却得到消息，向蔓葵怀孕已经三个月了，肚子里的孩子是那个男人的。那个男人，其实是向蔓葵的初恋。也就是说，韩七录一直在戴绿帽子。

这个消息是韩六海查到的，韩七录不相信，亲自打了电话去问向蔓葵。结果她承认了，她说对不起他。她说他不够成熟，因为两家父辈的关系，他们根本没有未来。

那段时间后，韩七录整天酗酒，好几次因为酒喝得太多而导致胃出血。直到姜圆圆因为这件事而生了一场大病，七录才逐渐清醒过来。可是清醒过来之后，他对周围的陌生人更加敌对了。这一切跟韩六海对她说的话完全吻合，只是韩六海隐瞒了向蔓葵的那段事。

“初夏啊，其实，我觉得七录或许会因为你，而重新找回一颗爱人的心。

你……”

“你不用说了。”安初夏毫不犹豫地打断萧明洛的提议，“我跟韩七录，那就是水火互不相容，绝对没有可能！关于向蔓葵的事，我会当作什么都不知道。那个谁……这边的故事已经讲完了，时间还早，带我去你家呗。”

她的语气很轻松，但只有她自己知道，她的心，莫名其妙地感到压抑。但她一味地告诉自己，那是错觉，只是错觉而已。

凌寒羽动了动睫毛，缓缓睁开眼睛。虽然他离安初夏和萧明洛很远，但是耳尖的他还是清清楚楚地听到了一切。当他亲眼看到向蔓葵的背叛时，其实比韩七录更生气，恨不得掐断她的脖子，可是韩七录阻止他了。

很长一段时间，他看着韩七录一个劲儿地糟蹋自己的身子时，都在后悔当初怎么没把向蔓葵那个贱人掐死。

张开眼睛，他的眸中溢满笑容，那都是过去的事了，没有必要耿耿于怀。站直了身子，他从兜里摸出一把钥匙：“明洛，恭喜你和安初夏里应外合，打败了自大狂韩七录。”

萧明洛耸耸肩，不置可否：“你带初夏去熟悉一下你家吧，我去……亚特兰蒂斯看看。”韩七录一定又在那里喝酒了。要不是为了安初夏，他也不会旁敲侧击地提醒韩七录向蔓葵的存在。可以看出，安初夏真的能够使他忘记向蔓葵，接下来的日子，还是慢慢来吧……

“走吧，小女佣，我家可是很大的。”凌寒羽戏谑地瞥了她一眼，率先抬脚往体育馆门口走去。安初夏往前走了几步，突然又折返回来，那双清澈的双眸仔细地盯着萧明洛，似在打量他。

萧明洛被她毫不避讳的双眼盯得寒毛直竖，尴尬地扯扯嘴角道：“你想说什么？”

安初夏收回目光，笑盈盈地说：“我发觉，你其实不像看上去那么……那么坏。你呢，其实是个好人。”

被她的话说得更加尴尬，一眯眼，萧明洛收起了所有的情绪，只留一丝戏谑：“初夏同学，因为我突发奇想地帮了你一次，你就爱上我了吗？”

安初夏瞬间凌乱了，丢下一句“朽木不可雕也”就转身跑了出去。望着安初夏离开的背影，萧明洛脸上的那抹戏谑之色立即消失殆尽，留下的只是一副复杂的神色。

“好人吗？”他喃喃自语，这辈子还是第一次听到这样的夸奖呢。安初夏……她还真是特别，抬脚脚步坚定地朝体育馆大门走去。

阳光灌透了整个世界，坐在敞篷的红色跑车里，安初夏好奇地打量着这辆车。

这种车型，似乎只有女生才会喜欢吧？果然，凌寒羽是只 gay！她自认是个思想开放的人，所以得到这种认知后，反而更想要贴近凌寒羽的生活。

毕竟 gay 只有小说里才会出现，在真实的生活中她还没有真正见到过。真是大开眼界了啊……

一辆黄色的兰博基尼驶到他们身边跟他们平行。安初夏偏头看过去时，正好看到敞下的车窗里坐着满面桃花的萧明洛。微侧过脸，萧明洛大声地对凌寒羽说道："记得把她送回家，我现在就去亚特兰蒂斯。"

说完，不等凌寒羽说什么，黄色兰博基尼就快速地飞驰了出去，很快消失在他们的眼帘。哇噻，那车……好帅！当然，她现在坐的这辆也很帅啦，不过风把她额前的刘海吹得不成样子，露出好看又光洁的额头来。

用余光看了她一眼，凌寒羽淡淡地说："你长得跟一个人很像。"

"谁？"安初夏笑容满面地问道，满心欢喜地等着凌寒羽说出某个巨星的名字时，却听到凌寒羽幽幽地说"整容后的芙蓉姐姐"，瞬间彻底凌乱了。

"喂——"她扬手想要抽过去，突然想起现在是在开车，她不能对司机做出什么激烈行为，否则死的可是她。

低声嗤笑一声，凌寒羽重新将视线认真地调回。他是在开玩笑，其实他心里想的是，她跟某部叫《异国迷路的十字路口》的动漫中的主角汤音很像。

沉默了会儿，安初夏突然问道："萧明洛那斯说的'亚特兰蒂斯'是什么？据我所知，亚特兰蒂斯可是一座沉没在海底的废墟啊。"

凌寒羽不以为然地挑了下眉："你倒是学识渊博啊，可是你为什么会不知道亚特兰蒂斯在我们 A 市，只是一家高档酒吧的名字？"

高档酒吧？肯定又是韩氏旗下或者萧氏旗下或者凌氏旗下的酒吧了。感慨了一声，她闭上眼睛道："到了叫我。"

看了眼面带倦意的安初夏，凌寒羽没有再多说，只是"嗯"了一声，认真地开车。

十几分钟后，安初夏被一阵奇痒弄醒。

"阿啾——"终于忍不住，她响亮地打了一个喷嚏，揉揉眼睛想知道发生了什么。结果看到的却是，凌寒羽抓了一撮她的头发在挠她的鼻子。看到她睁开眼睛，凌寒羽立即松手，规矩地坐回车座，淡淡地说道："到了。"

他怀疑安初夏就是个白痴，怎么每次睡着就流眼泪，看得他……心里怪怪的。叫了她几声没反应，于是玩心大起，拿她的头发挠她鼻子。

"你刚才做什么了？"她一脸阴霾地揉着鼻子，还是感觉痒痒的，好难受……这个浑蛋！

凌寒羽无所谓地耸耸肩：“是你自己说到了让我叫你的。结果我喊了你半天，你愣是眼皮子都没动一下。所以我就……采用了一些非常手段喽。”他说得一脸轻松，却成功地挑起了安初夏的怒火。

“凌寒羽！”安初夏憋住了气握紧拳头准备朝凌寒羽挥去。几乎在她伸出拳头的同时，身后突然响起了一阵嘈杂声，一扭头……一群身穿黑衣的高大男子正站在她面前。

不由自主地，她将双手举到头顶，无辜地说：“我什么也没做……”

看到她的动作，凌寒羽嘴角不自觉地翘起：“她是我的朋友。”

其中一个保镖一脸警惕地说：“少爷，夫人吩咐过，您的朋友也不一定都是安全的。而且，刚才我看到她对您做出了带有威胁性的动作。”

言下之意是……她必死无疑？安初夏动了动嘴唇，一滴眼泪居然不自觉涌了出来。

凌寒羽自然是注意到安初夏那滴透明的泪水，当那滴泪水一下子顺着她完美的脸颊往下流时，他的眉头一下子蹙了起来。

“立刻消失！”这话带有严重的命令性，但那领头的保镖还是一动不动。

见到手下没有听他的命令，凌寒羽忍不住低咒了一声：“该死的！”

“凌寒羽……我要回家！”安初夏动也不敢动，只从嘴里僵硬地吐出了这几个字。他的心猛地颤抖了下，在众目睽睽之下，按住安初夏的肩，将她的头轻轻扭过来，然后对准她的唇瓣吻了下去。只是一秒，他就离开了她带着馨香的唇瓣。那一刻，他的心脏跳动速度竟然不能自已。

强装镇定地搂住安初夏的肩，仰起头对着那帮目瞪口呆穿着警服拿着枪的手下们，说道：“看到没有，她是你们未来的少夫人！她就算是真的动手打我了，你们也应该当作什么都没看到。”

那群人立刻训练有素地朝安初夏单膝跪下，齐声说：“少夫人，请责罚！”

安初夏瞪大眼睛看着这一切。危机解除了吗？凌寒羽这家伙刚才是吻她了吗？讨厌，怎么可以这样？

不对……他只对男的有兴趣，是她的姐妹！刚才这么做只是为了帮她而已。

这么想着，她一下子就释怀了。她现在等于被一个女生亲了一下，有什么好纠结的？面容放松下来，嘴角一扬，她微笑着说：“不用责罚，不用责罚！只要下次别再拿枪对着我的脑袋了，其实我还是挺怕死的。”

领头的警察一点头说了声：“多谢少夫人！”然后起身，纵身一跃，消失在了她的视线中。左右搜寻了一下，发现刚才那个人居然凭空消失了！视线重新回到原地的时候，那帮原本跪着的警察们也都消失了！

安初夏惊讶地转过头看向凌寒羽，嘴唇禁不住有些颤抖：“他们……刚才那些人，到底是人是鬼？”居然能够在她的眼皮子底下就消失，如果不是鬼的话，难道他们就是传说中的火影忍者？眼皮子跳了几下，这里又不是动漫世界，怎么可能有忍者？

凌寒羽眼皮一抬，立即有一个声音传来：“回少夫人的话，我们是人不是鬼，因为都受过严格的训练，所以行动比较迅速。”

安初夏一侧脸就看到刚才那个领头的出现在车门边，一手置于胸前，另一只手放在背后，恭敬地回答。她的接受能力不错，差不多已经完全接受神出鬼没的保镖们了，所以只是点点头，没有再露出什么惊讶的表情。

倒是凌寒羽有些不解地打开车门走出去，缓缓地走到那人面前，说：“我没有受到威胁，你怎么就出来了。有什么事要通知我吗？”这些人是奉凌老爷子的命令保护他的，因为他不喜欢住在凌家大宅，这里是他的私人住宅。凌老爷子不放心，才叫了这么一批人暗中保护他。尽管他在初中时，就已经称霸了全国的跆拳道和柔道……

这批保镖一般都只在他面临威胁时才会出现。就像刚才，安初夏一举起拳头，他们就出现了。可是现在没有任何的威胁，领头的坤尼也出现了，那么就说明，他刚才有什么忘记说的事。

“回少爷的话，刚才我已经向老太爷汇报您有了少夫人人选的事情。所以老太爷让我告诉您，现在就带这位少夫人回一趟凌家大宅。”坤尼的话让凌寒羽忍不住皱起眉，刚说安初夏是他未来的老婆，这该死的保镖就汇报了老太爷！该死……

虽然他很不想去，可是如果现在不去的话，那么老太爷一定不会善罢甘休。要知道，老太爷一直误以为他的性取向有问题，早就急翻了。现在得到这么一个消息，他自然是想要见见他喜欢的女生是谁。

“消失。”依旧是那个又萌又有治愈力的声音，可是现在却多了一份威严。安初夏的眸子动了动，似乎……不论是韩七录和凌寒羽，又或者是萧明洛，都有着不可思议、与生俱来的王者气质。他们几个，看似桀骜不驯，事实上，都有着不容忽视的，很强大的力量吧？

坤尼身形一动，消失在他们面前，空气中却依然传来他留下的声音：“请少爷务必去见老太爷。”

打开车门走出车外，安初夏不解地开口问道：“很抱歉，我不知道来这里会给你带来这么多麻烦。不过，这到底是怎么回事？那个老太爷是谁？我都被弄得一个头两个大了。”

望了眼安初夏迷茫的表情，凌寒羽揉揉脑袋，露出一个无奈的笑。刚才威严的样子完全消失不见，隐藏的还真好啊。她不禁感慨，看样子正太其实也是很危险的呀。哦不，又忘了这只正太是个 Gay！

“其实也不难理解，不过，你连我的底细也不知道吗？”上下瞅了她一眼，无奈地叹息一声，“如果是别人，真的会把你当作火星人的。”

她调皮地一吐舌头，一向不爱八卦的她，哪里有那么多空闲时间去知道凌寒羽的底细呀……从凌寒羽那充满治愈力的描述中，她知道了凌寒羽家其实也非常的不简单……

凌家家族是以做保安公司起家，家族内有一支超级有破坏力和行动迅速的保镖队伍，刚才她见到的那几位就是其中的几个精英。他们的家族几乎称霸国际的跆拳道、柔道馆。也就是说，你随便找家跆拳道馆那百分之九十八是凌家开的。

听着凌寒羽的描述，安初夏的头更晕了。怎么在她眼中是白痴的家伙，一个个原来都那么厉害？是她看人不准，还是他们隐藏太深？

捏了一下安初夏粉嫩粉嫩的小脸蛋，凌寒羽左右看了下，用只有他们两个人才能听见的声音说：“帮我个忙呗。”

她立刻就产生了一种不好的预感。果然，凌寒羽凑近她的耳朵说道：“陪我去见见我家老太爷呗，他早就想要见见我的女朋友了。不过你不用误会，这一切只是逢场作戏。”

“好！”她想也没想就答应了。反正凌寒羽喜欢的是男人，她只是个客串的。是她的出现才弄得老太爷要见人，那么她当然也有义务去假装凌寒羽的女朋友。

笑靥如花的脸，让凌寒羽愣了下：“你这么轻易就答应了？就不怕我心怀不轨，真的把你娶回家，然后……嗯？”

安初夏认真地盯着近在咫尺的凌寒羽的脸三秒，带着些狡黠的意味，说道：“你就不用装了，我知道你是……你是只 Gay！所以你对我当然不会有非分之想喽。放心啦，我是不会歧视你的，如果以后认识什么优质 Gay，我一定会介绍给你的！”

说完她还很讲义气地拍了一下凌寒羽的肩。某个正常男人顿时满头黑线，脸色比吃了一坨大便还要难看。Gay？他就这么没有男子汉气概？

见他脸色阴沉下来，安初夏忙放低声音，弱弱地说：“对不起……难道我说错了？”没有理由啊，种种迹象表明，他就是只 Gay！可是如果没有说错，那他为什么那么生气？不过他生气的样子也还是那么萌！哈哈……

原本即将发怒的凌寒羽，脑中突然闪过一丝狡黠的亮光。认为他是只 Gay 是吗？很好，这样一来不是会更加好玩吗？

最终还是把胸口熊熊燃起的怒火给硬生生地压了下去，翻了个白眼，他挤出一丝僵硬的微笑，说：“这都被你发现了啊，还真不愧是全科满分的天才呢。那么，待会儿也一定要好好演戏哦。要知道，我们家老太爷可不是个好糊弄的角色。”

眼睛一亮，果然是 Gay 吧！她就说是 Gay 嘛！啊哈哈哈，居然真的被她猜中了！自信满满地拍拍胸脯道：“我的演技，你就放心吧！曾经，我还是我们幼儿园明星小演员奖的得主呢！”

凌寒羽像个小痞子一样勾起嘴角，上下看了眼安初夏。她今天的穿着还算得体，也没有化妆喷香水，按照老太爷的审美绝对会满意。点点头，淡淡地说道：“那上车吧。”仔细听的话，并不难发现他的语气里还有一丝无奈。

因为他一向讨厌麻烦的女生，也不希望成为萧明洛那样流连花丛的人，又因为韩七录的被戴绿帽，他就更加讨厌女生了。所以才会被自家老太爷误认为性取向有问题，迫不及待地要他找个女朋友。而现在，连笨蛋安初夏都觉得他是 Gay，他就真的那么没有男子汉气概？难道男人一定要左边一个女人右边一个女人才算是男人吗？

真是搞不懂他们的世界……

很快，敞篷跑车就停到了一座大宅的门前。这座大宅是复古式的，外墙由暗红色的石头砌成。整座大宅一眼几乎望不到边，由黑色的铁栏杆围起。门口还站着两排穿着警服的人，真是要多帅气有多帅气。

但怎么说她也是个见过世面的人！见到这么壮观的场面，微微咂舌之后就恢复了平静的面容。只有她自己知道，她的内心是有多激动。这么大的房子，不知道要多少钱呢……韩家虽然大，但是没有凌家大宅占的面积大，因为韩家的房子都是几层几层的。而凌家的房子，统统都只有一层，不知道的人还以为来到了日本。

“少爷好！”有人帮忙打开了车门。安初夏脚刚一踩地就听见齐刷刷的齐声少爷好，紧接着恢复了寂静……那些身穿警服的人，一个个都面无表情，有的也只是恭敬。她差不多明白了凌寒羽为什么要搬出去住，因为住在这样的地方，肯定会觉得压抑吧？

凌寒羽下了车后，有人上前坐上了车，把车停到别的地方去了。而凌寒羽很自然地拉着她的手往前走。走了几步后他突然停住，转过身微低了下头，理了理安初夏额前凌乱的刘海，这才继续往里面走去。

凌寒羽突如其来的动作弄得安初夏一下子脸有些微烫。她在心里暗暗骂了自己一句白痴，怎么对一个“同性”的动作也会脸红？咬紧下唇，她垂下头跟着凌寒羽往凌家大宅里走。不难发现，自从凌寒羽对她做了那个“暧昧”的动作之后，原本排成两排面无表情的私人警察们的面容，变得多了一丝惊讶。

少爷一向讨厌女生，这是出了名的。这次回来竟突然带了个女生，还做了那么暧昧的动作。难道少爷……恢复正常了？众人不敢在心里想太多，只心里镇定了下，恢复了淡漠。

绕过几座小房子，他们来到位于凌家大宅正中间的大房子。门口站立着两个警察和一个看起来还算友善的女佣。看到凌寒羽和她出现，立即弯腰放好了两双拖鞋，淡淡地说道："少爷，老爷已经等您很久了。"

刚才她还以为这女佣应该会很友善，没想到只是长相很友善，说出来的话还是那么淡漠。这个家的人，怎么比冰块还要冰块？禁不住狠狠咽了口唾沫，那么他们口中说的老太爷，肯定会更加冰山。太可怕了……

直到换好拖鞋，那女佣也没有再说半个字，只是机械地弯着腰站在一旁。她能感觉到那个女佣有意无意地在往她这边看，害怕地往凌寒羽那边靠了靠。凌寒羽此时刚换好拖鞋，看到安初夏一副小媳妇的害怕样，禁不住嘴角勾起："别怕，有我在。"

明显感觉到那女佣愣了下。安初夏并不知道，凌寒羽在这个家里，很少会露出笑容。毕竟对着一群冰块笑，不会有任何意义。

重新牵起安初夏的手腕，他加重了下手中的力道。安初夏抬头疑惑地看着他："怎么了？"

"老太爷是个很热情的人，所以你不用害怕的。"他这话相当于一个炸弹，砰的一声在安初夏的胸口炸开。热情？怎么可能热情？这里的人一个个几乎都是扑克牌脸！

没有抱多大希望地跟着凌寒羽进了大宅，走过了一道差不多十米长的走廊，他们来到最里面的一个房间。

"爷爷。"门是关着的，凌寒羽低头对着里面喊了一声。可是里面并没有传出任何声音，凌寒羽摇摇头，松开安初夏的手，将她往左边推了推。安初夏再次疑惑地看着他时，只见一枚飞镖突然快速地从打开的门缝中飞了出来。

凌寒羽一侧脸，飞镖从他的鼻尖划过，钉进了对面的墙壁上。安初夏张大了嘴巴，很努力才让自己没有尖叫出声。而凌寒羽则是一脸淡定，似乎是经常遇到这样的事。

"进来吧。"一个苍老而又带有绝对威严的声音从里面悠悠地传来。安初夏猛地瞪大眼睛，有些不敢置信。刚才的飞镖居然是凌寒羽的爷爷亲手射向他的？要知道那飞镖的速度可是非常之快，如果一个闪躲不及，那后果……

"走吧。"凌寒羽打开了门，拉着安初夏的手走进去。

房间很大，很空阔。整个房间里只放着一张暗红色的桌子，上面放着一套暗红色的高级茶具。之所以称为高级茶具，是因为如果让她来泡茶，绝对弄不懂那些勺子之类的东西应该怎么用……

一走进门，就感觉到一道犀利的目光，直直地落在她的身上。在这种目光下，似乎任何人都会顿时现出原形一般，她感觉到自己的脊背一阵阵发凉。

什么叫作很热情，这种冷漠犀利到极点的目光就叫作热情？有钱人怎么都这么奇怪？干脆，她也不刻意去避开那道像冷箭一般的目光，直直地迎了上去。她也开始毫无顾忌地打量起凌老太爷。既然是凌寒羽的爷爷，那怎么说也有五六十岁了，可是尽管两鬓的头发都已经发白，但他那精神气却跟个二十岁的小伙子一样，一点儿也没有苍老感。特别是那双眼睛，明亮得让人不敢直视。

凌寒羽长得一点儿也不像他爷爷。这凌老太爷的长相比较棱角分明，而凌寒羽则是小受正太型的脸。除了鼻子，两个人几乎没有一点儿相像之处。此刻他赤着脚坐在地上，两只手随意地放在两边，也正打量着她。

那双如同老狐狸一般精明的眼睛转动着，那深渊般的眸子深处，闪过一道欣赏的眼光。跟他想象之中的凌寒羽女友的形象完全不同。他以为凌寒羽会带回来个跟他一样长相可爱的女生，又或者是长相妖艳的。可眼前这个女生，算不上有多漂亮可爱，但就是能够让人在第一眼被吸引住。

而且她与生俱来有一种清新的气质，人看了只会觉得神清气爽。再加上她大胆地打量着自己，凌老太爷已经从心底赞许了凌寒羽的眼光。不错，这女生确实不错，很适合当他们家寒羽未来的老婆。

看来他的担忧一直都是多余的，他的宝贝孙子性取向完全正常！以前没有女朋友，也只是因为他眼光太高，现在总算是找到了合适的！

嘴角一弯，凌老爷子收回目光，如同狐狸一般笑开了："小姑娘，来来来，来尝尝我亲手泡好的上等龙井。这种龙井可是经过高温烘焙，保证你喝了一杯之后还想喝！"

"爷爷，你在做推销呢？说话跟个推销员似的，还什么喝了还想喝。"凌寒羽拉着安初夏的手，在凌老爷子的对面坐下。安初夏也只得跟着坐下。

再抬眼看向凌老太爷，他的目光已变得非常祥和，全然没有了刚才的犀利。这让她以为自己刚才被活剥了的感觉都是错觉。但她深刻地知道，那种感觉绝对不会是错觉！

果然是凌老太爷啊，一转眼就可以完全跟变了个人似的。她也不能给脸不要脸，微笑着伸出手准备接过凌老太爷手中的茶杯。然而在凌家，事情从来都不可能这么简单。就算是接个茶杯，也没有这么简单……

就在她的手即将触碰到茶杯的一刹那，凌老太爷突然变换了手的姿势，茶杯往上扔去。瞥见凌老太爷那精明的目光，安初夏一咬牙，突然想起刚才开门时的飞镖事件。这难道是他们凌家的规矩？好吧，既然是规矩，那她也要好好遵守才是。

在凌寒羽开口前，她快速地伸出另一只手，往上抓去。然而，凌老太爷也伸出了另一只手，在半空中将茶杯接住，重新递到安初夏的面前。

“爷爷！她……”

“闭嘴！”

“闭嘴！”

两个声音同时发出，分别来自于凌老太爷和安初夏的口中。凌寒羽当场呆住，看安初夏那副坚决的眼神，动了动唇，没有再说话。她……想要做什么？

她的全身都紧绷着，一张笑脸憋得通红。最终……她弯起嘴角，勾勒出一个绝美的微笑，面容也恢复淡漠：“看样子，想要喝到这杯好茶，并不是一件容易的事啊。”

发出最后一个音后，安初夏毫不客气地伸出手准备抓住凌老太爷的手腕。谁知道他的手快速移动着，居然出现好几个影子，看得她的眼睛都要花了。一咬牙，她朝其中一个影子伸去，凌老太爷的手也在那一刻停止。

“嘶——”她倒抽了一口冷气，来不及收回手，一下子戳进茶杯里。那茶很烫很烫，立刻，中指和无名指两个修长的手指被烫得发红。

“该死的！”凌寒羽低咒了一声，把她的手拉到自己的面前。看到她的烫伤后，一拍桌子站了起来，“老头！她可是你的客人！”

见到凌寒羽的反应，老爷子乐得合不拢嘴。这说明，这姑娘并不是凌寒羽叫来忽悠她的。而是……他真正在意的女孩子。老爷子深不可测地勾起嘴角道：“药箱可能放在我的卧室里，你去找找吧。”

看了一眼安初夏，又看了一眼凌老太爷，凌寒羽皱紧眉道：“我去找药箱，你不许再难为她！”留下这么一句后，凌寒羽急匆匆地跑出了房间。

转头看了眼凌寒羽离去的方向，安初夏装作无意地收回手，朝自己的手指吹了几口气，淡淡地说道：“老太爷把寒羽故意支开，是有什么话不能让他听到吗？还是……有什么问题想要问我？”

听安初夏这么说，凌老太爷的嘴角勾得更高了，眼中的欣赏之意也越发明显：“小姑娘叫什么名字，倒是挺聪明。”看到安初夏这么洒脱，他也不再装什么深沉，干脆两个人打开天窗说亮话。他的卧室并不在这座房子里，而是离这里有点儿远的地方。而且药箱还放得很好，他有充分的时间跟安初夏“喝茶”。

安初夏伸出没有烫伤的手，端起另一杯茶放到鼻子前优雅地闻了一下，并没有喝，淡淡地微笑着说："这茶还真挺香的，不过……我还是更喜欢喝矿泉水。"她这是故意扯开话题，否则，这老狐狸或许要说半天才能说到点子上。

果然安初夏的话题一扯开，凌老太爷就再也忍不住了："你和寒羽，是怎么认识的，又怎么在一起的？你家里可有大人？是做什么的？准不准备一成年就嫁到我们家？"

安初夏被凌老太爷迫切的问话雷得抖了一抖，手中的茶都晃出来，溅到了桌子上。嫁到他们家？看样子这老头还挺满意她的，或者说是想要孙媳妇儿想疯了吧？

看到安初夏震惊的样子，凌老太爷尽量让自己的脸看起来慈祥一点儿，微笑着说道："你放心！嫁到我们凌家来，绝对不会让你吃亏的！有我一口肉吃，就有你一根骨头……呸呸呸！我这是在说什么？"

安初夏被他恨不得咬掉舌头的表情逗乐了，"噗"的一声笑了出来，摆摆手无可奈何地说："老太爷，实不相瞒，其实呢……"她故意压低了声音，往门外看了一眼，确定没有人后才继续说道，"其实啊，我并不喜欢凌寒羽。"

"什么？"凌老太爷一惊，重重地拍了下桌子，吓了安初夏一大跳。但很快，几乎三秒钟的时间，他就恢复了镇定，挂上了一抹灿烂的笑："感情的事谁也不能勉强，但是为什么不喜欢我们家寒羽呢？你看他多乖多纯洁的一个孩子。"

安初夏微微一笑，这老头表情和情绪的变化还真是快。敛下了眸，她淡然地说道："我其实是韩七录的未婚妻，但是我也不喜欢韩七录。之所以是他的未婚妻，是因为某种不得已的原因，但这招牌也只是挂名的。你们家的寒羽确实很可爱，可是少了一份让我心跳的感觉。"

"你是说他让你没有心跳？没有心跳你还怎么活着？"在感情这种事上，一向老谋深算的凌老太爷，也是个白痴等级的渣。

安初夏满头黑线，擦了下额头上的冷汗，一仰头，决定把话说得更明白一点儿。反正今天这件事要好好地、完美地解决。那么想要完美解决一件事的话，就必须说出真相。当然，在真相上，也要稍微加那么一点点儿的修饰。

清了清嗓子，安初夏认真地说道："就是说，我面临两个选择，到底是嫁给韩七录呢，还是嫁给你的宝贝孙子凌寒羽。你看看啊，这两家都是财力雄厚，两个人都是人中龙凤。小女子我在短时间内，实在是选择不了。"

凌老太爷这才捕捉到有利的信息。韩六海那家伙居然也想让这小姑娘当自己儿子的老婆，这说明他没有选错人，这小姑娘确实不简单。但是他凌空越要做的事，还没有一次做不到过！就算是韩六海那小子，他同样也不会就这么拱手让人。

他当然不知道安初夏打的算盘，她以为凌空越听到韩家的名号后，会立即就放弃。可是她的如意算盘，似乎完全打错了。而且事情的发展，也似乎……跟她想的背道而驰了。

提起一口气，凌老太爷底气十足地问道：“你家在哪里，我现在就去你父母那提亲！”

安初夏眼皮子一跳：“啥？”这玩笑开得似乎真有点儿过头！她嘴角扯了扯，然后连眼角也忍不住扯了扯。

“我是认真的，你家在哪里？我现在带着所有的保镖去你家里提亲。如果你父母不同意的话，那我就……拿枪……毙了他们！”

凌老太爷的眼睛划过一道阴狠的光，直直地看向安初夏。

安初夏狠狠地咽了口口水，默默地抬起手擦了下额头上冒出的冷汗。还好妈妈已经去世了，还好还好……否则被一枪毙了的话，那得多疼啊？

“那个……老太爷大人。”她忍不住在称呼后面加了个大人。万一惹恼他了，她可如何是好？看到凌老太爷直直地看着自己，她在心里给自己暗暗打气，别贪生怕死啊，安初夏！深吸了口气，使自己的语气尽量平静一点儿：“我现在……住在韩家。”

原以为凌老太爷会大怒，结果她又猜错了。他反而是发出了一阵爽朗的笑，笑完后恢复了那一脸的高深莫测。收回视线，面无波澜地扫了安初夏一眼，道：“明天，明天我会去韩家亲自跟韩六海那小子喝喝茶，聊聊天。”

这茶喝的得有多痛苦啊？不行！明天无论如何要找个理由溜出去。看韩伯父那么严肃的人，跟凌老太爷这么可怕的人对决，那还不如一刀杀了她来得舒畅！使劲让自己冷静下来，调整好情绪后，她拿起桌上的茶杯，将已经半凉了的龙井茶一口喝下，道：“其实，我一点儿也不淑女！我对长辈一点儿也不礼貌，我之前对你的礼貌全都是装的！”

现在唯一的办法，就是让凌老太爷趁早断掉让她嫁给凌寒羽的这个念想。而断掉念想的唯一办法，便是让凌老太爷讨厌她！不过她今天或许是出门没看黄历，时运各种不济，额头上大概写着一个隐隐的“衰”字。

那凌老太爷似乎看穿了她的小把戏，老狐狸般地眯起眼睛，笑着说道：“从你进门开始，我就没觉得你淑女过。”

心里“咯噔”一声，请问，她这是被赤裸裸地鄙视了吗？看她那副傻愣着的样子，凌老太爷终于忍不住大笑出声：“你这小丫头，以为就你那点儿伎俩能玩得过我？老实说吧，虽然我们家寒羽无论找个什么样的女的结婚都没有关系，但是我这眼睛啊，就从来没有看错人过。你这丫头深得我心，不管怎么样，我都要定你这个孙媳妇儿了！”

走廊外响起一阵急促的脚步声，两个人对视一眼，极其有默契地闭上了嘴。一个是担心孙子又怪他多嘴多事，一个是怕尴尬。毕竟凌寒羽是Gay，她刚才撒谎说凌寒羽喜欢她。那要是被凌寒羽知道了，不知道会把她怎么样，或许是碎尸万段？

拿着一个方形的白色药箱，他跑到安初夏面前坐下，然后拉过她的手，认认真真地先用碘酒消毒，再涂上凉凉的不知道是什么做的药膏。一切做完后，凌寒羽才算是松了口气。

安初夏心里不得不感慨，这孩子演戏演得真像啊！要不是因为他是那啥，要不是一开始就说好两个人要演戏，那她指不定就觉得凌寒羽真的喜欢她了！

“还痛吗？”凌寒羽看向她的眸子动了动，不知道他在想什么。只是那种心疼的表情，真的很真实……没等安初夏说什么，他已经将她受伤的手放到嘴角，轻轻地呼着气。冰凉的手握着安初夏温热的手，那种感觉……像是有什么东西在心口蔓延。

凌老爷子摸摸下巴上的胡碴，满面笑意道：“人我也见过了，你们的事就这么定了吧，我很满意。你们可以走了，我也该好好睡一觉。这人老了，在面临一些事情之前都要好好地休息休息。”

安初夏心里再次咯噔一声，听凌老太爷的意思，明天韩家他是去定了。好吧，既然这样，也只能兵来将挡水来土掩……或许，她应该跟韩七录知会一声，不行不行……头痛……

“怎么了？脸色突然这么差？”凌寒羽看了眼凌老太爷道，“初夏不舒服，那我们就先走了，您好好休息。”

凌老太爷那原本松弛的身体，听到凌寒羽的话后立刻又紧绷了起来：“初夏？你说这孩子的名字叫初夏？那不是你奶奶生前无聊时画的漫画里的女主角的名字吗？那个小姑娘也叫初夏！”

凌老太太原来已经去世了，而且生前还爱画漫画？她差不多明白凌寒羽为什么整天抱着各种漫画书看了。一定跟他去世的奶奶有着某种联系，才会这么做的吧？毕竟他十八岁了。

这样年岁的人还这么沉迷于漫画总得有个理由，看来凌老太太就是这个理由。

内心不禁对凌寒羽起了某种好感，孝顺的孩子最可爱了。哪像韩七录？呸呸呸！突然想起他干什么？她正在神游呢，凌寒羽起身半蹲着，突然把安初夏拦腰抱了起来。

看她的脸圆嘟嘟的，怎么身子这么轻？他禁不住皱了皱眉道：“你未免也太轻了点儿。怎么？韩家没给你吃够三餐吗？”

他微怒的样子吓了安初夏一跳，随即反应过来，配合地说道：“哪有轻，我这是正常体重。”

“明明就是轻！”凌寒羽不悦地皱起眉。

“不轻！”安初夏毫不退让。

“就是轻！”

“再说轻我就再也不理你了，凌寒羽！”她威胁地说道。

果然，凌寒羽乖乖地说道：“不轻……”

两个人就体重方面进行了积极的辩论，看得凌老太爷那笑得个得意啊。初夏，好一个初夏！

凌寒羽抱着她一直出了凌家大门。随着整齐的“恭送少爷”后，凌寒羽抱着她沿着大门往左走，应该是去拿车。安初夏这才算是松了口气，小声地说道：“放我下来吧，不需要演戏了。”

他走路的动作突然停下，心口猛地一怔，眼眸随即眯了起来：“演戏？”他感到自己的胸口在剧烈起伏着，深吸了几口气，才算是让自己平静下来。

安初夏迷茫又无辜地眨眨眼：“跟我还演戏吗？行了，快放我下来吧。我承认你的演技真的是一级棒，差那么一点点儿，我就觉得你没有在演戏了。”

最后看了安初夏一眼，凌寒羽的唇动了动，没有说话，弯腰把她放在地上，声音淡淡的，带着些冰凉：“嗯，演戏。”

随后他的敞篷跑车由一个手下开了过来，仔细一看不难辨认跑车已经被清洗过了，还散发着淡淡的洗车剂的幽香。

两个人坐上车后，安初夏看了沉默不语的凌寒羽一眼，道：“你爷爷似乎很喜欢我的样子。”

“只是演戏。”淡漠地说完这四个字，凌寒羽启动了引擎，车子一下子离开了凌家大宅的门口。突来的风刮得她的脸颊生疼，侧过头看向凌寒羽，不明所以。他怎么了？怎么突然一副很生气的样子？是因为她说了凌老太爷喜欢她吗？一定是这样的。

明明喜欢的是男生，自己的爷爷却喜欢她这个女生。这大概就是凌寒羽生气的原因了。安初夏用力一点头，大声说道：“凌寒羽，你放心吧！我是不会嫁给你的，我也没有歧视你的意思，真的。”

车速缓慢地减了下来，对上安初夏那笑靥如花的脸，那一瞬间，他居然有些失神：“我爷爷对你说了什么？他让我去找药箱一定是想支开我。我找了半天的药箱，在找到那一刻我才知道他的用意。那几分钟里，他对你说了什么？”

安初夏调皮地吐了下舌头，依旧笑得一脸灿烂：“好姐妹，放心吧！他说他明天要去韩家跟韩伯父聊聊天来着。不过你不用担心，我绝对不会嫁给你的。你也要对自己的未来充满信心哦，总会有那么一个男生，愿意抛开世俗的一切，奋不顾身地跟你在一起的！”

他立即一副吃了一坨大便的臭表情，居然还真的以为他是 Gay 了。安初夏这个白痴到底是有多白痴？真是受不了她……等等，她刚才说……

“你说我爷爷要去韩家？”瞪大眼睛，狐疑地看着安初夏。这么说来，他家老太爷还真的是认定了安初夏是他孙媳妇儿了。这如何是好？

安初夏点点头道：“让你不用担心！到时候我就说要去你家给你补课，然后在他没来之前就走人呗。他连人都见不到，应该不会把话说得很明白的。”

他这才想起还有补课这茬，眼神一黯。凌寒羽扬起下巴说道：“你暂时还是不要来我家了。”

“怎么了？”安初夏大惊失色，“你不会是……不要我了吧？那怎么可以？我们都说好了的。”这卦变得也太快了点儿！

她说出来的话，似乎永远都会让别人不经意的误会呢。凌寒羽眉一扬，淡淡道：“我是说，暂时本少爷说出来的话还没有收回去的道理。放心，就算你不来，工资我也会给你的。一天一万？”

一听到钱，安初夏猛地瞪大眼睛：“一万？”天……天哪！一天一万？哪有什么地方的工作，可以什么都不用做就能拿到那么高的薪资的？

“很少吗？”看到安初夏的反应，凌寒羽挑了下眉，语气依旧淡淡的，“那十万？我以为一天一万不算低了。”

“不不不不！”安初夏连连摆手，“是太高了才对吧？你有没有搞错？你给上个女佣也是一天十万的工资吗？那她岂不是要高兴疯了？你给你家上一个女佣是多少工资，就给我多少工资好了。”

她可不贪心，一点点儿也……好啦，有那么一丁点儿小贪心。不过她从来不过分，不做事就拿工资的话，她可不会别人给多少就拿多少的。虽然缺钱，但是做人的基本原则还是不能忘。嗯！没错，她是个非常讲究原则的人。

凌寒羽认真地看了安初夏一眼：“那就一天一万吧，或者你来定。”对他来说，钱乃身外之物，多少只是一个概念罢了。

从良心方面而言，她安初夏不能敲诈人家一纯洁的孩子。妈妈从小就教导她，做人要对得起自己的良心……

“那就一天五千。”她满面堆笑，“亲爱的 boss 大人，以后有什么事情只要我做得到的，您都可以麻烦我！”

可是不稍微敲诈一点儿，在这个通货膨胀的世界上是无法立足的。不对别人狠一点儿，你连自己都养不活，良心什么的，至少要先对得起自己才对。她都可以想象得到，自己拿着钱住在自己的房子里的幸福生活了。

“一天五千，就值得你这么高兴了？”凌寒羽嘴角一弯，“你们女生啊，最好哄却也是最麻烦了。我会重新开张卡，到时候工资会汇到那张卡里的，下车吧。”

“下车？”她瞪大眼睛，“boss 大人，这里可是大街，而且是我不认识的大街。你怎么说也得送我回到家吧？不就是一不小心让你爷爷喜欢上了吗？你至于这么报复我吗？还有，你对我那么好的原因，是因为你奶奶吗？”

奶奶……一听到这两个字，凌寒羽的脸色立即阴沉得像个雷公脸：“下车！”接着安初夏这边的车门便被他伸手打开，紧接着腰部一股力量传来，她被硬生生地推下了车。如果不是她反应快，收住了脚站起来，说不定就要摔个狗啃泥了。

紧接着就感觉到一阵风吹过，凌寒羽的敞篷跑车已经消失在了她的眼帘。安初夏猛然瞪大眼睛，这才意识过来，她是被丢在了大街上。靠！果然是近朱者赤近墨者黑啊，有韩七录那么变态的朋友，那么凌寒羽也不会好到哪里去！

“boss！你不能丢下我呀！”对着空气大喊一声的结果就是……旁边路过的人都以一种看智障的表情看着她。

“看什么看！回家看奥运会去吧！”她是个能很好地把自己的性格隐藏起来的人。有时候连自己都觉得自己是个淑女，但是一生起气来……去他的淑女！淑女统统都见鬼去吧！其实可以说，她的淑女全都是从妈妈那学的，可是她的本质就是枚十恶不赦的二货啊！

路人瞪她一眼，低头走了。风萧萧兮易水寒，摸摸裙子才发现，自己忘拿小包包了，身上没有一分钱也没有手机，唯一值不少钱的项链还被房东阿姨给抢走了。

这大概就叫作祸不单行？不过不知道凌寒羽那家伙说的工资还会不会给她，应该是会的吧？否则她那几声“boss 大人”就都白喊了！哎呀哎呀！安初夏甩甩头，头疼地抚住额头。都这个时候了，怎么还想着钱，真是的！

干脆……大街卖艺挣坐车回韩家的钱吧！不行不行！道具什么的都没有，在大街上赤手练跆拳道不仅挣不到钱，说不定还会被带到精神病院去！左右踱着步，思考着该如何回韩家。就在这时候，两个穿着红色小短裙的女生路过。

“干吗非要今天叫我来啊？不知道我今天还有钢琴课要上吗？”一个女生边对着手里精致的小镜子化妆，边对她身边的女生说道。

另一个女生摇摇头，夺过女生手里的镜子认真地说：“今天可是周六，亚特兰蒂斯每个周六都会推出最新样式的鸡尾酒。错过了今天，周一就会被人鄙视说你 OUT 的！”

再后来的话，安初夏没有听进去，只是听到了“亚特兰蒂斯”几个字。好耳熟……在脑海里搜索了一下，突然想起萧明洛说的，“我去亚特兰蒂斯看看，韩七录一定又在那里喝酒了。”

韩七录、亚特兰蒂斯、酒吧！对了！抬眼偷偷瞥了两个女生一眼，她嘴角勾起，往前快走了几步到她们面前：“两位漂亮的姐姐好。”

有人曾经说过，天将降大任于斯人也，必先苦其心志，劳其筋骨。那么，能回到韩家之前，她也必须把面子什么的统统都搁到一边！

两个女生被人称作漂亮姐姐，心里自然是不会生气，只是趾高气扬地上下看了安初夏一眼。化妆的女生先开口问道：“你是谁？我们认识你吗？”

安初夏眼珠子一转，狗腿地说道：“两位姐姐当然不会认识我这种穷人家的孩子。我只是……想去见识一下亚特兰蒂斯。因为我们学校的人都没有进过那里，所以我就……”说到这里，她就没有继续说下去。两个人立刻什么都明白了。这嘴巴甜甜的小姑娘是想让她们，带她进亚特兰蒂斯见识见识呢。

见她们似乎在考虑要不要带她去，安初夏一仰头，略带疑惑地问道：“难道两位姐姐也不能带我去？我还以为你们能带我去呢……算了，我还是找别的有能力的漂亮姐姐吧。”

“喂！谁说我们不能带你进去的？我们只是在想你是不是个骗子。看你一身名牌，也不像是什么穷人家的孩子啊。”另一个女生谨慎地说道。

这时那个化妆的才注意到，安初夏的身上居然都是名牌，不管是上身白色的吊带上衣，还是下身黑色的蕾丝花边超短裙，全都是限量版的国际品牌。“对！居然都是限量版的！我刚才还没注意呢。”

安初夏不露声色地笑笑说：“两位姐姐见过那么多名牌，怎么把我这山寨的衣服裙子都认成了名牌呢？”

听安初夏这么说，两个人便放下了所有的狐疑和不解，一扬手道：“带你进去还不是说句话的事吗？”

“不过到时候不许乱跑，也别跟个村姑似的见到什么都好奇，给我们丢脸。听到了没有？”那个拿着化妆镜子的女生像个啰唆的老太婆一样，这个那个的嘱咐她，真把她当村姑了！按捺住心中的不快，她连连点头说是。

心里默默含泪，韩七录，你务必要在那待着啊！否则的话，她就真的只能村姑到底了。

绕过一个路口，再往前走了五六米，就到了亚特兰蒂斯的门口。蓝色的招牌右下方，赫然写着“韩氏集团”四个字。果然这个世界除了韩氏凌氏萧氏之外就没有其他集团了吗？这也太嚣张了！韩氏集团不是弄房地产的吗？怎么什么都涉及？真是！

不过这样比较好，韩伯父的酒吧，到时候如果没有韩七录在，她也可以找负责人，让负责人联系他们的大 boss。如果韩伯父知道她回不去，肯定会派车来接她的。

站在门口的几个酒保在接过两个女生手里的 VIP 通行卡之后，又抬眼看了下安初夏：“小姐，请出示通行卡。”

亚特兰蒂斯的通行卡，其实指的就是用户在韩氏集团旗下的任何企业年消费超过一千万的证明卡。凭这张卡，可以享受到普通老百姓享受不到的乐趣。比如说，亚特兰蒂斯酒吧之类的高端娱乐场所。

这些那两个女生都给她介绍过，那个化妆的女生微笑着挡在安初夏面前：“这位哥哥，我们三个人不是经常来这里玩的吗？今天她忘了拿卡，回去拿的话很麻烦的。我们可都是住在郊区，来回要一个小时呢。”

那说话的酒保被女生嗲嗲的声音弄得一愣一愣，在女生偷偷递给他一张支票后，眉开眼笑：“行了！我认得你们，昨天不是就来过？进去吧进去吧，下次记得带卡。”

那女生忙低头说谢谢，拉着安初夏进去了。刚一进去那女生就心高气傲地说：“你看吧，我们这不就把你带进来了吗？别说进亚特兰蒂斯了，就算是更高级的地方，我们也能把你带进来？你说是吧！欧亚？”

叫欧亚的女生瞥了安初夏一眼：“跟着我们两个人走，别到时候走丢了！”

安初夏好脾气地点点头，果然寸步不离地跟着她们两个。因为一进门，就感觉多道目光扫射在她和另外两个女生的身上。面对这偌大的酒吧，她还真不知道应该怎么面对。

酒吧不是一般只有一个吧台吗？为什么这里设有十来个？而且到处都是沙发、桌子。整个酒吧被整得跟座城市似的，难怪叫作亚特兰蒂斯啊！

这样一来，她找韩七录就有点儿困难了。

跟着两个女生来到一个空闲的吧台前，帅气的调酒师立即放下手里的活微笑着问：“几位美丽的小姐，需要我为你们做点什么？”

“我们要三杯今天新推出的鸡尾酒。”女生们在吧台前的高脚转椅上坐下，安初夏也只好跟着坐下。调酒师跟欧亚她们有说有笑地聊天，而安初夏则到处搜寻着韩七录的身影。帅气的调酒师很快就把鸡尾酒调好每人一杯放到她们面前。

欧亚把酒杯放到鲜红的唇边轻啜了一口，眼中绽放出异样的光彩：“好喝呀！居然还有一丝淡淡的柠檬汁的酸味，可是吞下去之后又感觉到甜甜的。”她们这些富家子女不会别的，品酒和玩奢侈品的能力却是一等一的。

被欧亚一说，安初夏有些心动。拿起高脚杯没有像欧亚一样喝一小口，而是一仰头就喝下了高脚杯里所有的酒。在调酒师和欧亚她们瞪大的目光中，她疑惑地眨眨眼："我怎么就没有喝出柠檬汁的酸味？不过吞下去之后真的好甜。"

"小姐，这酒后劲很大的，您酒量真是……真是好。"他还没有见过这样的顾客，居然敢把每周六推出的新式鸡尾酒当水喝。要知道，这新式鸡尾酒的后劲可是比二锅头还大得多！所以一般的名媛小姐们都只敢喝那么三四口。

她倒牛，一仰头，全都喝下去了！欧亚头疼地抚着额头，心想着早知道不把这什么都不知道的村姑带来了。算了，待会儿如果发起酒疯来，自己就说不认识她，反正本来就不认识。

相比于欧亚，另一个女生全然没有注意到身边发生了什么，仍低头用手机刷微博。抬头的一刹那，她突然小声叫了一下："七录少爷！"

安初夏猛然顺着女生的目光看过去，只见韩七录一个人安静地坐在角落里喝酒。她刚才之所以没有看到韩七录，是因为之前有一帮人挡住了她的视线，正好看不到韩七录所在的位置。而现在那帮人似乎喝完酒走了，她便立刻看到了韩七录。

"怎么？你也知道七录少爷？"欧亚轻蔑地一笑，"喂，村姑！趁着鸡尾酒的后劲还没发作之前出去吧，反正你也进过这里，见识过了。"

安初夏没有再低声下去，从高脚转椅上跳下来，双手放在嘴前做喇叭状："韩七录！我在这里！"

几乎是同时，所有人的目光都看向她。居然又有不怕死的女生想要跟韩七录搭讪，而且是这么……明目张胆。这不摆明了找死吗？

"你是白痴啊！"欧亚和另一个女生慌忙上前捂住她的嘴，然而一切都晚了。韩七录略带迷离和慵懒的目光不悦地朝这边扫过来。触及到安初夏被两个女生使劲捂住嘴的画面，他的酒劲立即醒了不少。

"唔唔！韩……唔唔唔！"她还要说话，嘴巴却被两个女人堵得死死的。

于是她干脆不再说话，再抬眼看向韩七录的时候，他已经站起身子往这边走了过来……

"你看你！你这个村姑完蛋了！七录少爷的名字你也敢叫！"欧亚摇摇头，一个眼神示意欧溪继续捂住安初夏的嘴，摆出一副优雅的微笑挡在安初夏的面前。面对缓缓走过来气场强大的韩七录，她努力平复了一下心跳才仰起头。

韩七录走到欧亚的面前，淡淡地瞥了她一眼，冷漠地从嘴里吐出两个字："滚开。"

欧亚皱着眉，往后看了安初夏一眼道："她只是个没见过世面的村姑，不小心打扰了七录少爷您，真是抱歉。还求您原谅她，回去之后，我一定会狠狠地教训她！"

沉默了三秒，韩七录的视线从欧亚的身上移开，重新落到安初夏的身上："过来。”

安初夏想要站起来，可是身体却一直被欧溪用力压着，嘴巴也被她的手捂着，既说不了话也动不了。一着急，她的眼眶居然湿润了。她发誓这真的是因为着急才流眼泪，而不是被欧溪的手弄痛的。

眼神一冷，韩七录收紧下巴：“滚！”

“是！我们马上带她滚！”欧亚转身就走到安初夏身边，想赶紧把她转移。可手还未碰到安初夏，手腕已经被韩七录紧紧地抓住。一扭头，对上韩七录冰冷嗜血的眼眸，心跳立即慢了半拍：“七录少爷……”

韩七录没有再手软，一把扯过欧亚将她重重地扔在地上。欧溪早已经吓得不知所措，只知道紧紧地捂着安初夏的嘴巴。韩七录几步就走到她们面前。欧溪手中的手机啪的一声掉落在地上，不再管安初夏，还是保命要紧。她以为韩七录是因为安初夏才生气的，慌忙放开她绕过韩七录走到姐姐欧亚的身边蹲下：“姐，你没事吧？”

欧亚摇摇头，定睛看向韩七录。原以为韩七录会对安初夏做出什么过激的举动，结果他却在众目睽睽之下，伸出右手温柔地拭去安初夏眼角半干的泪。因为喝了酒，所以显得略微沙哑的声音道：“你可不是那种爱哭的人，怎么，很痛吗？”

说出来的声音并没有多温柔，可是却足够让在场的所有人震撼了。欧溪干脆闭上了眼睛，告诉自己这是错觉。七录少爷居然没有直接杀了这村姑，这绝对是错觉！

韩七录没有问的时候她还各种轻松，一问，就立即想起她的工资可能没有了。凌寒羽直接把她扔在大街上，如果不是欧亚和欧溪，她估计连韩七录都见不到，更不要提回到韩家了。

下巴一收，泪眼像决了堤的水一样直直地往下流，终于忍不住，扑进韩七录的怀里大哭：“呜呜呜……韩七录，凌寒羽他把我丢在大街上，他居然直接把我丢在大街上。我费了好大劲儿才看到你……呜呜。”

脸火烧一样的烫，这绝对不是因为哭得太惨的关系，而是因为……喝下的那杯新式鸡尾酒的后劲已经上来了。可以说，她现在完全是在……发、酒、疯。

虽然觉得安初夏现在的行为有些怪异，但韩七录还是紧紧地搂着她的肩。声音也不可思议地温柔下来，旁若无人地说道：“初夏不哭，明天我宰了他给你解恨。”

“我的妈呀！作孽呀！我又做什么了，你要宰了我？”刚去对面的药店买了解酒药，准备在韩七录喝醉之后给他吃的萧明洛，一进亚特兰蒂斯就看到这样一幅场景。酒吧里播放着舒缓的乐曲，安初夏抱着韩七录大哭，一边还糊里糊涂地说些什么。

接下来，就听到韩七录说“明天我宰了他给你解恨”。他误以为韩七录说的是他。

这下在场的人都明白了，这位被韩七录紧紧抱着的小姐，不是什么想要跟韩七录搭讪的人，而是……他们原本就认识，而且关系还不一般。欧亚和欧溪对视一眼，愣愣地看着他们。

“我是说凌寒羽那小子。”韩七录一动不动地拥着安初夏，偏了下视线对走过来的萧明洛说道。他这才松了一大口气，就说好人不会有坏报嘛！不过……凌寒羽那小子做什么了，居然惹到了安初夏。要知道安初夏一向是人不犯我我不犯人，人若犯我，她还会忍着的人啊。而凌寒羽那只会看漫画不擅长沟通，偶尔小白偶尔智障的人，也不可能做出什么过分的事啊。

“小初夏乖，告诉哥哥，凌寒羽那白痴做了什么，好吗？”萧明洛带着一丝玩味温和地说道。这一招对地球上所有的雌性都有效，但是对安初夏这种火星人就不知道有没有效了。

听到萧明洛的声音，安初夏居然停止了啜泣，转身扑进萧明洛毫无防备的怀里。他愣是足足后退了两步才稳住脚步。

安初夏哇的一声又哭了起来：“凌寒羽是浑蛋，浑蛋……”

面对安初夏的投怀送抱，萧明洛没有一点儿开心的感觉，额头上反而不自觉地冒出了冷汗。眼一抬，正对上韩七录那冷的吓人的目光，立即移开视线低头对安初夏轻声说：“小初夏，你这无心的动作会害死我的！”

谁知安初夏并没有立刻离开他的怀抱，而是哭得更大声了。萧明洛正疑惑着，鼻尖突然动了动，俯下身在安初夏的侧边闻了闻。他想，他已经找到了不会被韩七录的眼神杀死的办法了。

“七录！如果我没猜错的话，这丫头喝醉了。”他没有喝过酒，很容易就闻到了安初夏身上的酒味。而韩七录自己也喝了酒，所以才没有注意到这个细节。

听萧明洛这么说，韩七录几步上前，从萧明洛怀中把安初夏挖了出来。果然，她的脸色绯红，目光迷离，虽然大哭着，可是眼泪却一滴也没有，只留有一开始的泪痕。

“该死的！”低咒一声，韩七录偏过头看向欧亚和欧溪，“你们给她喝酒了？”

两个人忍不住身形一颤，欧溪摇摇头哆哆嗦嗦地说：“我不知道，我一直在刷微博！”

视线落到欧亚的身上，她显得比欧溪要镇定得多，微微一点头道：“我看她一个人无聊，就也给她点了一杯今天新推出的新式鸡尾酒。谁知道她居然一口就全部喝掉了！”

韩七录的眼皮跳了跳。这死丫头，还真是会给他找事！原本还想找个地方默默回忆那悲哀的初恋，结果这丫头硬是让他从失恋的深渊中，硬生生地跳进了另一个更深的深渊。你说倒不倒霉？

他哑然失笑，看着安初夏喝醉的样子，还真是……有了那么一点儿平时没有的女人味。抬头看了眼酒吧某处的电子钟，三点半。这个时间老妈一般都在家里写她的稿子。稍微思考了下，他还是决定把她带到斯蒂兰顶级酒店。

不再理会安初夏的哭闹，韩七录拦腰把她抱了起来。左手托着她的脑袋和背，右手小心地托着她的腿，这个姿势既不会让她走光又不会觉得难受。

“凌寒羽那小子我会亲自解决，至于你，最好当作什么都没发生。他明天要是逃掉，你也完蛋了。”留下这么冷冰冰的一句话，韩七录抱着安初夏往亚特兰蒂斯门外走去。

之前那两个拦住安初夏的酒保，看到安初夏被韩七录抱着吓了一大跳。冷冷地看了那两个酒保一眼，他知道她能进来一定不容易，唇瓣微启：“以后看到她，要像看到我一样恭敬。”

“是！少爷！”认认真真地看了那个脸色绯红的女生几眼，低下来头，脑海中仔细地把女生的容颜记下。几个人纷纷在心里提醒自己，这女生以后可万万不能得罪。

“放我下来！你放我下来呀！我要把凌寒羽那王八蛋生吞活剥。呜呜……我的钱没戏了。”她说出的话让韩七录眉头一皱。钱？她很需要钱吗？爸不是给了她一张卡，她还要钱做什么？

“放我下来……”她开始扭动着身子，无意中居然碰到了他的某处。脸色一凛，他抱着她走向旁边的地下停车场。一分钟后，一辆炫蓝色的跑车从里面飞驰出现，消失在众人的视线中。

亚特兰蒂斯里，舒缓的音乐在韩七录离开之后，立即被换成了劲爆的舞曲。因为韩七录不喜欢吵闹，就算是喝酒也不喜欢太吵。所以，每当韩七录来这里的时候，舞曲都会被换掉。

劲爆的音乐让大家的情绪纷纷回归正常，在这里没有人敢肆意谈论韩七录和刚才的那个女生。因为一旦被人听到，后果将不堪设想。韩七录在外界人的心里，就是来自地狱的修罗，仅仅是一个目光都会让人吓破了胆。

“美女，没有摔伤吧？”挑了挑眉，萧明洛绅士般地伸出手，拉起欧亚并顺势将她搂在了怀里。跟韩七录的冰冷不同，萧明洛则是大家眼里有名的情场浪子。一个眼神，就连男生也会被他弄得脸羞红。

萧明洛伸出修长的手指勾起欧亚尖尖的下巴，魅惑地说道：“有兴趣陪我跳一支舞吗？”

欧亚惊讶地瞪大眼睛，随即红了脸颊，轻轻点了下头，人就被他顺势带到了圆形的舞池。两个人配合默契地跳完了一支热舞，惹得酒吧的其他人连连起哄：“亲她！亲她！亲她！”

扫视了眼四周，萧明洛收回目光，勾起好看的嘴角，邪魅地说道：“怎么办呢？他们让我亲你呢。”

紧张地看着自己的脚尖，欧亚低低地说道：“别听他们起哄，他们只是……”

“啊，那我就不亲了，因为我想亲的……”萧明洛忽而提高声音，放开怀中的欧亚大声说道，“因为我想亲的，另有其人。”现场立即唏嘘一片。而被他的眼睛直直盯着的欧溪，一时竟不知所措起来，连手也不知道该放在哪里。

而被萧明洛突然推开的欧亚神色却异常阴沉，都说萧明洛花心，但也不至于会到这种地步吧？抱着最后一丝希冀，欧亚扯住萧明洛的衣角：“萧少爷……”

谁知道萧明洛看都没看她一眼，直接把她的手拉开，大步走向欧溪。欧溪此刻的心跳异常快速，从刚才姐姐欧亚的表情中，她知道姐姐一定喜欢萧少爷。而她……喜欢的是韩七录。可是既然萧少爷对她……那么她也不会介意。是的，萧明洛和韩七录两个人都是龙中之龙，无论是谁，都没有关系的。

出神间，萧明洛已经来到了她的面前，缓缓伸出手抓住她纤细的手，弯着腰放到面前，落下轻轻一吻：“小姐，我看上你了。”

瞬间，两朵红晕飘上了欧溪的脸颊。但萧明洛的嘴角一勾，眼眸的深处划过一道鄙夷的光，放下她的手转身就离开。直到他人已经走出了亚特兰蒂斯的大门，欧溪还没有从失神中反应过来。

——小姐，我看上你了。他的话像魔咒一般，一遍一遍地在她的耳边回响。萧少爷说的，是真的吗？情不自禁地，她开心地翘起嘴角来，眼睛乐得都眯成了一条线，心口的小鹿也一直跳啊跳啊，跳个不停。直到欧亚走到她面前，低声对她说：“跟我到卫生间来一下。”

紧接着欧亚率先转身朝卫生间走去。这样的戏码，每次萧明洛来这里都会上演。可是每一次都会有人上钩，还从来没有过落网之鱼。她终于明白，为什么那些女生明明知道萧明洛是在玩她们，还是会心甘情愿上钩了，因为他的声音……真的好迷人。不知不觉中，就会被他温柔的声音打入十八层地狱，永不翻身！

想她欧亚素有冰美人之称，居然也会被他的温润声音迷惑住。真是该死！走到卫生间，把手放在水龙头下，水龙头就自动涌出了水。捧起一捧水泼在脸上，冰凉的感觉让她的人立刻完全清醒了过来。

随着一阵清脆的高跟鞋踩踏声，欧溪不耐烦的声音传了过来：“找我干什么？”她还急着叫人去查萧少爷的手机号呢！

转过身，欧亚深深地看了欧溪一眼。这笨蛋妹妹，肯定是陷进去了。皱着眉走到欧溪面前，认真地对她说道：“萧少爷他，不适合你。”

随即欧溪露出一副鄙夷的笑：“不适合我的原因，是因为姐姐你也喜欢萧少爷吧？姐，做人不能太自私哦！萧少爷说他很喜欢我，你没有听见吗？”

“不是这样的，欧溪你听我说……”她急于解释，快速走上前几步，“我是为你好，你听我说，之前也曾经发生过这样的事情。因为萧少爷的一句话，昔日的两个好朋友反目成仇。据说，萧少爷他一直在做这样的事……”

欧溪再也听不下去，一扬手居然给了欧亚一个耳光：“你闭嘴！我不想听到任何人污蔑萧少爷，就算是姐姐你也不可以！”说完她转身大步离去，留欧亚一个人站在空荡的卫生间内惆怅。

伸手抚上了自己被打的脸颊，眸子里划过一道受伤的光。这妹妹从小就没有脑子，这次怕是对萧少爷真的上心了。她从来都没有对她这个姐姐大呼小叫过，现在却为了萧少爷的一句话而打她耳光……怎么办？谁能告诉她该怎么办？

对了！她黯淡的眸光忽而明亮起来。那个之前被她误以为是乡下来的村姑，如果没有听错的话，萧少爷似乎叫她小初夏。小初夏的话……她的眉头忽而舒展开来，她怎么能忘了，小初夏、安初夏！她所在的学校，斯蒂兰皇家学院大名鼎鼎的安初夏！

以前只是听说她给了韩少爷一个耳光，韩少爷一点儿也没有动怒，反而在莫昕薇欺负她的时候帮了她。还听说她好像是韩少爷的未婚妻。既然是这样的话，就一定能够帮到她们！毕竟她们也算是帮过她不是吗？

看她那清澈的如同清泉一般的眸子，应该是不会拒绝她的。就这么决定了，明天去找她，让她帮忙！

第九章 笑容后的危机

斯蒂兰顶级酒店的总统套房内，韩七录一脸无奈地坐在床边，看着安初夏一遍又一遍地心疼她的钱："呜呜呜，我的钱，我八辈子也轮不到一天挣五千。boss 大人……我错了。我的钱啊……"

韩七录的嘴角忍不住狠狠地抽搐了一下。他发誓，这是他第一次看见有人喝醉了，就哭着喊钱。这女人难道掉进钱眼里了？她要钱做什么？住在韩家好吃好喝好穿的，还有无限卡给她用，她还要钱做什么？莫非……

脑部神经突然一紧，莫非她想要搬出去住？醉酒中的安初夏正抱着柔软的枕头痛哭，突然感到背后一阵阴森森的冷光直戳她而来。一转头，目光恍惚，扑进韩七录的怀中："呜呜，妈妈，我冷……"

本来还因为她这个动作而感到有些雀跃，这丫头居然叫他妈妈？深吸了几口气，压抑住自己要掐死她的冲动，一遍一遍地告诉自己不能跟一个喝醉了的人较真，这才平息住怒气。

"少爷。"半开着的门突然被人叩响。

低头看了眼安初夏，他想要走出去，可是却被她抱得紧紧的。目光一下子就柔和下来，抬起眼眸望了眼玄关处，声音低沉着说道："进来。"

"是，少爷。"门被人轻轻推开。一个服务员端着一碗汤恭敬地走了进来，在玄关处站定："少爷，这是您要的醒酒汤。"

轻瞥了一眼那还冒着热气的醒酒汤，他将安初夏拎起来站定。可这家伙摇摇晃晃的，似乎一不小心就会摔倒一般。一旁的酒店服务员正欲上前帮忙，韩七录一个眼神就把他吓退："那么少爷，我先出去了，有什么事您拨内线电话。"

在得到韩七录的眼神示意后，微微颔首，后退着走到玄关处，轻轻关上了门。关上门之后，服务员呼的一声重重松了口气。今天原本值班的那个服务员，死活不肯端醒酒汤，现在他终于明白那小子为什么不端了。因为这位少爷……真的是太……太……太可怕了！怎一个可怕了得？不过，对那位小姐倒是挺温柔的。摇摇头，这可不是他能想的，转身匆忙离去。

“乖，先把汤喝了，头就不晕了，也不哭了。好不好？”他的声音不可思议地变得温柔，连他自己听了都感觉怪怪的。可是怀中的女生还是不安地挪动着身子：“呜呜呜，我的钱。”

咬咬牙，看样子温柔不行！韩七录端起醒酒汤，另一只手紧紧地圈住她的身体，冷声道：“把汤喝了，就给你钱，否则就把你的钱都拿走！”

沉默几秒，他以为奏效了，刚把醒酒汤端得近一点儿，怀中的人哭得更大声了：“呜呜呜，妈妈从来都没有对初夏凶过。初夏再也不要理妈妈了，呜呜……”

露出一副惊愕的表情，这丫头，居然还真的把他当妈妈了。好吧，仅此一次，就这么一次！等她醒过来，再跟她一一算账！收紧下巴，韩七录的语气又开始变得柔和。不难听出，他的声音里夹杂着尴尬：“乖，把汤喝了，妈妈就不凶你了，好不好？还给你买好多好多东西，给你好多好多钱。”

“真的吗？”安初夏停止了哭泣疑惑地睁大眼睛看着韩七录。胸口和喉咙里都火辣辣的，弄得她难受极了。脑子也是糊涂一片，根本不知道自己在说些什么。

他微一点头：“真的，妈妈什么时候骗过你？”环着安初夏的手握成拳状，这死丫头，太他妈会折腾人了！他决定了，以后亚特兰蒂斯绝对不再推出什么周六新式鸡尾酒！

挠了挠头发，安初夏嘿嘿嘿地傻笑着：“对，妈妈从来就没有骗过我。”

“来，喝汤。”他把碗凑近安初夏的唇边。她只喝了一小口，脸部表情就变得复杂：“好怪的味道，初夏不要喝！”

原本就处于暴走边缘的韩七录，仅存的一丝理智也终于被她给攻破。自己含了一大口醒酒汤在嘴里，对准安初夏的嘴就一点儿一点儿地灌了下去。

后者挥舞着小手想要躲开，可是韩七录的舌尖一点儿一点儿地深入。她这才稍微安静了点儿，可还是胡乱地动着。趁着韩七录离开她的唇瓣之际，口齿不清地大声说道：“好难喝……”

最后狠狠地瞪了她一眼，无视她痛苦的表情，韩七录优哉地又含了一口醒酒汤在嘴里，对准她因为喝酒而显得更加红润的唇吻了下去，然后再一点儿一点儿地喂她。

如此循环数十次，一碗醒酒汤差不多已经解决完了。其中还有不少汤洒到了她的白色吊带上衣上，淡黄色的汤水在她白色的衣服上荡漾开来，十分不和谐。

“妈妈。”安初夏抱进韩七录愁眉苦脸地说道，“刚才那个东西我再也不要喝了好不好？好难喝，呜呜呜……”

咬了咬牙，韩七录淡淡地“嗯”了一声，脸上一片复杂。对自己来说，安初夏在他的心里到底是什么呢？今天明洛无意间跟他提起了那个人，到亚特兰蒂斯的时候，却发现他满脑子里有的却都是安初夏的影子。在听到安初夏叫他名字的时候，那一瞬间，他还以为是错觉。

在抬头看到她的那一刻，其实他的心口满是欣喜。但在看到她的嘴巴被捂住的时候，当时要杀人的心都有了。念在好像是她们两个帮她进的亚特兰蒂斯分儿上，他才放过了那两个女生。或许在他的心里，安初夏的分量，已经要比那个人来得重多了。

“妈妈，我好难受。”听到安初夏这么说，他的眼眸闪过一丝担忧，但立刻，那丝担忧就被浓重的怒气掩盖。

“安初夏！你居然吐在我身上！”一把推开她，扬手脱掉身上的上衣，皱眉看着安初夏，“你最好是马上给我醒过来，再给我道歉，否则你就死定了！”

床上的人翻了个身，喃喃自语道：“不难受了，好困……”房间内一片寂静，足足一分多钟后，他闭上眼睛，咬咬牙转身朝浴室走去。今天的账，他会慢慢地跟她一笔一笔统统都算清楚！还有凌寒羽那个家伙，到底对她做了什么？

十几分钟后，安初夏迷茫地眨眨眼睛，眸子立刻变得清亮许多，嗓子火烧一样辣辣的，头倒是只有一点儿轻微的晕眩感。从床上坐起来，她打量了一下这里，眼熟又陌生的感觉。这是哪里？

听到浴室里传来水流的声音，她惊讶地看向浴室，那里的门紧闭着。床头柜上放着一个空碗和一杯水，她想也没想就把那杯水喝掉，喉咙立即感到舒服多了。起身轻手轻脚地走下床，又做贼似的走到浴室门口，心想着里面是谁。

在脑海中回忆了一下到底发生了什么，发现脑子一片空白。最后的记忆只是在亚特兰蒂斯，看到了韩七录坐在一个沙发上喝酒，然后看到他向她走过来。再后来……再后来她就完全记不清发生了什么了。只有零碎的一些片段，欧溪捂着她的嘴，欧亚被推倒在地上，其他真的一点儿也想不起来。

正在拼命回忆的时候，浴室的门突然被拉开，韩七录赤裸着上身映入她的眼帘。看到她的那一刹那，他的眸子闪过一道震惊，但很快就镇定下来。喉结上下滚动了几下，阴沉着脸说道：“看样子已经醒了啊。”

安初夏迷茫地点头：“我为什么会在这里？我不是应该在亚特兰蒂斯酒吧的吗？还有，你为什么又不穿衣服？你是暴露狂吗？韩七录，你真以为自己身材很好啊？好笑，真是太好笑了！”

在她说完之后，韩七录深深地看了她一眼，转而伸出手扣住她的手腕，把她往床边带。这一举动吓到了她，这小子不会是想……

“作孽啊！韩七录你想干什么？好好好，我怕你了，你身材很好行了吧？全世界你身材最好……这是什么？”不解地指着韩七录从地上拿起来的黑色衬衫，上面散发着一股臭味，还有模糊不清的一片污物留在上面。

快速伸出没有被韩七录扣住的那只手捂住嘴，瞪大眼睛，模糊不清地说道：“你不要告诉我这都是我干的，我根本就没有……”

突然又一个零星的片段闪进她的脑海里。

“我好难受”

“安初夏！你居然吐在我身上！”

这样看来，这还真的是她干的。奇怪，她……难道因为那杯甜甜的、颜色又好看的东西而喝醉了？不可能吧？虽然她从来没有喝过酒，但不至于被一杯饮料弄醉。

在她回忆期间，韩七录打开了套房内的一个衣柜，里面居然全都是男式的衣服。这立即吸引了安初夏的注意，把回忆什么的都统统抛在了脑后：“这里怎么会有衣服？如果我没猜错的话，这里就是上次我迷路时你带我来的酒店吧？”

韩七录淡淡地瞥了她一眼，嘴角勾起：“安初夏，面对一个上身赤裸的男人，你都能泰然自若到这种程度？”

听到他这么说，安初夏撇撇嘴角：“别人我不知道，不过你嘛……反正看都看习惯了，我干吗要装矫情故意躲开呢？重点不是这个，这里有没有女生的衣服啊？我的衣服不知道为什么变得好脏呢。怎么会有黄颜色的点点？”

韩七录的脸上划过一丝不自然，但很快就恢复了云淡风轻的表情：“你自己吐的，还问我？”他这话可没有撒谎，本来就是她吐出来的醒酒汤嘛！

安初夏好看的眉心皱了起来：“我要换衣服！我觉得自己全身都臭死了！”居然是吐出的污物，一下子觉得这身衣服穿在身上各种难受。

韩七录面无表情地伸手打开了旁边的一个衣柜，里面居然是清一色的女装。安初夏拿出几件放在面前比对了一下，竟然跟她衣服的型号一模一样。还没问出口呢，就听到韩七录淡淡地说：“我刚才让服务员运过来的。”

他当然不会告诉安初夏，这是他在上次之后，就叫人准备好放在这里以防万一的。果然这个万一这么快就碰上了。

点点头，安初夏没有任何疑惑，随便拿了一件黑色的连衣裙就进了浴室，还很谨慎地把门给锁上了。

几分钟后，她换好衣服打开门，却见韩七录一脸疲惫地躺在那张柔软的大床上。奇怪，他很累吗？

如果真是喝醉了的话，这么说是他把自己带到这里来的，还真得感谢他。算了算了，安初夏自顾自地摇摇头，反正他这么高尚的一孩子，也不会因为她没说谢谢就生气的对吧？她轻手轻脚地走到床边，见他换了一身白色的休闲服，于是轻轻坐到床边，眉心不悦地微微蹙起。

这小子就是个天生的衣架子，穿黑色的衬衫他硬是没有穿出老气的感觉，而是给人一种成熟稳重的气质，就像黑色是为他贴身定制的颜色。可现在穿上白色的衬衫，也没有给人一种小白脸的柔弱感，而是让人自然而然地觉得他是一个天使一样的人。天使？她哑然失笑，被自己的想法弄笑了。

恶魔就是恶魔，怎么会是天使呢？捂嘴轻笑的一刹那，韩七录睁开了眼睛，正对上她充满笑意的眼眸，目光一凛，漠然道："笑什么？"

安初夏收住脸上的笑容，扯扯嘴角学着他之前的样子，说道："我在笑……韩七录，面对一个你认识还不到一个星期的女生，你都能泰然自若地躺在床上睡觉？就不怕她……强上了你吗？"

她略带讽刺的语气，让韩七录略微有些不悦，坐起身子回敬了一句："你如果愿意强上了我，我当然也不会拒绝。"说完，他挑衅地挑了下眉看向她。

果然，她的脸在下一秒就立刻火烧似的红了起来。她抓起旁边的枕头，用力地往韩七录身上砸去："你就是个臭流氓！"

枕头被韩七录轻易躲过，他站起身，淡然地说道："你很缺钱？"

安初夏一愣，嘴巴微张，想要再扔枕头的动作戛然而止。望着韩七录妖孽般的侧脸，她平复了下心情。他怎么会知道她缺钱？现在她已经完全相信韩七录说的，她喝醉了，否则的话，他怎么可能知道她缺钱……

强装镇定地跟着站起来，勾勾嘴角，语调轻松地说道："没有人会觉得钱够了，但是我也真心不缺钱，因为没有需要用到钱的地方啊。"

韩七录回过头看向安初夏，柔美清纯带着俏皮的脸上，看不出任何破绽。末了，他往前一步，伸手挑起她的下巴，带着威胁性地说道："安初夏，在我没有想要放开你之前，你不许从我身边离开。否则，我会让你付出严重的代价！"

韩七录强硬的态度，让安初夏随之一愣，怒火也随之嗖的一声蹿上胸口："你算个什么东西？什么叫在你没有想要放开我之前我不许离开？给你点面子你还就真把自己当皇帝啦？我安初夏可不是什么能够任人摆布的人，我想怎么样就怎么样！"

"是吗？"他神色低沉得让人不由害怕。安初夏狠狠咽了口口水，强装镇定地对上他冷冽的目光，道："没错！"

看到安初夏坚定的表情，他神色一乱，按住她的肩对准她的唇瓣狠狠地吻了下去。不顾她的挣扎，半分钟后，他弯下腰将她横抱了起来。

“放开我！浑蛋！你要干什么？”话音刚落，她就被猛地扔在了沙发上，紧接着一个巨大的阴影扑来，韩七录重重地压在她的身上，双手抵在她的两侧。她惊慌失措地一抬眼，正好对上韩七录那几乎要冒出火的眼睛，心脏快速地跳动着，脸颊再次不由自主地红了起来。

安初夏在心底狠狠地骂自己没用，这个时候还脸红什么？一皱眉，强装泰然自若的样子狠狠地盯着韩七录的脸，大声说道：“有种你就真的在这里强上了我啊？我看你就没种！”

就像鬼片里放的那样，一阵阴风吹过，她感觉自己抵在韩七录胸膛前的手臂鸡皮疙瘩掉了一地。作孽啊，她又忘记了韩七录这家伙吃软不吃硬！在他的脸色变得更加阴沉前，安初夏脸色一变，松开抵在他胸膛前的手，两手搂住韩七录的脖子，微笑着说：“七录老大，我就知道你不会要我这么没品的人的！是吧？”

果然，这吃软不吃硬的禽兽脸色立即稍微柔和了些儿，但还是严肃的可怕。一挑眉，他不说话，紧抿着唇盯着她。被他灼热的目光看得怪怪的，她再次使用柔情攻略，将下巴扬起，笑得更妖媚了。

“伟大的七录少爷啊，刚才就当小女子什么也没有说过好吗？你知道我这人，嘴特别的……不受控制！有时候我都在想，自己是不是被什么邪灵附体了，你说怎么会这样呢？不过这个不重要，重要的是，我知道您的肚子能撑诺亚方舟，绝对会饶了我的，是不是？”说出这番话之后，她感觉自己的喉咙里有一种强烈想要吐的感觉。

苍天在上，原谅小女子我昧着良心，说出那么不靠谱的话吧。她做的一切全都是为了活命，生命诚可贵啊……

韩七录依旧没有说话，只是再次挑了下眉，用他那深不可测的眸子深深地看着她。她……到底是个什么样的人呢？可以不怕死地绕着操场跑十几圈，可以固执地在雨中寻找着回去的路，也可以微笑着面对态度那么恶劣的房东阿姨，还可以因为自己强吻她就毫不犹豫地给自己一个耳光。这一切都表明她是个不怕死的、坚强的人。

可是，不怕死的、坚强的人，为什么又可以立刻变脸成一副狗腿的样子？还会在醉酒的时候哭闹着要钱。他真的是越来越弄不懂那么多变的她了。

“七录大少爷，您别不说话好吗？我这颗脆弱的小心脏快受不了。”她欲哭无泪，难道柔情攻略没有用？他明明吃软不吃硬啊。如果没用的话，那她不要脸的话不就都白讲了？

喉结上下滚动了一下，他定定地看着安初夏，像是在问她又像是在自言自语，说：“安初夏，你到底是个什么样的人呢？为什么我总是看不透你？”

安初夏一愣，随即立刻勾起嘴角：“有首歌不是唱的好吗？‘越是在乎的人越是看不透’，这说明您老很在乎我？哈哈哈……”

对于她的玩笑，韩七录没有回应，只是迷茫地看着她。虽然是看着她的脸，但目光却又像是虚无缥缈地透过她看向别处。

尴尬地撇撇嘴角，安初夏干笑着说：“您别生气，我只是说了个冷笑话，虽然一点儿都不好笑，不过确实很冷，是吧？”

韩七录拢紧眉，忽而全身松懈下来，原本撑在安初夏脑袋两侧的手慢慢弯曲。他将自己全身的重量都压在安初夏的身上，坚硬的下巴抵在她的锁骨处重重地呼了口气。

“你……怎么了？”她想起刚才他躺在床上的那种疲倦的表情，心居然忍不住狠狠揪了一下。这种感觉……是什么呢？是不是说明自己对他有了某种情愫？不不不！这种想法一跳进脑袋，她就把它扼杀了。就算是全世界的男人都死了，她也不会跟这位恶魔少爷产生任何感情的。

更何况，他跟莫昕薇有着那样的一段过去。他的心里，应该还是深深地爱着莫昕薇。就算他曾经两次提出要跟她在一起，那也只是他一时兴起。嗯！一定是这样的！

“别说话，让我睡一会儿，我好累……”他的声音带着浓重的倦意，原本想要狠狠报复安初夏的心也一下子消失了。他现在只想抱着她，好好睡一觉。闻言，安初夏倒也听话，动了动身子后便完全安静下来。

偏了下头，看着压在自己身上的这位大少爷略带疲惫的脸，她忽而叹了口气：“韩七录。”

“嗯。”他居然还没有睡着，闭着眼睛轻轻地应了一声，算是对她的回应。他和她，难得会这么心平气和地，以这种亲密暧昧的姿势待在一起。

沉默良久，安初夏紧咬了下下唇，尴尬地说道：“你的某个地方，换个位置好吗？抵得我好难受。”

韩七录脸色一变，忽而睁开眼睛看着她，终于忍不住嗤笑了起来：“安初夏，我发现你真的是个……小妖精。”一侧身，从她的身上下来，侧着身子躺在沙发上，一伸手，将她拥入怀里。

妖精？如果真的是妖精就好了，她就可以用妖术把妈妈变回来。眼底闪过一抹浓重的忧伤，即使整天故意微笑着，其实还是不开心的。下意识的，她往韩七录的怀里靠了靠。两个人就这样，在寂静中各怀心思地睡着了。

几个小时后，安初夏缓缓地睁开眼睛，韩七录的睡颜立即映入她的眼帘。一皱眉，从他的口袋里摸出手机，按了一个键，屏幕上显示：7：32。

靠！他们居然在一起睡了差不多有四五个小时了！伸手推了推韩七录，他缓慢地睁开眼睛，声音里已经毫无一丝倦意："怎么了？"

"七点半了，我饿死了！还有，麻烦你松开手好吧？我全身上下又酸又痛！都怪你这个超级白痴，咱们有床不睡睡什么沙发？呸呸呸！我的意思是，你睡觉就睡觉好了，拉着我睡干什么？有病，你绝对……"眼看着韩七录的脸色越来越差，她眨眨眼，立即换上一副狗腿的表情，"大哥，我们回去吃饭吧。"

冷冷地瞪了安初夏一眼，韩七录起身离开了沙发。她也随即从沙发上爬起来，伸了伸懒腰看了眼手里韩七录的手机。趁着他上厕所期间，用手机的摄像功能给自己自拍了一张。看着手机屏幕上那调皮的照片，她一激动，把照片设成了手机壁纸。

屏幕闪了几下之后，居然灭了。拍了几下之后，她终于反应过来这是没电了。完蛋了，那壁纸不是还会一直留着吗？作孽啊，这要是被韩七录看到怎么办？

卫生间的门在此时被打开，她心虚地把手机收起，挤出一丝不自然的笑，说道："你手机可以借给我玩一个晚上吗？我发现你手机里的游戏比我的游戏要好玩得多。"

韩七录狐疑地轻挑了下眉，淡淡然地说道："我们手机的型号是一样的，应该说……我们的游戏是一样的。你想干什么？"

作孽啊！这个腹黑男，现在智商怎么突然跳这么高？不行不行！必须要制止他看到自己在他手机屏幕上是一个吐舌头的表情，否则他绝对会杀了自己的！心脏突突地跳起来，脑海里突然蹦出三个字："美人计"！OK！安初夏！你就委屈一下自己，暂时用清白……呸呸呸！什么清白？白痴了。

望着她不断变换着的脸色，在安初夏开口准备说话的前一秒，韩七录摆摆手，无奈地说："你要玩就玩吧，有电话记得先帮我接了。"

安初夏瞪大眼睛，傻乎乎地问道："你居然……直接同意了？"回应她的是韩七录的微微挑眉，上前几步，他走到放着电话的桌子上，拨通了斯蒂兰顶级酒店的内线电话。

才响了一下，那边就接下了电话，紧接着是酒店服务员恭恭敬敬的声音："少爷，请问有什么吩咐？"

"来个人把房间整理一下，扔在这里的衣服记得洗干净放到衣柜。"不等对方再说些什么，韩七录果断地关了电话，搂着安初夏走出了房间。他并不是在乎那几套衣服，而是，那衣服穿在她身上……不怎么难看。

回到韩家的时候已经是八点多了，姜圆圆正坐在厅里的大沙发上看电视。看到他们回来慌忙关掉了电视跑上前一脸媚笑：“你们两个小家伙去哪儿约会了？六海那个浑蛋不让我打电话问。”

安初夏正准备回答姜圆圆的问题，一偏头居然发现沙发上方的墙壁挂着一幅巨大的照片。挂着照片没有什么的，重点是，那上面挂着的居然是早上她被韩七录强吻时的画面。由于角度选得很好，所以拍到了韩七录的侧脸和安初夏的侧脸。照片上两个人的表情一个呆愣，一个得意……

有一种叫作“天打雷劈”的惊悚感和凌乱划过她的心头。

“伯母，那个照片……是你放的？”用脚趾头也知道肯定是姜圆圆放的，但她还是傻乎乎地问了一遍。韩七录微微偏头，也注意到了墙上的巨型相框里的照片。

姜圆圆一脸得意地搂过安初夏的肩，指着那个相框说道：“怎么样？你妈我拍的照片不错吧？以后不许再叫我伯母，反正迟早得叫我妈，不如现在就开始叫。听到没有？”

“伯……伯母，你不是说，只是为了让我有一个好的身份，才说我是韩七录的未婚妻吗？怎么现在……”她顿了顿，偏头看向韩七录埋怨性地说了一句，“你倒是说句话呀！”

韩七录淡淡地看了一眼墙上相框里的照片，眼角滑过一道流光，转过头看了安初夏一眼道：“照片拍得不错。”

“啊？”她的脸上闪过不解、惊讶、震惊。家里的大厅挂着跟女生接吻的照片，他不会觉得难受吗？怎么想他也应该反应要比她大的吧？居然就这么……一脸平淡地表扬这照片拍得不错？作孽啊！简直是故意颠覆她的世界观嘛！

看到韩七录不但没生气，反而好像还挺高兴的样子，姜圆圆乐了，嘴角一扬小孩子似的在安初夏身上撒娇说：“小初夏，你就叫我妈咪嘛！算我求你了……”

安初夏立即满头黑线，韩七录还真是有一位奇葩老妈啊！她半天没说话，是因为不知道要不要同意。转眼，韩七录已经上了楼梯。她欲哭无泪地瞪着韩七录的背影，这杀千刀的，居然不帮她躲过难关！作孽啊！

见安初夏不说话，姜圆圆嘴一嘟，眼眶立即就红了起来，满脸憋屈地说道：“你爸爸今天又出差了，人家本来心情就抑郁，你还这样对待人家。人家不要活了！不好活了！”

姜圆圆大哭着，旁边的女佣们互看一眼，努力压抑着想要笑的想法，眼神故意看向别处。以前夫人有什么事要少爷帮忙的时候，也是这样哭着要死要活的。少爷最怕的就是这一招了，虽然知道她不会真的去寻死，可是谁能看着自己的老妈在面前要死要活地大哭呢？

只见安初夏的嘴角抽了抽，沉默三秒："妈咪……"

"这就对了嘛！"姜圆圆一抹眼泪，哪里还有一丝要哭的意思？拉着安初夏在沙发上坐下，她决定今晚要跟她的儿媳妇好好谈谈心！

大厅内灯火阑珊，安初夏被姜圆圆拉着坐在沙发上，硬是畅谈了足足一个多小时的话。从诗词歌赋到人生哲学，再从人生哲学到世界未来的价值观。总之，她是从骨子里深刻地体会到了什么是作家！

"我觉得吧，我们中国绝对不可以放弃钓鱼岛，否则还不被国际上的人笑死了？你说是不是小初夏？"姜圆圆气恼地咬了一口苹果，连嚼都没嚼几下就直接吞下去了。

安初夏只好配合地点点头，在她从中日关系再谈到中美关系前，安初夏出声打断了姜圆圆的话："那个什么，伯母……不对！妈咪啊，我们还是谈谈眼前的事。比如说，关于您的工作？我只知道您的工作是写作，可是其他的我就不知道了。"

比起那什么国际关系，她宁愿谈点眼前的事。就算是跟她谈学术问题也比谈什么钓鱼岛要来的实际啊！反正国家领导们想要怎么做谁都不知道，跟她这个小平民没有半毛钱的关系！

一听到工作，姜圆圆的神色立刻染上了几分异样的神采："这个家里也就小初夏你关心妈咪我的事业了。呜呜，七录和韩六海那两个浑蛋，从来就没有过问过我的事业！"

安初夏眉心一紧："不可能吧？韩伯父他……哦不！爹地他敢不过问您的事业吗？我就没有看到过有比爹地还关心您的人。"这是真话，真实度高达百分之三百！

撇撇嘴角，姜圆圆鄙夷地说道："他那假惺惺的样子，还不如不关心我的事业呢！不过话说回来，'书架网'这个网络文学网站你有没有听说过？"

看着姜圆圆那期待的眼神，安初夏很诚恳地点头。书架网是全国数一数二的网络文学网站，她的很多同学都在那个网站看书，整天抱怨这个那个作者怎么不更新，哪个作者又上架了，文又看不了了，又得充值了诸如此类的。所以她当然也是听说过书架网的。

见安初夏点头，姜圆圆满意地扬起嘴角，说道："我就在那个网站写小说呀。说起来名气也还过得去，稿费嘛，当然也就是写写玩的，我也没太在意。"

听姜圆圆这么不关心钱，安初夏心里那个痛心疾首啊，差点儿没把"你不太在意那干脆给我吧"这样的话脱口而出。稍有些好奇地瞪大眼睛，问姜圆圆："妈咪，那你一个月的稿费有多少呢？"如果赚钱的话，干脆她也趁着有空写小说去好了！

姜圆圆认真地低头掐指一算："这个月差不多一万左右的订阅，再加上全勤、无线的稿费，平均算下来，一个月有两三万吧！也不多，怎么了？"

什么叫五雷轰顶，什么叫震惊，什么叫气血上涌？她现在就深刻地体会到了！一个月两三万居然不多！而凌寒羽那个小子说一天给她一万的时候眼睛都不带眨的，这就是传说中的价值观不同和人与人之间的差异吗？

深吸了几口气，安初夏将手重重地搭在姜圆圆的手上："妈咪！能不能让我跟你混？我也要去写小说，一个月赚两三万！"此刻，她的眼前已经飞过大把的人民币，有一张超级大的人民币上面写着：自由。

姜圆圆稍稍愣了下，一个上前紧紧地把安初夏抱在了怀里："相见恨晚啊！我的宝贝！我就知道这个世界上，总有那么一个支持着我的人！宝贝小初夏，我叫管家给你搬一台笔记本到你房间。你先好好了解了解书架网，等下个周末，我再教你怎么把小说写好。"

要了姜圆圆的笔名，安初夏起身回了房间，愉悦的同时也松了口气，这段国际性的谈话也总算是告一段落了……

身后是姜圆圆吩咐韩管家立刻去买一台笔记本的声音。她轻叹口气，快速上了楼，免得待会儿姜圆圆又后悔，再拉着她进行国际性的谈话。那她的脑神经可真受不了！

回到房间，房间内黑暗一片，她忍不住又叹了口气，伸手打开了门口的灯开关。

房间一下子明亮起来……

"这么多玩偶睡在你床上你睡哪里啊？"在打开房间的灯后，一个凉凉的声音自身后传来。她一惊，身子已经被人从后面环上，紧接着鼻尖就传来熟悉的、来自韩七录身上的专属气息。

她顿时觉得韩七录很闲，是真的很闲，否则没事三更半夜又跑她房间来干什么？咦，奇怪，她为什么要用"又"这个字？

她抬起手肘往后捅了一下，不耐烦道："你又想干什么？打死你我也不跟你睡沙发！"

话一出口她恨不得一口水喷死自己，这不是欲擒故纵吗？用这个成语似乎不太恰当，管他呢！反正很囧就对了！

果然，韩七录把她抱得更紧了，俯身凑到她的耳边，不知是有意还是无意，他温热的呼吸一下一下地吹在她的耳朵上。不一会儿，她的耳朵就不自觉地红了起来。

眼皮一抬，她想要挣脱开。可这家伙根本没有放手的打算，还干脆把脑袋放在了她的肩上。作孽啊！这死变态！

“说吧，你到底想要干什么？”大伙儿还是打开天窗说亮话吧，这样下去，她的小心脏又快受不了了！下次再去医院，一定不能忘记开几瓶保心丸放兜里，以备不时之需。

韩七录抬起脑袋，微松开手，伸手把她的身子掰了过来，强迫她与自己对视：“明天上学了。”

“所以呢？”大少爷，您老就不能一句话一口气说完吗？真是！

“所以……明天不许跟安辰川说话。”他霸道地说道，“如果让我看到你跟他站得很近，或者很亲密的话，那你就死定了！”

她白眼一翻，无可奈何地叹气：“虽然我不知道您老在搞什么，但是，你没有任何权利来规定我要做什么，不能做什么。你以为你算哪根……”最后一个字直接被韩七录的吻给吞下去了。

作孽啊！韩七录这王八羔子居然又强吻她！到现在，她一共被他强吻超过二十多次了吧？

抱着一台新的苹果笔记本、准备敲门的韩管家，一走到门口，就见到他家少爷正在跟少奶奶接吻。怎么说他也算是见过世面的人了，只一秒时间他平复了心情，抱着笔记本和一系列插头电源等东西，走到安初夏的房间内，像是什么都没看到般开始装网线……

见到韩管家进来，韩七录也丝毫不避讳，人家老头什么没有见到过？舌尖一点儿一点儿地探入她的嘴里，带着强烈的男性气息。安初夏的呼吸几乎完全被他掠夺，一狠心，张口就狠狠地咬下去，血腥味立即蔓延在两个人的口腔里。

“嘶——”韩七录倒吸了一口冷气，吃痛地放开她，“安初夏！”

一阵阴风吹过，安初夏抖了抖，抬腿就往韩管家那跑。看到韩管家在这，韩七录冲安初夏点点头，露出一个无害的微笑：“你给我……等着。”

安初夏得意地对着韩七录摆摆手：“七录少爷，我会等着的。”

韩七录转身就走，捂着嘴出了安初夏的房间。

待韩七录完全离开时，安初夏惊觉自己的嘴里也都是血腥味，忙捂着嘴去了卫生间。足足刷了三次牙后，她才开始大口大口地呼吸空气。

“韩七录！你个禽兽！”对着卫生间里的大镜子高声喊了一声，她的气终于消得差不多了。

卫生间的门突然被敲响，她反射性地朝门口看去。见是韩管家而不是韩七录时，慌忙松口气拍拍胸脯：“韩管家，你快吓死我了。要是让那恶魔听到我在骂他，那么我会死得更惨。”

韩管家依旧是摆着那副慈祥又波澜不惊的微笑：“少奶奶，笔记本都已经装好网线了，用的是 WIN7 系统。如果有什么不理解的问题，您随时可以问我。”

安初夏猛点头，语气满是惊讶：“想不到韩管家您还懂电脑啊！”原来他刚才拿着个类似于光盘之类的东西就是在装系统。

对于安初夏的赞美，韩管家并没有给予回应，而是一鞠躬，做了个邀请的动作：“少奶奶，您可以先试试用这系统习不习惯，如果不习惯我就再改装成普通的 XP 系统。”

“少奶奶？”她这才注意到韩管家的称呼，慌忙摇头道，“韩管家，您就不要拿我开玩笑了。怎么您也跟着妈咪……不不不，也跟着伯母瞎叫呢！”

韩管家恭敬地一鞠躬，满面诚恳地说道：“少奶奶，夫人和老爷都是认真的，当时也只是怕您不同意。老爷说了，只有像您这样的女孩子，才配得上我们少爷。这不，少爷不是被您治得服服帖帖吗？”

安初夏嘴角不自觉地抽搐了下，冷笑着说：“到底是谁治的谁呀，您说的话完全不科学！总之，您还是叫我安小姐或者初夏小姐好了。不然，您愿意的话，叫我初夏也行啊！”

“您……不是存心让我为难吗？”韩管家的脸上一副为难的样子。安初夏也只好作罢。随他怎么叫吧，反正她又不会少块肉。抬脚走到书桌前，上面赫然多了一台白色的苹果笔记本电脑。

虽然以前家里买不起电脑，可是学校里还是有配置良好的电脑的，稍微琢磨了下就完全知道该怎么用了。韩管家见她运用熟练，也就放心地离开了。

关上门后，安初夏在电脑里输入了自己的 QQ 号还有密码，密码就是她名字拼音再加 1314。她的 QQ 网名是：“淑女难为”。刚一上线，QQ 就“滴滴滴”地响了起来。上面都是些广告，唯一一条不是垃圾消息的就是福星高中的校草年清忧的消息。

年清忧：祝你幸福。

就这么简简单单的四个字，她心底划过一丝迷茫和不解，想不通自己为什么值得他一个校草喜欢。摇摇头，在 QQ 里回了两个字：谢谢。

QQ 突然又响了起来，是一个阿狸的头像。慌忙点开，是萌小男的消息。她的 QQ 昵称是“灰姑娘的大姐”。

灰姑娘的大姐：哇！我没有看错吧？老大你居然在挂 Q？世界末日果然要到来了吗？

安初夏禁不住笑出了声，手指在键盘上匀速地移动着，敲打出一行字来。

淑女难为：末日你个头啦！从今天开始，我要献身于文学事业。也就是说，从今天开始我会天天上网的！

不一会儿聊天框里就弹出萌小男的回复：随你献身给谁，只要您愿意！不过，我决定不给你 surprise 了！听着，周一老娘我也要去斯蒂兰皇家学院上课了！

看完萌小男的话后，安初夏禁不住拧起眉。萌小男也是从小就跟着她的妈妈，她父亲在十几年前说要去外面闯闯，可是一走就是十几年，一直没有回来过。

难道是她老爸回来了？果然，她猜得没错，萌小男的消息又发来了。

灰姑娘的大姐：我爸那小子回来了，说是要接我去过好日子，但是他不肯接我妈去。我不想去，可是我妈让我跟我爸去。现在已经在我爸家了，他有了一个情妇。那情妇长得……啧啧啧，跟个小狐狸似的！别提有多讨人厌！反正，我后天会到斯蒂兰皇家学院的，先晚安了，我还得整理东西。

撂下这么一大堆话，没等安初夏回复，她的 QQ 头像就暗了下去。一耸肩，她来也好，免得在斯蒂兰皇家学院总是感觉自己格格不入。但愿她来这里能跟自己一样装乖，否则……谁知道会发生什么。

关掉聊天窗口，打开了浏览器，在百度框输入了“书架网”三个字。

进入书架网后，她原本是想搜索一下姜圆圆的笔名“酱紫”的。没想到一进去，就看到首页 TOP 横幅上写着：酱紫大神新作解禁……

再往下一看，各种红包榜、金牌榜、点击榜第一的文，居然都是酱紫写的，也就是姜圆圆写的！

好震撼！安初夏拿着鼠标的手颤了一下，随便选了一本酱紫的小说点进去看。

这是一本穿越类型的小说。说实话，在看之前她还以为姜圆圆是运用了韩家的背景，才能够在那么有名的网站成为大神的。但在看了小说之后，居然连她都被里面跌宕起伏的情节给迷住了。要不是告诉自己“钱钱钱”，她怕是真的一直要看下去了。

酱紫的小说在每一个章节的最后，几乎都设置了一个悬念，让人忍不住接下去看。这大概也是这本小说吸引人的原因了。她暗暗把这些东西都记在了脑海里。

创建了一个用户，用户名原本想用真实名字的。可是想了想又觉得不恰当，就用了“夏末”作为用户名和笔名。初夏，那么反一下就是夏末了。

当晚她看了很久书架网，看到屏幕下方显示十一点多的时候，干脆创建了本新书，书名就叫作《恶魔少爷别吻我》。由于她原本就经常获得什么作文奖，所以写出来的小说，文笔一看上去就很娴熟。

一个晚上她居然在文档里写了一万字。由于书架网只要一万字就可以通过审核，所以在写完一万字的时候，她就悉数发在了自己的作家后台。

做完这一切后，她才算是松了口气。关掉房间的灯躺在床上，满脑子全都是那本小说。明天的话，应该就能通过审核了吧？阿弥陀佛，佛祖保佑，让这篇文能顺利通过审核吧……

闹钟叮叮当当响个不停，床上的女生翻来覆去，最终还是没能够敌得过闹钟的坚持，迷迷糊糊地起身把枕头往地上一砸：“去死吧！”

谁知道这时候门突然被人打开了，韩七录见到的就是香肩半露、却又毫不知情的安初夏，头发凌乱地坐在床上往地上不停地砸布娃娃还有枕头。

微一愣神之后，嘴角突然勾起，平静中夹杂着些嘲讽的话慢慢从他的嘴里飘出来：“哟，一大清早的就使用暴力吗？暴君狼姐？”

原本睡得迷迷糊糊、半醒半梦的安初夏，听到“暴君狼姐”这四个字，彻底清醒了。事实证明，这四个字的威慑力大于一个闹钟。猛然睁开眼睛，映入眼帘的就是韩七录那张晦气的脸！作孽啊，怎么一大清早的，第一个看到的人就是韩七录？

“今天起得真早啊……”韩七录挑挑眉继续说，“佣人们都在准备午饭了。”

整理了一下衣服，安初夏从床上跳下来，先把放在书桌上的闹钟按了。房间里立即安静许多……她把闹钟调成早上九点，现在差不多十点了。这该死的闹钟，居然响了一个小时还不累！真是服了！

无视站在门口的韩七录，她走进卫生间里刷牙洗脸，头发连梳都没梳，就随便找了根皮筋扎了起来。看她一副着急的样子，韩七录终于忍不住走到她身边，道：“你不会以为今天是周一吧？”

安初夏走到书桌旁打开笔记本的开机键，抬眼淡淡地瞥了他一眼：“只有蠢驴才会觉得今天是周一。蠢驴少爷，麻烦您给我下去拿份早餐上来，我会对您感恩戴德的。”

见安初夏直接在电脑前坐了下来，韩七录皱紧眉，　脸不悦。电脑游戏比他堂堂韩氏集团未来的继承人还有吸引力吗？不过安初夏居然也会沉迷于网络游戏，简直是奇迹啊。他撇撇嘴，虽然不悦，但还是转身乖乖地走出去拿早餐了。

姜圆圆昨晚熬夜写稿子，也是睡到现在还没有起床。等韩七录拿好早餐上楼的时候，正巧碰见姜圆圆从三楼走下来。

“儿子，早上好啊，你老娘我昨天晚上写了多少字你知道吗？我写了……”韩七录跟她擦肩而过，根本连看都没看她一眼。姜圆圆嘴角一嘟，泪眼婆娑地跑到一楼大厅，拿起电话就准备打给韩六海。死儿子居然无视她，她要让韩六海回来训死他！

房间内的安初夏瞪大眼睛，惊讶地看见自己的小说居然在首页原创新作的推荐里，还被换上了漂亮的封面。她记得昨天根本就没有管这些呀，慌忙点进自己的文里去看。看到评论区足足有一百多条评论，其中一条更是吸引了她的注意。

书架网主编：您好，作者夏末，您的小说内容非常有喜剧性和发展性，特推荐到首页新原创小说做一级封推。关于后续发展和签约，请您加我的QQ。

安初夏不敢相信地眨了眨眼睛，再看了一下评论，里面有一大部分骂女主角是脑残，居然不知道男主角喜欢她。

开玩笑吧，说她是脑残？她写的是自己进入韩家之后的生活，男主角当然就是恶魔韩七录了。当然了，小说里她用的全都是假名。

一生气，干脆把网页关掉，登录了QQ。刚登录上，QQ就发出“咳咳”的咳嗽声。说实话这声音挺诡异的，像个将死之人得了感冒一样。

点了一下，原来是有人加她，上面的验证信息是：书架网主编。安初夏一歪头，点了同意。不过几秒，书架网主编的头像就闪了起来。

书架网主编：您好，请问您是作者夏末吗？

安初夏犹豫了会儿，回复了她说“是的”。结果对方直接撂下一大堆的话：您的小说《恶魔少爷别吻我》破了我们网站的推荐数纪录和评论数纪录。一个小时内评论数居然能高达两百条之多，所以我想问，您想要跟我们书架网签约吗？

“签约？签约是指有钱拿的意思吗？”自言自语了会儿，她回复书架网主编说让她考虑考虑。对方像是很注重她这个新人，再三让她再考虑考虑才没有再发消息过来。

门在此时被韩七录打开，看到他手里托盘上放着的早餐，才觉得肚子真的是饿得不行了，疯了一样冲过去就大口大口地吃了起来。愣是把韩七录的手当桌子放托盘了。吃完后她才抬起头看向韩七录：“咦？你怎么在这里？”

丢给她一个“我不在这里在哪里”的表情，轻抬了下眼皮：“你要不要看看今天早上的报纸？有惊喜哦。”

“惊喜个屁！”她满不在乎地摸摸下巴，突然抬起头问韩七录，“我问你，书架网是不是很有名？我如果说，他们的主编要跟我签约你会不会信？”

韩七录认真地看了她一眼，在她期待的眼神中败下阵来：“行了行了，我相信。不过……你确定你不要看今天的早报？我发誓你不看会后悔的。”说完，他晃了晃手中的报纸。安初夏连看都没看他一眼，转身走出了房间。她要去问问姜圆圆，到底要不要签约。

“喂！你去哪？你真的不看报纸啊？我先放你沙发上了！”看安初夏转身就走，韩七录摇摇头，将报纸放在了一旁的圆形沙发上，转身离开。

刚走到楼梯口，就听到姜圆圆在写作室里传出一声尖叫。女佣们听见声音，立即跑向她的工作室，但刚进去就被姜圆圆轰了出来。

“发生什么事了？”她立即走下楼梯，疑惑地问从里面出来的女佣。

一个女佣低着头回答道：“少奶奶，夫人说她没事，让我们不要打扰她。不过如果是您进去的话，估计会告诉您发生了什么的。”

姜圆圆对安初夏的好，他们这些做下人的可都是有目共睹。

刚要准备走向姜圆圆的工作室，她突然拉过刚才的女佣，说道：“以后麻烦不要叫我少奶奶，这个称呼是错误的！”

女佣恭敬地一低头，唯唯诺诺地说道：“是，少奶奶。”

安初夏重重地叹了口气：“算了！”转身就快速地往姜圆圆的写作室里走去。孺子不可教也，管他们怎么叫，爱怎么叫怎么叫！

“小初夏！”刚一跨进门去，姜圆圆就哭丧着扑到安初夏的怀里，哭哭啼啼地说，“我要杀了那个叫夏末的！”

突如其来的强大冲击力，让安初夏不由自主地往后退了两步才站定身子，耳边传来姜圆圆清晰的话……夏末？这个名字怎么这么熟悉？等等！这不是她在书架网取的笔名吗？

“妈咪，别哭，发生什么事了？”把姜圆圆当作妈咪的话，还不如把她当成一个孩子哄。有时候她经常在想，如果自己也能活得像姜圆圆那么幸福就好了，有疼她的老公，虽然嘴硬但是心里却还是处处为她着想的儿子……

天哪，她怎么会有这么沧桑的想法？难道她老了？呸呸呸，她还年轻得很，正是风华绝代的时候！

又继续哭了几声，姜圆圆从安初夏的怀里抬起头，一张脸哭得梨花带雨，如果韩伯父看到她这个样子，肯定会心疼死的。正准备继续安慰她，结果姜圆圆紧紧拉着她的手，来到了电脑前指着屏幕，说道：“初夏，这个人很有可能会夺走我在书架网的地位，怎么办啊怎么办？”

凑近屏幕一看，那红色的书名《恶魔少爷别吻我》，赫然排在推荐榜和评论榜的第一，姜圆圆的小说排在第二了。安初夏满头黑线，她的处女作何德何能，居然能弄出那么大的反应！

正欲开口说话，姜圆圆又号啕大哭起来：“这个天杀的！没签约的新手，居然能把小说写得那么搞笑。虽然那女主角脑残了一点儿，但是竟然写得比我还好！我都快要忍不住追文了……我鄙视她鄙视她！”

深吸一口气，她一脸尴尬地拉过姜圆圆的手，然后坐在电脑前把姜圆圆的账号给退出，输入“夏末”两个字，再打上几个密码，立即跳进了夏末的作家中心后台。姜圆圆不敢置信地瞪大眼睛，指着安初夏：“你你你……”

“妈咪，我真不知道我的烂文居然有人看，还抢走了您的排行榜第一。不过您放心，如果您不高兴，我二话不说就把这小说删掉！我来就是想问问您，我要不要签约。现在看来，我可能不大适合写小说。而且我也没什么时间，嘿嘿……”她憨厚的样子，惹得姜圆圆又号啕大哭起来，而且哭得比之前更惨了。

安初夏立即慌了手脚，慌忙从面巾纸盒里抽出几张面巾纸递到姜圆圆面前：“妈咪您别哭啊，我不是说了再也不写小说了吗？我发誓，绝对不会再……”她的嘴巴突然被姜圆圆捂住。

安初夏迷惑不解地看向姜圆圆。谁知道她像国粹中的变脸一样，早已经换上一副万分欣喜的样子：“小初夏，你如果不写小说了，那妈咪我就再也不理你了！”

“啊？”她眨眨眼，在姜圆圆微笑着把手缩回去之后，狐疑地开口，“您的意思是……让我继续写小说？”

“废话！”姜圆圆乐得眼睛都眯成了一条线，明明脸颊还残留着刚才的泪痕，“你等着，我现在就给你签约去！对了，我签约的时候，为了不让那些编辑给我开后门，所以就用了家里佣人的身份证。我现在就再去要一张给你签约去！你等着啊！”

话毕，她一溜烟消失了……

风萧萧兮，刚才到底发生了什么？为什么她感觉好凌乱……这一切发生的也太不科学了！但，心底划过的这一丝温暖是什么呢？安初夏的眼中绽放出一丝异彩。姜圆圆虽然幼稚，但确确实实给了她一种……温暖的感觉啊。

“喂！”韩七录不知何时倚靠在门口处，挑眉看她，“我要去试车，你要一起吗？”这话说出来颇有点儿尴尬，但他就是希望她能够一起去。

“我……”她是想去的，反正闲着也是闲着。可是突然又想起姜圆圆要她在这里等她，就决定不去了。

刚要拒绝，只听到姜圆圆的声音从客厅里传来：“小初夏，你陪他去试车吧，反正合约一时半会儿也到不了书架网的总部。放心，签约的事交给你妈咪我了！”

她一撇嘴，装作很为难的样子：“怎么办呢，大少爷，我似乎不能不去了。”

见韩七录挑眉，她继续说道：“不过……你不是有车了吗？难道是要去试自行车学习环保了？不错！这主意不错，那么以后我们就不用一起上学了。”

韩七录高抬起下巴，冷冷地看了她一眼。她立即闭嘴不敢说话。作孽啊！这家伙就不能让她装一下吗？真是讨厌！乖乖跟着他走出去，在姜圆圆不怀好意的目光中，全身僵硬地坐到他的车里。车门关上的那一刻，她的身子才算是放松下来。

快速地启动引擎，车子飞一般地飞驰出去。车内播放着交通之声的新文，她偏头看了韩七录一眼，不悦地说道：“喂，大少爷，你就不能好好地跟你妈交流一下吗？”

“什么意思？”他专心致志地开车，方向盘一转，避开一辆辆朝他这边飞驰而来的车子，快速地在稍有些拥挤的车道上行驶。安初夏紧张地抓着绑在身上的安全带，等车速稍微慢了，才大声喊道：“韩七录！你要我的命啊？开慢点儿会死吗？”

正好遇到一个红灯，韩七录把车速降下来，停止之后偏头看她：“你要我跟我妈谈什么？”

“谈我们的事啊！说我们根本就不是她想象的那样，我们是互相讨厌对方的。”话说出口，她竟然感到胸口莫名其妙的沉重。这是错觉，没错，是错觉！

周围的空气猝然凝结，韩七录的脸阴沉得可怕。动了动唇，他毫无波澜地说道：“看样子你并没有看今天的早报啊。真的不要看看吗？还有一份早报放在后面呢。”

听他这么说，安初夏开始起疑心。他一大早上就跟她莫名其妙地提什么早报。她转过头拿起放在车后座的报纸，看到上面几乎占了大半版面的照片后，倏然瞪大眼睛。这……这是什么？这居然是……如果她没有看错的话，这两个接吻的人就是她和韩七录。

好眼熟的场景，这绝对不是韩家的草坪，这里是……对了！那家餐厅！

上帝啊，佛祖啊，玩人也不带这样的！稍稍镇静下来后，她看向照片上的标题：韩氏集团继承人韩七录的未婚妻……

然后下面是一些关于她的信息，什么安易山的义女之类的内容。她一生气把纸团揉成了一团扔到后面：“你们韩家不是很厉害吗？居然有报社敢把这种照片和内容发出来？”

韩七录微微一挑眉，知道她聪明，干脆也就不瞒着了：“没错，这是我的意思，也是我爸的意思。这家报社是我们旗下的阳光报社，社长肯定是有请示过我爸的。我爸……很希望你能真的跟我结婚。”

“我靠！”安初夏万分不爽地偏头直直盯着韩七录的眼睛。车子在此时发动，但速度比之前慢了不少。“韩七录啊韩七录，你是真糊涂还是假糊涂？你是那种会为了你爸就不顾及自己幸福的人吗？我们明明相互讨厌对方，你应该去说清楚，他们会理解的。”

面对安初夏苦口婆心的劝告，韩七录没有说话，只是一直紧紧地盯着前面。仔细看的话不难发现，他的嘴唇紧抿着，握着方向盘的手指指节也微微泛白，似在压抑着自己的怒气。

就在安初夏以为他不会说话的时候，他的声音却一字一句清晰地传入她的耳膜：“我们没有互相讨厌对方，至少，我现在不讨厌你。”

第十章 花瓶迟早碎裂

“嘭嘭嘭！”她听见了自己心跳的声音。

“到了。”韩七录停下车打开车门率先走了出去。

直到听到重重的车门关闭的声音，安初夏才算是回过神来。为什么他韩七录随便一句话就可以控制她的心跳呢？连自认六根清净的她都差一点沦陷。

沦陷什么啊？在心里狠狠地骂了自己几句后，安初夏也走下车，抬起头打量着这里——一座小型广场，旁边是一家只有两层楼高但占地面积却很多的4S店。

“这就是未来的韩氏集团总裁夫人吗？”一道略带讽刺的女声传来。安初夏皱皱眉，偏过头顺着声音看过去，只见一个穿着暴露的女生正挽着韩七录的手臂上下打量她。

这个女生是最近网络上很红的车模，但安初夏可不喜欢这女人，正想讽刺回去，却见到站在4S店门口穿着黑色西装的人都在打量她。其中一个胸牌上显示是销售经理的外国男子，走到韩七录的身边搭在他的肩上笑着说：“没想到都有未婚妻了啊，七录少爷。”

韩七录一扯嘴角，不肯定也没有否认，微挑起眉看向那个：“车呢？”

经理哈哈一笑，走到一辆盖着黑布的车旁，手一挥把黑布摘了下来。

一辆除了酷找不到其他字来描述的跑车映入安初夏的眼帘，如果没有看错的话，这应该就是之前小男在杂志上看到的那辆天价车：兰博基尼Reventon！据说这辆车的名字起源于一头曾经杀死过一个很厉害斗牛士的蛮牛。由于当时她也觉得很震撼，所以就留意了一下，要知道这辆车全球仅有二十辆，有着类似美国F22战斗机风格的仪表盘。

"你真的要买？"安初夏偏头看向一旁目光略带欣喜的韩七录。

看得出来，韩七录很喜欢这辆车，知道他家里有钱，可是无论如何也不能有钱到家里有了一辆豪华跑车之后还买一辆吧？

未等韩七录回答，他身边的车模微微一笑，炫耀似的开口道："这是这家公司的总裁送给七录少爷的礼物，身为未婚妻的你，居然会不知道，为什么呢？"

咬紧牙关，最终安初夏也只是大方地笑笑，没有说话。

而韩七录也只是淡淡地看了一眼身边的女子，她立即会意地松开手做了个"请"的手势。然后，韩七录从安初夏的身边走过，没有做任何停留便钻进跑车。

跑车在瞬间飞驰了出去，那个车模也在跑车开出去之后轻轻踱步到安初夏的身边："我叫莉拉。"

这样的自我介绍还真是既空白又无聊！敛下眸子里的所有情绪，安初夏抬起头，淡淡地看着比她高出半个头、跟韩七录差不多高的莉拉："安初夏。"

直接报上自己的名字也算是对她的回应了。开玩笑，人家不热情她为什么要热脸贴个冷屁股？这一看就知道是韩七录的前女友。不过……那小子不是深深地爱着他的向蔓葵吗？那么这个女人又是哪里冒出来的？

想到这里，安初夏禁不住厌恶地朝韩七录的方向看了一眼，为这样花心的男人心跳加速，是不是也是一种耻辱？

见安初夏一副云淡风轻，甚至是有些不屑的样子，莉拉那画着妖艳眼妆的眸子禁不住冒出一道怒火。但只一瞬，她狐狸般地勾起涂着唇彩的唇，有意无意地又朝安初夏身边站了站，手臂贴着手臂。

莉拉用她那独特的妩媚声音对安初夏又说："七录少爷曾经救过我呢，在我被一群流氓围住的时候……啊！对了！默斯顿酒店的总统套房知道吗？我在那里住过一个多月呢，因为七录少爷，我才有今天的成就的。"

一挑眉，安初夏嘴角含笑淡淡地应了声："嗯。"她无比清楚地知道，如果现在自己说出别的什么话来，肯定会误以为是在吃醋，所以干脆就敷衍一下好了。毕竟这种跑龙套的女人她根本就不需要多说什么。

安初夏那副淡然的样子彻底惹火了莉拉，她眯着眼睛扬起嗓子宣布似的对她说："七录少爷是我的！"

"莉拉！"一个男人的声音传来，安初夏记得，这是刚才那个销售经理，想来不是一般的人。他略带抱歉地走到安初夏身边说："抱歉，我的车模让您感到困扰了。"

这话虽然说得无比好听，但无论是语气里还是表情上她都看不出一丝歉意。这个男子恐怕也是借着莉拉想要跟韩七录套近乎。

感情还真把她当吃素的了？笑话！

眼底划过一道光芒，安初夏知道了自己这么被他们看不起纯粹是因为出门的时候忘了换衣服。谁会看得上一个头发乱乱糟糟、穿着一件白色单调连衣裙的女生呢？

安初夏微微抬起眼，饶有深意地看了眼经理：“兰博基尼 Reventon，如果没有猜错的话，你是 VolkswagenGroup 总裁身边的人吧？不是什么特殊日子能送这么一辆车，你们总裁有什么需要我们韩家帮忙的么？”

几句话说得男子脸色大变：他们仅仅是第一次见面，从车的牌子就能猜出他的身份，这女孩绝不是泛泛之辈。

将惊讶全都藏于心中，男子朝她点头：“我们准备和韩氏谈一个合作案，如果成了，这辆兰博基尼 Reventon 根本不需要放在眼里。在下丁宁，是 VolkswagenGroup 总裁的助理，

准少夫人喜欢什么样的礼物，在下改天定亲自送到您府上。”

嘴角翘起，丁宁的态度就说明了一切，他对她的看法已经从一开始的不屑变为尊敬，甚至还有一丝敬畏。

“丁助理的心意我领了，礼物就不必了。”

淡漠地拒绝了丁宁后，安初夏余光瞥见莉拉的脸色很是不好，似乎想发作，却被丁宁一个眼神制止住，她只好生气地剁了下脚，把脸偏向一边道：“准少夫人？真是笑死人了……”

“莉拉！”丁宁皱着眉朝莉拉低吼了一声，转头万分抱歉地对安初夏说了句，“她不懂事，还希望少夫人多多谅解。”

这一次，安初夏不会再留什么情面。嘴角一勾，露出一抹妖魅般的笑，扬起手干净利落地给了莉拉一个耳光：“上级说话，你这个做下级的怎么一点也不知道恭敬？需不需要我好好教教你做人的道理？”

对于安初夏的做法，丁宁并不感到意外，刚才她的笑容，居然跟韩七录有几分相似。而他也不得不承认，这个看上去很平凡的女生身上其实有一种令人不能轻易挪开视线的魔力。细看之下，她的五官其实长得极为标准和紧致，那未涂半点唇彩的唇瓣竟能让人产生最原始的欲望……

“你居然敢打我？”莉拉紧咬着牙关，感觉脸上火辣辣的一片。一定是肿了，她下手居然这么重！

安初夏轻叹：这句台词好俗套。一般坏角色被人打都是这种台词，简直是恶俗到了极点。

就在莉拉准备回击的时候……一阵刹车声响起，韩七录的车突然出现在大家的视线中，在所有人的面前停下。当然他一下车就感觉气氛不对，紧抿着唇走上前询问：“发生什么事了？”

莉拉紧握着的手立即松开，眼泪像喷泉一样涌了出来，几步扑到韩七录的怀里大声哭泣着："七录少爷，这个女人她打我！我明明什么都没做，可是她一伸手就给了我一个耳光，好痛……"

韩七录低头看了一眼莉拉，不着痕迹地与她拉开了些距离，眼神直直地看向安初夏，声音有些僵硬："怎么回事？"

原本是想死也不承认打这狐狸精了，但转念一想，这小子不会是因为刚才她在车上说"我们两个人相互讨厌"才突然对她不冷不热的吧？安初夏心头涌上一股喜悦感，韩七录在心里也有那么一点点在乎她吗？那就……试试看吧！

安初夏抬眸对上韩七录的眼角，把嘴巴一嘟："她刚才挽着你的手了，所以我就给了她一个耳光。也就是说……我讨厌她碰你。"

不可思议地听安初夏说出这样几句不符合她风格的话，只一瞬韩七录便收起那副冰冷的表情，嘴角不由自主地就勾了起来，毫不留情地把黏在他身边的莉拉推开，上前几步将她搂在怀里："以后再也不可能说'我们互相讨厌'之类的话了，否则……下一次我不知道自己会不会原谅你。"

"那你以后也不可能再让一些莫名其妙的女人碰你。还有，默斯顿的那间总统套房我要你立刻把那里消一遍毒！"她得寸进尺地瞪着韩七录，而后者并没有生气，反而是笑着宠溺地摸摸她的脑袋。

看到韩七录的表情突然变得那么温柔，丁宁着实吓了一跳。在他的记忆里，他跟韩七录的接触次数虽然不多，仅仅是在几次 KTV 的聚会中还有几次公事中，两个人算不上陌生也算不上熟悉，可在他的了解中，韩七录绝不是会对女生温柔的人。

至少他的眼神不该是这样温柔……看样子，这位准少夫人，将会是他们一个很好的机会……

"七录少爷，车子的手续统统都已经办齐全了，您只需要把车子取走就可以了。"丁宁适时地开口，"少夫人，刚才我的人多有得罪，还请您能够谅解。"

移开视线看了眼气得快要吐血的莉拉，安初夏刚要开口说自己不在意，韩七录反而是摆出一副冷峻的样子："她气到我的未婚妻了，丁助理，需要怎么做你应该不需要我来告诉你了吧？"

微一扼首，丁宁淡笑着说："我知道怎么做了。"

"不要！"莉拉吓得脸色惨白，连唇瓣都有些颤抖。她现在的一切都是韩七录给她的，可他凭什么因为这个女人的一句话而统统把已经属于她的一切夺走？不甘心！她不甘心！

莉拉慌忙冲上去一个踉跄跪在韩七录的面前，安初夏甚至能清晰地听到莉拉的膝盖重重碰撞到地上的声音，虽然不响，但却震撼到了她的内心。以她对韩七录的了解，他完全有可能让这个莉拉在这个城市待不下去，自己是不是太欠考虑了？

“七录少爷，求您饶了我吧！我不知道，我以为这个女人……”话未说话，莉拉已经被韩七录重重地推倒在地上，正好撞到旁边大理石砌的台阶，原本光洁的额头被磕出了一个洞，鲜血顺着她的轮廓留下来。

安初夏看得出莉拉现在的恐惧，就像是面临死亡一般，而这一切的酿成者，追根揭底都是她。

“韩七录，算了吧，她没有做什么，反而是我给了她一个耳光。”安初夏开口向韩七录求情，而韩七录只是淡淡地看了她一眼，没有说话，也没有收回刚才的话的意思。

莉拉的表情已经由之前的不甘到现在的不屑，双肩颤抖着，最终眼眸燃起熊熊大火……

“韩七录！”安初夏想要再为莉拉求情，然而韩七录只是紧搂着她的肩，漠然地说：“你没有错。”

安初夏微微一愣，手腕被韩七录抓住，身体上前倾去，加快脚步才跟上了韩七录的步伐。她往后看了一眼，只见莉拉用那要杀人的目光紧紧盯着自己。就在韩七录松开她的手腕走到车子的另一边。打开车门坐进去的一刹那，她瞳孔中倒映出莉拉拿着一个原本用来化妆的利器朝她冲过来。

“少夫人！”丁宁欲上前拉住莉拉，然而速度终究还是慢了一步，反而被自己凌乱的脚步绊倒在地上，而韩七录快速从车内钻出，也是来不及了。

莉拉的头发凌乱地披散着，脸上全都是撞到台阶时留下的血迹，不过安初夏毫不畏惧，就在莉拉出手的那一刻，她脚步微移，让莉拉刺了个空，那只拿着利器的手反而被她扼制住。

莉拉着实没有想到安初夏的速度居然这么快，还有抓着她手腕的手似要把她的骨骼捏碎般用力，她知道自己完了……

韩七录跑到安初夏身边，看到此等情形这才重重松了口气，正盘算着怎么让这个不知死活的车模付出代价的时候，他听见安初夏微笑着用如同天使般用好听的声音说：“莉拉，什么都没有发生。”

在呆愣中，安初夏已经绕过莉拉，坐进了新车里。韩七录紧盯着莉拉，安初夏没有生气或者是被吓到的样子，他也可以当做什么都没有发生。

“没有下次。”留下四个冰冷的字，韩七录绕过车子抬起下巴对刚从地上爬起来不知如何是好的丁宁说，“叫人把我另一辆车开回到韩家。”

“是！少爷！”丁宁慌忙点头，目光中有着对安初夏大方姿态的赞许，也有着对莉拉不懂事的怒气。

待韩七录他们离开后，丁宁快步走到凌乱不堪的莉拉面前，一抬手，她的脸上立即出现了一个血手印。丁宁这一耳光打得是真重，莉拉的右边脸颊立即高高肿起，嘴角流出一丝血迹。

抬手捂着被扇耳光的侧脸，莉拉痛哭起来，扑倒在丁宁的脚下："丁先生，求您不要把我开除……"

开除？她以为只有开除这么简单？紧咬着牙关，丁宁压抑着想要把莉拉踢死的冲动，调过头对自己的手下说："把她酒店房间里所有值钱的东西都拿去扔掉，她卡里的钱也一并转到boss的账户上，以后，我们公司不再有她这个车模！"

"是！"西装革履的手下应声而去，就像莉拉所想的，她的一切都是韩七录给的，那么韩少爷收回一切也是很轻松的事。

被丁宁一脚踢开后，莉拉的目光变得模糊，眼前的一切也开始变得那么不真实，最终眼皮变得沉重，渐渐地她完全失去了知觉昏倒在原地，脑子里最后听到的一句话就是："真是晦气！把她给我扔到别的地方去！"

回到韩家，姜圆圆先是看了那一辆超级跑车，然后便跑到安初夏面前开心地告诉她说已告诉那编辑，夏末这个作者是她徒弟，合约已经拿到手寄出去了。

对这些消息安初夏本应该是感到高兴的，可是一扯嘴角就想到莉拉那张满是鲜血的脸，她立即高兴不起来，勉强挤出一丝微笑，略带疲惫地对姜圆圆说："谢谢妈咪，但是我有些累，先回房间休息了。"

姜圆圆也不好多说什么，只是点点头看着她安静地走上楼，消失在二楼的楼梯口。等完全看不见安初夏了，姜圆圆疑惑地看向韩七录，语调生硬地说："这都到吃午餐的点了……臭小子！你是不是又欺负我的宝贝小初夏了？"

无谓地一耸肩，韩七录的眸中划过一道复杂的思绪："我上去看看她，您先去吃午餐吧。"

看韩七录快速走向楼梯处，姜圆圆也不好再说什么，转头看到帅气的超级跑车，眼前一亮："这辆车我可以写进小说里！不不不……穿越文怎么可能出现兰博基尼呢？等等！只要本作者愿意，一切兼有可能！"

房间内一片寂静，窗帘被拉开后，阳光照亮了整个房间，安初夏用手腕挡住直射着自己眼睛的阳光，待瞳孔适应了些，她才放下手走到书桌前打开了笔记本电脑，登录上QQ，但好友少得可怜的她竟然找不到一个在线好友可以聊天的。

轻叹一声，心想着不知道萌小男在干什么，刚萌生一个要打电话给小男的念头，门突然被人敲响："在想什么？"

轻摇了下头，安初夏淡然地说："没有想什么，我只是在想……韩七录，为什么你就这么冷血呢？莉拉她明明没有犯什么大错，你却……那个叫丁什么的，应该不会轻饶她吧？”　　一想起莉拉的脸，她的手臂上就布满了鸡皮疙瘩，一定很痛吧？安初夏自认自己不是很唐僧，什么人都会去可怜，可是只要她一闭上眼睛，就是莉拉那决然的表情。

韩七录抬脚走到安初夏面前，眼神复杂：“我只对我觉得需要对她好的人好。”

这话安初夏原本应该开心的，可现在，她只感到无限的厌恶。猛然站起身，她再也忍不住地朝韩七录大吼：“麻烦你不要再装了！我们两个人……没错，或许不是相互厌恶，可是你不是爱着向蔓葵吗？那么就请你不要再在我面前提起任何对我好之类的话，我会觉得很可笑！”

空气瞬间凝固，明明已经是初夏的天，却让人感到无限的寒意。她清楚地看到韩七录额头上的青筋跳了几下，眼眸也染上一抹可怕的戾气。

嘴角鄙夷地扬起，她的目光中满是鄙夷：“韩七录，你在把我当成她的替代品吗？那么我告诉你，我不是什么愿意当别人替代品的人。从今天以后，也请你收敛一下自己的行为。”她指的是韩七录三番五次强吻她的事情。

重重地点了下头，韩七录扬起一抹嗜血的笑：“很好……”

关门声重重地响起，安初夏笑了，笑得有些可怕，她知道自己这次的话说得太过分了，也知道自己这次太过无理取闹。但是她必须这样做，她的未来，不想要跟豪门染上半点关系。只想要……一种平平静静的生活。

如果不把韩七录狠狠推开，那么她担心自己会陷进去，然后淡忘自己一直所坚持的。对！我要跟韩七录真正地划分好界线。尽管……她的目光瞥见韩七录早上时放在她圆形沙发上的报纸。

“妈，你放心，我一定不会忘记您的原意，一定会考上一所好的大学，成为一名优秀的教师……”暗暗握紧拳头，她的目光变得无限坚定。从现在开始，所做的一切都要为了以后的大学！从现在开始，她要变回以前那个奋不顾身不畏首畏尾的暴君狼女！

放在桌上忘了带去的手机屏幕突然亮了起来，紧接着传来铃声：考试什么的都去死吧，我要回家……

按下接听键，那边传来萌小男如同狼嚎一般的声音：“我说老大，你太不够意思了吧？老子给你打了整整一个上午的电话，你丫居然不接？”

“有吗？”她挑了下眉，突然想起试车的时候自己忘记了带手机，眸光暗了暗，随即恢复正常，“我忘记带身上了，什么事？”

听到安初夏这么淡漠的声音，萌小男不悦地掏了掏耳朵抓着电话大声说：“安老大，你丫不会真像那傻逼唐卡伊说的一样，有了有钱的老公就不要我们这种贫穷的朋友了？”

眼角跳了跳，安初夏被萌小男那大嗓门弄得心情居然莫名其妙地好了很多，一边登录到 QQ 农场种起菜，一边微笑着用左手抓着手机回答："哪敢忘记您啊！我只是好奇呢，你个惜话费如金的女人居然会主动给我打电话，一般都是故意打给我然后在我接之前立刻挂掉让我打回给你的吧？怎么？你那亲爸对你很好？"

萌小男哈哈笑着，转头皮笑肉不笑地对着家里的女佣说："麻烦你给我拿盘果盘。"

"是，大小姐。"女佣唯唯诺诺地点头，后退几步后拿果盘去了。

萌小男翘起二郎腿优哉游哉地说："确实对我还不错，因为那小狐狸精不会生育，那小狐狸精对我也不错，因为她说她一直想要个孩子，可惜没有机会。"

握着鼠标的手指顿了顿，安初夏心情复杂地说："你亲爸跟你亲妈离婚了？"

"其实早就离了。"那边的声音显得蛮无所谓的，萌小男这人没别的优点，唯一的优点就是看得开，"只是我亲妈故意没告诉我，怕我伤心。我伤个屁心？这事我也还是刚知道的。总之，我现在小日子过得很爽，所以今儿个下午咱们出去逛街吧！顺便把你那帅气的老公也带来！让我跟他增进一下感情。"

安初夏嘴角不自觉一抽："增你个头啦！我跟他……那是权宜之策，总之说来话长，我也就长话短说，一切都是因为迫不得已，就这么简单！"

"哇！"电话里传来一声惊叹，"你还迫不得已？老大哎！你知不知道这 A 市有多少人想嫁你老公？"

用杀虫剂杀掉一条虫子，安初夏眼不红心不跳地说："萌小男，您老就省点心吧。我对男生一向没多大兴趣你又不是不知道。好了，我先下去吃饭，免得那贱人的老妈担心。这样好了……下午两点，咱们在市中心的世贸大楼前集合。"

"那到时候见了，对男人没兴趣的女人。"萌小男挂掉手机，抬手接过女佣递过来的果盘，"我问你，那小狐狸……不不，口误口误！我妈呢？"

女佣一脸淡定地回答："夫人吃完早餐就出去了，今天夫人美容店的预约时间到了。"

下午两点……行，补个美容觉再说！至于老大跟那位韩大少的事，等到时候再仔细盘问她也不迟！至于安初夏对男生没多大兴趣就是因为她老爸的离开，这年头男人都为了事业抛妻弃女，她萌小男也是个典型的例子。但她活得就比安初夏乐观，抛就抛呗，又不是没了老爸就活不成。再说，她现在不是照样被老爸接回来了吗？小狐狸精居然没有生育能力，看来这是天意啊……

将果盘放到了一边，萌小男在沙发上横着一躺，闭上眼睛就睡了过去。

比起萌小男家的和谐，安初夏这边的情况就不怎么好了……

在餐桌前坐下之后，她就一言不发地埋头猛扒饭，而坐在她对面的那位少爷也是一直沉默着。时不时冷哼几声，那冰冷的目光刺到她的身上，让她连吃饭的心情都没有了。

韩管家站在一旁看这气氛有些不对，便走上前一步，大声说："少爷，少夫人，夫人临时有事出去了，说是去做美容。"

"嗯。"韩七录淡淡地应了一声，放下筷子，将视线完全投到她的身上，末了，他轻咳一声，带着些乞求的意味说，"安初夏，我们谈谈吧。"

咽下最后一口饭，安初夏接过女佣递过来的餐巾纸擦了擦嘴角的油渍，抬起头毫无波澜地看着韩七录道："七录少爷有什么想跟我谈的？"

一个七录少爷，就把他们的关系完全拉开了。在刚认识的时候，他可是强迫着她叫自己少爷，可是现在，他更希望听到她毫无顾忌地叫他的名字。向蔓葵的这个名字，她到底是在哪里听到的？难不成是那两个家伙？不可能吧，打死他们也不敢碰这个禁忌。

深深地看了安初夏一下，韩七录嘴里吐出一句："安初夏，你该不会是在吃醋吧？"

听到吃醋两个字，安初夏的身子不禁抖了抖："您刚才是在说吃醋吗？我吗？呵呵呵，您想太多了。"

"我会给你一个星期的时间，一个星期内，向我道歉。"他又失去了耐心，抓起旁边的外套离开餐桌，走出了大厅。他需要去问问那两个家伙，安初夏是怎么知道向蔓葵的存在的。

而向蔓葵三个字，在他的心里，是什么时候开始，居然在听到的时候，能那么平静？

见韩七录走出去，听到车引擎发动离开石子路的声音后，安初夏慌忙从餐桌上站起来跑到大厅门口张望了几下。看韩七录真的不在了之后她才松口气，转身走到不明所以的韩管家面前压低声音道："韩管家，能帮我一个忙吗？"

韩管家看似一个年近半百的老头，实际上是个万能管家，不仅做事干练绝不拖泥带水，而且帮你做事还不会问为什么。

坐在加长版宾利里，安初夏握紧手中的手机，按下一连串号码，那边却一直忙音。拍了拍手机，她抬头看向前面开车的韩管家："韩管家，你给我的莉拉的手机号到底有没有用啊？怎么一直没有人接听？"

韩管家看了一眼车内的后视镜，后视镜倒映出安初夏焦急的面孔。从她的描述中他知道了上午发生的一切，说是想去看看莉拉现在怎么样了。于是他便找了丁宁要了手机号，也要到了她现在所处的位置，便把手机号给安初夏，开车找莉拉。

说实话，他不明白安初夏为什么要去看一个跟她毫无关系，还对她冷嘲热讽的女人。但转念一想这孩子从小就在贫苦的环境中长大，自然也有贫穷人家所特有的善心。可是在他们这些从出生起就被灌输了“对别人友善就是对自己无情”的人眼中，莉拉完全是个可有可无的角色。

就像少爷，他救下莉拉的那一天，正好是跟向蔓葵完全断绝关系的那一天，所以少爷才会放纵自己的吧？而今天少爷对莉拉的决定，也是想当然的事。

张了张嘴，韩管家淡笑着说：“这号码肯定是有用的没错，您别着急，我们很快就到了。”

某条相对还算热闹的大街上，熙熙攘攘的人们有的在忙着赶路，有的在慢悠悠地逛街。每个人脸上的表情都是不一样的，又都是一样的。一样的……冷漠。

“臭乞丐！死开点！”几个女生狠狠地瞪着躺在地上衣衫破烂还满身都是血迹的莉拉，抬脚跨过她的身子走过去。这些人，都把她当做是一个乞丐，没有看清她披散着的长发下的面容。没有人发现，昨天还在拍平面广告的当红车模莉拉今天成了一个被人唾弃的乞丐。

她的目光空洞，嘴唇也因为干燥而裂开一道道口子。抬起手捂住嘴巴痴痴地笑着，她至今还对那一晚记忆深刻……

“你为什么要救我？”几年前家破人亡的莉拉流落在街头，失魂落魄地走在大街上。她一无所有，神情恍惚，脚步踉跄。生无可恋大概就是这种感觉了吧？

一辆高级跑车朝这边驶来，她微微一笑，抬脚跑向马路中间。紧接着是一阵刹车声和她倒地的声音，再醒过来的时候，她居然躺在默斯顿酒店的总统套房内。

“这里是哪里？”揉揉太阳穴，她皱紧眉从床上坐起来。身上脏兮兮的衣服被换成了干干净净的白色连衣裙，抬起手臂看了看自己，皮肤居然也被洗得很干净，还有一股好闻的薰衣草沐浴露的味道。

正疑惑间，房间的门突然被打开。她一惊，那个站在面前如同神一般的男人正紧紧地盯着他，动了动唇，他的第一句话就是：“醒了？”

先前所有的顾虑都被抛开，她呆愣着点点头，脑子里空白一片，唯一的想法就是：世界上怎么会有这么帅的男人？

“你睡了整整一天，我一直让特护给你输营养液，不过没有进食，现在饿吗？”他的声音冷冷的，不带有一丝一毫的温度，却莫名其妙地让她的脸红了起来。

摇摇头，她说：“不饿。”然而她的肚子却比她的嘴诚实很多，发出了咕噜咕噜的声音，于是她瞬间原本就有些微红的脸蛋变得更加红了，跟个苹果似的。

很快，他叫人送了一碗清粥进来。莉拉在他直直的目光中喝下了一碗粥，虽然还想喝但是碍于面子没有开口。她擦了擦嘴角刚要说话，却听到他说：“韩七录。”

韩七录……这是他的名字吗？莉拉心里一喜，敛下眉羞涩地说：“我叫……莉拉。”

轻轻一点头，他站起身道：“好好休息。”

“等等！”一听说他要走，莉拉立刻急了，她不喜欢这种一个人待在一间大屋子里的感觉。皱紧眉，她咬了咬下唇轻轻地问道：“你为什么要救我……”

看得出韩七录愣了一下，随即转过身用他那冰冷的眸子看着她：“你差点撞到我的车，而且我……需要女人。”

他说话从来不拐弯抹角，他确实需要女人，很需要女人……可是他不想随便找，正在大街上漫无目的地开着车时，这个欲想寻死的女人映入了他的眼帘。见莉拉不说话，韩七录挑了下眉：“我从不逼人做不愿意的事。”

刚要转身，手臂上突然一紧，莉拉低下头，连耳垂都被染上了一层红晕：“我愿意……”

韩七录淡漠地瞥了她一眼，冷冷地说：“我的女人背叛了我，我只是想找一个泄欲的工具。你必须要知道，你得不到任何名分。”

抓着韩七录的手臂又紧了紧，莉拉咬咬下唇提高了音量说：“我这条命是您救的，无论让我做什么，我都愿意……”她的目光无比坚定，还带着一丝羞涩。

紧接着韩七录走到床沿，关上床头淡蓝色的灯。偌大的房间内一下子陷入一片黑暗，莉拉只听见一阵脱衣服的声音，然后是他压在了自己身上，她轻轻地闭上眼睛。这个男人将会是她这辈子唯一的爱。

但自从那天晚上以后，一个月过去了，韩七录却迟迟没有现身。再后来，他终于出现了，他说那晚是他的冲动，因为他的不悦便强要了她，因为感到有些愧疚，便帮她找了份车模的工作，也另外给她找了个住所，然后她便再也没有跟韩七录见过面。

所以莉拉那么努力地工作，那么努力地想要出名，登上各种杂志。终于……这几年她熬出头了，成为了国内数一数二的知名车模，她也曾很荣幸地给韩七录当过几次女伴。

再后来，就是这次见面了。她看到了安初夏，那个一眼看上去就如同一个干干净净的玻璃娃娃一般的女生，她恨她……

“哟，到我们的地盘上抢生意来了？”一个难听的声音传来，莉拉从回忆中跳回现实。轻轻一偏头，看见几个脏兮兮的乞丐在慢慢向她走来。她的眼眸立刻染上几分惧意，用尽全身力气站起来，那几个乞丐却一把拉住她纤细的手腕：

“看看，这张小脸蛋长得还不错……”

“放开！”她厌恶地甩开手，现在她居然沦落到被乞丐拉住的地步了，“滚！”

那几个乞丐相视一笑，肮脏的手在莉拉的身上到处乱摸：“这身材还真不错，哥几个，要不我们带她去……嗯？”

“不！”莉拉惊慌失措地大叫着，“救命！救命！放开我，你们这些恶心的家伙！”

周围路过的行人中有想要上前询问的，有拿起手机开始报警的，乞丐中一个高大的连忙弯腰拦腰抱起莉拉，转身走了。他的力气很大，莉拉根本没法挣脱开来。

车内，安初夏突然感到些隐约的不安：“韩管家，快到了没？”这已经是她从上车以来第十五次问这个问题了。

“少夫人，您别急，这就快到了。喏，丁宁说就把她扔在这里了。”韩管家把车一停，安初夏立刻就下了车。

左右看了一下，并没有任何莉拉的身影，这条街人流不多，但也不算少，安初夏干脆拉过一个行人张口就问：“阿姨啊，请问您刚才有没有看到一个长得挺漂亮的女生在这里过啊？”

那四十来岁的女人上下看了她一眼，不耐烦地回答：“你给的这特征还真明显……长得挺漂亮的女生满大街都是吧？你看我……是不是你要找的漂亮女生啊？”说完扬长而去。

“韩管家，你倒是帮我找找……等等，这摊血迹是怎么回事？”安初夏皱紧眉，在一小滩半干的血迹前蹲下，拿食指和中指稍沾了血放到眼前看。这血应该不是什么动物的血，而且，这血还没有凝固，说明不久前这里……

可是如果她的猜想是对的，那么莉拉又去了哪里？打电话问丁宁的时候，他说莉拉是昏迷着的，一种强烈的不安涌上她的心头。

“少夫人，您看……这血除了这里，其实还有！”韩管家指着离那血迹有一米远的几滴血说，“我猜，如果您要找那位莉拉小姐，应该顺着这滩血迹就能找到了。”

不等韩管家再说什么，安初夏就俯身在地上找起了血迹，顺着血迹他们来到这条大街的一个小巷口。

血迹在巷口处消失了，望着黑兮兮的小巷子，安初夏狠狠咽了口口水，暗暗在心里给自己打气，正要抬脚往里面走，韩管家拦住了她。

她正想让韩管家别拦着她时，发觉自己身后什么时候居然出现了二十来个穿着黑色西装的保镖，禁不住抽了下嘴角顺势躲在了韩管家身后：“你们……

你们要干什么？”

韩管家略带笑意地看了安初夏一眼，低着头说：“少夫人不用害怕，这是我们的人。还愣在那里干什么？还不快进去看看！”

“是！”那群保镖训练有素地排成两行，在经过安初夏身边的时候都是一脸的恭敬，而一进入光线昏暗的巷子，他们的目光就染上了一层阴霾。韩家的人，对待主人从来都是恭恭敬敬绝对不会有半点逾越，而对待敌人，则绝对不会有半点手软。

直到十几个保镖都进去了，只留有几个保镖站在安初夏身旁，她再也站不住，抬头对韩管家说：“反正他们也进去了，不会有什么危险的，我也进去看看！”

“少……少夫人！”韩管家慌忙跟上去，留下两个保镖站在巷口看着，其余的都跟在了安初夏后面。

小巷子看上去很小，但其实里面深得很，所以光线才会那么昏暗。跟在她身后的保镖拿出手电筒细心地帮她照亮前面的路。

眼看着就要走到最深处，里面已经被十几只手电筒照亮。

“谁？”那边有人高声喊了一声。

“是我们！”韩管家应了一声，安初夏一把夺过站在她旁边的保镖手里拿着的电筒几步往前跑去。韩管家也紧紧地跟着她，生怕她发生什么意外。

跑到巷子尾的时候，她终于看到，地上横七竖八地躺着四个乞丐，正在呻吟着，想想也是，这十几个保镖要是连四个人都打不过，干脆抹脖子算了。

“不要，不要过来……”顺着声音，安初夏一眼就看到那个躲在潮湿角落里的瑟瑟发抖的莉拉。她全身的衣服被这帮乞丐撕得不成样子，透过发丝，她能看见莉拉的额头上还有着之前韩七录推她时留着的血迹。

“少夫人？”保镖不解地看着安初夏走到自己的面前，那张毫无波澜的表情染上一丝不解和惊讶——少夫人这是在……脱她衣服？

强忍住那种想要呕吐的欲望，安初夏笨拙地扯着离她最近的一个保镖身上的衣服，这纽扣实在是扣得太紧了！末了，她双手叉腰重重地喘息了一下：“你倒是主动点把衣服脱掉啊！”

保镖反射性地看了眼韩管家，他倒是一脸淡定，因为他早已经猜到安初夏的意图了。一扬手，不失威严地命令道：“按少夫人说的做。”

还能怎么办呢？保镖咬咬牙，脱掉了自己的外套，刚要准备再脱的时候，却见安初夏抱着他的外套慢步走到缩在墙角的女生身边，看来他想多了。

将外套轻轻地盖在莉拉的身上，安初夏轻轻地说：“莉拉，没事了，放轻松，一切都过去了。”

听到温和如同春风般的声音，莉拉从阴影中清醒过来。身子也不再发颤，抬起眼眸。她小心翼翼地望向安初夏，却在看清楚安初夏的脸的那一刹那，眸中闪过震惊："怎么是你？"

安初夏微微一挑眉："怎么不可能是我呢？"她的语气很平淡，就像是对一个普通朋友讨论今天天气好不好一样轻松。

莉拉心中的恐惧减缓，她即将被那几个乞丐凌辱的时候，突然闯进来十几个穿着黑色西装的人。几秒钟的时间，几个乞丐就被打翻在地，她的脑子一片浑浊……

"为什么？为什么要救我？为了看我的笑话吗？那么你办到了……"说着，莉拉就要站起身来，安初夏也跟着站起来，伸手很自然地就扶住了她。

在莉拉不屑与冷漠的目光中，安初夏轻轻一笑："实不相瞒，我并不是来看你笑话的，想要看你笑话而跑到这种恶心的地方来你觉得这科学吗？我只是……觉得对不起你。是我害得你沦落成现在这副人不人鬼不鬼的样子。"

她的直言不讳比刚才她的出现更让莉拉觉得震惊，心底深处的某个地方，莫名其妙地想要听她继续说下去，忙将头偏到一边，唇瓣微颤着："别装什么好人了。恶心！"

对于莉拉的狠话，安初夏并没有放在心上。反而是一旁的韩管家站不住了，紧蹙着眉万分不爽地扬声道："你这个女人，我们家少夫人那么担心你，你居然还如此知恩不报！"

"韩管家，行了！"安初夏出声呵斥韩管家，转而对莉拉莞尔一笑，"我呢，完全是为了我自己的良心能过得去，能睡得着觉，所以才让保镖出手救了你。至于你领不领情那就是你的事了，你很恨我吧？"

冷冷地瞥了安初夏一眼，莉拉从鼻子里发出一声冷哼："当然恨！因为你，我才会沦落到现在这副样子的！"

做出一副恍然大悟的样子，安初夏煞有其事地点点头："那么，就要好好地接受我的恩惠，忍辱负重地活下去，直到有一天，强大到能够把我狠狠地踩在脚下。"

深深地看了安初夏一眼，莉拉敛下目光。她知道安初夏是在安慰她，这显得有些可笑，明明自己跟她的未婚夫有染，她却能够出手救自己。该说她天真，还是该说她傻？又或者是……另有企图？

最后一种可能性明显是不存在的，救下如同行尸走肉的她，她安初夏根本捞不到一丁点好处。抬起头，她的嘴角若有若无地勾起："喂，我跟七录少爷有过……"

安初夏先是一愣，随即莞尔："所以呢？"

见安初夏一副无所谓的样子，莉拉再次迷惑了，歪着头认真地打量着安初夏道："你不喜欢七录少爷？"

一耸肩，在韩管家想要杀死莉拉的目光中她也不好意思说不喜欢，只是笑着岔开了话题："我会让他们为你安排好一切。记住，我等着你强大到能够把我狠狠地踩在脚下的那一天。"

咬紧下唇，像是下了一个很重要的决定，仰起头，莉拉坚定地看着安初夏："借我十万块钱，我会在A市消失！但……不久我一定会风风光光地回来。不过，不是回来把你狠狠地踩在脚下，而是还你钱。"

安初夏哑然失笑："说实话，我挺讨厌你的。明明想跟我做朋友，还口是心非。我知道的，我这个人啊，魅力非常之大，不仅招男生喜欢，还特别招同性喜欢！当然，是那种朋友间的喜欢啦……"

她手舞足蹈地解释着，莉拉却只轻瞥了她一眼："没空在这里听你自恋，我要现金，还有，帮我找家医院吧……"

半个小时后，把莉拉送到医院，安初夏这才想起和萌小男的聚会，心情立即又愉悦了起来："韩管家，您先回去吧，我要去世贸大楼跟朋友约会。"

"约会？"韩管家的眉头禁不住蹙了起来，"男生？"

安初夏嘴角忍不住抽了抽："哎呀！是女生啦！管家大叔您怎么跟妈咪一样八卦了？真是……您就不用管我了，我自己坐公车去世贸大楼。"

如果跟萌小男逛街还带着个老头，指不定那家伙会怎么笑话她呢！然而韩管家并不知道她在想什么，只知道保护好安初夏是他最重要的使命。听安初夏这么说他原本就皱起的眉头更加严重了，两条眉毛几乎都快要绞在一起。

拦住安初夏就要离开的身影，韩管家带着些乞求的意味说："少夫人，您这不是为难我吗？要是您一不小心出点什么事，那我这老骨头怎么受得住？"

安初夏刚要再说点什么，兜里的手机响了。按下接听键，她就听见那边的萌小男如同狼嚎般的声音透过手机传来："老大，您这是成心的吧？都超过一分钟了您还没来！"

"哎呀！我这不是处理点事吗？等着，十分钟，十分钟内我肯定会到！"挂掉手机，她长吁了一口气，可是看见韩管家站在一旁她的心又提了起来——如果现在坐公车去的话十分钟内肯定到不了。她一咬牙："那韩管家，您要远远地跟着我，我那朋友吧，特不喜欢这……"说着，她指了指身后的保镖。

这阵势萌小男看了还不得当场晕过去啊？到时候她可没那么多医药费赔！

见安初夏妥协了，韩管家忙点头道："少夫人您请放心，他们会消失的，当然也会在必要时再出现，您只要允许我跟着就行了。"

听韩管家这么说，安初夏点点头，似乎也只好这样了。真想不通他们，世界这么太平，能出什么事呀？不过……该出现的时候就出现，不该出现的时候就消失，这跟凌寒羽他们家警察保镖很像哦！

一想到凌寒羽，她就开始心疼自己的工资了，绝对没希望了……所以她现在要把希望寄托在那本小说上，待会儿告诉萌小男自己也是个作家了，她还不崇拜死自己。

在韩管家的护送下，安初夏五分钟就到了世贸大楼的前面，一下车就见到一个黑影朝她扑来，用脚趾头想想也知道这是那二货萌小男。还没等她躲开呢，萌小男就被一群穿着黑色西装的保镖架住……

“绑……架？”萌小男的脑袋里冒出这两个字，大白天的我被绑架了？靠！

安初夏瞬间凌乱了，慌忙走上前：“各位大哥，放开她吧，她是我朋友。真的！”

“属下惶恐。”几个保镖看了萌小男一眼，抱歉地后退几步，消失在人群中。原本打算围观的人群也在那几个保镖离开后消散。

韩管家生怕安初夏一生气就不要他跟着，只得低下头，时不时抬头看她一眼后又低下：“少夫人……属下惶恐。”

“算了，下次可别这样了，你跟他们倒是沟通沟通啊！”摇摇头，安初夏走到萌小男面前担忧地拍了下她呆愣的脸，“喂！”

甩甩头，某女这才回过神，开口就是：“哇！那是你家保镖吗？真是太帅了！我亲爸怎么就没给我安排几个保镖呢？不行！我得回去提议提议。”

安初夏满头黑线，看样子她真的是太低估这丫头了，之前是担心她被这庞大的阵势吓到，现在是担心她被这几个保镖架住而吓到，原来一切的一切都是她想多了。

顿时觉得这丫头不是人了，安初夏上下打量了萌小男一眼——这丫今天穿得倒是还挺舒服的，居然穿了件绿色的连衣裙。于是安初夏狠狠咽了一口口水，伸手就在萌小男的胸部前戳了一下：“这胸是真的吗？”

“靠！”萌小男一掌就拍开了她的手，“你丫袭胸也别问出这么智障的问题啊！以前老娘被那白痴一样的校服包裹住了美好的身材，现在……哼哼！当然是真的！比珍珠还真！”

安初夏咬着食指忍住笑：“那么你这白痴发型是怎么回事？谁把你头发颜色染回去了？还烫回了自然直。不错，比那鸡窝头好多了！”

萌小男撇撇嘴，一边拉着安初夏走进世贸大楼一边说：“别提了，老娘以前的发型多少霸气侧漏啊？可是现在，你看看……硬是把我整成了个低调女。我可从来都不想要低调，但是吧，为了能进你那斯蒂兰皇家学院我硬是给忍了！看我多高尚！”

尽管韩管家一直跟在后面，安初夏和萌小男还是聊得挺乐呵。逛了会儿世贸，萌小男就差没把衣服全都买光了。

忍无可忍地一把抓住萌小男再次准备刷卡的手，安初夏深吸了一口气尽量使自己看起来平淡一点："我说，你这是农奴大翻身了？突然就买这么多衣服，你是嫌弃钱花不光啊？这卡哪来的？"

笑意盈盈地把卡从安初夏手里夺回来，萌小男潇洒地把卡递给服务员，转头说："这卡啊，是那小狐狸精给我的，让我随便刷来着。老娘不用白不用，给我钱不用我傻啊？你也别拦我，待会儿这些衣服你拿一半回去！"

"您还真潇洒！干脆把这座楼里所有的衣服都买完吧。"安初夏叹气道。

谁知道萌小男眼睛一亮："对啊！不知道这卡里有多少钱！我把这楼里所有的衣服都买光吧？"

安初夏正准备痛骂一顿萌小男，身后的韩管家突然上前拍了下萌小男的肩，低头说："少夫人的朋友是吗？其实……这栋世贸大楼是我们韩氏旗下的产业。"

安初夏猛地瞪大眼睛，韩氏韩氏，这韩氏到底有多大啊？怎么去哪里都摆脱不了韩氏这个影子。她又想起韩七录那张倒霉的脸，还一个星期内向他道歉？做梦！

"这位大叔！"相比于安初夏，萌小男这货就显得比较活跃，几步冲上前拉过韩管家的手道，"一看您就不是一个普通人！看你风度翩翩的，一定不会拒绝我的请求吧？"

清楚地看见韩管家那张一向淡定的脸抽了抽，安初夏一把扯开萌小男："萌小男,你老少通吃啊？我们家管家大叔可不吃你那套！有话直说,你说你何必呢？"

说实话，这萌小男真是太不让人省心！以前在福星高中的时候，多少次打架是为了这丫头？就连妈妈让她去学跆拳道也是这家伙怂恿的。

"萌小姐，有什么事需要我帮忙的？"韩管家恢复淡定，心里正惊讶怎么会有这么奇怪的姓氏，就听见安初夏的声音幽幽地传来："叫她江南。"

说起萌小男这名字，可真算是一波三折。其实萌小男的真名叫做江南，她自己嫌弃江南这名字太没个性了，于是就取了个小名叫江小南，后来又觉得太没女子气概了，就把名字改成江小男，后来又觉得江小男这名字太男性化了，于是……就叫萌小男了。

"这样！"萌小男一点也不怕生，把安初夏挤到一边自然熟地走到韩管家身边说，"这是韩氏集团旗下的产业对吧？我们家初夏又是韩氏集团未来的少奶奶，怎么说也应该给我这个少奶奶的闺蜜一个见面礼吧？"

说半天，这狐狸尾巴终于露出来了，还说她继母是小狐狸精呢，她萌小男就是老狐狸！安初夏在心里默默地骂她……最后听她终于说完了，于是翻了个白眼丢了个卫生球给萌小男："我说你稍微收敛点行不？做人市侩可以，但是麻烦你市侩得不要太明显嘛！"

谁知道韩管家淡定地笑笑，挤出一句话："好，我去跟这里的总管说一声，世贸大楼里的东西随便您挑。"

萌小男轻挑了一下眉毛，她要的就是这句话嘛！扬起嘴角满面笑意地说："那么我刚才卡里刷掉的钱……您能帮我折成现还给我吗？我们都已经这么熟了，是吧？管家叔叔？"

这下子韩管家的脸完全扭曲了，心里默默地道：这孩子还真是……心直口快啊！

"萌小男，都让你收敛点了！"安初夏恼羞成怒，"不是说这是你家小狐狸精给你的卡吗？刷掉有什么好心疼的？"她不喜欢那种欠了韩家的感觉。毕竟她只是个挂名的，等凑够离开韩家的钱和去斯蒂兰上学的学费她就会离开的。

"这有什么？"萌小男俯身在安初夏耳边轻声说，"我已经参透你电话里的'长话短说'了，不管怎么样，现在咱不能吃亏呀是不？放心，事成之后，你三我七！"

"三你个头啦！"安初夏一脚踹过去。

萌小男跳起来躲过安初夏的飞脚，还朝她吐了个舌头。

安初夏平复了一下呼吸，压低声音："我七你三，没得商量！"

萌小男妥协地一跺脚："你这也太狠了吧？五五，没得商量！"

安初夏捂嘴直笑："行了，五五分！"每次杀价她都会把价格杀到最低，最后又都是跟萌小男五五分成，只有韩管家听得云里雾里，五五六四？什么跟什么嘛……

奶茶店靠窗的位置，两个女生坐在椅子上喝着奶茶。一个跷着二郎腿满脸得意，一个坐得相对淑女满脸倦意。

在韩管家去上厕所之际，安初夏啪的一声，重重地把奶茶放圆桌上狠狠地瞪了萌小男一眼："你丫宰人宰得也太过火了吧？韩管家居然给了你二十万！靠！那什么，钱先放你那，我不方便。"

萌小男双眼如同狐狸一样一眯，一副老谋深算的样子："不方便？难道……你想偷跑？"

鄙夷地轻瞥了她一眼，安初夏淡淡道："你还真了解我，老娘要凑够还他们学费的钱，还有住在他们家的钱，还要有钱出去租房子……所以，最近我的人生只有一个目标，那就是——钱！"

喜滋滋地凑近安初夏的脸，萌小男压低了声音说："其实你那位未婚夫不错啊！标准型的多金花样美男！你不要的话，到时候匀给我呗……”

“匀你个舅舅啊！”安初夏无奈地笑笑，“我跟那贱人的事，不是一天两天能够解释完的，总之我跟他，就是互相讨厌又……”

她脑海中突然想起韩七录的那句“我们没有互相讨厌对方，至少，我现在不讨厌你”脸居然情不自禁地又烫了起来。萌小男看出些谬端，贼贼地笑着：“小老大，你该不会是也对那贱人……呸呸呸！什么贱人？你该不会是……”

“闭嘴！”她冷冷地瞪了萌小男一眼，“不可能的！”

“不可能就不可能呗！何必这么大反应。不过我先提醒你啊，这斯蒂兰的学费可不是一般的贵，两百万啊！对那些有钱人来说，就像两百块那样，可是对我……不对！老娘我现在也是有钱人家的女儿了呀。哈哈……”

安初夏诧异了一下，立即反应过来：“对啊！有钱人家的大小姐，有什么好事要记得我哈！我的钱就都存你那先。等等，说到钱，我想起件事。凌家那老头！”

说着她忙从口袋里掏出手机，从手机通讯录里找出凌寒羽的手机号，想也没想就按下了通话键……

此时，凌寒羽和萧明洛正被韩七录叫到闹市B区的黑街训话。没错……闹市B区黑街的老大，就是他们三个。凌寒羽、萧明洛……韩七录！

周围的气温急剧下降，凌寒羽和萧明洛对视一眼，异口同声地回答：“我们怎么可能说出禁忌呢？”

转过身借着灯光冷冷地看着这两个被他拎起来丢在黑街暗室里的家伙，韩七录的眼中毫无怜悯之意：“我最后再问一遍，有还是没有。”

是个人都知道韩七录是绝对不能欺骗的。两个人对视一眼，萧明洛率先高声回答：“没有！你就算是打死我也没有！因为……因为就是没有嘛！说了没有说就是没有说。”

韩七录的眸底闪过一道亮光，将头偏向凌寒羽，声音毫无温度地问道：“寒羽，你从来不骗我。”言下之意，那就是……如果他骗他，那么他就死定了。

在萧明洛眼神的攻击下，凌寒羽高昂起下巴：“不是我说的。”

韩七录嘴角那抹冷厉的笑意渐渐加深，目光再次转向一脸绝望的萧明洛：“那么，就是他说的喽。”

咬咬牙，萧明洛抬起下巴，笑得异常凄惨：“那什么，是他怂恿我说的。否则我怎么可能会说出来呢是吧？”他发誓，如果他今天还能活着，那么他一定会把凌寒羽这孽障剁成肉酱的！

抿紧唇，过了半晌，韩七录闷闷的声音传来：“为什么要跟她……提起那些事？”那些事，似乎是很久很久以前发生的了。如果不是安初夏，这几天，他几乎已经快要忘记向蔓葵的存在了。

萧明洛深刻地知道这是他最后的机会了，如果不好好把握，那迎接他的将会是地狱！他脑海中突然飘过这样一个镜头：两个一黑一白穿着写着“黑无常”“白无常”字样的衣服抬起手幽幽地朝他招手：“来吧来吧，地狱欢迎你……”

使劲甩甩头甩掉那些可怕的镜头，他装作镇定地说：“我只是在那丫头喜欢上你然后被你狠狠推开之前告诉她不要对你抱着太大希望。因为对你抱的希望越大，那么失望也就越大。因为……毕竟你的心中只有‘那个禁忌’！我虽然花心，但是从来不会伤害那些如同蒸馏水一般纯净的女孩子。那么你呢？”

冷笑一声，韩七录走到萧明洛面前，低下头看着被绑着坐在地上却一脸认真的萧明洛，沉默几秒，他动动唇，淡漠地问道：“难道说，你喜欢安初夏？”

一旁原本面无表情的凌寒羽在这时脸色却浮过一丝莫名的表情，定定心神转过头去看萧明洛，等着他的回答。

“我的口味，一向很重。安初夏的身材嘛……完全……没看点！”萧明洛嘿嘿地笑着，“倒是你，你的反应很异常嘛。难道，在你的心里，安初夏的分量已经重于那个人了？”

“闭嘴！”狠狠地瞪了一眼萧明洛，韩七录转身就走，可是走了几步又折返回来，“如果安初夏这个星期内向我道歉，我就……就原谅你们两个。否则……后果自负！”

说完他转身离开，留下一脸奸笑的萧明洛和一脸复杂的凌寒羽。

“来人！”随着凌寒羽的一声低唤，立刻就有十几个保镖出现，上前帮萧明洛和凌寒羽解开绳子，舒活经脉。

萧明洛正准备离开，凌寒羽却突然在这时抓住他的手腕。他暗自一笑——就知道凌寒羽这小子会叫住他！凭他情商高达三百分的脑袋，完全可以猜出凌寒羽这小子对那安初夏有意思！

干脆乘此机会开个赌局，赌韩七录和凌寒羽最终哪个能抱得美人归！不过梦想虽然是好的，但是行动起来的话，恐怕会很困难，生命诚可贵，还是算了！

一仰头，萧明洛轻瞥了一眼凌寒羽，出声问道：“少年，看你英俊潇洒眉宇间透露出一股风骚之气，想必是有事求我吧？”

凌寒羽忍不住一拳挥了回去，萧明洛巧妙地避开，笑着握住凌寒羽挥过来的拳头说：“生什么气嘛？”

凌寒羽的声音有些许沙哑：“七录刚才话里的意思，难道是……安初夏在他心里的分量已经高于那个人了？”他的脸莫名地染上了一丝寒气。

萧明洛紧盯着凌寒羽的脸，半晌才耸耸肩道：“如果不是这个意思，那还能是哪个意思呢？少年，我劝你还是去大明寺烧支香吧，脑子老是这么浑浊，这可如何是好？”

“光你个头！”凌寒羽一脚飞过去，“没你事了，再见不送！”

萧明洛的嘴角勾了勾，饶有深意地看了凌寒羽一眼：“小子，听我一句，要想追女孩子，这么呆板可不行。”

凌寒羽惊讶地看了萧明洛一眼，随即恢复淡定：“你这话我或许用不到，追女孩子？我还是更喜欢看我的漫画。”

萧明洛无谓地继续耸肩，将双手插进裤袋一脸拽样地走了出去。臭小子嘴硬！作为情圣的他怎么可能看走眼？

“少爷，老太爷让我带句话给您。”坤尼一脸正经地出现在凌寒羽身边，“因为临时有事，所以老太爷没能在白天赶到韩家。”

“韩家？”凌寒羽的眉头突然蹙起，该死的！他居然忘记这件事了！昨天把安初夏丢在大街上后，其实他把车停好后就一直跟着她，看着她用那古灵精怪的方式让人把她带进了亚特兰蒂斯才安心离开。

“继续说。”

坤尼机械般地继续着刚才的话：“所以老太爷决定晚上去一趟韩家，还说请您务必跟着一块儿去。”

凌寒羽重重地拍了一下暗室的墙面：“胡闹！你们这些当手下的就不知道要劝着老太爷一点吗？这是开玩笑的事吗？”

此刻，凌寒羽已经全然没有了平时看漫画的那种“萌正太”形象，反而有点像来自地狱里的修罗，全身上下都散发着阴霾之气。

坤尼继续说：“老太爷特地让我转告您，他说会好好把握住分寸。但是，如果您不跟着一块去的话，那么他也不知道会不会好好把握分寸，做出什么出格的事来了……”

凌寒羽一个转身给了坤尼的鼻子重重一拳，这一拳砸得相当重，坤尼的鼻子立刻就流出血来，然而他还是一副恭敬的样子，表情连一丝痛苦或者是怨恨都没有。

“滚蛋！”随着声音落下，那一群保镖立刻都没了影子，似乎他们从未存在过。

“有些伤有些我虽然已经坠落也不很痛，别为我哭了，你应该幸福地在你的世界好好过”放在口袋里的手机突然响起蓝正龙唱的《别为我哭了》。凌寒羽看都没看一眼屏幕就按下了挂机键，然而对方似乎是特别执着，就在他挂掉后，只隔了三秒又打了过来。

“喂？”在挂掉第三次后，凌寒羽终于不耐烦地按下接听键，这是一个陌生号码，他原本是想直接关机的，但看着闪烁的屏幕，他却突然从关机键移开，按下了接听键。

手机那头立刻传来安初夏的声音：“boss 大人，您怎么挂我手机呀？难道是在忙吗？”

听到安初夏的声音，凌寒羽先是一愣，随即抬脚缓慢地走出暗室：“什么事？你打扰到我看漫画了。”

另一边在喝奶茶的安初夏噗的一声把奶茶全都喷了出来：“您老为了看个漫画就挂我电话啊？那个什么，我打电话来其实是想问……”

“我爷爷今晚来韩家，我会一起去。”凌寒羽像是能猜到安初夏想问什么，直接打断她的话说。

望着安初夏猛然瞪大的眼角，萌小男对手机另一头安初夏的 boss 产生了浓厚的兴趣。她家老大打这个电话的时候似乎非常狗腿呀！能让安初夏这么狗腿的从来都只有三个人。那就是……安初夏去世的老妈，学校的校长，还有就是她萌小男的老妈了。

看样子这位 boss 是第四个！萌小男双眼放光地凑近安初夏想要听到手机那头的声音，殊不知，凌寒羽这只是第五个……

平复了下心情，安初夏对着手机就差没跪下来：“boss 大人，您可一定要拦住你家那位啊！不然我都不知道怎么死的！”

“没事的话我就先挂了。”那边的声音冷冷的。她之前想了想，一定是因为那天她提起了他的奶奶他才会突然就发脾气把她赶下车的。所以她决定以后对“奶奶”这两个字只字不提！

听凌寒羽要挂电话她慌忙开口制止：“等等等等！我还有事没说完呢，您的漫画就先搁在一边嘛，又不是以后就不能看了。”

那边沉默了，安初夏忙嘿嘿笑起来说：“其实我想说的呢，就是……那个，嘿嘿，其实也不是什么大事，就是……”

“我正准备去给你办卡，以后钱会汇到这张卡里。”见她半天没说出口，凌寒羽干脆打断她说。

安初夏先是一愣，随即扬起一抹开心的笑：“哎呀！这怎么好意思呢？不过既然您都这么说了，我就恭敬不如从命！”

那边沉默了几秒，清了清嗓子问道：“你现在在哪里？”

第十一章 嚣张丫头

十几分钟后，凌寒羽出现在世贸大楼前。安初夏慌忙迎上去，手里还拿着张纸巾。一走近安初夏便抬起手腕凑上去帮他擦额头上其实并不存在的汗水："boss 大人，您千里迢迢来给我送银行卡我真是不知道该如何报答了。"

"以身相许。"身后萌小男的声音幽幽地传来。

安初夏的脸上瞬间闪过一丝尴尬，但很快就恢复了正常。

韩管家走上前对着凌寒羽一鞠躬道："凌少爷。"

点点头，凌寒羽将视线落在充满期待的安初夏身上——这丫头，还真是个财迷，明明不是什么狗腿的人却为了钱对他低三下四的。虽然怪怪的，但是……感觉还不错！他从口袋里抽出一张普通的储蓄卡，扬起手说："密码是卡号最后六位数。另外，昨天我很抱歉，没控制好情绪。"

道歉的时候他的目光一直是直直地落在安初夏的身上，弄得她反倒觉得不好意思了。狠狠咽了口口水，她拿刚才帮凌寒羽擦过汗的纸巾擦了下自己额头上的冷汗，接着伸手就夺过银行卡："既然觉得不好意思，那这卡我也不用觉得不好意思拿了，大家和解！"

站在身后的萌小男伸出食指戳了下安初夏，她才想起来之前答应萌小男的事。

场景如下：

"你的帅哥 boss 要来这里？那你必须把他介绍给我！否则……哼哼，我就告诉你那未婚夫说你要存钱离家出走！"萌小男双眼发出可怕的亮光紧紧地盯着安初夏。

什么叫交友不慎？这就是呐！一挥手，她爽快地答应了："行！但是人家如果看不上你那就跟我无关了！”

“那当然，只能算本小姐倒霉，魅力还没修炼到顶峰！”

摇了摇头，安初夏从脑子里甩掉那些场景，将银行卡藏好后走到凌寒羽身边亲昵地挽着他的手臂说：“boss 大人，是这样的，这位呢，就是我的朋友，萌小男是也。”

见安初夏跟凌寒羽靠得这么近，韩管家的脸色有些不好，轻咳了一声，把安初夏拉到不远处小声地说：“少夫人，您怎么能跟别的男生靠得这么近呢？万一少爷要是看到了，那……”

“哎呀！”安初夏无可奈何地叹口气，“韩管家，您老的思想太封建了，我们现在的社会是很开放的……”

当安初夏跟韩管家解释当今社会是如何如何开放的时候，萌小男乐得咧开了嘴。移动几步脚步来到凌寒羽面前，低下头装作羞涩地准备开始自我介绍，谁知道凌寒羽反而率先开口：“萌小男？”

萌小男心花那个怒放啊！这帅哥怎么会知道她的名字？哦！对了！刚才老大帮她做过介绍。用力瞪大眼睛看着帅哥，她点点头笑着说：“我们家初夏她……”

“她很蠢。”

萌小男狠狠地抽搐了下嘴角：“你刚才说什么？”居然敢说她家老大蠢？亏她还以为这小子长的人模狗样人品应该也不会差，原来是她想太多了！

右手紧紧地握成拳状，她又出声问了一遍：“帅哥，请问你刚才在说什么？重复一遍好吗？”摆出一个无害的笑容，然而她心里却想如果这小子敢再骂她家老大一句，那么她……就跟他拼命！

有钱又怎么样？有钱就可以随便骂别人蠢吗？

收回落在安初夏身上的目光，凌寒羽看向身侧的萌小男，目光中竟多了丝柔情：“但是她很可爱不是吗？”

“哦？啊？”什么情况？一下子骂人蠢一下子又夸她可爱。等等！一个男生夸一个女生可爱，不是对她有意思就是对她有意思！不是吧？老大不是有未婚夫了吗，而且听老大说，这位 boss 帅哥大人就是未婚夫的朋友啊。

不敢相信地歪了一下脑袋，她眨眨眼睛试探性地问道：“帅哥 boss 大人，请问，你喜欢什么样的女生呢？”

凌寒羽先是微愣了一下，随即超萌地摆出一个笑容：“你的意思是，你喜欢我吗？所以才问我喜欢什么样的女生，是这样没错吧？”

厚脸皮惯了的萌小男甜甜一笑：“您还真不会觉得害臊。我只是在想，像您这样的帅哥，会喜欢什么样的女生呢？不过您放心，本小姐我是绝对不会对您抱有半点幻想的，我呢，已经有了喜欢的人了，就是我们家初夏老大！”

话音一落，凌寒羽居然又笑了起来，那笑里包含了太多萌小男看不清的东西。只见他将目光重新落在不远处的安初夏身上，声音充满了神奇的治愈力：“她，我也喜欢呢。”

“噗……”萌小男差点没被凌寒羽这句话给呛死。这件事初夏老大好像还不知道，不知道她的那位 boss 大人实际上是对她有意思。

“好啦！总之，韩管家，我跟寒羽是很好兄弟的那种关系！不是你想的那样。”安初夏笑着重重拍了下韩管家的肩。

一鞠躬，韩管家一脸的严肃：“话是这么说没错，可是您好歹是个女生……还有，万一被少爷看到了，那不是多生事端吗？”

无奈地摇摇头，安初夏拉着韩管家走向凌寒羽：“放心啦韩管家，世界没有你想的那么小，虽然说冤家路窄，可是也不能路窄到这种程度嘛！”

说完她无所谓地耸耸肩，一只手随意地搭在凌寒羽的肩上：“boss 大人，想要去喝杯奶茶吗？对面的奶茶店超级赞哦，我和小男刚才就在那喝了好几杯。对了，你跟小男……聊得还不错吧？

虽然明明知道凌寒羽是只 GAY，可她还是下意识地问了一句。

“老大！”萌小男突然叫了她一声，目光中带着一丝恐惧，如果她没有看错的话，那个人……那个人就是……

“大白天的一惊一乍你是想吓谁呢你？”安初夏狠狠地瞪了她一眼，依旧保持着那个伸手搭在凌寒羽肩上的动作，可是……脊背后传来的那种冰凉凉阴森森的感觉是什么？

她有一种不好的预感。

“安初夏，你跟寒羽的关系倒是很好呢？”一阵阴风自背后刮过，韩七录的声音从身后幽幽地传来。

安初夏禁不住狠狠地颤抖了一下。

听到韩七录的声音，凌寒羽的嘴角微微勾起，一抬手将安初夏的手拉了下来用他的右手挽住安初夏的肩。

转过身来，他眼眸微抬，淡淡道：“七录。”

一旁的韩管家忙上前走到韩七录身边，朝他微微一鞠躬：“少爷。”

这次的相遇并不是巧合，也不是什么缘分，而是早上的时候韩六海就打电话给韩管家，让他告诉韩七录今天下午要陪一个很重要的客户在 A 市逛逛。

作为市中心的贸易大厦世贸大楼，他们当然要逛到这里来。只不过韩管家一直没机会告诉安初夏，他每次想说都被安初夏给制止了，说什么开放社会。结果就出现了现在这个情况……归根结底还是一句话——自作孽。

“你怎么会在这里？”安初夏疑惑地看着他，脑海中回忆着自己刚才说的话——虽然说冤家路窄，可是也不能路窄到这种程度嘛！这不是搬起石头砸自己的脚嘛？作孽啊！冤家的路就是这么窄没错！以后她要牢牢记住这一点，不过他怎么会出现在这里？跟踪她吗？这也太变态了吧？

站在安初夏身后的萌小男一脸期待，接下来会发生什么事呢？这位七录未婚妻大少爷会生气地一把将她家老大拉到身后，然而狠狠地揍这位 boss 帅哥少爷一拳？这也太劲爆了！她喜欢！

“你能出现在这里，为什么我不能？”韩七录冷然地盯着安初夏，“看来，你玩得很开心嘛，嗯？”

不知道为什么，安初夏忽然有一种被抓奸在床的感觉。不过，韩七录现在这个状态是在吃醋吗？眨眨眼，她刚想开口说“不是你想的那样”，结果一个女生的声音就飘啊飘啊飘进了她的耳朵里。

“七录！这个真的很好吃！”一个穿着蓝色波点裙的女生手里抓着一朵巨大的粉色棉花糖走到韩七录身边。女生的头发是金光色的，一双眼睛大大的忽闪忽闪，就像芭比娃娃一样可爱。

只要是个人，一眼就能看出这孩子不是“中国产”……

韩管家很快就想起了这位小姐应该就是老爷说的这次和韩家有合作的国外巨型集团总裁的宝贝女儿——巴萨丽小姐，于是便恭敬地叫了她一声：“巴萨丽小姐。”

周围的气温急剧下降，准备看好戏的凌寒羽、被雷得里嫩外焦的萌小男、脸色冰冷的安初夏，构成了一幅不怎么和谐的画面。

“你是谁？”巴萨丽眨了眨眼睛一手拿着棉花糖，一手无比亲昵自然地搂住韩七录的左手手臂。她这次是跟父亲一起来中国谈一个重要的合作案的，觉得无聊，就想到处逛逛，然后父亲便提出让合作方总裁的儿子来陪她。原本她是很不高兴想要一个人逛街的，可是在看见韩七录的一刹那，又改变了心意。

韩管家刚要回答，韩七录便转头对巴萨丽说：“他是我们家的管家，至于他们几个……是认识的朋友。”

原本就被雷得里嫩外焦的萌小男这次是彻底凌乱了，什么叫做“认识的朋友”？一转头看看安初夏，她倒是一副风淡云轻的样子，除了脸色苍白点之外，没有什么不正常的，可是太正常就说明不正常啊！

明明就是未婚夫和未婚妻的关系，就算是两个人之间没有爱情，也应该相互尊重吧？韩七录在她心目中的形象一下子就低落了下去又立刻高大上来，据说有钱人家的少爷都是这样一副德行。很好，从这一刻开始，她要努力成为韩七录那样的人！

但这口恶气实在是咽不下啊！这什么巴萨丽贱人凭什么靠她家老大未婚夫这么近？

“你好啊，巴萨丽小姐，您的名字起得真真有水平！巴萨丽巴萨丽，还挺耳熟，似乎在哪里听到过。”萌小男抬手摸摸下巴做思考状，突然抬起手伸出食指点了点巴萨丽，“我家邻居的那只狗也叫巴萨丽耶！”

“噗……”安初夏一下子没忍住，笑喷了。接着一抬眼就看到巴萨丽踩着高跟鞋朝这边快速走过来，她收起笑容正准备替萌小男道歉呢，却见巴萨丽扬起手对着萌小男的脸就是一耳光。

耳光……又是耳光！自从进了韩家的门，耳光这两个字对她来说屡见不鲜啊！可是这次被打的却是萌小男。

“你凭什么打她？”安初夏上前几步一把将巴萨丽拉开，目光中满是怒火。妈妈过世前，几乎把萌小男当成自己的女儿，而她也一直把她当做妹妹。现在妈妈过世了，她自然要更加努力地保护这个“唯一的亲人”。

双手抱胸，凌寒羽满面轻松地看着这一切，时不时打量一下韩七录的脸色。他的目光一直是紧盯着安初夏的，锐利的眸子似乎想要看出些什么。而韩管家见韩七录没有上前制止，他也就不敢出声。

“凭什么？她刚才骂我是狗！”咬着金汤勺出生的巴萨丽哪里被人这么冷嘲热讽过，心里自然气不过，一气不过就冲上去打人了。

在她的认知里，自己是大小姐，而对方也只是陪着她的男生的朋友。她根本就不需要顾及些什么。

安初夏冷笑一声，眸子紧盯着巴萨丽：“贱人，我告诉你，没有人可以打她。她骂你是狗？不，那不是骂，那还是抬举你！你以为你现在这副嘴脸比狗高贵吗？”

虽然顶了回去，可是安初夏并没有像以前一样冲上去就揍人，她心里还有所顾忌，看韩管家那副恭敬的模样，这贱人应该也不是什么泛泛之辈，万一因为自己的一时冲动就揍了她，恐怕会给韩家带来麻烦，她不能这么做。

“你……你过分！”巴萨丽词穷，她的中文说得并不是很好，骂人的话更是不会几句，能听懂萌小男和安初夏的话都已经是她的极限了，一气急，右手再次扬起。

安初夏就那么静静地站在这里，她等的就是这一刻，一旦巴萨丽先动手打了她，那么一切都会变得很简单。她只是回击，而不是主动冲上去揍人，再怎么说，也不会是她的错。

萌小男反倒急了，看来她这次又给安初夏惹祸了，看老大没有还手的意思，原本就互相了解的她一下子就明白了安初夏想干什么——她是在等对方先动手呢。

就在那么几秒的时间，韩七录刚准备冲过去就见凌寒羽几步冲上去抓住巴萨丽的手："小姐，淑女可从来都不打人哦。"说完他还很无害地朝她眨眨眼，"看在我的面子上，就请消消火吧，把事情闹大对谁都不好。毕竟，我们是七录认识的朋友不是吗？"

提到韩七录，巴萨丽的脸色变了变，转而甩开凌寒羽抓着她的手，狠狠地瞪了萌小男一眼："说得对，我从来不跟乱咬人的疯狗较真。"

有句话怎么说来着——士可杀不可辱！尽管辱的是萌小男，那等于辱她安初夏。在巴萨丽转身之际，安初夏再次伸出左手一把拉住巴萨丽的手腕，右手狠狠地抬起又落下，顿时，巴萨丽白皙的右边脸颊出现了一个红色的手印。

"都说了，说你是狗，那还是抬举你，贱人就是贱人！"安初夏说完这句话，顺手对巴萨丽的右肩一推。

巴萨丽几步踉跄，高跟鞋差点断了，如果不是韩七录及时上前扶住，她恐怕就要摔个底朝天了。

"七录少爷，她……"

"好了，我们不跟疯狗一般见识。"韩七录淡淡地看了巴萨丽一眼，扶起她就走。与安初夏擦肩而过的时候，巴萨丽狠狠地撞了她一下，算是报仇。

安初夏抬起眼眸看了两人一眼，那表情恨不得把他们碎尸万段！一咬牙，她偏头看向凌寒羽："寒羽兄，韩七录这贱……"话说到一半看到韩管家一脸尴尬地站在一边也只好作罢。她还想好好问问凌寒羽，韩七录到底有多少个女人呢！

"就这么完了？"萌小男不甘心，从地上捡起一块石头，朝他们离开的方向扔去，当然那是扔不中的。

"卡既然已经给你了，那么我也该走了。对了，不要忘记晚上……"凌寒羽拍了拍安初夏的肩，温和地说，"刚才的事，别太放在心上，那女生应该是韩氏有合作的商贾之类的，否则七录不会……"

安初夏摆摆手制止了凌寒羽的话："我为什么要把贱人放在心上呢？安啦！boss兄，看您的漫画去吧。"对贱人生气那是跟自己过不去！她这么聪明的人怎么会犯这样的错误呢？

凌寒羽走后，安初夏和萌小男有一搭没一搭地在街头走着，两个人都沉默着不说话。

“对不起。”萌小男突然停住脚步，看着走在前面的安初夏说，“我又因为冲动让你为我闯祸了。”

安初夏无所谓地耸耸肩：“我可不想听你说对不起，你每次一说对不起我就……害怕！下次收敛点，我知道你是为我好，可是我跟韩七录真心没法沟通。”

表示赞同地点点头，萌小男望了眼跟在她们身后三米远的韩管家，压低声音说：“我也知道你为什么不喜欢那位了，那位还不如你的 boss 大人呢！那女人挽着他的手他也能那么坦然地看着你，好像还是你做错了一样。”

“这件事就到此为止，我累了，先回去了。对了！我们五五分成的钱你记得给我汇到我的卡里，卡号我待会儿发短信给你。”安初夏的声音带着浓重的疲倦，原本就对她满心愧疚的萌小男听到她的声音后禁不住眼眶有点泛红。

偏过身去避开安初夏的目光，萌小男哽咽着说：“我知道了，你个财迷！累了就回去吧，有事打电话给我。”

萌小男说完不等安初夏再回答，扬手拦下了一辆停靠在路边的出租车坐了进去，而安初夏则直到萌小男乘坐的出租车完全消失在车流中才收回视线，转身往回走。

见她回过神，韩管家慌忙迎上去，双手交错地置于身前，语气显得有些惶恐：“少夫人，刚才那位是这次我们韩氏合作商的千金，少爷那么做，不过是想息事宁人，还请您不要生气。”

短短的三秒后，安初夏捂住嘴角轻笑道：“嗯，看得出来。那小子尽管是说了很过分的话，可是目光却从始至终都落在我一个人身上呢。”

韩管家欣慰地看着安初夏：“少爷很喜欢您呢，平时也还请您多多谅解下少爷。”

安初夏脸上的笑容在听到韩管家的话后的下一瞬便消失了，看了下四周，早已经没有萌小男的身影也没有韩七录的身影。她淡淡地说：“韩管家，这种话以后还是不要说了，我早晚会离开韩家，未婚妻这个身份，还请您不要太当真才是。”

愣神之后，韩管家慌忙摇头：“不是的，少夫人……”

“考试什么的都去死吧，我要回家……”

按下手机的接听键，那边传来一个熟悉的声音：“是少夫人吗？”

他怎么会打电话来？有事要求她帮忙？定了定心神，安初夏的嘴角挂上一抹官方的笑：“丁助理？怎么会有空给我打电话？”

“是这样的，上午没能给您送一份见面礼，心里感到过意不去，这次特意去买了些东西，希望您能够赏脸见我一面。”

丁宁的声音很诚恳，安初夏揉揉太阳穴，她确实想不出什么拒绝的理由。

不过……既然带了礼物的话……

“来市中心的世贸大楼对面的悠悠奶茶店吧。”话毕她干净利落地挂了手机，总感觉最近特别的忙呢，短短四五天的时间，就像是过了四五年那么久。

一旁站着的韩管家抬头看了眼安初夏：“少夫人不回去吗？”

安初夏点点头，突然定睛看向韩管家：“韩式集团跟 VolkswagenGroup 有合作案吗？或者说，有合作的可能吗？”

韩管家微愣了下，随即想到刚才的电话，恭敬地回答道：“合作关系称不上，只不过，我倒是能猜出这次丁宁找您有什么事。”

“哦？”安初夏玩味地勾起嘴角，“什么事？”

坐在奶茶店内，安初夏奶茶才喝了三口，随着店门上一阵叮叮当当的铃铛声，丁宁带着一个手下出现在奶茶店的门口。

“这里！”安初夏招招手。

丁宁立刻来到了安初夏的面前，从他额头上的细汗可以看出，他是在最短的时间内赶到这里的。

安初夏眼底的笑意愈发变得深远起来：“丁助理，您还真是客气，没事带那么多礼物来干什么？”

丁宁也不客气，直接在她的对面坐了下来，一个眼神，手下将大大小小的袋子拿上前，而韩管家适时地走上前接过，几个人都退到了一边。

环视了下周围，丁宁笑意盈盈地说：“少夫人好兴致，正好出来逛街？”

安初夏的嘴角缓缓地扬起一抹深不可测的笑容，让人看见感觉凉飕飕的：“丁助理，跟我这种人，您就不用拐弯抹角了，我比较喜欢直接切入正题，不是吗？”

她的话让丁宁的脸上闪过一丝尴尬，但很快就恢复镇定，抬头看了眼韩管家，一副欲言又止的模样。

安初夏往后看一眼道：“韩管家。”

微一扼首，韩管家跟那丁宁的手下一起往奶茶店门口走去。在丁宁来之前韩管家就已经告诉了她一切，所以她现在是胸有成竹。丁宁这次来，不出意外的话就是为了市中心的一块地，那是个黄金地带，他们公司想买下那块地在 A 市盖一家大型的 4S 店。可是那块地归韩氏所有，正准备拿那块地盖一座游乐园。

所以问题就出来了，他们不好意思跟韩氏明说，就先借了个送韩七录超级跑车的由头跟韩七录见面。然后事态并不像他们想的那样发展，韩七录并没有给他们多少好脸色看，反而还发生了莉拉的事。

看韩七录与安初夏的感情那么好，丁宁自然就想到了安初夏。其实他们外国人做事就是麻烦，直接去和韩六海谈话就好了，非要搞这么多礼尚往来。他们怕的，也就是韩氏会拒绝。

但是听韩管家的意思，韩六海最终肯定是会给他们 VolkswagenGroup 的总裁一个面子，所以她现在只要坐着收礼物就 OK 了！这么愉悦的事情，不做除非她脑子“秀逗”了。

“其实我这次来呢，是为了一街的那块地，不知道您是否有所耳闻？”见韩管家退开了，丁宁干脆按安初夏说的直接切入主题。

略微点了下头，安初夏作出一副苦恼的样子：“又是这块地啊……单就这件事，找我的人就不在十个以下，这块地……真的那么重要吗？”

听安初夏这么一说，丁宁的表情显得更加迫切了：“少夫人，我们老板可是命令我无论如何一定要拿到这块地，您看……能不能帮我们在韩总裁面前多美言几句？因为我们不懂这里的交际问题，所以还没敢正式跟韩总裁开口。”

“其实呢，丁助理，不是我说你，国外的人办事不都是干净利落的吗？你这是怕什么呢？怕伯父他驳了你的面子？这件事呢，我会帮你看看的，但是我劝你最好早点跟伯父亲自谈谈。我想我伯父是很乐意把这块地卖给你们的。”

“哦？”丁助理的眼眸闪过一道亮光，“不知少夫人何出此言？您真的觉得韩总裁愿意把地卖给我们外商？”

并不着急回答，轻啜了一口奶茶，安初夏才抬起眼深不可测地看着丁助理，语气悠远：“这个问题不应该问我，丁助理你应该心中有数吧？一辆兰博基尼 Reventon，出手能这么大方的话，心里可能会没有把握吗？”

两人相视一笑，丁助理从怀里掏出一张名片，安初夏双手接过：“这名片……您的意思是？”

“我很欣赏您的聪明才智。不错，我们确实只是做做样子而已，想让那些跟我竞争这块地的人看看我们是有多大的决心要买下它。这是我的名片，我的意思是……如果日后有用得着丁某的话，请打名片上的电话。”

丁宁的眼中闪烁着一道不知名的光，在安初夏把名片放好的空档，他拿起桌上没喝过的奶茶站起身：“这家店的奶茶不错，挺好喝的。”

安初夏禁不住捂嘴笑起来：“丁助理，您这一口都还没喝，难道就知道这奶茶好喝？”

抬起手指了指自己的心口，丁宁微眯起眼睛道：“我这里，感受得到。那么……就先告辞了，与您相处很愉快，但愿以后我们还能再见面。”

安初夏有些不自然地跟着站起身，挤出一丝微笑道：“那么，有缘再见吧，丁助理。”

“我们一定会再见的。”丁宁深深地看了安初夏一眼，大步走了出去。

直到视线中已经完全没有丁宁的身影，她才一屁股坐下，大口大口地喘着气，跟这个中文说得比她还好的外国人交谈，真是累死了！

这家伙是在中国待了多久，“告辞”“日后”“丁某”……这一个个词汇说得那么有涵养和底蕴，害得她也只好这么接话。

韩管家此时走进奶茶店，来到安初夏的面前指着自己怀里抱着的大大小小的礼品，试探性地问道：“少夫人，这些礼物您要带回去吗？还是扔了？”

“扔？”安初夏猛地站起来，“怎么可以扔掉？这样吧……我们带回去也没有什么用，看着包装里面的东西应该都很贵，咱也不能就这么浪费。所以……韩管家，麻烦你让人把这些东西都折合成人民币然后给我吧。”

韩管家忙鞠躬回答道：“是，少夫人。那我们回去吧？”

安初夏点头，率先走出了奶茶店，手中拿着的奶茶杯还有一丝温热，她毫不留恋地扔到了马路边上的垃圾桶里，弯腰坐进车内。

“喂，我跟七录少爷有过。”不知怎的，莉拉说的这句话突然浮现在她的脑海中，随即胸口突然一阵烦闷。她捂着胸口，脸上有些不好，刚到韩家一下车就连忙跑到路边大吐特吐了起来。

韩管家慌忙叫人去拿了纸巾和一杯热水递过来，语气里满是担忧：“少夫人，这怎么回事？都怪我！把车开得太快了，让您……”

“呀！”

一声尖叫自前面传来，原本还满面笑容的姜圆圆在看到安初夏苍白的脸色后顿时满面阴霾，加快脚步往她那边走去。

“宝贝小初夏，这是怎么回事？怎么会吐了？”姜圆圆脸色一僵，“不会是……有喜了吧？”

怎一个满头黑线了得？安初夏无奈地摇摇头，接过韩管家手里的毛巾擦了擦嘴角，又拿水漱了口才喘过气来。呕吐的原因只有一个，那就是她觉得韩七录——恶心！他居然可以和莉拉……

她曾以为韩七录不是那种随便的人，看来是她想太多了。经常强吻她的男人怎么可能不随便？一想到他吻过自己的唇也吻过莉拉，她的胃里就翻江倒海。

“还想吐吗？”姜圆圆皱紧眉头，转头看向韩管家道，“还站着干什么？快去叫江医生来看看，吐成这个样子怎么行嘛！再说……小初夏，你该不会是真的有身孕了吧？”

安初夏原本想笑，扯了扯嘴角却发现自己真的笑不出来，干脆说：“没关系，可能是坐车太久，我原本就有点晕车的。韩管家，你还是帮我去拿一杯橙汁来吧。”

韩管家点头而去，安初夏又要了块毛巾擦了擦脸，小圆镜中的她，粉嫩的小脸几乎失去了血色。她深吸一口气，暗暗告诉自己，从此以后，能离韩七录多远就离他多远。毕竟，他是恶魔啊……

吃完晚餐的时候韩七录还没有回来，而姜圆圆也是一副欲言又止的表情。安初夏塞了一瓣橘子放到嘴里，抬头看了眼姜圆圆最后无奈地说：“妈咪，你想说什么就直说吧，您这个样子，我还真不习惯。”

姜圆圆干笑了几声，收了收脸上的表情，坐到安初夏身边小心翼翼地说：“听韩管家说，你今天在世贸大楼前碰到那小兔崽子了？”

轻挑了下眉，她点点头道：“关于这件事您不用担心，我没有放在心上。”

听她这么回答，姜圆圆的脸色反而是更加难看了，动了动唇，深深地看了安初夏一眼又收回目光：“那个，其实呢……对了！你看今天早上的报纸没有？”

微点了下头，她柔声回答道：“我看了，妈咪，有什么想说的您倒是直说。我们两个哪里还需要拐弯抹角的？”

仿佛下了一个很重要的决定，姜圆圆一咬牙：“我要说的就是……白天你见到过的那个女孩子，居然莫名其妙地成了我们家七录的未婚妻！”

“什么？”她着实没有想到这一点，也没有预料到姜圆圆会这么说，但很快情绪就恢复了镇定，这么说，自由已经快要到来了？那应该感到高兴才是，但为什么……自己的胸口会觉得空空的呢？

姜圆圆的嘴一嘟，眼泪居然流了出来：“都是韩六海那个王八蛋！小时候跟人给七录定了个什么狗屁婚约！现在两家正在谈合作，也谈到了这桩莫名其妙的婚事。你说……你说怎么办呀！”

安初夏缓缓垂下眼眸，眸子罩上一片阴影。半晌，她缓缓地开口：“妈咪，我会搬出去的。”

话一说完头上就传来一阵剧痛，是姜圆圆拿起一本书拍了安初夏头，大声怒道：“搬出去你个头啦！搬什么搬？我跟你讲，你要是搬出去，那我……我也搬出去！”

安初夏捂着头，从姜圆圆的这句话里她得出两条结论——一条就是那女人不出意外应该会来韩家住；另一条，就是那女人的到来，姜圆圆也制止不了。

虽然姜圆圆平时有点神经质，但是在这种关乎韩氏集团声誉的事上，她还是比较理性的。也是因为这样，她才无法制止吧？如果她想要去制止，那么韩六海绝对不会让那女人住进来。在这一点上，她还是很能理解姜圆圆的。

勾起嘴角，安初夏说得波澜不惊：“韩家没有我，什么改变都不会有，可是没有您……那韩家就不是韩家了，妈咪。”

她体贴的话让姜圆圆立刻哭了起来，干脆直接扑到了她的怀里嚎啕大哭。安初夏将手轻轻地放在姜圆圆的头上，她真的就像她妈妈一样对她那么好，这一刻，竟然会有些不舍。

“妈咪，我去收拾东西。”她想要今天晚上就走，多待一会儿也没有什么意义了。

“不要！小初夏，你继续住在这里没有关系的，因为巴萨丽的家人都看到了今天早上的报纸。所以他们说了，让巴萨丽来这里先住那么几天，如果两个孩子能培养出感情那就在一起，可是七录不是喜欢你吗？所以巴萨丽很快就会走的，相信妈咪，好吗？”

果然是巴萨丽啊，果然冤家路窄这句话真的是真理。别说她原本就想离开韩家，就算是不想离开韩家，她也会因为巴萨丽而离开的。因为那女人，真是怎么看怎么不顺眼啊！

“夫人，凌老太爷来了！”韩管家从大厅外走进来，“这是怎么了？”他还并不知道这件事，所以完全不知道姜圆圆为什么突然泪流满面。

拿起纸巾擦了擦脸上的泪水，姜圆圆的声音还带着一些哽咽：“他怎么会来？”

“韩夫人的意思是不欢迎老朽吗？”凌老太爷的声音自大厅门口传来，只见他身后还跟着手里拿着一本漫画的凌寒羽。

“怎么会？”姜圆圆恢复情绪的速度真是超快，已然没有了刚才哭哭啼啼的样子，笑盈盈地问，“就是不知道凌家老太爷突然造访是有什么急事吗？”

“对了！”安初夏打了个响指，“妈咪，这段时间，要不然我先去凌寒羽家住几天吧？白天见过巴萨丽，说实话，我真心无法喜欢她，无法跟她待在同一个屋檐下。等她走了，我再回来也不迟。”

“行！”

“不行！”

异口不同声的两个声音同时响起，一个来自姜圆圆，而另一个来自凌老太爷——虽然不知道发生了什么，但是听到安初夏要住到自己孙子那里，那他可是一千个愿意。

而站在姜圆圆的立场，那她当然是不愿意安初夏去凌寒羽家住，凭什么她未来的儿媳妇，她的宝贝小初夏要去别人家睡呀？

凌老太爷杵着拐杖慢悠悠地走到姜圆圆身边毫不客气地坐下：“我跟这孩子挺有缘的，你这丫头就让那孩子在我凌家住上几天吧，看样子你们也是遇上什么不能让她继续住在这里的难题了。”

相比起凌老太爷的好商量，姜圆圆的态度明显要强硬许多：“不行！如果小初夏现在走了，那么巴萨丽不就真成了我们七录的未婚妻了？反正我活着一天就不能看到别的女生进我韩家的门。”

这话一出口，凌老太爷差不多明白了事情的大概，这对他来说是个好机会呀！把安初夏拐到自己家当孙媳妇的好机会！于是，清了清嗓子，他一脸严肃地说：“我只是拉着我们家寒羽到处逛逛，就想着来这里串串门。这发生什么事了？跟我说说，或许我这老头能帮上什么忙也不一定。”

原本姜圆圆是对凌老太爷不抱任何希冀的，可是眼前她也确实想不到让安初夏能保住位置的办法，只好深吸一口气，把事情从头到尾又说了一遍。

凌老太爷虽然脸上是一副波澜不惊的样子，可是心里其实是波涛汹涌——这不是佛祖显灵还能是什么？

只要那个巴萨丽成了韩七录的未婚妻，那么安初夏不就成了他家寒羽的未婚妻了吗？

“我说一句在理的话，初夏的存在以前是因为七录未婚妻的身份，可是现在有了个巴萨丽，那初夏不就成了名不正言不顺的女人吗？你不是说了，巴萨丽要在这里住一个月的时间，那么这一个月的时间内如果初夏还住在韩家，那么一定会招来风言风语的。所以最后受伤害的还是初夏，我说姜丫头，你就真的忍心？”

虽然说凌老太爷是为了一己私欲，可是他说出口的话也不是一点道理也没有。安初夏住在这里，肯定是多多少少会遭到巴萨丽的白眼，而按照她的性格，也一定待不下去。

与其被气走，不如先让她住到熟识的凌家。住在凌家，那安全问题肯定是不需要担心的，难道……真的就只能这样了？

姜圆圆吸了吸鼻子，目光炯炯地看着安初夏：“看来只能这样了……不过！晚上再在家里住一晚嘛，跟我睡怎么样？”

面对姜圆圆期待的眼神，安初夏没有拒绝的理由，也下不了狠心拒绝。点点头，她转头看向凌寒羽：“寒羽同学，那么接下来的日子就要打扰了。”

凌寒羽从漫画里抬起头看了安初夏一眼，一句话没说又低头看他的漫画去了。看样子今晚的大战是不会有了，亏他还担心发生什么事故意让坤尼现身跟着，看来是多虑了。

“伯母！”熟悉的女声从大厅门口传来，安初夏头一转，就看到巴萨丽手里拿着大大小小的包站在大厅门口。

难道说，这位千金今晚就要住在这里？

那她要不然今天就走好了……等等！她为什么要走？为什么要害怕？只不过一个小小的巴萨丽而已。

一扬头，安初夏无比淑女地对着巴萨丽笑了笑，而巴萨丽的笑容却在看到安初夏的脸的那一刹那呆住了，手里拿着的东西也都统统掉在了地上，发出一连锁的声音。

“你……你怎么会在这里？”巴萨丽伸手指着安初夏，目光中满是愤恨。长这么大她还是第一次被人打，而且还是被扇耳光！如果不是韩七录在场，那她肯定要跟她拼命！此时在韩家再见到安初夏，她当然是无比愤恨。

对于巴萨丽想扑上来咬死自己的样子，安初夏倒是满不在乎，朝她一点头：“又见面了呢。”

妖孽，借给你一万个豹子胆你也不敢现在还手！咬我啊咬我啊！

这时，巴萨丽身后突然出现了一个人。

韩七录走进大厅看到凌老太爷先是愣了一下，随即摆出一个官方的微笑：“老太爷今天怎么有空来家里？是出了什么事吗？”

动了动拐杖，凌老太爷慢悠悠地站起身：“看来我以后得经常来这里逛逛了，免得偶尔来一趟都问我这老头子‘是不是出事了’，我这老头怎么就这么不招待见呢？”

轻轻一笑，韩七录的目光中看不出任何情绪，上前几步搀扶住凌老太爷：“您这不是折煞我了吗？这就走了？不再多坐会儿吗？”

“不了，寒羽我们走吧，明天我叫人过来拿初夏的东西，今天晚上好好跟你伯母说说话。”凌老太爷哈哈一笑，不理会韩七录错愕的表情，拉着凌寒羽走了。

目送两人的背影，韩七录方收起笑容，转头看向安初夏：“凌老太爷刚才说的话是什么意思？拿东西？为什么？”

他的目光一片清冷，安初夏淡淡地看了他一眼，又看了巴萨丽一眼，勾起一抹诡异的笑容：“既然正牌来了，我这个盗版的，当然要灰溜溜地找个安身之所了。”

韩七录静静地看着安初夏，一路上他其实都在担心安初夏看到巴萨丽之后会是什么反应，可是他全然没有想到她居然这么冷静。没有一丝怒意，反而还笑得出来。这是不是说明安初夏对他真的一点好感也没有？

为什么会这样？他韩七录想要得到的，还从来没有失手过，除了向蔓葵……

那么这一次，他无论如何也不会放过安初夏！

“你不用走。”韩七录垂下眼帘，正欲再说点什么，安初夏已经敛下目光走到脸色铁青的姜圆圆身边。

一直被冷落在大厅门口的巴萨丽忍不下了，大步走过来再次叫了姜圆圆一声：“伯母，我是巴萨丽，您的……”

“我的什么？我承认的儿媳妇就只有小初夏一个！为了不让我们家小初夏看到你这个恶心的嘴脸，我决定……”姜圆圆抬起头看向韩七录，“我决定让她去凌家住几天，等那些个恶心的东西离开了，我再让小初夏回来。”

巴萨丽没有想到这个扇了她一个耳光的女人居然会跟韩七录是这种关系，又被姜圆圆的话狠狠一呛，一下子说不出一句话，只是呆愣着站在原地。

姜圆圆这番话说得确实过了点，但是在安初夏耳朵里听着很是舒服，然而她也不敢多插嘴，只是瞟了气得脸色发紫的巴萨丽一眼，勾起嘴角说："祝你在韩家过得愉快，妈咪，我先去你写作室看看我的文。"

"好，你去吧，妈咪给你泡杯咖啡。"微笑着看着安初夏进了她的写作室，姜圆圆的脸色一变，语气僵硬地说，"韩管家，给这位小姐准备个房间，不用很麻烦，随便给她找间客房就好了，不会长住的。"

看着这诡异的气氛，韩管家微微一扼首，走到大厅门口拿起巴萨丽的东西走上了楼梯。如果他可以选的话，也一定是选初夏当他的少夫人，因为这个巴萨丽怎么看怎么一副大小姐的样子。

当然了，他这个下人可没有说话的权利，只好低头做事。

"妈，跟她道歉。"就在姜圆圆准备去厨房泡咖啡的时候，韩七录拉住了姜圆圆的手臂语气冷冽地说。这个合作案关系到韩氏集团的声誉，为了公司考虑，他无法对巴萨丽态度恶劣，但只要合作案一谈成，那么也就是这个巴萨丽离开的日子了。

目光中闪过一丝欣喜，巴萨丽的脸色缓和下来，慌忙拉开韩七录的手顺势挽住姜圆圆："没有关系的伯母，我知道您可能还不够了解我，但是慢慢地您就会……"

"再说吧。"姜圆圆甩开巴萨丽的手，自顾自进了厨房，而身边的那些女佣们也是各做各的，完全没有想要搭理巴萨丽。

此情此景，都是韩七录能够预料到的，他不着痕迹地瞥了写作室的方向一眼，拉着巴萨丽的手朝楼上走："带你去选个房间吧，我妈就是这么小孩子脾气，你习惯就好了。"

巴萨丽立即点头："没事，我怎么会跟伯母生气呢？反正来日方长，伯母总会喜欢上我的。"

对于巴萨丽的话，韩七录不置可否，也不接话。虽然拉着巴萨丽的手，可是他的脑海里全都是安初夏那张淡漠的脸，对于巴萨丽的出现，她就真的那么无所谓吗？

目光一冷，他们来到了二楼。巴萨丽也不客气，打开了两边的房间。

"这是我的房间。"韩七录很自然地在巴萨丽打开这扇门之前挡在了她的面前，从心底里他不喜欢巴萨丽进入他的房间。

脑海里突然浮现出那天的场景，安初夏的衣服被他不小心撕掉，他的浴巾被她一扯掉落，两个人以超级暧昧的姿势倒在地上……他的目光不由得变得迷离起来。那丫头，似乎看到了呢。

突然，不远处又响起巴萨丽的声音。

“咦？这是谁的房间？我要这间！”听到声音，韩七录快速地走过去，却看到巴萨丽正准备走进安初夏的房间。他脸色一凛，快速上前几步拉住巴萨丽的手毫不怜惜地拽出来，并且关上了门。

“怎么了？”巴萨丽一脸委屈，楚楚可怜地看向韩七录。其实从韩七录刚才的反应中她完全可以猜出这是谁的房间，而且她也多多少少看出了韩七录对那个女生的特别。

无论怎么做，韩七录对她总是要么像张扑克牌脸一样冷冰冰的，要么就是用那种冰冷无温度的笑对她。可是对那个女生，他的眼神中居然闪烁着一些不知名的东西。

爹地说过，韩七录现在已经有未婚妻了，虽然他们没有订婚，但是他们是相互喜欢的。而且，连报纸都登出来他们的接吻照了。可是她就是不甘心，于是就让爹地想尽一切办法让她住进韩家。

既然爹地都搁下老脸提出以前小时候订下的婚约了，那她绝对不可以辜负爹地。无论如何，她也要得到韩七录的心！

“这间不行，你再选一间吧。”韩七录敛下之前所有的表情，用那副冰冷的表情看向巴萨丽，“以后，尽量离安初夏远一点，对你好，对她也好，对大家都好。”

巴萨丽一愣，将目光看向别处，随即恢复了笑容：“那我住你隔壁好不好？”

微一点头，韩七录忍不住说：“我说过的，就算你在这里住一个月，我也不可能爱上你，你这样做，又何必呢？”

后者只是定定地看着他，目光无比坚定：“我说过的，没有到一个月，谁都无法预料到最后的结果。就算结果真的只是我一个人多费劲，那我也不后悔，至少我努力地去争取过……你的心！”

那一瞬间，韩七录差点把巴萨丽看成安初夏，不得不说，她这份倔强跟那个女孩倒还是蛮像的。谁知道就在他愣神的那一秒，巴萨丽双手一抬踮起脚尖搂住了韩七录的脖子，紧接着她凑上去将自己的唇瓣紧贴着韩七录冰冷的唇瓣。

“啪——”身后传来一阵固体掉落的声音。韩七录立即推开了巴萨丽，转头往后看去。安初夏正慌忙弯腰捡手机。

韩七录上前几步抢在她前面捡起手机，直起身子把手机递给她。

伸手准备接过韩七录手中的手机，可是他似乎没有放手的打算。一边做着递给她手机的姿势，一边却紧紧地拿着手机不松手。

末了，安初夏无可奈何地抬起手，抬眸轻声说：“怎么，看上这只手机了？”

如果她知道上楼来拿笔记本会看到他们两个在接吻，那打死她她也不会上来！但为什么她的心里会那么难过呢？那种感觉，只有在妈妈去世的时候才有过啊……

“看来你是忘记了。”

韩七录在此时松手，安初夏顺利地接过手机，抬眼看他，疑惑地问道：“你什么意思？”

高扬起下巴，韩七录露出一丝笑容：“我的手机你上次借去玩了吧？到现在都没还给我真让我头痛。放在房间里吗？我去拿吧。”

安初夏的眸子猛地瞪大，完蛋了！她忘记帮他的手机充上电，然后把壁纸换掉了！怎么办怎么办……不行！不能让他看到，打死也不能！她慌忙上前几步伸开手拦住韩七录：“不许进我房间，谁也不许进我房间！听到了没有？”

韩七录脸色一僵，语气变得怪异：“安初夏，你什么意思？”说完径直朝房间里走。

安初夏后退几步，也不管撞到了满脸阴霾的巴萨丽，看都没看她一眼就转身跑进了自己的房间然后猛地关上了门。

韩七录的脚步停止，她刚才的行为，是因为看到他跟巴萨丽接吻，所以才突然这么生气的吗？如果是这样的话，是不是说明她其实也是很在乎他的呢？原本僵硬的表情突然就缓和了下来，他抬眸看了眼巴萨丽，毫无波澜地对她说：“也不早了，早点休息吧，明天一早还要去斯蒂兰学院，第一天上学，别迟到了。”

虽然声音不失温柔，但巴萨丽并未感觉到半点真心，只是他都说这个份上了，她也就算了。

朝他微微一笑，正欲跟他擦肩而过，他却突然紧紧地抓住了她的手腕，似要把她的手腕的骨骼给捏碎一般。

手腕上传来的疼痛让巴萨丽不禁蹙紧了眉，小声地痛呼出口：“痛，七录……”

“听着。”韩七录的话似一道道冰锥，让她顿时愣住不敢发出任何声响，“以后要是再对我做出那种恶心的动作，那么……和你们的合作案我也会不管，毕竟那是我父亲的事，到时候，我要找你麻烦，谁也拦不住。”

眸底闪过一丝绝望，心里的痛一闪而过，巴萨丽轻扬起唇瓣，妩媚一笑：“你会爱上我的，一个月内！”说完她收回目光，甩开韩七录的手走了。

望着巴萨丽的背影，韩七录的眼眸闪过一道冷光。当他韩七录是什么人了，难道他什么女人都会爱上吗？如果是这样，那他的爱也太廉价了！真是可笑！

偏过头，看了眼紧闭着的房门，韩七录微一皱眉，转身去了储物室。那里面放着韩家所有房间的钥匙，虽然不知道她拿那手机做了什么，但他还是隐约能猜到一点。

“我记得我明明放桌上了呀！”安初夏重重地拍了一下桌子，片刻后又猛地对自己的手心吹起。一不小心拍得太重了，手心立刻就红了起来。待痛意减退，她再次翻箱倒柜地找手机，一边想快点找到然后用充电器充上电把手机壁纸给换了，另一边又想干脆找不到算了，就是丢一支手机的事，韩七录应该不会深究。

第四遍翻抽屉的时候，她猛然想到自己之前回来就把手机放枕头底下充电了，慌忙起身跳上床，坐在枕头旁边。先是虔诚地双手合十祷告了一下，然后才缓慢地拿开枕头。

果然，韩七录的手机就那么静静地躺在那里，屏幕上还显示着充电已完成的字样。

欣喜一下子蔓延上她的眼角，刚要伸手去拿手机，眼前却突然出现一只大手，抢先一步拿走了手机。她心一惊，抬头就看到韩七录漠然的脸。

完蛋了……

“很想要这支手机吗？”韩七录疑惑地看了她一眼，转而习惯性地把手机放进了裤袋里。突然……他的动作猛地一僵，在安初夏绝望的目光中再次从兜里掏出手机。

手机的壁纸上安初夏笑得异常灿烂，那背景……如果没有看错的话是默斯顿总统套房吧？难道就是因为不想让自己看到这个所以才不让自己进房间的吗？

一脸悔恨地咬咬下唇，安初夏皱着眉说：“当时忘记了是你的手机，所以才一激动设置成了壁纸。抱……抱歉。”

低垂下头，再次抬起的时候就听到韩七录脸色尴尬地问道：“刚才，看见了吧？”他指的是刚才巴萨丽猝不及防地吻了他。

心禁不住狠狠抽搐了下，一撇嘴，安初夏冷然道：“所以呢？拜托以后秀恩爱也稍微收敛点吧？毕竟……毕竟才认识了不到一天而已。不，我的意思是，随便你怎么样！”她站起身跳下床，韩七录突然拉住了她的手腕。

感觉到他的目光停留在自己身上，她绷直了神经，最后吐出一句：“放手！”

松开她的手腕一把掰过她的肩，强迫她与自己对视，喉结上下滚动了一下，韩七录目光虔诚地说：“别生气了，是她主动吻我的，我一时间没有反应过来才没有及时避开。”

安初夏眨了眨眼睛，将视线放在韩七录的脸上，他一脸认真，但她真害怕自己会陷进去。慢慢习惯他的毒舌，慢慢习惯他的多变，慢慢习惯冷漠的他、狂躁的他、温柔的他，然后有一天当她不得已要离开他的时候会舍不得。

他们本就不是一个世界的人啊，既然如此，又何必……

攥紧拳头，她微勾起嘴角：“所以呢？你没有向我解释的必要，我也根本不需要听你的解释。”

声音很冷漠，但可以听出她是颤抖着说出这句话的。韩七录太危险，她无法靠近，也绝对不可能靠近。

深深地望向她闪烁着的眸子，韩七录一咬牙，沉声说："不用离开这里，不用搬到凌家去，巴萨丽很快就会走。"

安初夏嘴角的冷笑愈发变深："你应该很讨厌我的吧，从第一天就是很讨厌我的吧？而我，老实说，从第一天就看你不爽了。现在有机会能去凌家，我巴不得！"

"你……"韩七录攥紧拳头，手臂上的青筋明显跳起。

看到韩七录的反应，安初夏又笑了笑，他实在是很容易被激怒啊。干脆，就在今天来一个了断好了！

"七录老公？"

韩七录猛地一愣，表情僵硬地看着安初夏，目光复杂。

安初夏却突然轻笑出声，眼中满是鄙夷："你以为我真的会想要这么叫你吗？你错了……你不知道，我在叫你七录老公的时候，有多想咬断自己的舌头！"

然后，她清清楚楚地看见韩七录的双肩因为气愤而微微颤抖着，他的脸色从来就没有这么苍白过。而他目光中的那抹情愫，是伤心吗？不可能的……她自嘲，恶魔怎么可能因为别人而伤心。

"你说的，是真的吗？"韩七录的双肩微颤，就连声音也是微颤着。

安初夏别过头，她无数遍在心里告诉自己，要狠心，狠下心来跟他划清界限，那么一切都会回到原点。她也会变回原来那个大大咧咧，无所顾忌的她。

来韩家没一个星期，她完全改变了自己。变得冷淡、文静，变得畏首畏尾。直到前一天突然想要变回以前的自己，却突然发现，那是以前的自己太可笑了。

七录老公？这个称呼太过讽刺，她也不知道当时是怎么叫出口的。只是，当时也总有那么一瞬是心甘情愿，很想这样叫他的吧？

不可以……

"我说的当然是……唔唔唔！"居然又被强吻了。她后面的话完全被韩七录吞下去，嘴里的空气似要被榨干一遍。双手用力地捶打着他的双肩，终于在她快要没有力气的时候放开了她。

狠狠地、用尽最后的力气推开他，自己也瘫坐在地上，她突然想起了巴萨丽吻他的场景，突然想起了莉拉说的那句"哏，我跟他有过。"

她用力地抬起手腕摩擦着自己的唇瓣，恶心，好恶心……

见她这副样子，韩七录的眉心皱起："刚才的话我可以统统都忘掉。"

"不需要！那就是我一直想说的。"她大声地说，"也请你以后离我远一点，明明是韩式集团未来的总裁，做出来的动作却像流氓一样那么轻浮！"

“我的轻浮只为你。”他柔声说，“不要走，好不好？”

“呵……”她再次冷笑出声，“只为我吗？韩七录，你到底跟多少女人交往过？恐怕你用上所有自己的手指头脚趾头都数不清吧？还是说……已经多到都想不起来了？”

韩七录额头上的青筋跳起：“你到底是听谁说的？”他确实和莉拉有过，可是当时他是想要……总之，他也只碰过莉拉一次，再没碰过别的女人，但终究是理亏，目光也变得有些闪躲。

一滴泪忍不住从眼眶中涌出，安初夏快速抬起手抹掉眼泪，倔强地说：“我们之间的交集也就到此为止吧，毕竟原本就是平行线一样的两个人。”

说完她从地上爬起来，脚步踉跄地往外走。

“站住！”韩七录的声音充满威胁性地响起。安初夏想要无视，可是两只脚偏偏就不听使唤，定定地站在原地真的没有再向前走一步。

韩七录的声音再次传入她的耳膜：“我之前说过的吧，给你一个星期的时间，只要你来找我，那我们……”

这一次安初夏没有再待下去，而是毫不犹豫地抬脚往外走，重重地关上了门，然后靠在门上大口大口地喘着气，眼泪不自觉地一滴滴流出来，湿了衣襟。

如何是好，她真的很想转过身投入他的怀抱，可是理性告诉她，绝对不可以陷进韩七录的温柔陷阱，不管是怎么样的韩七录，都是她不能触及的。

我们之间，就到此为止吧，韩七录……

安初夏整理好情绪来到姜圆圆的卧室。见她两手空空，姜圆圆不禁疑惑地问：“不是说去拿笔记本我们两个看电影吗？可是，笔记本呢？”

她居然把这个完全忘记了！轻咬了下唇，她故作轻松地关上了卧室的门，来到姜圆圆的床边坐下：“我看了下时间，太晚了，再晚明天我们该起不来了。”

“说的也是。”姜圆圆点点头，“那我们关灯聊会儿天吧！”

庆幸的是，这回姜圆圆没有跟她聊什么世界政治态势啥的，而是说了些让她去凌家不要太拘谨，要经常打电话回来的话，说着说着，她自己倒先睡着了。

安初夏望着姜圆圆恬静的脸，淡淡地勾起嘴角，在心里轻轻说了一句：谢谢你，妈咪。

第二天很快就来到，穿好斯蒂兰的制服，那一瞬间，安初夏竟然觉得有些恍惚。为什么会有种很难过的感觉呢？姜圆圆早就已经起床，她走出卧室来到大厅，竟然看到巴萨丽正坐在那里跟韩七录有说有笑地吃早餐。

紧了紧衣领，她刚走过去姜圆圆就从厨房里出来了，满脸微笑着说道：“宝贝小初夏，今天的这顿早餐可是我亲自起早做的哦，要怀着感恩的心去吃呢。”

安初夏点头，在一个空位上坐下，正好坐在韩七录的斜对面。而巴萨丽则坐在她的正对面，看到安初夏眼中闪过一丝厌恶，但也只是那么一瞬，便弯起嘴角甜甜地笑着对安初夏说道："以后请多多关照喽，小学妹。"

安初夏这才注意到巴萨丽穿着斯蒂兰学院的制服，眉心立刻就皱起，这贱人也去斯蒂兰？

还小学妹，你妹吧！不悦地眯起眼，安初夏打量了一下巴萨丽，轻声说："在中国上课，请问你听得懂老师讲什么吗？"

巴萨丽的脸色变幻了一下，只道了句："这一点不需要学妹你费心了，七录会帮我补课的。"

"噗……"安初夏刚含在嘴里的牛奶突然就喷在了桌上，一旁的韩管家配合地拿了纸巾递给她又退回到一边。安初夏擦着嘴角，眼中满是笑意："嗯，那么要好好学习啊，学姐。"

让全科零分的人给自己补课，巴萨丽，你还真是幽默。

韩七录当然知道她为什么突然喷牛奶，眸子不禁多了丝温情。他有十足的把握，安初夏总会来找他的。即使不说道歉，只要她来找自己，那么他就会什么都不计较，毕竟他原本就是个大度的人。

巴萨丽并不清楚韩七录每次都考零分的事情，自然是对安初夏的动作感到疑惑，语气轻蔑地对安初夏说："怎么可以把牛奶喷在桌上，这动作也太……"

"我觉得巴萨丽小姐，你还是先管好自己吧，我们家小初夏可轮不到谁说三道四，指手画脚的。"姜圆圆适时出声，说完还狠狠地瞪了巴萨丽一眼。

一个佣人在此时匆匆忙忙地跑进来，伏在韩管家耳边轻声说了几句话又出去了。韩管家看了一眼在吃饭的安初夏，收回目光重新低下头，一副欲言又止的样子。

"有什么事吗？"韩七录正好吃完，注意到韩管家的异常。

韩管家先是看了安初夏一眼，这才低了下头说："凌家少爷来了，说是要带……带……"说了半天他不知道要怎么称呼安初夏，叫她"少夫人"，昨天晚上巴萨丽已经找他谈过了，说自己才是韩家未来的正派少夫人；可是这会儿要不这么叫，夫人又肯定会怪罪。

韩七录摆摆手，示意他明白了。他倒是要去问问凌寒羽为什么这么积极地把安初夏接走，换上学院的制服，他大步走出饭厅，韩管家赶紧跟上去。

"估计是凌老太爷让他来接你的，不过小初夏，真的不考虑考虑不搬出去吗？"姜圆圆说着说着眼眶又有些泛红。

刚才看到韩七录出去就觉得心里有些不安，安初夏只能微点下头，放下筷子抬眼看着姜圆圆，微笑着说："我不过是去凌家住几天，感受感受那种氛围嘛，妈咪您就不用担心了。”

一席话让巴萨丽听了心里就跟猫挠似的难受——这个臭丫头居然叫姜圆圆“妈咪”，还真是把自己当成韩家少奶奶了！无意间一抬头，她看到对面沙发的墙上放着一个巨型的相框。里面的相片赫然是韩七录跟安初夏接吻的照片。

相框做得很精致，照片处理得也很好，但她就是怎么看怎么不顺眼。把筷子一放，巴萨丽抬头看向姜圆圆：“伯母，那照片是怎么回事？您难道不知道我跟七录早就有婚……”

“巴萨丽小姐，我昨天就说过，我心里能承认的儿媳妇就只有我们小初夏一个，您呢，不过是跟你父亲撒撒娇，硬是要挤进我们韩家来的客人。有些话我也不好藏着掖着，你啊，还是趁早明白一点事理，别让你父亲觉得难堪。”说完，姜圆圆一仰头喝下整杯牛奶。

用力地咬紧下巴，巴萨丽报复性地夹了个荷包蛋整个都塞进了嘴里，像是把荷包蛋当成安初夏吞下去一半。

安初夏面无波澜地站起身：“妈咪，那么我先走了，这段时间要好好照顾自己哦。”

“怎么这么快……我送你出去。”姜圆圆也站起身走到安初夏面前，女佣们把安初夏的行李抬了出去，一个个都依依不舍的样子。

见他们都出去了，巴萨丽把嘴里的荷包蛋往餐桌上一吐，不爽地朝着客厅里一个正准备把笔记本抱出去的女佣吼道：“你！快给我再去盛一杯热牛奶来！”

女佣淡淡地瞥了巴萨丽一眼，紧了紧手中的笔记本说道：“巴萨丽小姐，我这忙着呢，您没看到我准备把东西拿出去吗？时间紧迫，您如果要喝牛奶的话，自己去盛吧！不过……厨房里似乎没有热牛奶了，您可以自己去热一杯。”

巴萨丽冷笑一声，干脆不喝了，站起身来走到那个女佣面前：“你是不是不想干了？如果还想待在这里的话就对我，未来的少夫人放尊敬一点！”

女佣不耐烦地翻了个白眼，学着刚才巴萨丽的样子也冷笑了一声：“巴萨丽小姐啊，您难道耳朵出问题了吗？”

“什……什么？你什么意思？”巴萨丽瞪大眼睛盯着女佣，目光中似要冒出火来。

故意打了个哈欠，女佣更加不耐烦地说：“您刚才都没有听到夫人说的话吗？夫人她啊，承认的儿媳妇只有初夏小姐一个，也就是说，你这辈子大概是没可能当我的少夫人了。还有，麻烦您以后对初夏小姐客气点，她好说话，可是我们这些下人可没她那么好说话，我们……啊！”

一声尖叫响彻大厅，并不是女佣被巴萨丽打到了，而是安初夏的笔记本被巴萨丽一掌拍在了地上，吓得那女佣足足倒退了三步。

“发生什么事了？”韩管家正准备进来催女佣怎么还没把笔记本拿出去，结果一走进大厅就听到一声尖叫。再然后就是看到安初夏的笔记本掉在了地上，而负责拿笔记本的女佣脸上一副惊悚的表情。再看看巴萨丽，他顿时明白了一切。

看到韩管家进来，那女佣立即跑到韩管家身边，委屈地说：“韩管家，我按照您的吩咐取了笔记本下来，正准备拿出去的时候巴萨丽小姐就让我去倒一杯热牛奶，我说等我先把笔记本拿出去之后再帮她倒，结果她就冲上来把少夫人的笔记本扔到了地上。您说，这可怎么办呀？”

“什么？”巴萨丽瞪大眼睛，这女佣简直是在胡说八道！没错，笔记本确实是她抢过来扔在地上的，可是前面的叙述就完全不对吧？

韩管家就知道是巴萨丽干的，敛下目光中的不悦，上前一步对着巴萨丽说：“巴萨丽，我们少夫人对人一向友善才得到我们这些人的尊敬，可是您……您不应该这么做。”

“你这意思是在说我不够格当你们韩家的少夫人了？你一个做管家的哪那么多废话？昨天我告诫过你的吧，要是再叫那贱人是少夫人我就辞退你！”原本巴萨丽是想要解释的，但是现在看来已经没有什么解释的必要了。难不成那安初夏是妖精不成，连他们这些下人的心都收买的死死的。

抬起头深深地看了巴萨丽一眼，韩管家波澜不惊地蹲下，检查了下笔记本，好在看起来没有什么损坏，让女佣把笔记本抱出去后站起身，认真地看着巴萨丽说：“这件事我不会告诉夫人还有少爷，但是以后，无论做什么事前还请您三思，这是我个人给您的忠告。”

他跟在老爷身边做事那么多年了，就连老爷也是把他当成一个兄弟来看待，可这个巴萨丽左一个辞退右一个下人，让他一般不动怒的心都起了一丝怒气。

也只有初夏小姐那样的人才配做他们韩家的少夫人，下了这么一个结论，韩管家转身而去，耳后传来巴萨丽的谩骂声他也都统统装作听不见。